The Adventures of Huckleberry Finn

哈克贝里·芬历险记

The Adventures
of Huckleberry Finn

Mark Twain

〔美〕马克·吐温 著 张万里 译

上海译文出版社

Mark Twain
The Adventures of Huckleberry Finn
First Published 1884
由上海译文出版社有限公司与企鹅兰登(北京)文化发展有限公司联合出品
Simplified Chinese edition by Shanghai Translation Publishing House in association with Penguin Random House (Beijing) Culture Development Co., Ltd.
Cover design Coralie Bickford-Smith
Illustration T. Johnson

 "企鹅"及相关标识是企鹅图书有限公司已经注册或尚未注册的商标。
未经允许,不得擅用。
封底凡无企鹅防伪标识者均属未经授权之非法版本。

图书在版编目(CIP)数据

哈克贝里·芬历险记/(美)马克·吐温(Mark Twain)著;张万里译.—上海:上海译文出版社,2024.4
(企鹅布纹经典)
书名原文:The Adventures of Huckleberry Finn
ISBN 978-7-5327-9170-5

Ⅰ.①哈… Ⅱ.①马…②张… Ⅲ.①儿童小说-长篇小说-美国-近代 Ⅳ.①I712.84

中国国家版本馆CIP数据核字(2024)第013551号

哈克贝里·芬历险记

[美]马克·吐温/著　张万里/译
总策划/冯　涛　责任编辑/宋　玲　美术编辑/张志全工作室

上海译文出版社有限公司出版、发行
网址:www.yiwen.com.cn
201101　上海市闵行区号景路159弄B座
南京爱德印刷有限公司印刷

开本 850×1168　1/32　印张 11.5　插页 6　字数 215,000
2024年4月第1版　2024年4月第1次印刷
印数:0,001—8,000册

ISBN 978-7-5327-9170-5/I·5701
定价:108.00元

本书版权为本社独家所有,未经本社同意不得转载、摘编或复制
如有质量问题,请与承印厂质量科联系,T:025-57928003

译本序

谁能比奥德修斯更像希腊人？或者比浮士德更像德国人？比堂吉诃德更像西班牙人，比哈克·芬更像美国人？[①]

这是二十世纪英国著名诗人及文学批评家托·斯·艾略特在一次有关美国文学的讲座中所作的论断。托·斯·艾略特的这番话的主旨，固然在于说明不朽的世界文学典型，都无一例外的深深植根于民族文学的传统之中，但是从这一段议论中，显然可以看出马克·吐温这部《哈克贝里·芬历险记》在美国文学以及世界文学中所占的突出的、重要的地位。

马克·吐温是塞缪尔·朗赫恩·克莱门斯的笔名。他一八三五年十一月三十日出生在美国密苏里州的佛罗里达镇。父亲是个不出名的律师和店主。一八四七年，父亲去世，此后不久，他的正式学校教育就结束了。他曾在哥哥欧莱恩办的《信使报》报社当过排字工人。他虽然只是个十几岁的孩子，却已养成了大量地、贪婪地读书的习惯。

自从一八五三年起，塞缪尔·克莱门斯作为一个打零工的印刷工人，开始到各处去旅行，他走遍美国东部各州和中西部。当他乘汽船顺着密西西比河南下时，遇到老舵手侯瑞思·毕克斯别船长，他就拜这位船长为师，学习领航。一年半以后他成为正式舵手，在密西西比河上往返航行。南北战争爆发后，他一度加入南军。后来又到内华达经营金矿和木材业，均未成功。最后他又改行当了新闻记者。一八六三年他开始用"马克·吐温"这个笔名发表文章。"马克·吐温"这个词是密西西比河上水手的一句行话,是"十二英尺深"的意思。这个笔名可能也含有讽刺的意味:十二英尺深的水,对于一般船只说来,当然可以畅行无阻,但是对于大船就不那么方便了。他一八六四年在旧金山当记者时,结识了幽默作家阿·沃德和小说家布·哈特,从此他就决心从事写作生涯。一八六五年他在纽约一家杂志发表了他运用纯粹西部口语写的著名的幽默故事:《卡拉韦拉斯县驰名的跳蛙》——有关一个酷爱打赌者的笑话——从而使他闻名全国。这篇小说与其说它的幽默是在于滑稽的场面,倒不如说是作者创造的幽默气氛。故事是以第一人称写的,保存了巧妙而生动的口语特点:头脑单纯的讲述者一本正经地讲他的故事,丝毫未察觉读者所看到的幽默场面。后来这一语言技巧被作者天才地运用到《哈克贝里·芬历险记》一书里,又使作者获得空前的成功。

一八六六年马克·吐温到当时的三明治岛(即今天的夏威夷岛)去采访,其后又到欧洲及巴基斯坦等地旅行,返美后写成《傻子国外旅行记》(1869),该书嘲笑欧洲的封建残余和教徒的无知。不过这本书对宗教的攻击却是隐晦的,因为在"民主"的美国对无神论的迫害是相当残酷的。

马克·吐温的《哈克贝里·芬历险记》于一八八四年由伦敦一家出版社出版问世。

七十年代中叶美国无产阶级为争取自身经济权利的斗争也进一步加强了。一八七五年宾夕法尼亚的矿工们举行罢工达六个多月之久——即所谓的"长期罢工"。美国的纺织工人也在许多地区进行战斗。当时的资产阶级照例是用恐怖手段来对付这些行动。政府封闭了工人的住宅,工人被迫在街头举行会议。一些戴着假面具的人冲进矿工的住所,当着妇女的面杀死所有的男人。就这样,有十九位工人运动的著名活动分子,由于参加事实并不存在

---

① 这几句话引自 1953 年 6 月 9 日托·斯·艾略特在美国密苏里州圣路易市华盛顿大学发表的一篇演讲,题目是《美国文学和美国语言》。

的秘密组织而被全部绞死。这一事件激起了一八七七年七八月间席卷全国的罢工浪潮。美国当时有十七个州宣布了戒严。

然而起义到处都被残暴地镇压下去。但在一八七八——一八八〇年间，在巴特尔森、巴瑟等地方又重新爆发了纺织工人的大罢工。这是美国工人史上最大的一次大罢工。罢工是在"团结就是力量"这一口号下进行的。但是工人们最后除了得到资产阶级单纯经济上的小小的让步之外，就什么也没有得到。

生气蓬勃而富有同情心的马克·吐温对所有这些社会政治生活现象的反应都是相当强烈的。据他自己说，他每天早晨读报的时候，往往"由于狂怒和气愤而透不过气来"。

马克·吐温在七十年代后半期和八十年代初期所创作的小说，证明他不仅没有避开火热的社会政治问题，反而对这些问题认识得更深刻、更尖锐了。

在《哈克贝里·芬历险记》出版以前，马克·吐温已经发表过许多部相当成功的作品，如《傻子国外旅行记》（1869），《艰苦生涯》（1872），《镀金时代》（1873），《汤姆·索亚历险记》（1876），《密西西比河上》（1883），等等。《哈克贝里·芬历险记》这本书，虽然作者称它是《汤姆·索亚历险记》的"姐妹篇"，然而在思想深度和艺术造诣等方面，都高高凌驾于上述诸书之上——包括《汤姆·索亚历险记》在内——它不仅是作者创作成熟时期的一部划时代的杰作，而且是他的批判现实主义所达到的顶峰。

在一八五〇年前后的美国——也就是本书所描写的那个时代，除了政治生活腐败，劳资矛盾加深，教会虚伪诡诈，人民不堪其苦之外，最迫切、最严重的问题是蓄奴制和种族歧视，它在南部各州既普遍、又猖獗。作者对这一切不合理的现象，表现出战斗的态度，对受迫害的广大黑人群众旗帜鲜明地予以热烈的同情和支持。《哈克贝里·芬历险记》叙述的是一个忍受不了"资产阶级生活方式"和酗酒的父亲的毒打而离家出走的白种孩子哈克，和一个逃亡的"黑奴"吉木，同乘一个木筏，在密西西比河上漂流的见闻和遭遇。

马克·吐温生动而出色地塑造了吉木这一黑人形象。吉木是个成年的"黑奴",而哈克只不过是个十三四岁的白人孩子。这两个人之间形成的感人而忠实的友谊,象征着维护黑人的自由、生存和尊严的必要。吉木无私地忠实于哈克——他并不是像奴隶伺候主人那样地伺候哈克,而是以同伴对待同伴的姿态出现。在那尔虞我诈、弱肉强食的美国资产阶级社会,他居然遇见了哈克这样一个富于同情心和正义感的特殊人物,同情他的处境,帮助他同去寻找自由;吉木是个懂道理、有良心的黑人,他怎能不由衷地感激这个白人孩子呢?可是有一次哈克跟吉木开了个恶意的玩笑,可把吉木惹火了:明明是哈克遇险走失,他硬说是吉木做了个恶梦,而且还逼着他圆梦,把吉木弄得又狼狈、又糊涂。等到他一下子明白过来时,他就指着筏子上那些七零八碎的脏东西,瞪着眼睛瞧着哈克,一点笑容也没有,说:

"它们指的是些什么呢?我来告诉你吧。我因为拼命地划木筏,又使劲地喊你,累得我简直快要死了。后来我睡着了的时候,我的心差不多已经碎了,因为把你丢掉了,我真是伤心透了,我就不再管我自己和木筏会遇到什么危险了。等我醒过来的时候,看见你又回来了,平平安安地回来了,我的眼泪都流出来了。我心里有说不出来的感激,我恨不得跪下去用嘴亲亲你的脚。可是你却想方设法,编出一套瞎话来骗我老吉木。那边那一堆是些肮脏的东西,肮脏的东西就是那些往朋友脑袋上抹屎、让人家觉得难为情的人。"

他说完就慢慢站起来,走到窝棚那儿去,除了这几句之外,别的什么都没说,就钻进去了。可是这已经够我受的了。这下子真叫我觉得自己太卑鄙,我恨不得要过去用嘴亲亲他的脚,好让他把那些话收回去。

我呆了足足有一刻钟,才鼓起了勇气,跑到一个黑人面前低头认错……

从上述的故事片段,可以看出吉木当仁不让的气魄,哈克勇于改过的精神,这些都给读者留下极深刻的印象。这种扣人心弦的场面,无疑是本书极精彩的部分,而且成为美国文学杰作中掷地有声、不可多得的篇章。

书中的中心人物哈克的形象,更是十分动人。他决心藏匿吉木,并在艰难险阻中保护他逃亡,这正是对允许蓄奴制合法化的"文明"社会的一个强烈的挑战。

哈克这个十三四岁的白人孩子,以生龙活虎的姿态,驰骋在波涛翻滚的大河之上,无论在骄阳肆虐的中午,或是在风雨交加的夜晚,他总在竭力地保护吉木,唯恐他遭到意外,而吉木对他更是照顾周到,视同手足。然而哈克以往毕竟受宗教的欺骗和反动的宣传太深,因此在紧要关头,他那帮助吉木投奔自由的信念,忽然发生动摇。他忽然想起主日学校的告诫,说什么"帮着黑人逃跑,一定得下十八层地狱"。他前思后想,左右为难,就在万不得已的情形下,给吉木的主人瓦岑老小姐写了一封信,告诉她吉木的下落,写完以后,

> 我觉得很痛快,好像罪恶都已经洗清了,我生平第一次感到这么轻松……我想幸亏这样地转变了一下……接着又想到我们顺着大河漂下来的情形,我看见吉木,无论是白天黑夜,有时在月光之下,有时在暴风雨里,总是在我的眼前,我们一边向前漂流,一边谈笑歌唱。可是,不知道什么缘故,在他身上我总挑不出什么毛病,能够叫我硬起心肠来对付他,反而老是想到他的好处。我看见他才值完了班,也不过来叫我,就替我值班,让我能够接着睡下去;我又看见他那种高兴的样子——他看见我由大雾里逃回来时那种高兴的样子。还有,在上游那个闹打对头的地方,我在泥水滩里又

来到他跟前的时候，他又是多么高兴，还有许多这类的事情；他总是管我叫做老弟，总是爱护我，凡是他想得到的事，样样都替我做到了，他实在是太好了。最后我又想起那回我告诉人家船上有人出天花，结果把他救下了，他当时对我感恩不尽，说全世界上只有我是老吉木顶好的朋友，还说他现在只有我这么一个朋友。这时候我偶然一回头，一眼看见了那封信。

这实在是叫人为难。我抄起它来，拿在手里，全身直发颤，因为在两条路当中，我得下决心挑选一条，永远也不能翻悔，这我是深深知道的。我又平心静气地琢磨了一下，然后就对我自己说：

"那么，好吧，下地狱就下地狱吧。"——我一下子就把它扯掉了。

以上数段文字，叙述哈克和吉木的深厚友情，和他当时的激烈思想斗争。一直到他说了声："那么，好吧，下地狱就下地狱吧，"然后把信一撕，故事的情节就发展到最高潮。而"哈克撕信"这一戏剧性的事件，不但表示哈克的良知良能战胜了社会上恶势力给他的种种偏见，而且充分说明哈克舍己为人的精神，已经升华到超凡入圣的高度，大有佛经上所说的"我不入地狱谁入地狱"之概。"哈克撕信"还表示他与整个"文明"社会的既成秩序的决裂，这正符合哈克性格的发展。此外，作者着重描写这黑白两个人物之间的令人感动的友谊，旨在说明在反对蓄奴制的斗争中，白人与黑人应该结成同盟。

《哈克贝里·芬历险记》之所以成为一部杰作，是因为作者马克·吐温把美国西部边疆文学传统体现出来，而且超越了这类幽默文学的狭隘限制，对它进一步加以发扬光大。有许多读者读完这本小说以后，对作者所使用的各种方言的前后连贯，深浅一致，完美无缺，恰到好处，感到非常钦佩——在本书里，我们很难找出一句不合乎哈克或吉木的身份的话。在作者写作这本书的时期，不论是在美国或是在英国，像《哈克贝里·芬历险记》这样的文体，还是一种新的尝试，也可以说是英语小说中新的发现。在别的作家的书里，只是由特殊的人物部分地使用方言土语：比如在华尔脱·司各特的小说里，就有个别的人物说"苏格兰低地区"方言；狄更斯的人物有的也说"伦敦土话"。但是在当时绝没有人像马克·吐温这样自始至终让哈克这个人物，用纯粹的美国方言土语，述说他整个的经历，从而写成了一本大书！伯纳·萧推崇马克·吐温是英语的语言大师，信非虚誉。

译　者

一九八三年十二月于洛杉矶

目　录

说　　明 …………………………………… 1

第 一 章　摩西和"赶牛的人" …………………… 1
第 二 章　秘密的誓词 …………………………… 6
第 三 章　路劫阿拉伯人 ………………………… 14
第 四 章　毛球算灵卦 …………………………… 20
第 五 章　爸爸做新人 …………………………… 25
第 六 章　大战追命鬼 …………………………… 31
第 七 章　金蝉脱壳 ……………………………… 38
第 八 章　饶了瓦岑小姐的吉木 ………………… 46
第 九 章　河上凶宅 ……………………………… 59
第 十 章　玩蛇皮的结果 ………………………… 65
第十一章　他们追来了！ ………………………… 70
第十二章　"干脆把他丢下吧" …………………… 78
第十三章　破船上的贼赃 ………………………… 87
第十四章　所罗门聪明吗？ ……………………… 93
第十五章　跟老吉木开玩笑 …………………… 100
第十六章　蛇皮再惹祸 ………………………… 107
第十七章　甘洁佛家收留了我 ………………… 117
第十八章　海奈追帽子 ………………………… 128

1

第十九章	圣驾光临	141
第二十章	在剖克卫干的勾当	152
第二十一章	阿肯色的难关	163
第二十二章	乌合之众	176
第二十三章	帝王都是败类	182
第二十四章	皇帝假装牧师	189
第二十五章	伤心落泪，信口开河	197
第二十六章	赃款到了我的手	207
第二十七章	物归原主	217
第二十八章	骗人太不合算	225
第二十九章	风雨中逃脱	237
第三十章	救命有黄金	249
第三十一章	祷告岂能扯谎	255
第三十二章	改名换姓	265
第三十三章	悲惨的下场	272
第三十四章	让吉木放心	281
第三十五章	阴谋诡计	288
第三十六章	尽力帮助吉木	297
第三十七章	辟邪的大饼	304
第三十八章	"囚犯的一颗心，在这儿愁碎了"	313
第三十九章	汤姆写匿名信	322
第四十章	救人的连环妙计	328
第四十一章	"一定是鬼怪"	336
第四十二章	为什么不绞死吉木	344
最后一章	就此停笔	353

说　明

　　这本书里用了多种方言土语：如密苏里州的黑人土话；边远林区西南部最地道的方言；普通的"派克县"方言；还有"派克县"方言的四个变种。这些不同色彩的方言不是杂乱无章，或全凭臆测写下来的，而是殚精竭虑、煞费苦心，以作者亲身对这些方言的谙熟作为可靠的指南和支柱写下来的。

　　我所以说明这一点，是因为如果不加说明，许多读者会认为所有这些人物都想要说同样的话，而都没有说好，那就不符合事实了。

作　者

第一章
摩西和"赶牛的人"

你要是没看过《汤姆·索亚历险记》那本小说，你就不会知道我①是个什么样的家伙；不过，那并没有多大关系。那本书是马克·吐温先生写的，他讲的大体上都是实话。有些事情是他胡扯的，不过大体上他讲的都是实话。其实这也算不了什么。我从来没见过一句瞎话都不说的人，谁都会说上一两回，不过波蕾姨妈和那位寡妇，也许还有玛莉，却都是例外。波蕾姨妈——她是汤姆的姨妈——和玛莉，还有达格丝寡妇，都在那本书里谈过了——那本书大体上是真实的；当然，像我刚才所说的，有些地方是胡扯的。

那本书的结尾是这么回事：汤姆和我把强盗藏在洞里的钱找着了，我们就发了财。我们每人得了六千块钱——全是金洋。那么许多钱堆在一起，看上去实在吓人。后来法官莎彻替我们把钱拿去放利息，这下子我们一年到头、每天每人能得一块金洋，简直叫人没法处置。达格丝寡妇收我做她的干儿子，说是要教我怎样做人；可是整天呆在家里，实在叫人受不了，因为那个寡妇的举止动作，总是那么正经、那么规矩，简直可怕！所以到了我再也不能忍受的时候，我就溜之大吉了。我又穿上我从前那套破衣裳，钻到那个盛糖用的大木桶里，立刻觉得逍遥自在，心满意足。可是汤姆·索亚把我找着了，他说他打算组织一伙强盗；他说如果我先回到寡妇那里，做一个体面人的话，那么我也可以加入。于是我又回去了。

寡妇对我大哭了一场，管我叫做可怜的迷途羔羊②，还用许多别的话骂我，但是她对我丝毫没有恶意。她又让我穿上新衣服，弄得我一点办法都没有,浑身一阵阵地直出汗,好像箍起来似的那么难受。接着那老一套又来了。寡妇一摇铃吃饭,你就得准时赶到,可是到了桌子跟前,又不能马上就吃,你得先等寡妇低下头去,对着饭菜抱怨几句[3],虽然饭菜并没有什么毛病——这就是说,什么毛病都没有,只不过每样菜都是分开做的。要是一桶杂七杂八的东西,那就不同了:那些东西混合起来,连汤带水搀在一块儿,那就更好吃了。

晚饭以后,她拿出她的书来,给我讲摩西和"赶牛的人"的故事[4];我急着要知道摩西是怎么回事。但是不久以后,从她的话里知道,摩西老早就死了,于是我就再也不管他的闲事了,因为我对死人根本不感兴趣。

不久以后,我想要抽烟,我要求寡妇答应我。可是她不肯。她说那是下流事,而且不干净,叫我千万不要再抽了。有些人的作风总是这样的。他们对于一件事情,虽然一窍不通,可是总要褒贬。你看,她老是摩西长、摩西短的,摩西又不是她的什么亲人;并且,一个已经死了的人,对谁也没有什么好处,可是我要做一件多少还有些好处的事,她却跟我没完没结地找麻烦。其实她自己也在闻鼻烟;那当然是合情合理的喽,因为那是她自己干的事。

她的妹妹瓦岑小姐,是个很瘦的老姑娘,戴着一副眼镜,不久以前才搬到她姐姐家里来住。她拿了一本拼音课本,跑过来跟

---

[1] "我"就是本书的主人公哈克贝里·芬。
[2] 《新约·马太福音》第十章第六节:"以色列家迷失的羊……"
[3] 其实寡妇是在做饭前祷告,感谢上帝赐给她饮食;哈克误会了她的用意。
[4] 寡妇讲的摩西的故事,里面有"bulrushes"一字,是"蒲草"的意思;哈克根本没有注意听,以为她说的是"bull-rushers"(赶牛的人)。那段故事的大致情节是这样的:埃及国王仇视境内的以色列人,下命令把以色列人的男婴孩,都扔到尼罗河里淹死。以色列妇女卓可白把她那才满三个月的儿子摩西,放在一个蒲草做的箱子里,丢在河边的蒲草丛中。恰巧埃及国王的女儿来到河边洗澡,发现这个弃儿,就把他救了起来,抚养成人。后来摩西领着受压迫的以色列人逃出埃及。(详见《旧约·出埃及记》第2章第3节。)

我为难。她逼着我硬干了一个钟头左右,随后寡妇才叫她放松一点儿。我再也忍受不下去了。后来又呆了一个钟头,真是叫人闷得要命,弄得我简直是坐立不安。瓦岑小姐老是说:"不要把脚跷在那上面,哈克贝里";还有"不许那么吃吃地蹭,哈克贝里——好好地坐直了"。过了一会儿,又说:"别那么打呵欠、伸懒腰——你怎么不想学点儿规矩呀?"她又告诉我一大套地狱里的事,于是我说我恨不得就上那儿去。这一下可把她气坏了,其实我并没有什么恶意。我一心想上别处去一下;只要能换换环境,我决不挑选地方。她说我刚才说的话,可恶到极点了。她说那种话她无论如何也说不出口。她说她是准备好好地过活,为的是将来升天堂。哼,我可实在看不出跟她上一个地方去,究竟会有什么好处,所以我就下决心根本不做那种打算。但是我并没有那么说,因为说出来只能添麻烦,不会有好处。

她既然开了头,就不停地讲下去,把天堂上的情形对我说了一大套。她说,在那里一个人从早到晚什么事都不必做,只不过到处走走,弹弹琴,唱唱歌,就这样永远永远地过下去。所以我觉得那真是算不了什么。可是我从来也不那么说。我问她汤姆·索亚够不够资格到那儿去,她说他还差得远呢。我一听这话,非常高兴,因为我愿意老跟他在一块儿。

瓦岑小姐总是絮絮叨叨地挑我的毛病,真是又讨厌、又无聊。幸亏后来他们把那些黑人都叫进来做祷告,然后大家各自回房去睡觉。我拿着一支蜡烛,回到楼上我的屋里,把蜡烛放在桌上。然后我坐在窗前一把椅子上,打算想些什么开心的事,可是总办不到。我觉得非常孤单,恨不得死了才好。天上的星星亮晶晶,树林里的叶子沙沙响,听起来十分凄惨;我听见一只猫头鹰因为有人死了,远远地在那儿嘿儿嘿儿地笑[①];还有一只夜鹰和一

[①] 我国北方也有句俗话说:"不怕夜猫子叫,就怕夜猫子笑"——夜猫子就是猫头鹰。据迷信的人说,猫头鹰不但会叫,而且会笑;每逢它笑,就表示有人死了。

条野狗也在那儿嚎，一定是有人快要断气了。风细声细气地想要跟我谈天，可是我听不懂它说些什么，结果弄得我浑身直打冷战。紧跟着，在树林里老远的地方，我听见一种鬼叫的声音，那个鬼好像要把心事吐出来，可是又没法让人家听懂它的话，所以就不能安安静静地躺在坟墓里，只好夜里出来，哭哭啼啼地到处游荡。我心里非常沮丧，又害怕得要命，真盼望有个人来跟我做伴。忽然间，一只蜘蛛爬到我的肩膀上来，我连忙把它弹下去，它就掉在蜡烛上了。我还没来得及动弹，它已经烧成了一团。不必等别人告诉，我就知道这是个大大的不祥之兆，我准会碰上倒楣的事，所以我怕得直打哆嗦，几乎把衣服都抖落在地上。我站起身来，一连转了三转，每转一次就在胸前画一个十字。我又拿过一根线来，把我的头发捆起很细的一绺，为的是让妖魔鬼怪不敢靠前。不过我并没有多大把握。要是你拾到了一块马蹄铁，没有把它钉在门框上，反倒把它弄丢了，那么你尽管这样做，一定会消灾。但是，你弄死了一只蜘蛛，要想用这个法子避免倒楣，那我可从来没听说过。

我又坐下来，浑身直发抖。我就掏出烟斗来，抽上一袋烟，现在全家的人都睡着了，到处没有一点儿动静，所以寡妇决不会知道我在干些什么。又呆了老半天，我听见镇上的钟，老远地当——当——当——敲了十二下——然后又静下来——比刚才还要静。紧跟着，我听见漆黑的树林子里传来了树枝子折断的声音——一定是有什么东西在那儿动弹。我静静地坐着听。我马上就隐隐约约听见那边发出一声："咪呜！咪呜！"这下子可好了！于是我也尽量轻轻地发出一声："咪呜！咪呜！"我赶快吹灭蜡烛，爬出窗口，跳到草棚顶上，再溜到地下，摸进树林里去。一点儿也不错，汤姆·索亚又在这儿等着我呢。

第二章
秘密的誓词

我们顺着树林里的小路，踮着脚尖朝寡妇的花园尽头走过来。我们弯着腰走，唯恐树枝子挂着头。我们打厨房附近走过去的时候，我让树根绊了一跤，扑通的响了一声。我们马上蹲下，一动也不动。瓦岑小姐的那个大个儿的黑奴吉木，正在厨房门口坐着呢，因为他背后有灯光，所以我们看得很清楚。他站起身来，伸着脖子，听了一会儿，就说：

"谁在那儿哪？"

他又听了一会儿，接着就踮着脚尖走过来，正好站在我们两个人的当中，我们只要一伸手，几乎就能摸着他。似乎过了好久好久，一点儿动静也听不见，我们三个人差不多是挤在一块儿的。这时候，我的脚踝骨上有个地方痒起来了，可是我不敢抓。接着我的耳朵又发痒，最后痒的地方，是我的脊梁，正在两个肩膀当中。我觉得不抓一下简直就会痒死似的。从那回起，我屡次注意到这类事。你要是跟那些上流人物在一起，或者是给人家吊丧，或者是不困的时候硬要睡觉——总而言之，你越是来到不应该随便抓痒的地方，你越会觉得浑身上下有千八百个地方都痒得难受。不大一会儿，吉木又说：

"喂——你到底是谁呀，你在哪儿呢？我要是没听见什么动静，那才叫活见鬼呢。好啦，我有办法。我就坐在这儿听着，非再听见那个声儿不可。"

于是他就坐在我和汤姆当中的地上。他背靠着树，腿向外伸，一条腿几乎碰着我的腿。忽然间，我的鼻子又痒起来了。痒得我都快要流眼泪了。但是我还是不敢抓。随后鼻孔里面也发痒。接着又痒到屁股底下去了。我不知道怎么样才能坐着不动。这种罪我足足受了六七分钟,可是觉得仿佛是过了好久似的。我身上现在有十一个地方都发痒。我估计再也不能忍受一分钟了,可是我咬紧牙关,准备再熬下去。这时候,吉木的呼吸渐渐沉重,接着就打起呼噜来——于是我身上马上又觉得舒服了。

汤姆对我打了个暗号——嘴里轻轻地出了点儿声音——于是我们就爬开了。我们才离开十英尺的光景,汤姆悄声告诉我说,他想把吉木拴在树上,跟他开个玩笑。可是我不赞成。他也许一下子醒了,必然会闹起来,那么她们就会发现我不在屋里。汤姆又说他带的蜡烛不够用,打算溜到厨房去再弄几支。我不肯让他那么干,恐怕吉木睡醒了会走过来。可是汤姆非要冒险不可。所以我们就偷偷地进去,拿了三支蜡烛,汤姆还放了五分钱在桌子上,算是买蜡烛的钱。然后我们走出厨房,我急着要离开这个地方,可是汤姆偏要爬回吉木那里去逗他一下。我只得等着他——我仿佛是等了好久似的,因为到处都是安安静静,凄凄凉凉的。

汤姆刚一回来,我们就顺着小路,赶快跑开,绕过花园的围墙,一转眼就来到房子对面那座很陡的小山顶上,就在那儿站住了。汤姆说他把吉木头上的帽子轻轻地摘下来,挂在他头顶上的一根树枝子上了,当时吉木只动了一动,并没有醒。自从那回以后,吉木就对人说他被妖怪迷惑住了,先让他昏迷过去,然后骑在他背上游遍了全州,最后又把他放在那棵树下面,把他的帽子挂在树枝子上,好让他知道是谁耍的把戏。等到吉木第二次对人说这故事的时候,他就说妖怪骑在他背上到新奥尔良去过一趟。从此以后,他每说一次,就添枝添叶地编上一大套,等到最后,他居然说妖怪骑着他周游了全世界,他的背上叫马鞍子磨得尽是泡,还差点儿把他累死。吉木对这件事得意得要命,他把别的黑人一概不放在眼里。可是有许多黑人,由好几英里以外跑来听吉木讲他这件事,所以他在这一带地方,也就比不论哪个黑人都受

7

人抬举。常常有一伙外乡来的黑人，张着大嘴，从头到脚地打量他，把他看成一个出奇的人物。黑人常常围着厨房的炉火，坐在黑影里说神道鬼。可是每逢有人对这类事谈得津津有味、冒充无所不知的时候，吉木总是假装着撞上了，就说："哼！你还知道什么妖怪的事情？"这时候，这个黑人的嘴就被他堵住，不得不让位给他。吉木一直把那个五分钱用绳子拴着，套在脖子上，说是妖怪亲手给他的一件法宝，妖怪还亲口告诉他说，可以用它随便给什么人治病，而且随便在什么地方，都能把妖怪拘来，只要对那个钱念上几句咒就行了。至于他对那个钱念的是什么咒，他怎么也不肯说出来。许多黑人由四面八方赶到这儿来，把随身的东西都送给了吉木，只为了看一看那个钱。可是他们不敢摸它，因为那是在妖怪手里摆弄过的。吉木这一下可糟得不像个佣人了，因为他和魔鬼打过交道，又驮着妖怪到处跑过，所以他把谁都不放在眼里。

我再接着说下去。我和汤姆两个来到山脊上，朝着下面那一片村庄望过去，看见有三四处灯光一亮一亮的，说不定那里有害病的人。我们抬头看见满天星斗，亮晶晶的非常好看。村子旁边那条大河，足足有一英里宽，真是又清静又神气。我们走下山去，看见周·哈波跟下·罗介①，和别的两三个孩子，都藏在老制革厂里。我们大家解下一只小木船，顺水划了二英里半，在山根儿底下一块大石壁旁边上了岸。

我们来到一片矮树林里，汤姆就叫大家起誓保守秘密，然后他把一个山洞指给大家看——那个山洞正好就在丛林长得最密的地方。我们就点起蜡烛爬进去。我们爬了大约二百码的光景，这个洞就豁然开朗了。汤姆在那一条条过道之间摸索了一阵，在一座石壁下面一弯腰就不见了，在那里，你要是不注意的话，就不会看见有个小洞。我们再由这窄胡同钻进去，来到一个像一间屋

---

① 这都是《汤姆·索亚历险记》中的人物。

子似的地方，到处又湿又冷，墙上挂满了水珠。我们就在这儿停下了。汤姆说：

"咱们现在就成立这个强盗团体，给它起个名字叫汤姆·索亚团。谁要打算加入，必须当众宣誓，还要用血把名字写下来。"

大家都很乐意。于是汤姆掏出一张纸来，上面他已经写好了誓约；他就把它念了一遍。誓约的内容是：每一个孩子都应当效忠本团，决不泄漏一点秘密；假若有人冒犯了本团哪个孩子，那么命令谁去杀掉那个人和他的全家，谁就得执行命令；在他没有把人杀掉，没有在死尸的胸脯上砍个十字之前——十字是本团的暗号——他既不许吃饭，也不许睡觉。凡是不属于本团的人，一概不准使用那个暗号，如果是明知故犯，就要由法律解决；如果再犯，就杀了他。本团有谁泄漏了秘密，就得割断他的喉咙，再把尸首烧毁，把骨灰撒掉，并且把他的名字由名单上用血涂去，本团里再也不提到他，还要对他咒骂一顿，把他永远忘掉。

大家都说这真是一篇漂亮的誓约，就问汤姆是不是他自己想出来的。他说有一部分是，其余的是他由海盗书和强盗书①上抄来的；他说，每一伙虚张声势的强盗，都有这么一大套。

有人认为最好把泄露秘密的那个孩子的全家，也都杀死。汤姆说，这倒是个好主意，他就用铅笔把它写上去。可是卞·罗介说：

"这儿有个哈克·芬②，他根本就没有家——你们怎么处置他呢？"

"嘿，他不是有个父亲吗？"汤姆·索亚说。

"不错，他倒是有个父亲，可是近来，你决找不着他。他过去常常喝得醉醺醺的，在制革厂里跟猪一块儿睡，可是他有一年多没在这一带地方露面儿了。"

---

① 指英国作家斯蒂文森所著《宝岛》和英国中古时代的绿林英雄罗宾汉的传奇等书。
② 哈克是哈克贝里的简称。

他们讨论了一阵,想要把我撇开,因为他们说,每一个孩子都必须有个家或者有个什么人可杀才行,不然对别人就显得不公平了。大家谁也想不出主意来——彼此相对无言,不知如何是好。我几乎都要哭了,可是我忽然想出一个法子,我就把瓦岑小姐提出来——他们可以杀她呀。于是大家都说:

"啊,有她就行了,有她就行了。没问题了。哈克可以加入。"

他们都用针把手指扎破,挤出血来签名,我也在纸上画了个押。

"那么,"卞·罗介说,"咱们这个团体打算干哪门行业呢?"

"专门抢掠谋杀,其余一概不干,"汤姆说。

"可是,咱们去抢谁呢?是打家劫舍——还是去偷牲口——还是——"

"胡说!偷牲口那类的事,根本不是抢劫,那是偷窃,"汤姆·索亚说。"咱们不做贼。做贼不够味儿,咱们是拦路的大盗。咱们要戴上假面具,在大道上把公私马车一律拦住,把人统统杀死,抢劫他们的金银财宝。"

"咱们老得杀人吗?"

"嗯,当然喽。那是最好的办法。固然有些老行家不以为然,可是大多数人认为顶好是把人杀掉——除了你把几个人带到这个洞里,禁闭起来等着赎。"

"赎?什么叫赎?"

"我也不知道。不过人家都是那么办的。我在书里看见过,所以我们当然也得那么办。"

"可是,咱们根本不知道那是怎么回事,又怎么能办呢?"

"嗜,真他妈的,咱们非照样办不可。我不是对你说过,书上是那么写着的吗?难道你打算不按书行事,把事情弄得一塌糊涂吗?"

"嗜!汤姆·索亚,说起来非常好听,可是假如咱们根本不知道对那些人该怎么个赎法，那么咱们到底该怎么去赎他们呢？这一点我想弄明白。你揣摸那是什么意思？"

"哼，我不知道。也许把他们扣住等他们被赎了，就是把他们扣到他们死的一天。"

"啊，这还差不多。这就行了。你为什么不早说呢？咱们扣着他们，直等到他们赎死了为止——其实他们也真够讨厌的，把东西都吃光了，还随时想要逃跑。"

"你说的这是什么话，卞·罗介。有警卫看守着他们，只要一迈腿，马上开枪打，他们怎么会跑得了？"

"还有警卫！哦，那真好呀。那么还得有人整夜值班，一点觉也不睡，才能看住他们。我想那真是太蠢了。为什么不趁他们才来到这儿，就拿根大棍子把他们都赎了呢？"

"因为书上没有那么写着——就是这么回事。喂，卞·罗介，你想不想按照规矩做事呀？问题就在这儿。难道你认为写书的人，不知道怎么做最妥当吗？你难道认为你还能教给他们点儿什么吗？差得远哪！不行，先生，咱们只能按部就班，照着规矩赎他们。"

"好吧。没有关系；不过，我总觉得那是个笨法子。喂，咱们也要杀女人吗？"

"嗜，卞·罗介，我要是像你那么不懂事，我决不多嘴多舌。杀女人？没听说，谁也没在书上见过那种事。你把她们带进洞来，对她们老是客客气气的，过不了几天，她们就会爱上你，再也不想回家去了。"

"哦，假如是那样，我倒很赞成，不过我并不太相信这种办法。过不了多久，洞里就会挤满了女人，还有那些等着赎的男人，那么咱们当强盗的，连个歇脚的地方都没有了。可是，你尽管说下去吧，我没有什么可说的了。"

这时候，小塔密·班睡着了。他们叫醒了他，他就害怕了。他哭着说要回家找他妈去，不再当强盗了。

于是他们都挖苦他，管他叫做哭娃子，这下子可把他气坏了。他说他马上就去泄露他们的秘密。可是汤姆给了他五分钱，叫他别做声，并且说大家一块儿回家去，等到下个礼拜再来聚齐，好抢点儿东西，杀几个人。

卞·罗介说，除了礼拜天，平常日子不能常出门，所以他主张下星期日开始。可是所有的孩子都说，星期天干这种事，实在是要不得，于是他这个主张就作罢了。他们赞成尽量早些碰头，规定日期。然后我们选汤姆·索亚做正团长，周·哈波做副团长，随后就动身回家去了。

我攀上草棚，由窗户爬到屋里，这时候天刚刚要亮。我的新衣服上弄得到处是蜡油和泥巴，我也累得简直是要命。

第三章
路劫阿拉伯人

早晨起来,瓦岑小姐因为我弄脏了衣裳,狠狠地教训了我一通,可是寡妇并没有骂我,她只是替我把蜡油和泥土都刷洗干净了,她那满脸的愁容,叫我不得不暂时学好。随后瓦岑小姐领我到小屋里去祷告,可是什么结果也没有。她叫我天天祷告,说不论我想要什么,都能得到。可是事实并不是那样。我曾经试验过。有一回我找到一根钓鱼的线,可是没有钓鱼钩。没有钓钩那根线就毫无用处。我为了要钓钩,曾经祷告过三四次。可是不知什么缘故,老是不灵。有一天,我叫瓦岑小姐替我祷告,可是她说我是傻瓜。她一直没告诉我缘故,我也就没法懂得她的意思。

有一回,我坐在后面的树林里,把这件事琢磨了好半天。我心里想:假如一个人做了祷告,就能够要什么有什么,那么狄肯·温为什么不能把他卖猪肉赔的钱弄回来呢?为什么寡妇不能把她丢失的银鼻烟壶找回来呢?为什么瓦岑小姐老胖不了呢?决办不到,我心里想,根本没有那回事。我跑去告诉寡妇,她说由祷告得到的东西,只是些"精神的礼物"。这真是叫我莫名其妙,可是她把她的意思给我解释了一遍——说我必须帮助别人,尽量替别人做事,还要始终照顾他们,永远不要想到自己。据我的看法,瓦岑小姐也得包括在内。我又跑到树林里去,心里反复地想了半天,可是我看不出这有什么好处——除了对别人——所以最后我觉得顶好是不再为它操心,还是随它去好了。有时候,寡妇把我领到一旁,谈些关于上帝的事,说得真是叫人馋得要命[1]。可是,到了第二天,瓦岑小姐也许又说上一套,就把我的迷梦都打碎了。我断定上帝一共有两个：在寡妇的上帝面前，一个可怜的孩子可以受到很好的款待，要是瓦岑小姐的上帝把他弄去，他的遭遇就不堪设想了。我想出来了：我愿意跟着寡妇的上帝去，假如他肯要我的话。可是我并不知道他有了我以后，他怎么能比现在的日子过得更好些，因为我实在是既愚蠢、又下贱、又没有出息。

爸爸有一年多没露面儿了，这件事叫我觉得非常痛快；我不想再看见他。他从前没喝醉的时候，只要能抓住我，总要打我一顿；虽然每逢他在跟前，我多半老是跑到树林子里去躲着。嗯，大约在去年这个时候，有人发现他在河里淹死了，据说那个地方在上游十二英里左右。人家断定确实是他；听说淹死的这个人，正好跟他的身材一样，穿着破衣裳，头发特别长——没有一处不像爸爸——可是脸上一点也认不出来，因为尸首在水里泡得太久，那张脸已经不成人样了。据说他仰面朝天漂在水面上。他们把他捞上来，埋在岸上了。可是我心里才轻松了不几天，就偶然想起了一桩事。我明明知道淹死的男人，决不是脸朝上浮在水面，而是脸朝下的。所以我当时就知道那个人决不是爸爸，一定是个穿着男人衣裳的女人罢了。于是我又放心不下了。我猜想那个老头子不久还会回来，虽然我并不希望他回来。

我们隔几天就当一回强盗，玩了几乎一个月的光景，后来我就不干了。所有的孩子都不干了。我们也没有抢人，也没有杀人，只是装装样子罢了。我们常常冲出树林，进攻放猪的人和坐着载着菜蔬上市赶集的大车的女人。但是我们从来没有把谁扣起来过。汤姆·索亚管那些猪叫做"大元宝"，管萝卜青菜什么的叫做"珍珠宝贝"。我们常常跑回洞里，谈论战斗的经过，算计算计杀了多少人，砍了多少记号。但是我看不出来这有什么好处。有一次，汤姆派一个孩子举着明亮的火棍，在城里到处游行——他管这火棍叫做口号，是这伙强盗集合的信号——随后他说接到间

---

① 《旧约·约珥书》第3章第18节："到那日，大山要滴甜酒，小山要流奶子……"

谍带来的秘密情报,知道第二天有整队的西班牙商人和阿拉伯富翁,要在好雷洞里安营扎寨,他们带着二百只大象,六百头骆驼,还有一千多匹"驮骡",都载满了钻石,可是他们只有四百名卫兵,所以我们可以预先埋伏下——他是这么说的——他说我们可以把人统统杀死,把东西全部抢来。他说我们得擦亮了刀枪,做好准备。他每次追赶运萝卜的大车,都要把刀枪磨擦一番,其实所谓的刀枪,也不过是些薄木片、笤帚把之类的东西,你尽管擦来擦去,累得腰酸腿痛,结果跟以前也没有什么两样。我不信我们能打败这一大队西班牙和阿拉伯的人马,不过我打算看看那些骆驼和大象。所以到了第二天,星期六,我也埋伏在一旁;我们一接到命令,马上就跳出树林,冲下山去。可是,根本没有什么阿拉伯人和西班牙人,也没有骆驼和大象。只有一群主日学校的学生在那儿吃野餐,并且都是初级班的小学生。我们冲散了他们,把那群小孩子赶出洞去;可是我们并没有得着什么,除了一些油酥饼和果子酱。卞·罗介算是弄到一个布娃娃,周·哈波弄到一本《颂主诗歌》和一本《福音手册》。可是领队的老师反攻过来,我们扔下东西,撒腿就跑。我并没看见什么钻石,我就对汤姆·索亚这样说了。可是他说那里一驮一驮的有的是;还有阿拉伯人、大象等等。我就问他:那么为什么我们看不见?他说我假如不是那么不懂事,假如我看过那本《堂吉诃德》①的话,那么不用问就会知道是怎么回事。他说这一切都是由魔法造成的。他说那里有好几百个卫兵,还有大象、财宝等等,可是魔术家是我们的敌人,他们把那一大队人马,变成了主日学校的儿童,这都是因为他们不怀好意。我说,那么,好吧,咱们就去找那些魔术家算账吧。汤姆·索亚说我是个大傻瓜。

"那怎么行?"他说,"魔术家会召来一大群妖怪,你还没来得及喊一声哎呀,它们早就把你剁得稀烂粉碎了。它们的身材长

---

① 西班牙作家塞万提斯(1547—1616)写的著名讽刺小说。

得跟大树一般高,像教堂一样粗。"

"那么,"我说,"假使咱们找几个妖怪来,助咱一臂之力——咱们能不能打垮那群人?"

"你打算怎么找它们?"

"我不知道。人家怎么找它们来着?"

"嗐,人家把一盏旧锡镴灯或是一个小铁圈①用手一擦,四周围马上又是打雷,又是打闪,到处都是滚滚的黑烟,那些妖怪就像一阵风似的跑来了。于是你叫它们替你干什么,它们就替你干什么。其实,你哪怕是叫它们把铸炮弹的铁塔连根拔起来,砸到那个主日学校校长或是别的人的脑袋上去,它们都办得到,这种事在妖怪的眼里,不过是家常便饭。"

"是谁叫它们那么飞快地跑过来的?"

"哼,谁磨擦锡镴灯或者小铁圈,谁就能叫它们那么飞快地跑过来。妖怪是那个擦灯磨铁圈的人的听差,它们必须听这个人的命令。他要是派它们用金刚钻盖一座四十英里长的宫殿,里面装满了口香糖,或是装满了你想要的随便什么东西,并且把中国皇帝的女儿找来跟你结婚,它们都得办到——并且还得在第二天早晨出太阳以前,替他办到。除此以外,它们还得抬着这座宫殿在全国各处转一遍,你爱叫它们抬到哪儿就抬到哪儿,你明白啦。"

"哦,"我说,"我想它们实在是一群傻蛋,不留着宫殿自己享受,偏要那样浪费自己的时间。再说,我要是个妖精的话,我才不肯把我自己正经的事撇开,去听一个磨擦旧锡镴灯的人的支使呢。"

"哈克·芬,你怎么这么说话。他只要一擦灯,你就非跑来不可,不管你愿意不愿意。"

"什么,一个跟大树一般高、像教堂一样粗的我?那好吧;

---

① 参看《天方夜谭》中《阿拉丁和神灯》与《渔夫和魔鬼》两个故事。

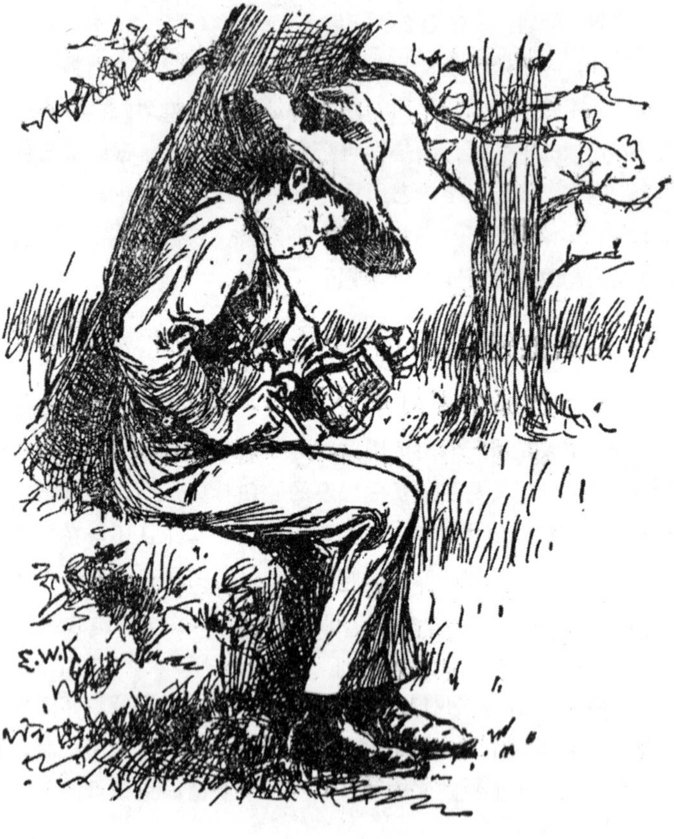
E.W.K.

我肯来；可是我管保把那个家伙吓得爬到全国最高的大树顶上去。"

"胡说八道，跟你简直是白费唾沫，哈克·芬。你仿佛是什么都不懂似的——你这地地道道的糊涂虫。"

我把所有这些事，前后想了两三天，随后我决定试试，看这里面究竟有没有一点儿道理。我找了一盏旧锡镴灯，还有一个小铁环，一口气跑到树林里，摩擦了一遍又一遍，结果出了一身大汗，像被雨淋过似的。我打算先盖一座宫殿，然后再把它卖掉。可是，一点儿用处也没有，一个妖怪也不来。于是我猜想那一大套话，一定都是汤姆·索亚撒的谎。我认为他是相信阿拉伯人和大象的，但是我的想法可不同。那明明白白是主日学校的学生呀。

第四章
毛球算灵卦

　　三四个月的光阴过去了，现在已经是隆冬的天气。我差不多一直在上学，已经学了一点儿拼音，还会念几课书，写几句话，而且九九表已经背到五七三十五了。我想我即使能够永远活下去，我也只能背到这儿为止，再也不会有进步。我对算术无论如何也不感兴趣。

　　起初我非常恨学校，可是过了不久，我能够将就下去了。每逢我非常厌倦的时候，我就逃学，第二天挨的那一顿板子，对我倒有些好处，它能叫我振作起来。所以我上学的日子越长，我越觉得容易混下去。我对寡妇那种作风，也有点儿习惯了，它也不那么叫我急躁了。住在家里，睡在床上，把我拘束得真够紧的。不过在天还不冷的时候，我有时也溜到树林子里去睡觉，那样我才能真正休息一下。我最留恋旧的习惯，可是我现在也有点儿喜欢新的生活了。寡妇说我长进得虽然慢，但是很稳，我的所作所为也还叫人满意。她说我没有给她丢脸。

　　一天早晨，在饭桌上，我一不留神把盐罐儿打翻了。我连忙伸手去抓盐，打算由左肩膀上往后扔，为的是不至于走背运。可是瓦岑小姐抢先拦住了我。她说："把手拿开，哈克贝里，你老是弄得一塌糊涂！"寡妇替我说了一两句好话，可是那也不能叫我避免坏运气，这一点我知道得非常清楚。我吃完早饭就跑出去，觉得又烦恼、又害怕，不知道要在哪儿遇见坏运气，也不知道是什么样的倒楣事。避免某些晦气自然有许多方法，可是这回的情形跟平常不同，所以我也不去想办法了，只是垂头丧气、提心吊胆地往前走。

我来到前面的花园，爬过那个梯磴，越过那个高栅栏。地上铺着新下的雪，足有一英寸厚，我看见雪上有人踩了许多脚印。脚印是由采石坑过来的，一看就知道那个人在梯磴附近逗留了一会儿，然后又绕着花园围墙走去。最妙的是那个人虽然在附近站了一阵子，可是并没有走进来。我真是莫名其妙。这实在非常离奇。我本想顺着脚印往前找，可是我先弯下腰来看了看。起初我并没有注意到什么，可是再一看就看出毛病来了。我看见那左靴子的后跟上，有个大钉子钉的十字架——一个辟邪的十字架。

我马上直起腰来，一溜烟似的跑下山去。我一边跑一边回头看，可是什么人也没看见。一转眼的工夫，我跑到了法官莎彻的家里。他说：

"哎呀，我的孩子，你跑得气都喘不上来了。你是来取利钱吗？"

"不是，先生，"我说，"有我的利钱吗？"

"有，有，昨天晚上收进来半年的利息，一共一百五十多块钱。这对你倒是很大的一笔钱。你顶好由我替你把它跟那六千块本钱一块儿放出去。你要是把它取走，你也就把它花了。"

"不，不，先生，"我说，"我不想把它花掉。我根本不想要它了——连那六千块钱也不想要了。我希望您把钱都拿去——那六千块钱，跟别的钱，统统都送给您。"

他露出惊讶的样子。他好像摸不着头脑似的。他说：

"啊呀，我的好孩子，你到底是什么意思呀？"

我说："劳您驾，您别刨根问底好不好？您愿意把钱拿去吧——不是吗？"

他说："简直把我闹糊涂了。出了什么岔子了吗？"

"请您都拿去吧，"我说，"什么话也别问我——那么我就省得撒谎了。"

他琢磨了一会儿，接着就说：

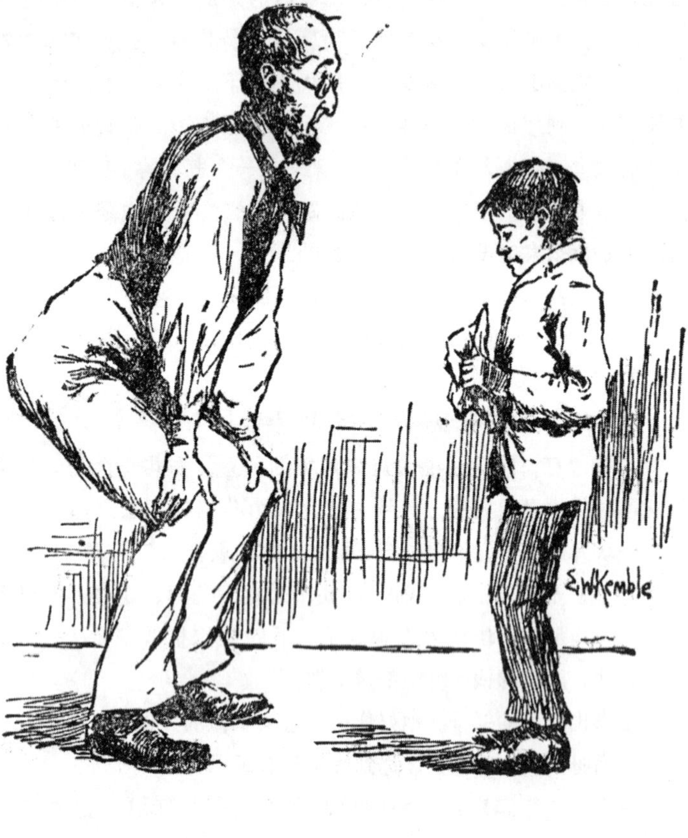
E.W.Kemble

"哦，哦，我想我明白了。你是打算把你所有的家当都卖给我，不是送给我。那就对了。"

他跟着就在一张纸上写了些字，把它念了一遍，就说：

"好啦——你看，这儿写着'作为代价'。这就是说，我由你手里买下了，把钱已经付清了。我这儿给你一块钱。现在你就画上一个押吧。"

我画了个押，就走开了。

瓦岑小姐的黑奴吉木，有个像拳头大小的毛球，那是由一头牛的第四个胃里掏出来的，他常常用它耍把戏。他说球里有位神仙，它无所不知、无所不晓。那天晚上我就跑去找他，对他说爸爸又上这儿来了，因为我在雪地上发现了他的脚印。我想要知道他到底打算干些什么，是不是打算呆在这儿？吉木掏出毛球来，对它嘟囔了几句，举起来，一撒手，它就掉在地上了。它沉甸甸地掉在地上，仅仅滚了一寸多远。吉木又试了一回，接着再来了一次，可是每次那个球老是这样。吉木就跪在地上，用耳朵贴着球听了听。但是一点效验也没有；他说球儿偏偏不说话。他说，有的时候，你要是不给钱，它就不说话。我对他说，我有个两毛五的假银币，又旧又光滑，一点儿用处也没有，因为镀上的银子掉了一块，露出铜来了。其实就是没露出铜来，也决不好使用；它像抹上一层油一样地光滑，我每次想花它都被人家看破（我不想对他提起法官给我的那块钱）。我说那确实是个假钱，不过毛球也许会把它收下，可能它不会知道这个钱有什么毛病。吉木接过钱来，闻了闻，咬了咬，还磨擦了好几下，说他有法子收拾它，让毛球当它是个真钱。他说他想把一个生马铃薯劈开，把钱夹在里面，过上一夜，到第二天早晨你就看不见铜了，摸上去也不再觉得油光光的了。到那时候，就是镇上的人，也会马上把它收下，更不用说那个毛球了。其实，我早知道马铃薯可以治假钱，不过当时我忘记了。

吉木把钱放在球底下，又趴在地上听了听。这回他说毛球可灵验了。他说它可以从头到尾给我算算命，假如我愿意让它算的话。我说，那么就算吧。于是毛球对吉木说话，吉木又讲给我听。他说：

"你的老爹爹还不知道他要干些什么。有时候他说他要远走高飞，过后他又说不打算离开他的老家。顶好是依着他老人家，让他爱干什么就干什么。有两位大仙围着你爹的头顶转：一个白得晃人眼，一个黑得像块炭。白大仙才拖着他往正道上走，黑大仙又跑过来跟他胡缠。现如今还说不定他到底跟谁有缘。我看你的命还真不坏呢。你这辈子有不少的开心事来，还有不少的麻烦；你有时候受伤吃苦，你有时候疾病缠绵，可是迟早总能够复原。你命里该着遇上两位大姑娘：一个长得漆黑，又穷得发慌；一个脸蛋雪白，还有许多家当。你是先娶那穷丫头来，后娶那位阔姑娘。再说，你应该离水越远越好，可别冒险惹灾，因为卦上说你要死在断头台上。"

那天夜里，我点着蜡烛，回到楼上卧室，看见爸爸在那儿坐着——不是他是谁呢！

第五章
爸爸做新人

我关上房门，回过身来，看见他坐在那里。我从前老是怕他，他太喜欢揍我了。我本来以为我现在也很害怕，可是呆了一会儿，我发现我想错了。这就是说，起初我被他吓了一大跳，吓得我气都喘不上来了——我做梦也没想到他真能回来，可是我马上就明白过来了：我并不怕他，他并没有什么可怕。

他快到五十岁了，看样子也很像那个岁数的人。他的头发又长又乱，油腻腻的往下搭拉着；他那两只眼睛在一绺一绺的乱头发后面闪光，仿佛他是躲在葡萄蔓子后面往外瞧似的。他的头发都是黑的，一根白的也没有；他那又乱又长的连鬓胡子也是一样。从他露着的那一部分脸上可以看出他面无血色。他那张脸是白的，可是并不像别人那种白，那是一种惨白，看上去叫人怪不好受的，叫人浑身直起鸡皮疙瘩——一种像树蛙①的白色，像鱼肚皮的白色。谈到他的衣裳——只是一身破烂布罢了。他把一只脚搭在另一条腿的膝盖上。那只脚上的靴子也开绽了，露着两个脚趾头，他隔一会儿就活动那两个趾头几下。他那顶帽子放在地板上；那是一顶黑色的旧垂边帽子，帽顶陷了进去，像个锅盖似的。

我站在旁边瞧着他，他坐在那里瞧着我，他把椅子稍微往后翘起来。我放下了蜡烛。我注意到窗户敞着，原来他是打草棚上爬进来的。他老是浑身上下打量我。隔了一会儿，他说：

"浆得笔挺的衣裳——真不赖呀。你觉得你很够个大人物的派头了吧，对不对？"

"也许够，也许不够。"我说。

"不准你跟我顶嘴，"他说。"自从我走了以后，你简直神气得不像样儿了。我非得把你这副臭架子打垮才算了事。听说你还受了教育，又会念书，又会写字。现在你自以为比你爸爸可强得多啦，因为他什么都不会，对不对？我非得叫你丢人现眼不可。嘿，谁叫你闲着没事去干那种不要脸的傻事啊？——是谁叫你干的？"

"寡妇。是她叫我干的。"

"啊，寡妇？——那么，又是谁叫寡妇没事找事，来管这份儿闲事呀？"

"谁也没叫她管。"

"好吧，等我来教给她怎么管闲事吧。你听我说——不准你再上学了，听见了没有？我非得教训教训那些人不可，他们打算叫别人的儿子长大成人，对他亲爸爸装模作样，仿佛比他爸爸还强几倍似的。你要是再到学堂里去鬼混，可留神叫我抓住，听见了没有？当初你妈活着的时候，就不会念书，也不会写字。咱们那一家人活着的时候，也没有一个会的。连我都不会；可是你现在却冒充圣人——我这个人可是受不了这些——听见了没有？喂，你给咱们念两句听听吧。"

我拿起一本书来，念了些关于华盛顿将军和战争的故事。我才念了半分钟，他一抬手给了那书一巴掌，就把它打到屋子那头去了。他说：

"果然不错。你真会念书了。你刚才对我说的时候，我还不大相信呢。你现在好好听着：再不准你装模作样了。我瞧不惯。我在半路上等着你，你这自作聪明的小崽子；我要是在那个学堂附近抓住你，我一定要好好地揍你一顿。你要知道你一上学还会信教哪。我向来没见过你这么个儿子。"

他顺手抄起一张黄蓝颜色的小画片，上面画着一个牧童赶着

---

① 树蛙产在美洲和欧洲，和普通蛙的样子差不多，可是四只脚上有吸盘，能够爬树。又译雨蛙，因将雨则鸣。

几头牛，他说：

"这是什么？"

"这是他们给我的东西，因为我功课做得好。"

他把它撕碎了，说：

"我打算给你一件更好的东西——我打算给你一条牛皮鞭子。"

他坐在那里，气哼哼地唠叨了一会儿，接着就说：

"可是，你难道还不算是个香喷喷的花花公子吗？你有一张床，还有份儿铺盖，又有穿衣镜，地板上还铺着地毯——可是你的亲爸爸反而跑到制革厂里，跟猪一块儿睡觉。我真没见过你这么个儿子。我非得把你那自命不凡的劲头打消了，才算完事。啊，你的臭架子怎么老摆不完呢？还有，人家说你发财了。嘿，是怎么回事呀？"

"他们胡说八道——就是这么回事。"

"你听我说——对我说话你可得小心点儿。现在，凡是我能受的，我都受啦——所以你就别再跟我顶嘴了。我来到镇上已经两天啦，我别的没有听见，光听说你发财啦。我在河下边老远就听说啦。我是专为这件事跑来的。你明天把那些钱都交给我——我要钱。"

"我没有钱。"

"你瞎扯。钱都在法官撒彻那儿哩。你去把它拿来。我非要不可。"

"我对你说，我没有钱。你不信就问法官撒彻去；他跟我说的也是一样。"

"好吧，我去问他。我也要叫他把钱吐出来，不然就得给我说出个理由来。嘿，你口袋里还有多少钱？都给我。"

"我只剩下了一块钱，我还打算去买——"

"我不管你打算去买什么——你趁早把它交给我。"

他接过钱去，用嘴咬了一下，看看是不是真钱，然后说他马

27

上上镇去打酒,他说他整整一天没喝了。可是他才爬到草棚顶上,忽然又伸进头来,骂我摆架子,想要比他强。过后,我以为他已经走了,没想到他又探进头来,告诉我不准上学,说他要在半路上等着我,我要是不停学,他就得打我。

第二天,他喝醉了。他跑到法官莎彻家里,连唬带骂,硬叫他拿出钱来,可是他办不到。于是他起誓说,要到法院去告他,逼他拿出钱来。

法官和寡妇都来到法庭,想要让我先跟他脱离父子关系,再由他们当中的一个做我的保护人。可是这位审判官才上任不久,对这个老头子的底细,一点儿也摸不清楚;他说法庭非到万不得已,决不干涉人家的家务,拆散人家的骨肉;他说他无论如何也不能让一个做儿子的,轻易跟他父亲散伙。这么一来,法官莎彻和寡妇对这件事只好丢开不管了。

这下子把个老头子高兴得不知如何是好。他说我要是不想法给他筹点儿钱,他就用鞭子把我身上抽得青一块、紫一块。我跟法官莎彻借了三块钱,爸爸把钱拿去喝了一个烂醉,就到各处去乱吹乱骂,装疯卖傻;他闹遍了全镇,手里敲着个洋铁锅,一直吵到三更半夜。于是他们就把他押起来,第二天带他到法院去,判了一个星期的监禁。可是他说这下子他可满意了,他说他能够管住他的儿子了,能够叫他也过点儿别扭日子了。

他打看守所里出来以后,那位新上任的审判官说要叫他重新做人,就把他带到自己的公馆,给他打扮得干干净净,叫他跟家里的人一块儿吃早饭、吃中饭、吃晚饭,对他可以说是无微不至。吃完了晚饭,他给他讲了一套关于戒酒一类的大道理,讲得老头子直抹眼泪,说他一直是个糊涂虫,把一辈子的光阴都混过了;可是如今他要重新打鼓另开张,下定决心做新人,决不再丢人现眼了。他盼望审判官多多帮助,千万不要瞧不起他。审判官说,听他说的这番话,真想过去搂他一下;于是他也哭了,他的夫人又哭了个第二回;爸爸说他从前老是被人家误会,审判官说他信他说的话。老头子说走背运的人需要的就是同情,审判官说这话一点儿也不错;于是他们又都哭起来了。到了该睡的时候,老头子就站起来,伸着手说:

"诸位先生,诸位女士,大家请看;抓住我这只手吧;握一握吧。这是一只当过猪爪子的手,但是如今已经不是猪爪子了;这是一个马上开始新生活的人的手。我死也不再犯老毛病了。你们诸位千万要记住这些话,别忘了这是我说的。现在这是一只干净手啦;握握吧,别害怕。"

于是大家都过来跟他握手,一个接着一个地握了一遍,并且又都哭了。审判官的夫人还亲了亲那只手。接着老头子在保证书上签了个字——就是画了个押。审判官说这是百年不遇的大好事,至少是这一类的话。然后他们把老头子安置在楼上一间漂亮的屋子里———一间闲着的屋子——大概是到了半夜,他的酒瘾大发,他就从窗口爬到走廊顶上,顺着柱子滑下来,用那一件新衣服,换了一大瓶劲头很猛的烧酒,然后又爬回屋里,足足地过了一下酒瘾。天快亮的时候,他已经醉得像个雷公了,他又爬到外面,一下子由走廊顶上滚下来,把左胳膊摔断了两处,还差点儿没冻死,幸亏出太阳以后被人发现了。他们来到那间空屋里一看,到处都弄得一塌糊涂,除非先勘查一番,否则就没法向前迈进。

审判官心里实在有点儿不好受。他说他认为只有给这老头子一枪,也许才能让他改邪归正,别的法子他再也想不出来。

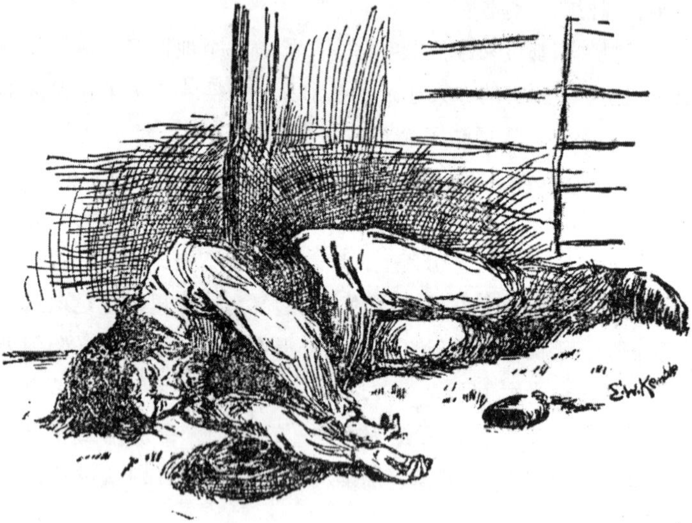
E.W. Kemble

第六章
大战追命鬼

不久以后,老头子的伤养好了,又能到处走动了。他跑到法院去告法官莎彻,想让他把那笔钱交出来。他还跟我干,怪我没停学。有两回他抓住了我,揍了我两顿,可是我还照旧上学,我每回不是躲着他走,就是在他前头跑,叫他追不上。从前我并不太喜欢上学,现在为了气爸爸,我认为非上学不可。法庭审判原来是慢吞吞的事,他们好像永远也弄不出个头绪来;所以我三天两头跟法官借上三两块钱给他,为的是不至于挨鞭子。他每次钱到手就喝个烂醉;每次喝醉了就到大街小巷去胡闹一阵,每次胡闹完了就被人押起来。他干这种事很相宜——这种事正是他的拿手好戏。

后来他老喜欢跑到寡妇住的地方转来转去,所以寡妇最后对他说,假如他总是舍不得离开那儿,她就要对他不客气了。好了,你说他是疯了不是?他说他要让大家看看究竟谁能管住哈克·芬。春天的时候,他有一天在半路上等着我,把我捉住,划着小船,带我到上游三英里左右的地方,然后过河到伊利诺斯州去。那里是一片森林,没有人家,只有一所古老的小木屋;这个地方树木长得很密,假使你不认识路,你决找不着。

他老叫我呆在他的身边,所以我总没有机会逃跑。我们在那间老木头房子里住着,到了晚上,他总是把门锁上,把钥匙压在脑袋底下睡觉。他有一杆枪,我想是他偷来的,我们钓鱼打猎,靠着这个过日子。过不了几天,他就把我锁在屋里,独自到那离渡口三英里的一个铺子里去,用鱼和猎物换些烧酒回来,喝一个醉，痛快一阵，然后拖我过去打一顿。隔不多久，寡妇打听出我住的地方，就派人来，打算找我回去。可是爸爸用枪把他赶跑了。这件事发生不久以后，我在我住的地方也就呆惯了，我也很喜欢这种生活，除了挨鞭子那一部分之外。

整天舒舒服服地游游荡荡，抽抽烟，钓钓鱼，不必念书，不做功课——这就是懒惰，这就是快活。两个多月的工夫过去了，我的衣服弄得又脏又破，我不明白当初为什么我居然那样喜欢寡妇家里那一套规矩：你饭前要洗手，要就着盘子吃饭，头要梳得整整齐齐，睡觉和起床都有一定的时间，永远跟书本子打交道，还得从早到晚听瓦岑小姐的唠叨。我再也不打算回去了。我本来已经不骂人了，因为寡妇不爱听；可是现在我又骂上了，因为爸爸不反对。总而言之，在那一带树林里的生活，是过得非常美满的。

但是，过了没有多久，爸爸动不动就拿那根硬木棍打我，我实在忍受不下去了。我浑身上下被他抽得青一道、红一道的。他还老喜欢跑出去，把我锁在屋子里。有一回他把我锁了起来，三天没有回家。那实在把人闷死了。我猜想他是淹死了，我永远也出不去了。这可把我吓坏了。我下决心想法子离开那里。我从前有好几回想要由那间木头房子逃走，可是总想不出好主意来。这间房子连个一条狗钻得过去的小窗户都没有。我又没法由烟囱里爬出去——它太窄了。门是用又厚又结实的橡木板做的。爸爸走的时候又非常小心，决不把刀子一类的东西留在屋里，我想我在屋里至少翻过一百遍了。我差不多一直在乱翻乱找，这几乎是我消磨时间的唯一方法。可是这回我居然找着了一把家伙：我找着了一把生满了锈、没有把儿的锯，它正好夹在房椽子上面和屋顶板底下的缝子里。我给它抹上了点油，就动手干起来。这间屋子离门口最远的那头，在一张桌子的后面，有一条盖马用的旧毯子，钉在木头墙上，免得大风由墙缝里刮进来吹灭了蜡烛。我钻到桌子底下去，掀起毯子，动手把墙底下那根大木头锯掉一节，打算弄个能够让我钻过去的窟窿。不过，这件活儿费了我好大的工夫。可是我刚要做完的时候，就听见爸爸的枪在树林子里响。我就把锯末收拾干净，放下毯子，藏起锯来。过了一会儿爸爸就进来了。

爸爸又在发脾气——他天生就是这种样子。他说他这回到镇上去，事事都不遂心。他的律师说，假如有一天真能开庭审判，他相信他能够把官司打赢，把钱弄到手。可是人家总有法子长期拖下去，法官莎彻就很会对付一气。他又说，有人认为还要有另一次审判，为的是让我跟他脱离关系，还叫寡妇做我的保护人，并且据他们揣测，这一回的官司对方准能打赢。这可让我大吃一惊，因为我决不愿意再回到寡妇家里去受拘束，并且还要像他们所说的，去受教育。接着老头子就骂起来了，他把他能想到的每一个人、每一件事都骂到了，然后又从头到尾再骂一遍，唯恐有什么遗漏。这样骂完了以后，他用一场一包在内的大骂来收场，把一大群他连姓名都不知道的人也骂在里头了。他骂到那些人的时候，就管他们叫"那个叫什么名字的人"，接着又骂下去。

他说他倒要瞧瞧寡妇能不能把我夺回去。他说他要随时留神，如果发现他们对他耍这一类的把戏，他知道六七英里地以外有个地方，可以把我藏起来，在那里，他们累死了也找不着我。这又弄得我心里七上八下，可是过了一会儿我就把它撇开了；我想等到他准备那样做的时候，我也许能想法子躲开。

老头子叫我到小船上去取他带回来的东西。那里有五十磅重的一口袋玉米片，半只腌猪，一包弹药，一瓶四加仑重的烧酒，还有一本旧书，两张包装弹药用的报纸，此外还有些糙麻绳。我挑回一担去，再来到河边，坐在船头上休息。我从头到尾想了一遍，我想等到逃跑的时候，把枪和几根鱼绳拐走，逃到树林里去。我想我将来决不老呆在一个地方，我要步行穿过全国，多半在夜里走路，全靠打猎钓鱼维持生活，这样我就可以跑到很远的地方去，让老头子和寡妇再也找不着我。我认为我在当天夜里就可以锯出个窟窿,离开这里,如果爸爸醉得够厉害的话。他一定会喝得大醉,我想。我一心想着这件事,连在这儿呆了多大工夫都忘记了,后来老头子喂喂地直喊我,问我是睡着了,还是淹死了。

我刚把东西都运到小屋子里,天就快要黑了。我正烧晚饭的时候,老头子一口气大喝了一阵,就很有点儿醉意了,于是他又乱说乱骂起来。他在镇上已经喝醉过了,在臭沟里躺了一夜,他那副样子真得算是奇观。他全身都是稀泥,人家真会拿他当成亚当①。每回他酒性发作的时候,他十之八九是挑政府的毛病。这回他说:

"这也配叫政府!你睁开眼看看,就知道它是个什么东西了。这儿的这种法律,随时预备着抢走人家的儿子——人家的亲生儿子,人家费了九牛二虎之力、操了天大地大的心、花了数不清的钱,好容易才把儿子养大了。对了,人家刚刚把儿子养大了,正要叫他去做点儿事,反过来孝敬他老子,让他老子歇歇肩、喘喘气,这时候法律却跑过来对他不依不饶。可是他们还管它叫政府!这还不算。法律还给法官莎彻那个老东西撑腰,让我得不着我自个儿的财产。这就是法律干的好事。法律抓住了一个有六千多块金圆的财主,把他硬塞在这么个耗子笼似的小屋子里,让他穿着猪都不屑于穿的衣裳跑来跑去。可是他们还管它叫政府!一个人受这样的政府的管,还能享受权利吗?我有时候真想一跺脚离开这个国家,一辈子也不回来了。不错,我把这话已经告诉他们了;我当着面对老莎彻说的。有好多人都听见了呀,他们都能学得上来我说的话。我说,我无论如何也要离开这个倒楣的国家,以后压根儿连它的边儿都不沾了。这就是我说的话,一个字儿都不差。我说,你们看看我这顶帽子——假如你们还肯

---

① 根据《旧约》上的传说,人类的始祖亚当是上帝用尘土造的。见《旧约·创世记》第2章第7节。

管它叫帽子的话——帽顶耸上去了，帽檐搭拉下来，把我的下巴都盖住了，与其说我戴着一顶帽子，倒不如说我把脑袋塞在一节火炉烟囱里头了。你们都看看，我说——我这样的人戴这样的帽子——我也是咱们镇上的大财主之一呀，假如我能够享受我的权利的话。

"啊，对了，这才是个了不起的政府哪，真是了不起呀。嗜，你听我说吧。有一个自由的黑人，原籍是俄亥俄①；他是个混血种，可是几乎跟白人一样白。他穿着雪白的衬衣——白得简直是出奇，还戴着一顶漂亮极了的帽子；走遍了全镇也找不着一个人跟他穿戴得一样漂亮；他还有一只金表，拖着一条金链，手拿着一根镶银的手杖——真是全州顶神气的一位白发苍苍的大阔佬。还有，你猜怎么样？人家说他是个大学教授，会说各国官话，无所不知，无所不晓。可是这还不算是顶糟糕的哪。他们说他在家乡的时候，还有资格选举。这可把我弄糊涂了。我心里想，这个国家终究会弄成个什么样儿呢？那天正好是选举的日子，我自个儿也正打算去投票，要不是醉得走不动的话。可是我才一听说咱们这个国家有一州，会让那个黑鬼投票，我马上就不干了。我说我再也不投票了。这就是我说的话，一个字儿都不差；他们都听见了呀；咱们这个国家尽管亡国灭种，我也满不在乎——反正我这辈子再也不投票了。你看那个黑鬼那副冷冰冰的神气，啊，要不是我把他推到一边儿去，他连路都不让给我。我对大家说，怎么没有人把这个黑鬼给拍卖了呢？——这是我要知道的事。你猜他们说什么？哈哈，他们说他来到本州要是不到六个月，就不能拍卖；他来到这儿还没有那么多日子。啊，你看，这够多么特别。一个自由的黑人来到州里不到六个月就不能出卖，连这点儿事都办不了，还配叫什么政府？这是个自称政府的政府，装得像个政府，自己以为是个政府，可是它非得乖乖地坐着等上六个

---

① 美国东北部废除蓄奴制度的一州，是所谓的黑人自由州。

月,才敢去对付一个晃来晃去、贼眉鼠眼、万恶滔天、穿白衬衣的自由黑人,而且——"

爸爸就这样骂下去,根本没注意到他那两条软绵绵的老腿把他带到了哪儿,结果他一个斤斗就翻到腌猪肉的木桶里,把两个膝盖都磕破了,因此他后来说的都是些最激烈的话——多半是些反对黑人和政府的话,虽然他也一直捎带着骂那个腌肉桶。他绕着屋子乱跳了一阵,先用一只脚跳,然后用另外一只,先抱起一个膝盖,又抱起另外一个,末后他忽然抬起左脚,对准木桶啪的踢了一脚。不过这个办法并不高明,因为他穿的正是那只头上裂开、露出两个脚趾头的靴子,于是他大吼一声,简直吓得人头发直竖。他一歪身就躺下了,在泥地上揉着脚趾头打滚。他当时骂人的话,简直把他一辈子骂人的话都压倒了。他自己后来也这么说。他曾经听过本村的老叟伯·哈根最得意的时候骂人,他说他把他也赛过了;不过我想这也许有点儿吹牛。

晚饭以后,爸爸抱起酒瓶子来,说那里面还有不少烧酒,足够他醉两个半死,发一次酒疯。这是他常说的一句话。我揣摸他大约一个钟头以后,一定会醉得人事不知,那么我不是把钥匙偷到手,就是锯个窟窿溜出去,怎么做都行。他喝了又喝,不大的工夫,就一头栽倒在毯子上了。可是我偏偏不走运。他并没睡着,只是觉得十分难受。他一边哼哼,一边叫唤,把拳头来回地抡了好半天。末后我困极了,无论如何也睁不开眼睛,所以不知不觉就睡着了。蜡烛还在桌子上点着。

我也不知道睡了多久,忽然间我听见一阵可怕的尖声喊叫,我立刻爬了起来。爸爸在那里像疯了一样,跳过来,跳过去,口口声声喊有蛇。他说它们往他的腿上爬;然后他又跳一步、喊一声,说有一条蛇咬住了他的脸——可是我并没看见什么蛇。他跳起来,绕着屋子转了又转,嘴里喊:"快把它揪下来呀!快把它揪下来呀!它咬我的脖子哪!"我从来没见过一个人的眼睛里显出这么惊慌的神气。过了一会儿,他累得不行了,倒在地下直喘,接着他又打起滚来，滚得比什么都快，他碰着什么就踢什么，还用手对空中乱抓乱打，使劲叫唤，说他让小鬼抓住了。过了一会儿，他又累乏了，静静地躺着哼哼。越到后来越不动弹，也不出声。我听见老远的树林子里，有猫头鹰和狼叫的声音，越发觉得清静得可怕。他在那边角落里躺着。不大一会儿，他撑着身子起来了，歪着脑袋仔细听。他轻轻地说：

"啪哒—啪哒—啪哒；那是死人的脚步声呀；啪哒—啪哒—啪哒；他们来拘我了；我可不去呀——哎哟，他们来到啦！别碰我！撒开手——手真凉呀——放了我吧——哎哟，别管我这穷鬼好不好！"

然后他手脚齐忙地向一边爬，央求他们放了他；他又用毯子把他自己裹起来，滚到那张老橡木桌子底下去，嘴里仍然央求着；然后他就哭了。虽然有毯子包着，我还是能够听见。

不久，他滚出来，一跳就站起来了，像个煞神似的。他看见我，就对我扑过来。他抄起一把大折刀，在屋里来回地赶我，管我叫追命鬼。他说他要杀掉我，我就没法再追他的命了。我央求他，告诉他我是哈克，可是他尖声地惨笑了一声，跟着又大吼大骂，仍然继续赶我。有一回我突然一转身，由他的胳膊底下躲过去，他一把抓住我的皮夹克的后背，恰好在两个肩膀的中间，我以为这回可没命了。可是我一下子把皮夹克褪下来，像闪电似的那么快，这才捡了一条命。不久，他累垮了，倒在地上，背靠着门，说先歇一歇，再起来杀我。他把刀子放在身子底下，说他先睡一会儿，长点儿力气，然后他再看看谁有本事。

他很快就打起盹来。我马上搬过那把柳条编底的旧椅子，轻轻地爬到上面去，连一点儿响声都不敢弄出来，就把那支猎枪取下来了。我用铁条往枪筒里探了一探，看看确实是装好了弹药，就把枪横放在萝卜桶上，我坐在枪托后面，枪口对准了爸爸，等他只要一动，我就马上开枪。可是时间过得多么慢呀，而且静得要命。

第七章
金 蝉 脱 壳

"起来！你干什么哪！"

我睁开眼睛，四周围看了一下，想要知道我到底在什么地方。那时候已经是天光大亮了，我原来一直睡得很香。爸爸站在旁边，脸朝下望着我，显出不耐烦的样子——还带着病容。他说：

"你拿枪干什么来着？"

我料想他根本不知道他自己昨天夜里干了些什么，我就说：

"有人想要进屋来，所以我埋伏着等他。"

"你怎么不把我叫醒？"

"我叫了半天也叫不醒；我又推不动你。"

"那么，好吧。别整天站在那儿花言巧语地说个没完。快出去看看钩上有鱼没有，好预备早饭吃。我跟着就来。"

他用钥匙开开房门，我就一溜烟跑到河岸上去。我注意到有几根大树枝子和这类的东西打上游漂下来，另外还有一些树皮。我知道河里已经涨水了。我想如果现在我在镇上的话，我一定会过得很快活。六月里涨水对我一向是很好的运气，因为每逢涨水的日子，总有些大块的木料冲下来，还有零散的木筏——有时候有十几根大木材连在一起；你只要把木头捞上来，卖给木料行和锯木场就行了。

我沿着河岸往上游走，一边留神看爸爸跟来没有，一边注意大水给我带来了些什么东西。突然间，有一只独木船漂下来了，那还是一只非常漂亮的小船，有十三四英尺长，像只鸭子似的得意洋洋地向前浮。我由岸上一头扎到河里去，像一只田鸡似的，随身的衣裳也没脱,就对着那只小船浮过去。我还以为船里面一定有人躺着哪——有些人常常那样做,为的是要骗骗人,专等人家划着船快把它追上了,他们就由船里坐起来,对着人家哈哈大笑。可是这回并不是那样。这是一只没主的独木船,一点儿也不错,我爬上船去,把它划到岸边。我心里想,老头子看见这只船,一定很高兴——它起码值十块钱。可是我上岸的时候,还没看见爸爸过来。我正在把船划到一条类似水沟的小河里去——河沟的两岸到处都长满了藤萝和杨柳——这时候我又想起一个主意。我想我还是把船好好藏起来,那么等我逃跑的时候,就不必跑到树林子里去,我可以顺水划下五十多英里,永远在一个地方住下,就省得徒步跋涉,受很大的折磨了。

这地方离那所木头房子很近,我好像老是听见老头子走过来的声音;可是我把船藏得很严密;然后跑出来绕着一丛柳树张望了一下,只见老头子一个人顺着小道走过来,正用枪对着野鸟瞄准。所以他并没看见什么。

他走过来的时候,我正在用力往上拖"拦河钩"绳①。他怪我慢手慢脚,骂了我几句。我告诉他,我掉在河里了,所以才耽误了这么半天。我知道他看见我浑身都是湿的,一定会刨根问底。我们由拦河钩上摘下来五条大鲶鱼,就回家去了。

我们吃完早饭,就躺下来,想睡一会儿——我们两个都累得几乎不能动弹了——这时候,我想,如果我能够想个法子,让爸爸和寡妇再也不想找我回来,那可就比在他们还没发觉我没影儿了的时候,全凭运气跑到远处去让他们找不着要保险得多。你知道,天下什么事都可能发生。可是,我当时怎么也想不出个法子来。不久,爸爸撑起身来,又喝了一罐水,说:

"下回再听见有人到这儿偷偷地蹓跶,可千万把我叫醒,听

---

① "拦河钩"绳是一条很长的钓鱼绳,上面拴着许多钓鱼钩。打鱼的人把绳的一头放在水底,一头拴在岸旁的树枝上。

见了没有？那个人到这儿来，一定没安着好心。我得用枪打死他。下回你可得把我叫醒，听见了没有？"

然后他就倒下去，又睡着了。但是他说的话，正好是替我出了个好主意。我心里想，现在我可以好好安排一下，让谁都不想再来找我。

十二点钟左右，我们来到外面，沿着河岸往上走。河水涨得很快，有许多木材顺着大水漂过去。跟着漂过来一节木筏——九根木材紧紧地连在一起。我们乘着小船追过去，把它拖到岸上来。然后我们就回去吃中饭。除了爸爸之外，不管是谁都会在这儿等上一天，好多捞些东西；可是，那不是爸爸的作风。一次捞九根木材，已经足够了；他想马上运到镇上去卖。于是他就把我锁在屋里，大约在下午三点半钟就乘着小船，拖着木筏，动身走了。我猜他那天晚上决不会回来。我在屋里等着，等到我想他已经划得起劲儿了，就拿出锯来，继续锯那根木头。所以他还没有划到对岸，我已经由那个窟窿里爬出来了。远远望过去，他和他的木筏不过是漂在水面上的一个黑点儿罢了。

我把那口袋玉米片背到藏独木船的地点，拨开藤萝和树枝，把它放在小船上。我又把那腌好的半只咸猪扛来，然后再抱那个酒瓶；我把所有的咖啡和白糖都拿来了，还加上所有的弹药；我拿了塞弹药的东西，还有水桶和水瓢；拿了一把勺子和一个洋铁杯，我那把旧锯和两条毯子，还有平底锅和咖啡壶。我还拿了鱼绳和火柴，和许多别的东西——凡是有点儿用处的东西都拿来了。我把那个地方给搬空了。我需要一把斧子，可是屋里没有，只有外面劈柴堆那儿放着的那把，但是我要把它留下是有缘故的。我把枪也拿出来，现在我算是准备好了。

我由那个窟窿爬进爬出，拖出来那么许多东西，把洞口外面的地面磨平了一大片。我就从外面好好收拾了一遍：在地上撒了些浮土，把平滑的地方和锯末都盖起来。然后我把锯下来的那节木头，又安在原来的地方，再搬两块石头垫在底下，另外再搬一块顶住那节木头，不让它坠下来，因为那节木头在那个地方有点儿弯，沾不着地。这时候，如果你站在四五英尺远的地方，并不知道有人把它锯掉了，那么你决不会看出什么毛病来。再说，这地方正在屋子背后，也不见得有人逛荡到这里来。

由这间屋子到独木船的路上，是一片草地，所以我并没有留下什么脚印。我到处看了一下。我站在岸上，向河上望过去。一切安全。我就拿起枪来，走进树林，找来找去，想要打几只鸟儿，这时候，忽然迎面来了一只野猪。由草原上农庄里跑出来的猪，不久就在那一带洼地里变野了。我把这家伙一枪打死，就把它拖回住处去了。

我举起斧头，砍破了房门，乱砸乱劈了一阵。我把野猪拖到屋子里，几乎弄到桌子前面，然后一斧头砍在它的嗓子上，让它躺在地上流血——我说地上，是因为那确实是地——是压得很硬的土地，并不是地板。紧跟着，我拿过一条旧麻袋，里面装上许多大石头——我拖得动多少就装多少——我就由猪身子旁边开始，拖着口袋，走出房门，穿过树林，来到河边，把它一下子丢到河里，它立刻沉下去，看不见了。你能够很容易地看出有什么东西在地上拖过的痕迹。我非常希望汤姆·索亚当时在场，我知道他对这类事很感兴趣，他会另外想出一些很精彩的花样。遇到这样的事情，谁也不如汤姆·索亚会逞能。

最后，我由头上揪下几根头发，在斧头上涂满了猪血，把头发粘在斧头背上，就把它扔在角落里。然后我抱起那只猪来，用衣服兜住，搂在怀里（为的是不让它滴血），一直等到离开屋子很远了，才把它扔到河里去。现在我又想起来另一个主意。我跑到独木船里，把那口袋玉米片和那把旧锯都拿回屋里来。我把口袋放在原来的地方，用锯在口袋底下开了个小洞，因为这里没有吃饭用的刀子和叉子——爸爸做饭的时候，无论切什么都用那把大折刀。然后我就背着那个口袋，通过草地，穿过房子东边的柳树林，走了一百码的光景，来到一个五英里宽的浅湖边，那里面一

41

片汪洋，满是蒲草——在那个季节，你也可以说，那里面满都是野鸭子哩。有一个烂泥塘，也可以叫做小河沟，由浅湖的那一边，通到好几英里地以外的地方——究竟通到哪儿，我也说不清楚，反正没有通到河里来。玉米片从口袋里漏出来，由木屋子到浅湖旁边，一路上漏成了一条白道儿。我还把爸爸的磨刀石丢在这里，像是偶然忘下了的样子。然后我把口袋上的小洞，用绳子扎起，不让它再漏，又把口袋和锯都带到独木船上。

现在，天快要黑了；我就让独木船漂到那笼罩着河岸的柳树底下，等着月亮上来。我把船拴在一棵柳树上；然后吃了口东西。不久，我又躺在船里抽了袋烟，心里打着算盘。我心里想，他们一定会跟着那一袋子石头的痕迹，找到河边上去，然后就会沿河打捞我的尸首。他们还会随着玉米片的印子，找到湖里去，再顺着湖口小河沟像牛吃草似地前去找那害了我的性命、抢了那些东西的强盗。他们到大河里除了找我的尸首之外，决不会再找别的什么了。他们对这件事不久就会厌倦，不再为我操心了。那么我就可以随便呆在什么地方了。就我说来，甲克森岛倒是个好地方；我对那个岛知道得很清楚，并且从来没有人到过那个地方。此外，我在夜里还可以划船过河到镇上去蹓跶蹓跶，拾些我所需要的东西。甲克森岛真是个好地方。

我累得很，不知不觉就睡着了。我醒来的时候，一时不知道自己身在哪里。我坐起来，四周围看了一看，心里有点儿害怕。然后我才想起来了。这条河望过去似乎有好多好多英里宽。月亮非常亮，我连水上漂下来的木材都能够数得出来；它们离河岸有几百码远，黑黑的，静静的。一切都安静得要命，看光景，知道时间已经不早了，闻气味，也可以知道不早了。我想你一定懂我的意思——我不知道该用个什么字眼儿合适。

我打了个呵欠，伸了伸懒腰，刚准备解开绳子走的时候，就听见远处水上有个声音。我仔细听了一下，马上就听出来了。那是清静的夜里在桨叉上摇着的桨所发出的一种迟钝而均匀的声音。

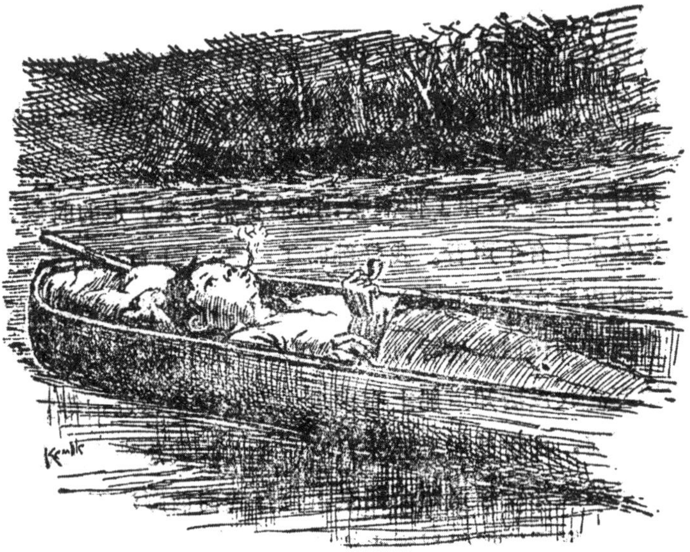

我隔着柳枝向外偷看，原来那里有一只小船，漂在水那边远远的地方。我没法知道船上有多少人。它越走越近；等到它来到我的面前，我看见船上原来只有一个人。我想那个人也许是爸爸，虽然我并没想到他会回来。他打我面前顺流而下，可是不久就摇摇摆摆地把船划到水流和缓的地方上了岸。他由离我很近的地方漂过去，我如果伸出枪去，简直就可以碰着他。嘿，那人正是爸爸，一点儿也不错——而且并没喝醉，由他划桨的姿势，我可以看得出来。

我一点儿也不耽搁。一转眼，我已经通过岸旁的树荫，向下游一直冲去，动作很轻，但是划得很快。我一气划了二英里半，然后偏过船头，向中流划了四五百码，因为一会儿就要经过渡口，我恐怕有人看见我，对我打招呼。我驾着船钻到漂流的木材中间去，平平地躺在船底上，让它随便漂着。我躺在那里，抽着烟斗，好好地歇了一阵；看见天上万里无云。如果你在月光里仰卧着向天上看的话，天空就显得特别深远；这是我从来不知道的。还有，在这样的夜里躺在水面上，你可以听得多么远呀！我听见有人在渡口码头上闲谈。我还听得见他们说的话，句句话都听得很真。一个人说，现在白天越来越长，黑夜越来越短。另一个说，照他看，这一夜可实在是不算短呀——他们一听这话，就都笑了，他跟着又说了一遍，他们又都笑了；然后他们叫醒了另外一个人，把这话告诉了他，又都笑了，可是这个人并没有笑，只是气哼哼地骂了一句，说别来惹他。第一个人说他打算回去把这话告诉他的老婆——她会觉得挺有意思的；不过他说他当年说的话，比这种话还要俏皮得多话。我听见有一个人说快到三点钟了，他说他希望白天可别等一个多礼拜才来到。在这以后，谈话的声音就越来越远，我也就再也听不清楚他们的话了，可是我还能听见一些叽叽咕咕的声音；偶尔还有一两声笑声，不过像是很远很远了。

我现在已经离码头老远了。我站起来，看见甲克森岛就在前面，大概在下游二英里半的地方——岛上长满了大树，像是由大河中间钻出来似的。它那样子又大又黑又结实，活像一艘不带灯的大轮船。岛头的沙洲，一点影子也看不见——都让大水给淹没了。

我没费多大的工夫就到了那儿。我飞快地穿过岛旁边——那里的水流得太急——然后来到一个静水湾里，在靠近伊利诺斯州的这边靠了岸。我把独木船划到我所知道的一个岸边深弯里去。我必须把柳枝拨开，才钻得进去；等我把船拴好之后，不管是谁从外面都看不见它。

我上了岸，坐在岛头上一根圆木头上，向着汪洋大河一直望过去，看见水上漂着黑忽忽的木材，还看见三英里以外的那个镇，那里有三四处灯亮，穿过岛头旁边，一闪一闪地发光。一个大得可怕的木筏在上游一英里多的水面上出现了，它慢慢地漂过来，正中间点着个灯笼。我站起来看着它慢慢地游过来，等它快打我站的地方前面经过的时候，我听见一个人喊着说："喂，摇尾桨啊，往右边掉头啊！"我听得清清楚楚，仿佛说话的人就在我身边一样。

这时候，天空已经有点儿发白。我走到树林里躺下，想在吃早饭以前先睡一下。

第八章
饶了瓦岑小姐的吉木

我睡醒的时候,太阳已经很高了,我猜想一定过了八点钟了。我躺在阴凉的草地上,想想这个,想想那个,身上已经歇过来了,很舒服、很满意。透过一两处树叶的缝子,可以看见外面的太阳,但是头顶上和四周围多半都是大树,人呆在里面,觉得阴森森的。阳光通过树叶子照得满地花花搭搭,有些花花搭搭的地方有时候稍微摇晃几下,就知道树梢上刮过去一阵微风。有一对松鼠蹲在树枝上,对我吱吱地叫,显得挺亲热的。

我觉得懒洋洋的舒服极了——简直不想起来做早饭。我又要打个瞌睡,忽然间我好像是听见了"砰"的一声,声音十分沉闷,似乎是由上游远处传来的。我连忙爬起来听,用一只胳膊肘支着身子。一会儿,我又听见了一声。我一下跳起来,跑过去从树叶子中间一个窟窿往外看,看见上游远处水面上有一股白烟——那地方跟渡口平排着。我还看见那只渡船,载着满满一船人,朝着下游漂过来。现在我可明白那是怎么回事了。"砰!"我看见一股白烟由渡船旁边喷上来。你瞧,他们正在向水上开炮,打算让我的尸首浮到水面上来。

我饿得很,但是现在生火对我可不合适——因为他们会看见烟。所以我就坐在那里,看着冒烟,听着开炮。那一段河面有一英里宽,在夏天的早晨,那一带的景致总是非常好看,所以只要我能有一口东西吃,我坐着看他们找我的死尸,也真够快活的。我偶然想起,他们常常把水银灌在面包里,再让它们漂在水上,因为这种面包往往一直漂到水底下淹死的人那里,就会停住不动。我就说,我非得留神不可,假如有这样的面包漂下来找我,我一定要照顾照顾它们。我就换了个地方,来到小岛靠近伊利诺斯州的这一边,看看我的运气如何,结果我并没有失望。一个加倍大的面包漂过来了,我用一根长棍子刚要把它弄到手里,可是我脚底下一滑,它又漂远了。当然,我是站在急流离岸最近的地方——这一点我太清楚了。不久,又漂过来了一个,这一回我可成功了。我拔出上面的塞子,摔出那一点儿水银,就咬了一口。那还是"面包房的面包"——是高贵人家吃的面包——决不是那种难吃得要命的玉米面饽饽。

我在树叶子当中找了个好地方,在一根木头上坐下,一边啃着面包,一边看那只渡船,觉得真是心满意足。我忽然又想起一件事。我想,现在寡妇或是牧师或是别人一定正在祷告,盼望这些面包能够找到我,如今它们果然来到这里找到我了。所以毫无问题,这种事也的确有点儿用处。这就是说,像寡妇或者牧师那样的人祷告,是有点儿用处的,但是对我却一点儿也不灵;大概是谁要是真正需要它灵,它就偏偏不灵。

我点上一袋烟,足足地抽了一通,又接着看热闹。渡船顺水漂来,我料想等它漂过来的时候,一定有机会看见有谁站在船上,因为渡船也会像面包一样地打我面前经过。那只船眼看就要过来了,我就弄灭了烟斗,来到我刚才捞面包的地方附近,趴在岸上一小块空地上的一根大树干后面。由树干分叉的地方,我可以往外偷看。

过了不久,船真过来了,它漂得离我很近;他们只要搭上一块板子,就可以走上岸来。差不多所有的人都在船上。爸爸,法官莎彻,白西·莎彻[①],周·哈波,汤姆·索亚,和他的波蕾老姨妈,还有细弟和玛莉,还有许多别的人。人人都在谈论这件凶杀案,可是船长忽然喊着说:

---

① 法官莎彻的妻子。

"现在千万要留神哪。这地方的水流得太急了,也许他让水给冲到岸上去,挂在水边上的矮树里了。但愿如此吧!"

我可不希望如此。他们都向这边挤过来,靠着栏杆往外探身,几乎就在我的眼前;他们一声不响,非常注意地看着。我能一目了然地看见他们,可是他们看不见我。紧跟着,船长拖着腔喊了一声:

"站开!"就在我眼前响了一声大炮,震得我耳朵都快要聋了,烟把我的眼睛也快要熏瞎了,我以为这一回我可真完了。他们真要是装上了炮弹,我想他们还真会把他们要找的尸首弄到手哪。可是,谢天谢地,我总算一点儿也没受伤。船继续向前漂过去,走到小岛的肩膀旁边,一拐弯就看不见了。我偶尔还能听见放炮的声音,可是越来越远,过了一个钟头以后,就再也听不见了。这个岛有三英里长。我猜想他们已经走到岛尾去了,一定不再找了。可是他们还不肯一下子就死心。他们由岛尾转过头来,顺着靠近密苏里那边的河道,开足马力驶往上游,一边走一边不断地放炮。我又跑到这边来看。他们来到岛头就不再放了,就在密苏里那边的岸上下船,上镇回家去了。

我知道我现在可以安心了。决不会再有人来找我了。我由独木船里拿出我带的东西,在密林里搭了个很好的野营篷。我用毯子凑合着搭了一个帐篷,把东西都放在底下,免得下起雨来打湿了。我捉了一条大鲶鱼,用锯剖开它的肚子,等到太阳快下山的时候,我就生起露天火堆,弄了顿晚饭吃。接着我又放下线去,打算捉几条鱼当第二天的早饭。

天黑的时候,我坐在火堆旁边抽烟,觉得满意极了;可是过了一会儿,就觉得有点儿闷得慌。我就跑到岸上去坐着,听听河流冲刷的声音,一边数数天上的星星,数数河里漂下来的木材和木筏,然后就回去睡觉;在你烦闷的时候,这是消磨时间最好的方法;你决不会老是那么闷闷不乐,你过一会儿就会好的。

三天三夜的工夫就这样过去了。没有一点儿花样——总是这么一套。可是到了第四天我就穿过整个小岛，到各处去看地形。我如今是小岛的主人；整个的岛可以说都是属于我的；所以我打算知道岛上的一切情形；但是主要的还是想消磨时间。我找到许多杨梅，果子长得又熟又好；还有许多青的夏季葡萄，青的草莓，才长出来的青的黑莓子。它们不久都会熟透、可以随便摘下来吃，我想。

我在这森林里乱跑了一阵，到后来我猜想大概离岛尾不远了。我一直带着我那支枪，但是什么都没打——那是为了防身用的；我想走到离家不远的地方，可以打几只野鸟。这时候，我差一点儿踩着一条大蛇，那条蛇穿过青草野花逃跑了，我就跟在后面追，打算给它一枪。我正在向前飞跑，忽然间我一下子踩在一堆还在冒烟的火灰上。

我的心几乎由嘴里跳出来。我并没有等着仔细看，就把枪上的扳机拉下来，偷偷地跐着脚飞快地往回跑，每隔一会儿就停一下，在稠密的叶子里听一听；可是我喘得太厉害，什么也听不见。我又溜了一段路，然后又听了一阵；我就这样听了又走、走了又听；假如我看见一棵枯树桩，就把它当成一个人；假如我踩折了一根树枝子，就觉得好像有人把我的喘气截成了两段，我只喘了上一段，并且还是短的那一段。

等我回到露营的地方，我不再觉得急躁了，我肚子里的勇气差不多全都吓跑了；但是我想，这可不是闹着玩的时候。我就把东西又都收拾到独木船上去，为的是不让人看见。我把火弄灭，把灰撒开，让这地方看起来好像是去年有人露营的样子，然后我就爬到一棵树上去了。

我估摸我在树上呆了有两个钟头；可是什么东西都没看见，什么声音也没听见——我只是自以为看见了、听见了成千成万的东西。不过，我决不能在树上坐一辈子，所以末后我就下来了，可是我老是躲在密林里，随时警惕着。我能弄到的吃的，只是一些水果和早饭吃剩下的东西。

到了晚上，我饿极了。所以等到很黑的时候，我就趁着月亮还没出来以前离开小岛，划船过河，来到伊利诺斯的岸上——这一段大约有四五百码的路程。我到树林子里做了一顿晚饭。我刚要决定在这里过夜的时候，就听见"踢踢、踏，踢踢、踏"的声音，我心里想："马来了。"紧接着我又听见有人说话。我赶快把东西搬上小船，然后偷偷穿过树林，看看是怎么回事。我还没走多远，就听见一个人说：

"咱们顶好在这儿露营吧，假使能找着个好地方的话；马快累垮了。咱们先到四周围看看吧。"

我一会儿也没耽搁，抄起桨，撑开船，轻轻地划走了。我把船拴在那个老地方，打算睡在小船里。

我没怎么睡着。因为心里有事，我老睡不踏实。我每回醒过来，都以为有人掐住了我的脖子。所以说睡觉对我并没有好处。到后来我想我决不能这样活下去；我要去看看到底是谁跟我一起藏在岛上；我非把这件事弄清楚不可。这样一来，我马上觉得轻松多了。

我抄起桨来，把船撑到离岸一两步远的地方，就坐着小船在阴影里顺流而下。月亮在天空照着，阴影以外的地方，都照得像白天一样明亮。我偷偷摸摸地走了差不多一个钟头，所有的东西都像岩石一样安静，都睡得很香。这时候，我几乎来到了岛尾。一阵微微的凉风刮起来了，这就等于说黑夜差不多就要完结了。我用桨掉过船身，让船头碰到岸上；然后提枪下船，来到树林的边上。我坐在那里一根大木头上，从树叶子缝里往外看。月亮已经落下了，黑暗渐渐笼罩了河面。可是，过了一会儿，我看见树梢上出现了一抹灰白，知道天就要亮了。于是我拿起枪来，轻轻地朝着我碰见火灰的那个地方前进，每走一两分钟总要停下来听一下。可是我的运气并不太好；我好像总也找不着那个地方。但是过了不久，果然看见树林那面有火光闪了一下。我就提心吊胆地、一步一停地摸了过去。过了一会儿，我来到火堆的跟前，看见那边地上躺着一个人；这一下吓得我真是手忙脚乱。那个人头上蒙着一条毯子，头几乎伸在火里。我坐在一丛矮树后面，离他大概有六英尺多远，目不转睛地瞪着他。这时候，天已经蒙蒙亮了。又过了一会儿，那个人打了个呵欠，伸了伸懒腰，一伸手拉开了毯子，原来是瓦岑小姐的吉木！说老实话，我看见他，真是高兴极了。我说：

"喂，吉木！"我就窜出来了。

他一下子跳起来，发疯似地瞪着我。然后他就跪下去，合着双手对我说：

"千万可别害我呀！我向来没有得罪过鬼魂呀。我向来喜欢死人，我替死人什么活儿都干过。您顶好还回到您的河里去吧。您可别跟我老吉木过不去，他永远是您的朋友呀。"

我并没有费很大的工夫，就让他明白了我并没死。我非常喜欢见到吉木。现在我不觉得闷得慌了。我对他说，我并不怕他去告诉他们我的下落。我滔滔地说下去，可是他只坐在那里，眼望着我，一言不发。后来我说：

"天已经大亮了。咱们弄点早饭吃吧。把你的火好好地生起来。"

"生起火来煮杨梅那一类的东西吃，管得了什么事呢？你不是有杆枪吗？咱们可以弄点儿比杨梅更好的东西吃呀。"

"杨梅那一类的东西，"我说，"你难道专靠那种东西过日子吗？"

"我弄不着别的东西呀。"他说。

"啊呀，你来到这个岛上有多久啦，吉木？"

"我是在你被人杀死的那天晚上跑来的。"

"怎么，那么多天了吗？"

"是呀，真的。"

"难道你除了那些乱七八糟的东西之外，没有别的东西吃吗？"

"没有，先生——别的什么都没有。"

"那么，我想你一定快要饿死了吧？"

"我大概连一匹马都吃得下去。我想一定吃得下去。你来到这个岛上有多少天啦？"

"自从我被人杀了的那天晚上就来啦。"

"啊！你吃什么东西活着呢？你不是有枪吗？哦，不错，你有一杆枪。那好极了。那么你去打点什么东西来，我去把火生上。"

我们来到独木船停泊的地方。他在树林里一块空旷的草地上生起火来，我就搬过来玉米片、咸肉、咖啡、咖啡壶、平底锅、白糖和洋铁杯，把这个黑人吓了一大跳，因为他以为这些东西都是魔术变出来的。我还捉到了一条很大的鲶鱼，吉木用他的刀子把它收拾干净，放在锅里煎了。

早饭做好了，我们歪在草地上，趁热吃了一顿。吉木使劲儿往肚子里装，因为他简直是快要饿死了。等我们把肚子塞满了以后，就懒洋洋地呆着，什么活也不干。

过了不久，吉木说：

"可是，我问你，哈克，在那间小屋里让人杀了的，要不是你，到底是谁呢？"

我就把整个事情都讲给他听，他说这一手耍得真叫漂亮。他说汤姆·索亚也想不出比这更好的主意了。于是我说：

"你怎么跑到这儿来啦，吉木？你怎么会到这儿来呢？"

他那样子很窘，停了一会儿没答话。后来他说：

"也许还是不说好些吧。"

"为什么，吉木？"

"自然有缘故。可是，我要是对你说了，你不会告诉别人吧，哈克？"

"吉木，我要是告诉别人，让我不得好死。"

"好了，我信你的话，哈克。我——我逃跑了。"

"吉木！"

"可是，记住，你说你不告诉别人——你知道你答应我决不告

52

诉别人,哈克。"

"是的,我答应过。我说我不告诉人,就不告诉人,决不失信。说老实话,决不失信。人家常常管我叫赞成解放黑奴的蠢货,并且因为我老不做声就看不起我——可是那没有关系。你放心吧,我决不说,我根本不打算回去了。所以,你现在从头到尾给咱说一遍吧。"

"你瞧,就是这么回事。那位老小姐——我说的是瓦岑小姐——她从早到晚地骂我,她待我非常野蛮,可是她老说她决不会把我卖到奥尔良①去。不过近来我看见一个黑奴贩子,老到咱们家里来,我就觉得不放心。有一天晚上,我偷偷地溜到门口,那时候已经很晚了,可是门没关紧,我听见老小姐对寡妇说,她打算把我卖到奥尔良去,她说她本来不愿意这么做,可是她卖掉我就能弄到八百块钱,那么一大堆钱叫她不得不卖我。寡妇劝她千万不要那么做,可是后来说的话,我都没有等着听下去。我对你说,我溜得可快啦。

"我溜出家门,跑下山去,打算到镇上头几里以外的岸边偷一只小船,可是来来往往还有许多人,我就躲在岸上那家东倒西歪的老木桶铺里,打算等人都走完了再出来。我在那儿呆了一夜。那地方老是有人走来走去。大约到了早晨六点钟,有好些小船都过去了,等到八九点钟的时候,每逢过来一只船,都说你爸爸怎么上镇去,说你怎么让人给杀了。后来的几只船载满了男男女女,都到那出事的地方去看热闹。有时候,他们停在岸旁歇脚,然后再过河去,所以从他们说的话里我知道了这件凶杀案的前前后后。哈克,我听说你让人杀死了,真是难受极了,可是现在我不难受了。

"我在刨花堆里躺了一整天。我肚子里很饿,但是并不害怕,因为我知道老小姐跟寡妇,吃完早饭,就要到乡下去开布道

---

① 指南方盛行黑奴买卖的新奥尔良一带,其地本名奥尔良岛,属奥尔良县。

会，从早到晚不在家，她们知道我天一亮就出来放牛，自然是不会呆在家里的，她们不到晚上不会找我。别的佣人更不会找我：他们一看那两个老家伙都不在家，早跑到外面逍遥自在去了。

"等到天黑了，我顺着河岸往上游跑了两英里多路，到了没有人家的地方。我下了决心，一定要那么干下去。你瞧，假如我还是走着往前逃，那些狗就会追上我；我要是偷一条小船过河去，人家会发现小船不见了，他们也就会知道我会在对面什么地方上岸，知道到什么地方去找我。所以，我想，我顶好还是找个木筏吧；这种东西留不下什么痕迹。

"一会儿工夫，我看见一个灯光拐过尖岬到这个地方来，我就跳下水去，推着一根木材往前浮，等到游过了河心的时候，就钻到漂着的木头中间去，我把头低在水里，稍微顶着水流游去。到后来，有一排木筏过来了。我就浮到筏子后面，紧紧抓住它的尾巴。这时候月亮让云彩遮住，河面上黑了一会儿。我就爬上那个筏子，躺在木板上。筏子上的人都在中间有灯亮的地方。河水又涨了，水流得特别急；我算计着等到早晨四点钟，我一定已经顺着河走了二十五英里了，然后我打算在天亮以前，跳下河去，游到岸上，再钻到伊利诺斯那边的树林子里去。

"可是我的运气坏透了。等我们的木筏快来到岛头的时候，有一个人提着灯笼，到木筏的后尾来了。我知道不能再等了，马上就滑到水里去，对着小岛游过来。我本来想随便找个地方上岸，可是总办不到——岸太陡了。等到我快要浮到岛尾的时候，才找着个上岸的好地方。我来到树林子里，我心想别再到木筏上去胡闹了，他们老爱拿着灯笼到处乱照。我把我的烟斗和一块板烟，还有一盒洋火都放在我的帽子里，所以那些东西并没打湿。这么一来，我就好了。"

"那么你这么多天连一点儿肉和面包都没吃吗？你怎么不捉几个甲鱼吃呢？"

"你怎么捉呀？你也不能偷偷地摸过去，用手去捉它们呀；

54

并且,你用石头哪儿打得着呢?一个人在黑夜里怎么办得到?我白天又不敢跑到岸边来出头露面。"

"哦,原来是这么回事儿。不错,你非得老呆在树林子里不可。你听见他们放炮了吗?"

"当然听见了。我知道他们在那儿找你哪。我看见他们打这儿过去了;我是趴在矮树后头看的。"

有几只小鸟飞过来了,一次飞一两码远,落了下来。吉木说那是要下雨的兆头。他说小鸡这样飞就要下雨,他认为小鸟这样飞也是一样的道理。我正打算捉几只小鸟,可是吉木把我拦住了。他说谁捉小鸟,谁就得死。他说他父亲有一次病得非常厉害,那时候有人捉了一只小鸟,他的老祖母就说他的父亲一定会死,结果他真死了。

吉木还说,你不许数那些放在锅里煮着吃的东西,假如你数一数,你就会走背运。太阳下山以后抖桌布也不吉利。他还说,如果有人养着一窝蜜蜂,后来那个人死了,那么一定要在第二天早晨出太阳以前,去给蜜蜂送个信儿,不然,那些蜜蜂就都会病倒,也不干活,还都得死。吉木说蜜蜂不螫大傻子,可是我不信,因为我自己试验了好几回,一回螫也没挨上。

我以前也听说过几件这类的事,可是听得不完全。吉木懂得各式各样的兆头。他说他差不多什么都懂。我说,我看所有的兆头,都是说人家要倒楣的,我就问他,是不是也有走好运的兆头呢。他说:

"那实在不多——那种兆头对人也没有用啊。你何必要知道你马上就要走好运呢?难道你还想躲一躲吗?"他又说:"你的胳膊跟胸口上要是长着毛的话,那就是要发财的兆头。这种兆头还算是有点儿用,因为那是多少年以后的事。你瞧,也许你先得穷上几十年,你假如不知道你终究有一天会要发财,那么你可能灰心丧气、抹脖子上吊,也说不定。"

"吉木,你的胳膊跟胸口上有毛吗?"

"你又何必问呢？你还看不见我有吗？"

"那么，你是个阔人吗？"

"不是，可是我从前阔过，将来还要再阔。有一回我手里有十四块钱，我就用我的钱做买卖，结果都赔光了。"

"你做什么买卖来着，吉木？"

"我起先买了一头赚钱货。"

"一头什么赚钱货？"

"嗜，一头赚钱的牲口。我说的是牛啊，你知道。我花了十块钱买了一头牛。但是我决不再冒险去买牲口了。那头牛才买停当，就死在我手里了。"

"那么你就赔了十块钱啦。"

"不，我并没有全赔掉。我大约赔了九成。我把牛皮跟牛油卖了一块一毛钱。"

"那么你还剩下五块一毛钱。后来你又做过什么投机生意没有？"

"做过。你知道老巴狄史先生家里的那个一条腿的黑人吗？你知道，他开过一个银行，他说，无论是谁，在他的银行里存上一块钱，到了年底连本带利就能得四块多钱。于是所有的黑人都来存，可是他们没有多少钱。只有我一个人有钱。所以我非要比四块钱还多的利钱不可，我还说，我要是得不着那么多，我自己就也开个银行。当然了，那个黑人不愿意我来抢他的买卖，他说没有那么多生意可做，不需要开两个银行，所以他让我把五块钱都存上，说是到年底给我三十五块。

"我就听了他的话。随后我想应该把这三十五块本钱马上投出去，也好活动活动。有一个叫巴布的黑人，他打河里捞着了一只平底船，他的主人并不知道。我就从他手里买过那只船来，告诉他到年底去取那三十五块钱。可是，当天晚上那只船让人偷去了，第二天那个一条腿的黑人说银行也倒闭了。所以我们两个人谁也没得着钱。"

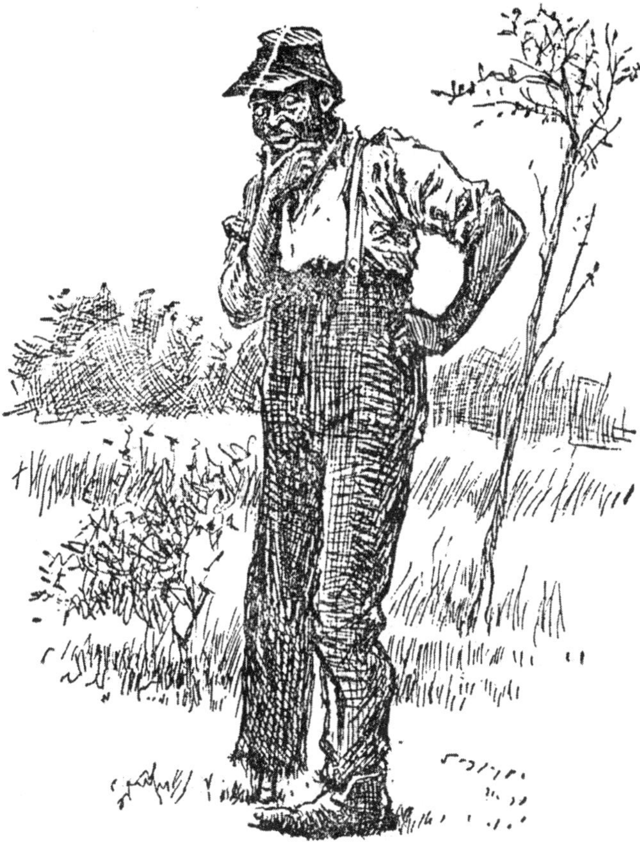

"吉木,你那一毛钱是怎么花的?"

"咳,我本来想把它花掉,可是我做了个梦,那个梦告诉我把钱交给一个叫巴兰的黑人——人家为了方便管他叫'巴兰的驴',他是个大傻瓜,你知道。可是他们说他的运气很好,而我知道我的运气不好。梦里说,让巴兰把这一毛钱投出去,他会给我赚很多钱。到后来,巴兰把钱拿去了,可是他在教堂里听见牧师说,把钱捐给穷人就等于把钱借给上帝,做这事的人,一定会得到一百倍的钱。所以巴兰把一毛钱给了穷人,光等着看有什么结果。"

"结果怎么样呢,吉木?"

"什么结果也没有。我没法把钱收回来,巴兰也是一样。下次我要是看不见抵押,我决计不把钱放出去了。那个牧师还说什么一定会得一百倍的钱呢!只要把那一毛钱弄回来,那就算是公平了,那我就高兴了。"

"可是,这又有什么关系呢,吉木?反正将来有一天你会阔起来的。"

"是呀——你仔细看看,我现在不是挺阔吗?我有我自己,我值八百元。我要是能有这笔钱就好啦,我不想再多要啦。"

第九章
河 上 凶 宅

我打算到小岛的当中去看一个地方,那是我探险的时候发现的。我们动身不久就到了那里,因为这个岛只有三英里长,四五百码宽。

这块地方是一个很长的陡坡或是山脊,大约有四十英尺高。我们费了半天劲才爬到顶上,因为山坡非常陡,树林又特别密。我们围着这个地方很吃力地爬上爬下,后来在岩石里找到了一个很好的大山洞,几乎就在山顶上,对着伊利诺斯那一边。这个山洞有两三间屋子加在一起那么大,吉木可以直着身子站在里面。洞里边非常凉快。吉木主张马上把我们的东西都放在里面,可是我说我们老得爬上爬下,很不方便。

吉木说,如果我们把独木船找个好地方藏起来,再把一切东西都搬到洞里,那么假如有人来到这个岛上,我们就可以跑到洞里去躲着,他们要是不带狗的话,就永远也找不着我们。此外,他说那些小鸟已经告诉我们快要下雨了,难道我想让东西都给淋湿吗?

于是我们回去找着那只独木船,把它划到离洞不远的地方,把东西都搬上去搁在洞里。然后我们在附近找了一个地方,把小船藏在密实的柳林里。我们由鱼绳上取下几条鱼来,再把鱼绳放下去,就开始预备晚饭。

洞口很大,足足能够滚进去一个大酒桶;门口外面一边的地有点儿向外突出,并且很平坦,是一个很好的生火的地方。我们就在那里生火做饭。

我们把毯子铺在洞里，当做地毯，就在那里吃了晚饭。我们把所有别的东西都放在洞内紧里边顺手的地方。一会儿，天阴得很黑，紧跟着就打雷打闪；那些小鸟果然看对了。随后就下起雨来，下起猛烈的大雨，还刮起我从来没看见过的大风。那是一阵真正的夏天的暴风雨。这时候，天变得那样黑暗，外面的景致就显得又青、又黑、又好看；雨是那么又紧又密地向前打过去，附近的树木都显得分外黯淡，像蒙着一层蜘蛛网似的；有时候刮过一阵狂风，把树木吹得弯下腰去，把树叶惨白的底面都翻上来；然后一阵惊天动地的怪风跟了过来，刮得所有的树枝乱舞胳膊，好像是疯了似的；最后，正在最青、最黑的时候——啊！马上像闪出一道神光似的那么明亮，你就可以看见远远一片树梢，在风雨里颠来簸去，你能看到比眼前远几百码以外的地方；可是过一秒钟，又是一团漆黑，这时候，你就听见一声霹雷，惊心动魄地打下来，然后就由天上一边哼哼，一边呼隆、呼隆，咕咚、咕咚地往下滚，一直钻到地底下去，好像几个空木桶由楼梯上往下滚似的，并且这个楼梯还特别长，木桶一边滚还一边跳，你知道。

"吉木，这可真有意思啊，"我说。"我就爱在这儿呆着，哪儿也不想去了。再递给我一块鱼，还要一点儿热玉米饼子。"

"要是没有我吉木的话，你就不会跑到这儿来。你一定还在那边树林里，饭也吃不上，还得淋个半死，那是一定的，老弟。小鸡知道什么时候下雨，小鸟也知道，你这不懂事的孩子。"

河里一连涨了十一二天水，最后大水把岸都淹没了。在岛上洼下的地方和伊利诺斯河边低地上都有三四英尺深的水。在这一边，河面已经有好几英里宽了；可是在密苏里那一边，距离对岸还是跟原来一样远——半英里多地——因为密苏里的沿岸是像一堵高墙似的峭壁。

在白天，我们乘着独木船在小岛上到处划来划去。虽然外面的太阳像火烧似的晒着，在深林里却非常阴凉。我们在树林中绕来绕去；有时候藤蔓长得太密了，我们只得退回来，另走别的路。在每一棵倒下的老树上面，你能看见兔子和蛇那类的动物；小岛被淹了一两天以后，它们都变得非常驯顺，因为它们都很饿，你可以把船划到它们面前，伸出手去摸它们，如果你想这样做的话；这当然不是指蛇和鳖说的——你一过去它们就会溜到水里去。我们那个洞上面的山脊上，到处都是这类的东西。我们可以捉到许多好玩的小动物，假如我们想要捉的话。

一天晚上，我们捞着了一小节木筏——都是很好的松木板。这节筏子有十二英尺宽，十五六英尺长，筏面露出水面有六七英寸高，好像一大块很平滑、很结实的地板。我们白天常常看见锯好的木材漂过去，可是我们不去理它们；我们白天一向不出来。

又有一天夜里，恰好在天亮以前，我们来到岛头上，看见从西边河里漂过来一所木房子。那是一所两层的小楼房，歪歪倒倒地浮在水面上。我们划到它的旁边爬上去——由楼上的一个窗户爬进去。但是那时候天还很黑，看不出什么，我们就把独木船拴在上面，坐在船里，等着天亮。

我们快要漂到岛尾的时候，天已经有点儿亮光了。我们就由窗户往里看。我们能够看清楚一张床铺，一张桌子，两把旧椅子，地板上各处还有许许多多的东西；还有几件衣服挂在墙上。在离我们最远的那个角落里，有个东西躺在那里，好像个人似的。吉木就说：

"嘿，你这家伙！"

可是它一点儿也不动弹。我又喊了一声，然后吉木就说：

"这个人并不是睡着了——他死了。你在这儿等一等，我钻进去看一看。"

他钻进去弯下腰看了看，说：

"是个死人啊。真的。身上连衣裳都没穿。他的脊梁上挨了一枪。我想他死了总有两三天啦。进来，哈克，可是千万别看他的脸——太可怕了。"

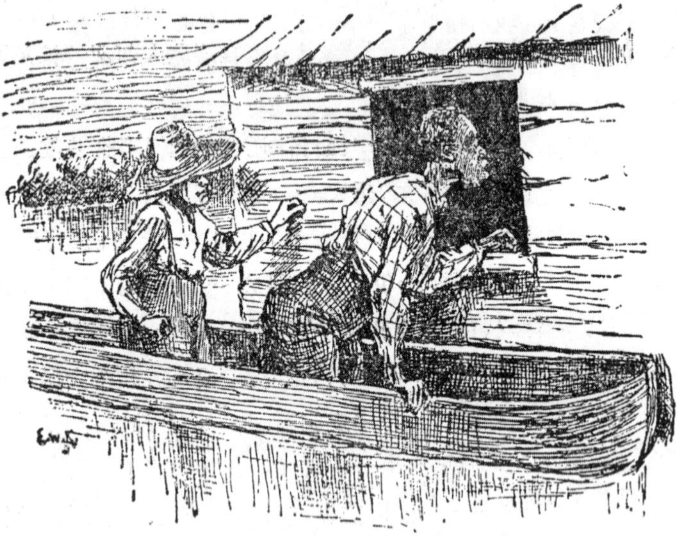

我根本没有看他。吉木扔了几块破布把他盖上了,其实他大可不必那么做;我根本不想去看他。有许多油腻腻的旧纸牌,这儿一堆,那儿一堆地撒在地板上,几个装威士忌的旧瓶子,还有两个黑布做的假面具;四周围的墙上都用木炭涂满了最无聊的字和画。有两件又旧又脏的花洋布长袍,一顶遮太阳的女帽,还有几件女人穿的内衣,都在墙上挂着;另外还有几件男人的衣服。我们把这一大堆东西都抱到独木船上;说不定会有点儿用处。地板上有一顶男孩子戴的、带花点儿的草帽;我也把它捡来了。还有一个装过牛奶的空瓶子,上面有个布奶头,是小娃娃咂奶用的。我们本来想把这瓶子也带走,可是发现它破了。有一个破旧的木柜,一个旧毛布衣箱,上面的合叶都裂开了。箱子和柜都是敞开的,可是里面并没有留下什么值钱的东西。看这些东西乱丢在这里的情形,我们猜想一定是那些人匆匆忙忙走开了,没来得及把东西带走。

我们找着一个白铁做的旧提灯,还有一把没有把儿的杀猪刀,一把崭新的"伯乐牌"大折刀——这把刀无论在哪个铺子里买,也得花上两毛五——还有许多牛油蜡烛,一盏白铁蜡台,一把葫芦瓢,一个白铁杯,一条破烂的旧被子丢在床边,一个手提包,里面装着针线、黄蜡、纽扣等等东西,还有一把斧头和一些钉子,一条和我的小手指一样粗的钓鱼绳,上面带着几个大得可怕的鱼钩,还有一卷鹿皮,一个牛皮狗项圈,一块马蹄铁,几个没贴标签的药瓶子。我们正要离开的时候,我又找着了一把相当好的马梳,吉木找着了一把破旧的提琴弓子和一条木头做的假腿。假腿上的皮带都断了,虽然如此,那的确是一条很好的假腿,不过给我安上嫌太长,给吉木安上又嫌短,并且我们到处翻了半天,也找不着另外那一只。

所以整个算起来,我们真弄了不少东西。等我们准备划走的时候,我们已经来到小岛下游四五百码的地方,这时候已经天光大亮了;我就让吉木躺在船里,用被子蒙上,因为他要是坐起来，人们由老远就能看出他是个黑人。我朝着伊利诺斯一边的河岸划过去，划的时候还顺流漂下去半英里地。我沿着岸边静水往上划，幸亏没出什么事，也没撞着什么人。我们平平安安地回来了。

第十章
玩蛇皮的结果

早饭以后,我打算谈谈那个死人,猜猜他是怎么被人弄死的,可是吉木不干。他说那样会招来坏运气;此外,他说那个鬼还可能来缠我们;他说一个死了没埋的人很可能到处找人胡缠,一个已经入土的死人就会挺舒服、挺老实的躺在那里。这话听起来很有道理,所以我也就不再多说了;可是我不能不琢磨一下这件事情,我愿意知道是谁把他打死的,打死他又为了什么。

我们把弄来的衣服翻了一阵,发现有八块银圆缝在一件旧呢大衣的里子里。吉木说他认为那件大衣是那个屋子里的人偷来的,因为他们要是知道衣服里面有现钱,决不会把它扔在那儿。我说我认为打死他的也是他们;可是吉木不愿意谈那些事情。我就说:

"你说谈一谈就会走背运;可是我把前天在山顶上拾的那条蛇皮拿回家来,你说什么来着?你不是说用手摸蛇皮是世界上最倒楣的事吗?好了,眼前就是咱们的倒楣事啊!咱们搬进来这些东西,外加八块现钱。咱们要是能够天天这样倒楣,可就不错了,吉木。"

"你别忙啊,老弟,你别忙啊。你先别太高兴吧。眼看就来到啦。记住我的话吧,眼看就来到啦。"

倒楣的事果然来到了。我们是星期二说的那些话。到了星期五吃完晚饭以后,我们正在山脊上比较高的那头的草地上躺着,这时候烟叶子抽光了。我就回到洞里去取烟,可巧发现里面有一条响尾蛇。我立刻把它打死,然后把它很自然地盘起来,放在吉木

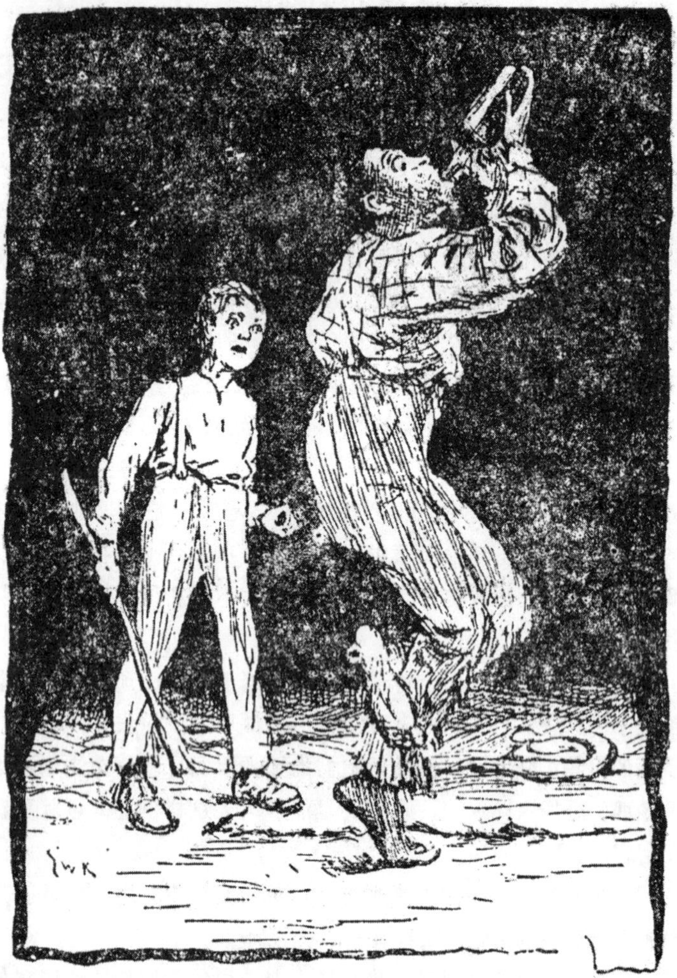

的被窝的脚底下，想让吉木发现那里有蛇，跟他开个玩笑。到了夜里，我把那条蛇完全忘掉了。这时候，吉木一侧身躺在被窝上，我刚刚划了一根火柴，那条死蛇的老伴儿正在那儿哪，它对准了他咬了一口。

吉木大喊一声，跳了起来；我在火亮儿里一眼看见那条可恶的东西又昂起头来，准备再窜一次。我抄起一根棍子，一下把它打扁，吉木抱起爸爸的烧酒瓶子就往嘴里灌。

他光着脚，那条蛇恰好咬在他的脚后跟上。你无论把一条死蛇丢在哪里，它的老伴儿总会找来把它盘上；这样的事我居然忘记了，真是蠢到极点。吉木叫我把蛇头砍下来丢出去，然后把皮剥掉，切一片肉烤一烤。我赶紧照办。他吃完了蛇肉，说是以毒攻毒，可以帮他治好他的伤。他还叫我把蛇尾巴上的响鳞弄下来，拴在他的手腕子上。他说这也可以治蛇咬。然后我就悄悄地溜出去，把两条蛇都扔到矮树林子里去；因为我不打算让吉木知道那都是我的错，我能不招认就不招认。

吉木对着酒瓶呷了又呷，他偶尔醉了过去，就左右撞头，怪声喊叫；可是每逢他醒过来的时候，他总是就着瓶子喝酒。他的脚肿得很高，连腿也肿了。可是不久以后，酒力慢慢地见效了，所以我认为他快要好了；但是，我宁可让毒蛇咬我一口，也不愿让爸爸的烧酒害我一生。

吉木躺了四天四夜。然后肿都消了，人也好了。我既然看见这种事情的结果，就下决心再不用手摸蛇皮了。吉木说他认为我下回一定会信他的话。他说玩弄蛇皮能让人走顶坏的运气，也许这回的楣还没倒完呢。他说他宁可向左边回头看一千回月牙儿，也不愿意用手拿一次蛇皮。我自己也渐渐地以为如此了，虽然我一向认为向左回头看月牙儿，在一个人的所作所为当中，要算是最大意、最愚蠢的事情了。老韩克·彭卡曾经干过一次，就夸下海口；可是不到两年的工夫，他喝醉了酒，由制弹塔的顶上一头栽下来，摔得可以说像一张薄饼似的摊在地上；他们就用两扇仓房门板，摞在一起，当做棺材，把他的尸首由上下板的缝子里塞进去，然后把他埋掉；听人说是这样，可是我没看见。是爸爸告诉我的。但是，这都是那么傻呵呵地看月亮惹出来的祸呀。

日子一天一天地过去了，泛滥的河水又回到两岸当中。大概我们干的头一件事，是把一只兔子的皮剥掉，把兔子肉挂在一个大钩子上，当做鱼饵，然后放到河里去。我们钓着了一条跟人一样大的鲶鱼，足有六英尺二英寸长，二百多磅重。我们当然没法把它弄上岸来——它会一下子把我们扔到伊利诺斯那边去。我们只坐在旁边，看着它乱跳乱挣，一直等到它死了才算完事。我们由它肚子里找着一个铜纽扣，一个圆球，还有许多乱七八糟的东西。我们用斧子砍开那个圆球，看见里面有个线轴儿。吉木说看那线轴儿外面裹上那么多东西，慢慢成了一个球的样子，就知道它把线轴儿吞进去已经好久了。那是由密西西比河里打上来的一条最大的鱼，我想。吉木说他从来没见过一条比这还大的鱼。如果把它运到那边村子里去，一定能卖好多钱。他们在市上把这样的鱼论磅零卖；无论是谁都要买上几磅；它的肉白得像雪一样，用油炸熟了，比什么都好吃。

第二天早晨，我说有点儿闲得无聊，打算想法子热闹一下。我说我打算偷偷地渡过河去，探听探听近来的情形。吉木很喜欢这个主意；可是他说我一定要等到天黑再去，并且要特别小心。他考虑了一会儿，就问我为什么不把那天捡来的旧衣服穿上一两件，扮成一个女孩子呢？这也是一个好主意。于是我们就先把一件花布袍子弄短了，把我的裤腿卷到膝盖上，然后穿在身上。吉木替我用钩子在背后钩起来，这件衣服就显得非常合适。我戴上那顶遮太阳的大草帽，把带子系在下巴底下，有人通过帽子看我的脸，就像通过火炉筒子往里看一样。吉木说谁也不会认识我，哪怕是在白天也办不到。我扭来扭去地练习了一整天，想要摸着扮成大姑娘的诀窍，不久我就装得很像了，只是吉木说我走起路来还不像个女孩子；他说我那种提起袍子的开岔、摸索裤子上的口袋的毛病，应当去掉才好。我注意了一下，就改过来了。

天刚一黑，我就坐着独木船向上游伊利诺斯的河岸出发。

我由渡船码头下游不远的地方过河，朝着镇上划过去，激流把我冲到镇下头去了。我拴好了船，顺着河岸走。在一间久已没人住的小草房里，点着一个灯，我纳闷究竟是谁住在那儿。我走上前去，由窗户往里偷看，有个四十来岁的女人，坐在一张松木桌子上放着的蜡烛光下面打毛线哪。我不认识她的面孔：她是个外乡人，因为在这个镇上，你决找不出来一副我不认识的面孔。这可真叫走运，因为我来了以后，渐渐有点儿胆怯，有点儿害怕，后悔不该来；人家也许会听出我的声音，认出我是谁来。可是，假如这个女人，在这样的小镇上过了两天，一定能把我想知道的事情都告诉我；我就在门上敲了一下，心里想，可决计不要忘了我是个女孩子。

第十一章
他们追来了！

"进来吧，"那个女人说。我就进去了。她说："坐下吧。"

我就坐下了。她用她那又小又亮的眼睛，从头到脚打量了我一遍，就说：

"你叫什么名字呀？"

"赛拉·维廉司。"

"你住在哪儿呀？在这附近住吗？"

"不，大娘。我住在忽克卫，河下头七英里地。我是一路走着来的，我累极了。"

"我想你也饿了吧。等我给你找点儿东西吃吧。"

"别麻烦，大娘，我不饿。我刚才饿得很，就在离这儿二英里的一个庄子上停了一下，所以我现在不饿了。就因为这我才来晚了。我妈在家里害病，手里又缺钱，什么都没有，我这才跑来告诉我的舅舅阿伯·穆尔。我妈说他住在这个镇的上头。我以前没到这儿来过。您认识他吗？"

"不认识。这儿的人我还不都认识哪。我住在这儿还不到两个礼拜。到镇的上头还远得很哪。你顶好在我这儿住一宿。把帽子摘下来吧。"

"不，"我说，"我想歇会儿就走。我不怕走黑道儿。"

她说她不想让我自己一个人走，她的丈夫过一会儿就回来，也许只要一个半钟头，她想打发他跟我一块儿走。然后她就谈起她的丈夫，又谈到她那些住在河上游的亲戚，和那些住在河下游的亲戚，她说他们从前的日子多么好过，他们不知道他们不在老地方好好住着，偏要搬到我们这个镇上来，是不是错打了算盘了，等等，等等；她啰嗦起来没有个完，倒让我心里觉得我来找她打听镇上的消息，恐怕是我错打了算盘了。可是，不久她的话题就转到爸爸和那件凶杀案上头来，我也就很乐意让她继续往下扯。她谈到我和汤姆·索亚怎样找着了那六千块钱（不过她把它说成了一万块钱）；她把爸爸的一切也都说了，她说他是个多么坏的人，我是个多么坏的人，最后她就扯到我被害的事情。我就说：

"是谁干的呢？我们在忽克卫就听见了许多这类的传说，可是我们不知道究竟是谁把哈克·芬弄死的。"

"啊，我看就是在这儿也有不少人想要知道是谁弄死了他。有人以为是芬老头子自己干的事。"

"不会吧——是他干的吗？"

"一上来几乎谁都那么想。他还一直蒙在鼓里哪：他差一点儿就让他们给私下里干掉了。可是，还没到夜里，他们又变卦了，认为是一个逃跑的黑奴干的事，他的名字叫吉木。"

"什么，他——"

我又停下了。我想我还是少说为妙。她滔滔不绝地讲下去，根本没有理会我插了一句嘴。

"那个黑奴正好是在哈克·芬被杀的那天晚上跑掉的。所以他们就悬赏捉拿他——出了三百块大洋。还有一个悬赏是捉拿芬老头子的——二百块大洋。你看，他在出事的第二天早晨上镇来，对人说了这桩事，又跟他们坐着渡船出去找尸首，可是一完事他就没影儿了。还没到晚上，他们就想私自干掉他，可是他已经跑了，你瞧。等到第二天，他们发现那个黑奴也跑了；他们发现他在出事那天晚上十点钟以后就没影儿了。所以他们才把罪名加在他身上。可是，他们嚷嚷得正热闹的时候，芬老头子第二天又跑回来了，连哭带喊地去找法官莎彻，跟他要钱，为的是到伊利诺斯各处去找那个黑奴。法官给了他一点儿钱，他就在当天晚上喝了个醉，有人看见他到了半夜还跟两个贼眉鼠眼的生人打交道,后来就跟他们一块儿走开了。自从那回以后,他一直没回来;大家认为非等这场风波稍微消停一下,他才会回来,因为现在有人揣摸着是他杀了自己的儿子,摆了个疑阵,让人猜想是土匪干的事,他好把哈克的钱弄到手,不必再成年累月地费事打官司了。人家都说他为人不算太好,那种事他不是干不出来。嗐,我想他可真够刁的。他要是一年不回来,那就没有他的事了。你能抓着他什么证据呀,你说是不是;到那时候,事情就消停下去了,他也就能够很容易地把哈克的钱承受过来。"

"是的,大娘,我也是这么想。我看不出那费什么事。是不是大家都不再疑心是那个黑奴干的了呢?"

"不,还不是人人都那么想。还有好些人认为是他干的。反正他们很快就会捉住那个黑奴,也许能够逼着他招出来。"

"怎么,他们还要捉他吗?"

"嗐,你可真是不懂事啊!难道天天有三百块大洋摆在大街上让人捡的吗?有人猜想那个黑奴决不会离这儿很远。我就是那么想——可是我并没到处去说。前几天,我跟住在隔壁木房子里的老夫妻俩聊天儿,他们提起那边那个甲克森岛,说大概还没有人到那儿去过哪。我就问,那上面有人住吗?他们说,没人住。我就没再往下问,可是我心里直盘算。在出事以前一两天,我看见那上头直冒烟,差不多就在岛头上,我想我大概没看错。我想说不定那个黑奴就藏在那个地方;我就说不管怎样,总值得麻烦一趟,到那儿去搜查一次。可是,后来我再也没看见冒烟,我心想也许他又跑了,假如真是他的话。可是我丈夫还是打算过去看一看——他跟另外一个人一块儿去。他到上游去了些日子;他今天回来了,两个钟头以前他一到家我就对他说了。"

我心里七上八下,坐也坐不安稳。我的手也不知放在哪儿才好,好像不干点什么就不行。我就从桌上拿起一根针,想要穿上一根线。可是我的手直发抖,穿了半天也穿不上。等到这个女人的话头儿一停,我就抬起头来瞧了瞧,她正在带着好奇的眼光望着我笑哪。我放下针线，装出听得入神的样子——其实我也实在是听得入神——就说：

"三百块大洋，真是一大笔钱。要是给了我妈，有多么好。您的丈夫打算今天晚上就过去吗？"

"嗯，不错。他跟我刚才说的那个人一块儿到镇上去找船，还想看看能不能再借一杆枪。他们等到后半夜就要过去啦。"

"他们要是等到天亮再去，不是看得更清楚吗？"

"不错。可是那个黑奴不也就能看得更清楚吗？到了后半夜，他多半睡着了，他们就可以偷偷地穿过树林子，去找他生的那堆火。假如他生了火，不是天越黑越容易找吗？"

"我倒没想到这一层。"

这个女人老是用好奇的眼光望着我，叫我感到非常不舒服。不大的工夫，她说：

"大姑娘，你刚才说你的名字叫什么来着？"

"玛——玛莉·维廉司。"

我觉得我刚才说的名字，似乎不是玛莉，所以我就没敢抬头；我觉得我刚才说的好像是赛拉；所以我心里就觉得有点儿窘，我又恐怕我脸上露出那种神气来。我真希望这女人再多说些话，她越是坐着不出声，我越是觉得不好受。可是后来她说：

"大姑娘，我还以为你起先进屋的时候，说的是赛拉哪？"

"是的，大娘，我是那么说的。赛拉·玛莉·维廉司。赛拉是我的头一个名字。有人管我叫赛拉，有人管我叫玛莉。"

"哦，原来是这么回事儿吗？"

"是的，大娘。"

这时候，我心里觉得舒服了一点儿；可是，尽管如此，我总希望离开这儿。我还是不敢抬起头来看看她。

这个女人就谈起年头儿多么不好过，他们得过多苦的日子，还说到老鼠在这块地方怎样自由自在地跑，仿佛这所房子是它们的，等等，等等，于是我又觉得放心了。她所说的耗子当家，的确是一句实话。你隔一会儿就看见一只老鼠由墙角洞里，探出头来。她说她一个人呆在屋里的时候，必须在顺手的地方放些东西，准备随时扔它们，不然它们就不让她安静。她拿起一条拧成一团的锡条给我看，说她平常用它打得非常准，可是一两天以前，她把胳膊扭了，不知道现在还打得着打不着了。她等了一个机会，对着一只老鼠打过去，那块锡离它老远，没打着，她喊了一声"哎哟！"说把她的胳膊弄得挺痛。然后她让我下次打一回试试。我本来想不等她丈夫回来就离开这里，可是我故意装做不慌不忙的样子。我拿起那块锡，刚看见一只老鼠露出头来，就一下打过去，它要不是躲开了原来的地方，它就成了个挺惨的老鼠了。她说我打得好极了，她猜想第二只耗子一露头，我准能够打着它。她走过去，捡起那块锡，拿了回来，还捎过来一绞毛线，叫我帮她绕好。我就抬起两只手来，她把那绞线套在我手上，就继续谈她自己和她丈夫的许多事情。可是她突然停下来说：

"你可要留神那些老鼠啊。顶好把这块锡放在大腿上，好随时打它们。"

她在说这话的时候，把那块锡丢过来，我把两腿一并就接住了，她就接着往下谈。但是只谈了不大的工夫。随后她取下那绞线，睁大着眼，带着快活的样子望着我，说：

"算了吧，你真正的名字是什么？"

"什——什么，大娘？"

"你真正的名字叫什么？是毕路呢，是汤姆呢，还是巴布呢？——还是别的什么呢？"[①]

我浑身像筛糠似地抖起来，几乎不知道怎么办才好。可是我说：

"请您别跟我这么个可怜的女孩子开玩笑吧，大娘。如果我在这儿碍您的事，我可以——"

---

① 毕路、汤姆、巴布都是男孩子的名字。

"哪有的事。你给我坐下,好好呆一会儿。我也不会害你,也不会告你。你尽管把你的秘密告诉我,还要相信我。我会替你瞒着;更要紧的是:我还会帮你的忙。我的老头子也会帮你的忙,假若你用得着他的话。你瞧,你一定是个逃跑的学徒——也不过就是这么回事。没有关系。这也没有什么不对呀。你受了人家的虐待,你就下决心逃跑。放心吧,好孩子,我不会告你的。把话都告诉我吧——啊,那才是个好孩子哪。"

于是我说我再要装下去也没有用处,我愿意坦白地把心里的事都告诉她,但是她不可以说话不算话。然后我就告诉她说,我的爹妈都死了,法院把我判给一个住在离河三十英里乡下的庄稼汉,他为人刻薄,待我很坏,我再也不能忍受下去了;他出外去了,得过两三天才能回来,我就乘这个机会,偷了他女儿几件旧衣服跑出来了。这三十英里地,我走了三个黑夜;我都是在夜里走路,白天藏起来睡觉,我由家里带来的那口袋面包和干肉,足够在路上吃的,现在还剩下好多。我说我相信我的舅舅阿伯·穆尔一定会照顾我,因此我才投奔这个高兴镇来了。

"高兴镇吗,孩子?这儿可不是高兴镇。这是圣彼得堡。到高兴镇还得顺着河往上走十英里地哪。谁告诉你这是高兴镇呀?"

"嗐,今天早晨天刚亮的时候,我正要钻到树林子里去,照例睡上一觉,就遇见一个人,是他告诉我的。他对我说,走到岔路口就往右拐,再走五英里就到高兴镇。"

"那他准是喝醉了,我想。他对你正好说错了。"

"对了,看他的举动,确实像是喝醉了,可是现在没有关系了。我可得动身了。我想在天亮以前赶到高兴镇。"

"再等一会儿。我给你预备点儿吃的带着。你也许用得着它。"

于是她就给我弄了点儿吃的,并且说:

"你听着——趴在地上的牛想要站起来,哪一头儿先离地?马上给我答出来——不许你停下仔细想。哪一头儿先离地?"

"牛屁股先离地，大娘。"

"那么，一匹马呢？"

"胸口先离地，大娘。"

"树干的哪面长青苔？"

"北面。"

"假如有十五头牛在山坡上吃草，有几头是冲着一个方向吃？"

"十五头全冲着一个方向，大娘。"

"好吧，我想你果真在乡下住过。我还以为你又想要哄我呢。说了半天，你真正的名字叫什么呀？"

"乔治·彼得，大娘。"

"得了，你可千万记住了，乔治。可别忘了，别在你出门以前又告诉我你叫亚力山大，等出了门让我抓住的时候，又说你叫乔治·亚力山大。还有，别再穿着这件破花布袍子，在女人面前扭来扭去了。你装女孩子，相当不够味儿，要是去骗男人，也许还过得去。天哪，孩子，你想要穿针的时候，别拿着线头不动弹，硬使针鼻往上碰；好好地拿定了那根针，再用线头往里穿——这才是女人家的通常穿法；男子汉总是把它倒过来。你打老鼠或是打别的什么的时候，应当踮着脚尖窜起来，高高地举起你的胳膊，越是笨手笨脚，就越像真的；打过去之后，至少要离那只老鼠六七英尺远。挺直了胳膊，用肩膀的力量扔出去，肩膀就好比一个轴，胳膊就在它上面转——就像一个女孩子扔东西的姿势；可别用手腕子和胳膊肘的力量，把胳膊向外伸开，那就像个男孩子的样儿了。你还要记住，一个坐着的女孩子用大腿接东西的时候，她老是把两个膝盖分开，她决不像你刚才接那块锡的样子，把膝盖并拢。对你说吧，你穿针的时候，我就看出你是个男孩子了；我又想出别的那些法子，为的是要弄得清楚些。现在你跑去找你的舅舅去吧，赛拉·玛莉·维廉司·乔治·亚力山大·彼得。假如你碰上什么麻烦的事，你就派人送个信给朱荻·罗芙特太太，那就是我，我就会尽我的力量，把你救出来。顺着大河一直走。下回再要是走远道儿,千万要带着袜子跟鞋。沿河都是石头路,等你走到了高兴镇,你的两只脚也就遭了殃了,我想。"

我沿着河岸往上游走了大约五十码,然后又折回来,赶快溜到我停船的地方,那里离那所房子相当远。我跳上船去,匆匆忙忙地划走了。我顶着水划了很远,为的是跟岛头看齐,然后就横着划过去。我把大草帽子摘下来,因为这时候我用不着再戴着马遮眼了。我快要来到河心的时候,听见钟声响起来了;我就停下来听了听;钟声由水面飘过,非常微细,但是十分清楚——十一点了。我来到岛头上的时候,并没敢等着喘喘气,虽然我已经喘不上气来了,我冲进树林,来到我原来露营的老地方,在那里找了个又高又干燥的地方,生起一大堆火来。

然后我跳上独木船,用尽了气力,对着我们的住处——下游一英里半的地方——拚命地划过来。我跳到岸上,窜过树林,爬上山脊,跑到洞里。吉木躺在地上正呼呼地睡哪。我连推带喊地弄醒了他,说:

"快爬起来,卖点儿力气吧!一会儿可也不能等了。他们追咱们来了!"

吉木什么也没问,一句话也没说;但是看他后来苦干了半个钟头的神气,知道他是吓坏了。到这时候,我们所有的家当,都搬到木筏上面了,我们准备由这柳树湾子——木筏隐藏的地方——把它撑出去。我们先把洞口的火堆弄灭了,以后连一个灯亮儿也没拿到外面来。

我把独木船划到离河岸不远的地方,往四下里看了看,可是即使附近有船我也没法看见,因为在星光和树影里什么都看不清楚。然后我们就把木筏撑出来,在树荫底下顺流漂下去,静悄悄地溜过了岛尾,一句话也没说。

第十二章
"干脆把他丢下吧"

我们最后来到岛下游的时候,已经将近一点钟了,木筏走得似乎太慢了。如果有船开过来的话,我们打算坐上独木船,向伊利诺斯岸上冲过去;可是幸亏没有船来,因为我们根本没有想到把枪带到独木船上去,我们连一条鱼绳、一点儿吃的东西都没想到带过去。我们实在是太急了,一时想不到那么多的事情。把所有的东西都留在木筏上,的确不是个很高明的打算。

如果那些人到岛上去搜,我很希望他们发现我生的那一堆火,并且在附近看上一夜,等着吉木回来。不管怎样,我们总算把他们调开了,要是我点起来的火,并没能骗了他们,那就不是我的错处了。我对他们耍的这个手腕,反正是够缺德的了。

第一道亮光刚刚在天空出现的时候,我们就在靠伊利诺斯这边一个大湾的旁边,找了个沙洲拢了岸,用斧子砍下许多白杨枝子,把木筏盖上,看上去好像岸上这块地方洼下去了。沙洲是一片沙土冈子,上面长满了白杨,密得像耙齿一样。

密苏里那边河岸有许多高山,伊利诺斯这边是一片大森林,这一段河的主流正好靠近密苏里那边河岸,所以我们并不怕撞上人。我们在那里躺了一整天,看着木筏和汽船沿着密苏里那边的河岸,飞快地往下开,还有上水的汽船在中流跟大河格斗。我把我跟那个女人瞎聊的整个经过都告诉了吉木。吉木说她可真够机灵的,他说,假使是她自己过河去找我们,她决不会坐在那里守着那堆火——她决不会的,老兄;她一定会带上一条狗。我就说,那么她不会告诉她丈夫带条狗去吗?吉木说,他敢赌咒,那两个男人临走的时候，她的确是想到了，他相信他们一定是上镇找狗去了，这才耽误了那么大的工夫，不然的话，我们决不会来到下游这个沙洲上，离村子十六七英里远——绝对办不到，我们一定会又回到那个老镇上去了。我就说，只要他们没追上我们就行了，我才不管是为什么没追上哪。

天快要黑的时候，我们从白杨丛里伸出头来，向上下游和眼前河面望了一阵，什么也没看见；于是吉木就把筏子上层的木板掀起来几块，搭了个很舒服的小窝棚，为的是在毒太阳的天气或是下大雨的时候好钻进去躲着，还可以不让东西被雨淋湿。吉木还在窝棚底下安上地板，把它垫得比木筏的表面高出一英尺多，这么一来，那些毯子等等东西就不会让火轮船冲过来的波浪给打湿了。在窝棚的正中间，我们铺了一层五六英寸厚的土，四面围上了框子，把土圈住；这是为了遇到刮风下雨的天气，好在上面生火用的；窝棚可以把火光挡住，不让人家看见。我们还另外做了一根掌舵的桨，因为原有的那些可能有一根会在暗礁或其他东西上碰断。我们竖起一根矮树杈子，来挂那个破灯笼；因为每逢我们看见下水的火轮船，老是得挂起灯笼来，免得让它撞翻了；但是我们不必为上水船点灯，除非我们发现我们漂到人家叫做"横水道"的当中，因为河水还是涨得很高，低的河岸仍然有点儿淹在水里；上水船不一定老顺着正水道向前开，有时候也挑着那流得慢的水道走。

第二天夜里，我们漂了七八个钟头，这时候的水流一个钟头大约走四英里多地。我们一边捉鱼，一边谈话，有时跳下去游游泳，免得老想睡觉。在静静的大河上往下漂，仰卧在筏子上看星星，倒是一种严肃的事。我们这时候从来不想大声说话，大笑的时候也很少，只不过偶尔轻轻地咯咯两声罢了。我们经常遇到极好的天气，那天夜里根本没有遇见什么事，第二天也没有，第三天也没有。

每天夜里，我们总要经过一些市镇，有的在老远的黑糊糊的山坡上，那里除了一片灯火，连一间房屋也看不见。第五天夜里，我们路过圣路易，望过去好像是全世界都点上灯了似的。我们在圣彼得堡的时候，常听见人家说圣路易有两三万人口；这话我从来不信，一直等到这安静的夜里，大约是两点钟的光景，我看见这一片奇妙的灯海，才知道那话果然不错。在那里，一点儿声音也没有，家家户户都睡着了。

现在每天晚上，快到十点钟的时候，我总要在一个小村庄附近溜上岸去，买一毛到一毛五分钱的面饼或是咸肉，或是别的吃的东西；有的时候，我把一只不好好蹲在笼里的小鸡，顺手抄起，带了回来。爸爸常说，遇到好机会，就抄一只鸡，因为如果你自己用不着它，你很容易找着一个要它的人，你对人家做了好事，人家总忘不了你。我从来没见过爸爸哪回把鸡弄来自己不要，可是他总爱说那样的话。

早晨天亮以前，我常常摸到玉米地里去，借上一个西瓜或是甜瓜或是南瓜，或是几穗新长成的玉米，或是这一类的东西。爸爸常说，借点儿东西是没有关系的，只要你将来打算还的话；但是寡妇说，那不过是比偷稍微好听一点儿就是了，没有一个正派人会做那样的事。吉木说，他认为寡妇有一部分道理，爸爸也有一部分道理；所以我们顶好是由各种东西里面挑出两三样来，先借到手，然后就说我们再也不借了——那么他以为以后再借别的那些东西就没关系了。我们这样商量了一整夜，一边随着河水往下漂，一边想要决定到底是丢掉西瓜呢，还是香瓜，还是甜瓜，还是什么。但是商量到天快亮的时候，我们共同得到一个让人满意的解决的办法，决计把山里红和柿子丢掉。在没这样决定以前，我们觉得有些亏心，可是现在我们心里很踏实。我也很喜欢这个办法，因为山里红根本不好吃，柿子还得过两三个月以后才熟。

我们有时候用枪打一只早晨起得太早、或是晚上睡得太晚的水鸟。整个说起来，我们过得非常快活。

第五天的后半夜里,我们在圣路易下游遇到一阵猛烈的暴风雨,打了好多雷和闪,白茫茫的大雨像一条水柱子似的倒下来。我们呆在窝棚里,让木筏随意向前漂。一片闪电打起来的时候,我们能够看见一条很直的大河,在我们面前展开,还有高耸的岩壁站在河的两旁。不大的工夫,我喊着说:"喂,喂,吉木,往那边看呀!"那是一条撞毁在暗礁上的小轮船。我们正朝着它漂过去。电闪照得它非常清楚。它向一边歪着,上舱的一部分露出水面,闪电打过来的时候,你能清清楚楚地看见一根根拴烟囱的小铁链;大钟旁边还有一把椅子,椅子背上还挂着一顶垂边的旧帽子。

这时候已经到了深夜,在暴风雨里,一切显得非常神秘,我看见这只破船悲悲惨惨、孤孤零零地躺在河心,我也跟别的孩子有同样的想法:我想要爬上船去,到处偷偷地走一走,看看上面都有些什么。所以我说:

"咱们上船去看看吧,吉木。"

可是吉木起初死也不肯。他说:

"我才不到一只破船上去胡闹呢。直到现在,咱们过得总算他妈的挺好,咱们顶好就这么过下去,别再不知足了,像圣书上所说的。说不定这只破船上还有守夜的哪。"

"你奶奶的守夜的!"我说,"除了顶舱跟领港房之外,还有什么可守的?在这样的黑夜里,这条破船随时都会碎成好几瓣儿,顺着大水冲下去,你还以为有人在那儿卖命地守着顶舱跟领港房吗?"吉木对我这个问题,没话可说,所以他也就不打算再说了。"还有,"我说,"我们可以到船长的卧室里去借些有用处的东西来。雪茄烟,我敢说一定有——并且是五分现大洋一支的。火轮船的船长总是有钱的,一个月挣六十块大洋,他们这种人要是想买一件什么东西,根本不管那东西得花多少钱,你知道。拿根蜡烛塞在你的口袋里吧;我要是不上去痛痛快快地搜一遍,我就觉得不踏实,吉木。你以为汤姆·索亚会把这样的事情轻易放过

81

去吗？没那么简单的事，他才不会哪。他会管这个叫历险——他一定会那么说。尽管他上去之后，马上就死，他也非上这只破船不可。并且他干的时候，还一定会耍出许多花样来——他要是不尽量逞他的本领，那才怪呢。哼，你准会觉得那跟克里斯托弗·哥伦布发现天国一样的有意思。我多么希望汤姆·索亚就在咱们眼前呀。"

吉木抱怨了一两句，可是后来他让步了。他说我们尽量要少说话，并且要小声说。电闪恰好又照亮了这只破船，我们就抓住了船右边的起重樯，把我们的筏子拴停当。

这里的甲板高高地露出水面。我们在黑暗里偷偷地向左边走下甲板上的斜坡，向顶舱走去，我们一边用脚慢慢地试着走，一边伸着手摸，不让那些吊货的绳索碰着我们，因为天太黑了，我们一点儿也看不见它们。不大的工夫，我们来到天窗上部前面，就爬上去了；第二步就来到船长室的门口，看见门是开着的，可是，天哪，我们看见顶舱的过厅的紧里面有一道亮光！也就在同一秒钟之内，我们好像听见那边发出很低的声音！

吉木悄声说他实在支持不住了，让我跟他一块儿走开。我说，好吧！就准备回到筏子上去；可是就在这时候，我听见有人哭着说：

"哦，我求求你们，千万别动手啊，好哥们：我起誓决不说出去呀！"

另外一个相当高的声音说：

"基姆·特纳，你说的是瞎话。你从前就这么干过。每逢分油水的时候，你老想在你应得的一份之外，再多得一点儿，并且你哪回都多得了，因为你总是起誓说，如果不多给你，你就对人去说。可是这回你算是白说了。你是全国顶下流、顶狡猾的狗东西。"

这时候，吉木已经往木筏那边去了。我简直没法把我的好奇心压下去；我心里想，要是叫汤姆·索亚遇到这种事情，他决不会缩回去,所以我也决不能走开;我得去看看这儿到底出了什么事。我就在那条小过道里跪下去,用手和膝盖摸着黑向船尾爬,末后,在我和顶舱的十字厅中间,差不多只剩下一间船员室了。在这个地方我看见有一个人,直挺挺地躺在地板上,手脚都捆上了,另外有两个人站在旁边,脸朝下看着他,一个手里提着个灯笼,灯光很暗,另外一个人拿着一支手枪。这个人不断地用手枪指着地板上那个人的脑袋,说:

"我想这么干!我也应该这么干,你这该死的混账东西!"

地板上躺着的那个人吓得缩成一团,说:"千万别打我呀,毕路——我决不对人说呀。"

他每次这样说一回,提着灯笼的那个人就笑一声,说:

"你当然不会说喽!你向来也没说过比这句更可靠的话,对不对。"有一次他说:"听他的央告!咱们要是没有把他打倒了、捆起来的话,他早把咱们两个人都干掉了。可是,为的是什么呢?什么都不为。就因为我们想要我们应得的份儿——就是因为这个。可是,基姆·特纳,我谅你再也没法吓唬谁了。把手枪先收起来,毕路。"

毕路说:

"不行,介克·巴卡。我非毙了他不可——难道他没有把老哈非德照这样子给毙了吗——难道还会冤枉了他吗?"

"可是我不想弄死他,我也有我的理由。"

"老天爷保佑你这说这种好话的人吧,介克·巴卡!我一辈子也忘不了你的好处啊!"躺在地板上的人带着些哭声说。

介克·巴卡并没有理会这些话,只是把灯笼挂在一个钉子上,朝着我藏身的那个黑暗的地方走过来,还对毕路招招手,叫他也过来。我赶快倒退着爬,爬了大约有两码,可是船身斜得太厉害,我不能爬得很远;为了不叫他踩在我身上,不叫他把我捉住,我就爬到较高的这面一间房舱里来了。那个人在黑暗里用脚擦着地板走,等到巴卡到我那个房舱里来的时候,他说:

"就在这儿——到这儿来。"

他进来了，毕路也跟着进来。可是在他们没进来之前，我早爬到上铺来了，我被他们堵住了，后悔不应该进来。他们就站在那里，手扶着床沿谈话。我看不见他们，但是由他们那种喷人的酒气，我闻得出他们站在哪儿。幸亏我没有喝酒；可是喝不喝也不会有多大关系——他们决不至于捉住我，因为我多半不出气。我实在是吓坏了。此外，一个人如果想要听这种谈话，根本就不能出气。他们谈话的声音很低，但是非常认真。毕路想要打死特纳，他说：

"他说他要对人去说，他就一定做得出来。咱们跟他吵了一架，又这么收拾了他一顿，咱们现在即使把咱们这两份都给了他，那也不会有什么用处。他一定会跑去自首，把咱们都供出来；你现在还是听我的话吧。我主张斩草除根，不留后患。"

"我也这么想，"巴卡非常沉静地说。

"他妈的，我还以为你不以为然呢。那么，这下子好了。咱们就去动手吧。"

"再等一会儿；我还没说完哪。你听我说，枪毙他固然很好，可是如果必得这样干的话，还有另外许多神不知、鬼不觉的法子。我的意思是这样的：如果能够用别的好办法，也能一样达到目的，同时还不至于惹什么祸的话，那么，你最好还是用别的办法，何必那么傻，硬把自个儿的脖子往绞索套里伸呢。不是这么回事吗？"

"一点儿也不错。可是这回你打算怎么办呢？"

"我的主意是这样的：咱们赶快动手，到各间舱房去把咱们忘了拿走的东西都收拾起来，搬到岸上去藏起来。然后咱们就等着。现在我看用不了两个钟头，这只破船就会碎成几块，顺流冲去。你明白吗？他会淹死的，并且他谁也不能怪，只有怪他自个儿。我看这比弄死他可好得多。只要有别的法子可想，我决不主张杀人；那不是个聪明的办法，那是亏心的事情。我说得不对吗？"

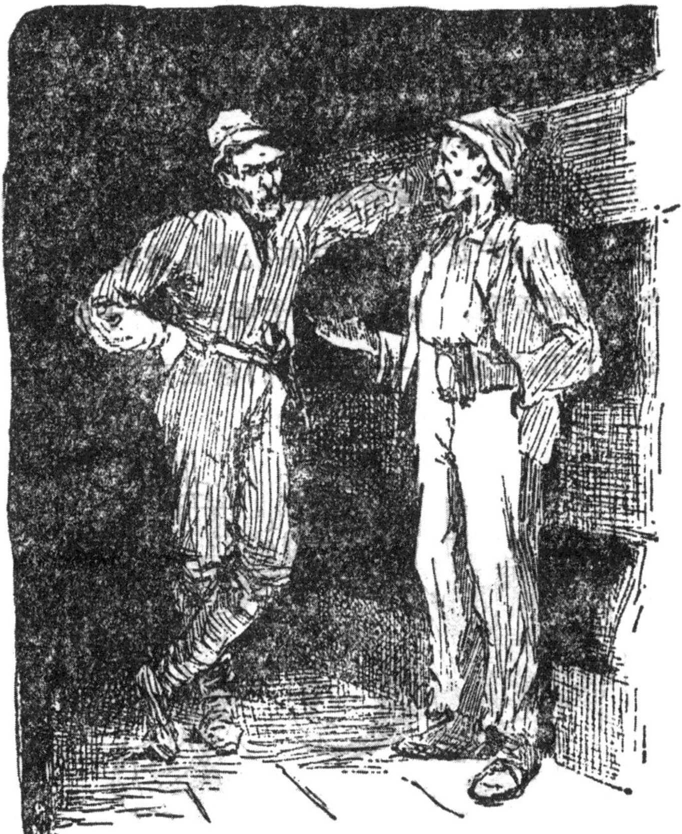

"对，对，我想你说得很对。可是，假如船老不碎，也冲不走，那该怎么办？"

"咱们先等上两个钟头再说，不好吗？"

"那么，也好，咱们走吧。"

于是他们走开了，我也就溜了出来，出了一身冷汗。我又向前爬过去。那里是一片漆黑，但是我哑着嗓音轻轻地喊："吉木！"谁知他正好就在我的身旁，好像是哼哼似的答应了一声，我就说：

"赶快呀，吉木，这已经不是到处胡闹、哼哼哎哟的时候了；那边有一帮杀人的凶手，假使咱们不找着他们的船，把它顺流漂下去，让他们没法离开这条破船，那么他们中间就会有一个人陷在这儿。可是如果咱们把他们的小船放走，那么他们这一伙人都会陷在这儿——等着让警察来捉住他们。快着——赶快！我顺着左边找，你顺着右边找。你由木筏那儿找起，并且——"

"哎哟！我的天啊，我的天！筏子呢？连筏子的影子也没有了，它已经开了扣，冲跑了！——把咱们都丢在这儿了！"

第十三章
破船上的贼赃

我吓得突然停止了呼吸，几乎要晕过去。跟这么一帮人一同困在一条破船里！这可不是伤心落泪的时候。我们现在必须去找他们那只小船——找来给我们自己用。于是我们就战战兢兢地顺着右边走过去，这件事做起来又真是很慢——好像是过了一个礼拜才来到船尾。连小船的影子也没有。吉木说他不信他还能往前再走一步——他说他怕得要命，连一点儿力气也没有了。可是我说，往前走吧，假如我们留在这条破船上，我们一定得遭殃。我们又继续向前摸。我们朝着顶舱的后尾走过来，然后攀着天窗一直向前挪去，抓住一块窗板挪到另一块窗板，因为天窗的边儿已经歪在水里了。等我们快走到十字厅门口的时候，发现原来那条小船就在那儿，一点儿也不错！我刚好能够看见它。真是谢天谢地。我本来可以立刻跳上船去。可巧这时候那扇门开开了。有一个人探出头来，离我只不过两英尺，我以为这下子可完了。可是他又把头缩回去，说：

"把他妈的那个灯笼拿开吧，别让人看见，毕路！"

他把一口袋东西丢到小船里面，然后他自己就跳上船去坐下了。这个人正是巴卡。然后毕路也出来上了船。巴卡悄声地说：

"都预备好了——撑开吧！"

我在窗户板上几乎挂不住了，我一点气力都没有了。可是毕路说：

"等一等——你搜过他了吗？"

"没有。你没有搜他吗？"

"没有。那么他那份儿现款还在他身上哪。"

"那么，好了，来吧——把东西拿走了，把钱反倒留下了，那像什么话？"

"喂，那么一来，他会不会猜着咱们要干什么呀？"

"也许不至于。可是咱们无论如何也得把钱弄到手。走啊。"

于是他们又跳出小船，钻到舱里去了。

门砰地一声关上了，因为它是在破船朝上歪着的那一面；我飞也似地跳上了这只小船，吉木也一步一跌地跟着上来了。我掏出小刀，割断绳子，走我们的路。

我们连桨都没摸，我们一句话也不说，连悄声说话都不敢，几乎连呼吸都停止了。我们很快地向前溜过去，像死了一样的静，我们经过外轮盖的尖顶，溜过了船尾；又过了一两秒钟以后，我们就漂到破船下面一百码的地方，这时候，黑暗把它笼罩起来，连一点影子都看不见了，我们已经脱离了危险，我们知道得清清楚楚。

我们漂到下游三四百码的地方，看见那个灯笼在顶舱的门口露出来，像一个小火花似的闪了一下，我们知道那两个流氓找不着他们的小船，已经慢慢明白他们自己也和基姆·特纳一样地走上死路一条了。

于是吉木摇起桨来，我们就去追我们的木筏。现在我才开始为那些人担心——我想我刚才是没工夫顾到他们。我渐渐觉得他们虽然是些凶手，走上这样一条绝路，也还是很可怕的事。我心里想，说不定我自己有一天会变成个凶手，那时候我弄到这步田地，难道还会高兴吗？我就对吉木说：

"咱们只要一遇见灯光，就在它的上游或下游一百码的地方靠岸，找个好地方把你和小船都藏起来，然后我再编上一套瞎话，好让人去找那伙强盗，把他们先由这条绝路上救出来，等到他们该死的时候，他们自然会受绞刑。"

但是这个主意落空了，因为不久大风大雨又来了，并且比哪次都厉害。大雨由天上往下倒，一点儿亮光也看不见；我想，所有的人都已经睡下了。我们顺着河一直往下游冲去，一边注意灯光，一边找我们的木筏。过了好久，雨才住了，可是云还留在天空中，雷声还是隐隐地呼隆着。不久，电光一闪，我们看见一个漆黑的东西，在我们前头漂荡，我们就朝着它划过去。

那正是我们的木筏，我们能够再爬到那上面去，觉得非常高兴。这时候我们看见有个灯光，在下游靠右边的岸上。于是我就说我要找它去。这只小船里装着半船贼赃，都是那伙强盗由破船上偷来的。我们把这些东西胡乱堆在木筏上，我叫吉木顺水漂下去，等他算计着他已经漂了二英里地的时候，就点起灯来让我看，一直点到我来到的时候为止；然后我就摇起桨来，对着灯光划过去。我一路向前划的时候，又瞧见三四个灯光——在一个小山坡上。原来那是一个村子。我在那岸上的灯光上面一点靠拢，就停住了桨向下漂去。我打那儿漂过的时候，看见那是个灯笼挂在一只双身渡船的旗杆上。我围着渡船很快地绕了一圈，打算找着那个看船的人，我想知道他究竟睡在什么地方；不久我发现他坐在船头的系缆桩上，他的头垂在两个膝盖当中。我轻轻推了他的肩膀两三下，然后我就哭起来了。

他好像有点儿吃惊似地动了一动；于是他一看不过是我，就打了个呵欠，伸了伸懒腰，然后说：

"喂，喂，怎么回事呀？别哭呀，小家伙。你有什么伤心的事呀？"

我说：

"爸爸，妈妈，姐姐，还有——"

于是我就放声大哭。他说：

"嘿，真他妈的，得啦，别这么伤心吧，谁家都有一本难念的经，你这回事早晚总会过去的。他们到底怎么啦？"

"他们——他们——你是看船的吗？"

"是啊，"他说，像是挺得意的样子。"我又是船长，又是船主,又是大副,又是领港,又是看船的,又是水手头儿;有的时候,我还是货物和乘客。我没有老基姆·洪白那么有钱,我对待汤姆、狄克、哈利也就不能他妈的那么周到、那么大方,不能像他那样把钱乱花一阵。可是我已经对他说了不只一次,我决不愿意跟他调换地方,因为我说我命里注定要当一辈子水手,我要是住在镇外二英里地,那才他妈的怪呢,乡下什么热闹也没有;别说把他那点儿臭钱都给了我,就是再加上一倍我也不干呀。我那回说——"

我插嘴说:

"他们遭了一连串大难,并且——"

"谁遭难啦?"

"嗐,爸爸,妈妈,姐姐,还有胡克小姐;假如你肯开船到那边去——"

"到哪边去呀?他们在哪儿呀?"

"在那只破船上。"

"什么破船呀?"

"怎么,不是只有那么一只破船吗?"

"什么,你难道是指那只'华尔脱·司各特'①吗?"

"是呀。"

"哎呀,我的天,他们跑到那上头去干什么?"

"他们不是故意上去的。"

"当然不是故意的!可是,天老爷,他们要是不赶快离开那儿,可就没有活命了!可是,他们到底怎么会钻到那么个要命的地方去了呢?"

"这并不难。胡克小姐从上游那儿到镇上去找人——"

"对了,步斯渡口——往下说吧。"

---

① 马克·吐温故意用这位英国浪漫传奇小说家的名字为这条轮船命名,目的是嘲弄这位小说家。

"她去找人，在步斯渡口那儿，快要天黑的时候，她跟她的黑女佣人坐在运骡马的渡船上过河，打算到她的朋友家里去住一宿。她的朋友叫个什么什么小姐，我忘记她的名字了。她们一不小心把掌舵的桨给弄丢了，马上船就调过来，于是船尾朝前，往下漂了二英里多地，一下子就在那条破船上撞翻了。那个船夫跟黑女佣人，还有几头骡马全都冲走了，可是胡克小姐一把抓住了破船，就爬上去了。天黑了一个多钟头以后，我们坐着我们做生意的平底船由上游漂过来，那时候天黑得厉害，我们一直等到撞上了，才发觉那只破船，所以我们的船也撞翻了；可是我们大家都侥幸没淹死，除了毕鲁·维浦一个人——啊，他实在是个顶呱呱的好人啊！——怎么淹死的偏偏不是我呢，我真想跟他对调一下呀。"

"真糟糕！这可真是从来没遇见过的伤心事。那么后来你们大家怎么办呢？"

"我们大声地喊救命，乱哄哄地闹了半天，可是那一带的河面太宽，我们嚷了半天人家也听不见。爸爸就说，总得打发个人到岸上去，找人来救救才行。那些人当中，只有我一个人会浮水，于是我就自告奋勇，过来找人。胡克小姐说，如果我一时碰不着人来救，就到这儿来找她舅舅，他自然会有办法。我在下游一英里地的地方上了岸，白费了半天劲，求人家想办法，可是人家说：'什么，在这样的深更半夜，顶着这么急的河水？那简直是胡闹；快去找那只轮渡去吧。'现在如果您愿意去的话，并且——"

"我倒是愿意去，我要是不愿意去那才怪呢。可是，到底谁花这笔钱呢？你想想你爸爸能不能——"

"嗐，那太好办了。胡克小姐特别嘱咐我，说她的舅舅基姆·洪白——"

"好家伙，我的天！原来他就是她的舅舅呀？你听我说，你对着那边的灯亮跑过去，到了那儿再往西拐，约莫着走上四五百码，你就来到一个小酒铺，你叫他们赶快领你到基姆·洪白的公馆，他准会拿出这笔钱来。你可别东游西逛了，因为他一定想知道这个消息。告诉他，还不等他来到镇上，我就已经把他的外甥女平平安安地救出来了。好吧，你就憋足了劲儿跑吧。我马上到这边拐角那儿去把我的司机叫醒。"

我对着灯光走过去，可是他刚一拐过弯儿去，我就跑了回来，跳上我的小船，把船里的雨水舀光，然后在离这里六百码左右的静水里拢了岸，钻到几只木船当中去；因为我不看着这只轮渡开走，我就不能安心。整个说起来，我为了那伙强盗自找了这么多麻烦，我心里倒觉得很舒服，因为决没有多少人肯这样做。我希望寡妇能够知道这件事才好。我猜想她一定会因为我帮助了这些无赖汉，而觉得光荣，因为无赖汉和骗子手正是寡妇和别的心肠好的人们最感兴趣的一种人。

过了不大的工夫，那只破船就过来了，黑乎乎的一片，一直向下游漂荡！我身上似乎打了个冷战，我就对着它冲过去。它深深地陷在水里，我立刻看出船里头要是有人，也决不会侥幸地活着。我围着它划了一圈，还大声地喊了几声，可是没有人答话；四下里静得要命。我为了那伙强盗心里觉得不大好受，可是我并不太难过，因为我想，假如他们狠得下心去，我也狠得下心去。

然后那只轮渡也过来了；我就偏过船头，向下游冲去，走了很长的一段斜路，来到大河的中心。等我算计着人家已经看不见我了，我就把桨停住，转过头来往后看，看见那条渡船贴着破船来回地转，想要找着胡克小姐的尸首，因为这个船长知道她的舅舅基姆·洪白一定想要它。不久以后，这只渡船也丢开不管了，它朝着河岸开过去，我就卖了一阵力气，顺着大河直冲下去。

好像过了很长很长时间，吉木的灯光才露出来；而且它露出来的时候，又像是离我一千英里似的。等我划到他那里，东边的天空已经有点儿发白了；我们就对着一个小岛划过去，把木筏藏起来，把小船弄沉了，躺在窝棚里，睡得像死人一样。

第十四章
所罗门聪明吗？

后来我们起来了，我们把那些强盗由破船上偷来的东西翻了一遍，找出些靴子、毯子、衣服，和各式各样别的东西，还有许多书，一架望远镜，三匣雪茄烟。我们两个人这一辈子谁也没有这么阔过。这些雪茄烟真是好极了。我们整个下午都在树林子里躺着谈天，我还看看那些书，足足逍遥了一阵。我还把破船里和渡船上碰见的事情，告诉了吉木；我说这类的事就叫历险；可是他说他不打算再历险了。他说起初我走进顶舱、他爬回来找木筏、结果发现木筏没影儿了，那时候他差点儿就急死了，因为他以为无论有什么结果，他反正是完事大吉了：因为假如没人来救他，他就得淹死；假如有人来救他，那么救他的这个人，不管是谁，一定会把他押送回家，好得那笔赏钱，那么瓦岑小姐就会把他卖到南方去，这是毫无问题的。是的，他想得的确很对；他想的差不多老是对的；就一个黑人讲起来，他的头脑实在是清楚极了。

我念了许多关于皇帝、公爵、伯爵等等的故事给吉木听，还谈到他们穿得多么华丽，派头多么神气，他们怎样互相称呼陛下，阁下，大人等等，从来不称先生；吉木瞪着大眼，听得入神。他说：

"我还不知道有这么许多贵人哪。除了老梭拉忙王[①]之外，我几乎压根儿没听说过别的国王，除非你管扑克牌里的王牌都叫做国王，那是另一回事。请问国王挣多少钱呀？"

"挣多少钱？"我说，"嗐，他们一个月想拿一千块钱，就拿一千块钱；他们想要多少就有多少，什么东西都是他们的。"

"那还不快活死了？可是，哈克，他们都干些什么呢？"

"他们什么都不干！哼，你怎么说这样的傻话。他们只是这儿坐坐，那儿坐坐。"

"不会吧——真的吗？"

"当然是真的。他们只坐在那儿呆着。也许打仗的时候是例外；到那时候他们得去打仗。可是平时他们只是懒洋洋地呆着；或者是骑着马、架着鹰去打猎——只是架着鹰、骑——嘘！——你听那是什么响！"

我们跳出来张望了一下；那不过是远处一只汽船的轮子打水的声音，那只船正由下游朝这边拐过来；于是我们又回来了。

"是呀，"我说，"平时他们闲得无聊了，就跟国会胡捣乱[2]：假若有人不照着他的想法办事，他就把他的脑袋砍下来。可是多一半的工夫，他们总是呆在后宫里。"

"什么地方？"

"后宫。"

"什么叫后宫呀？"

"那就是他那群老婆住的地方。你连后宫都不懂吗？所罗门就有一个；他大概有一百万个老婆[3]。"

"啊，对了，是这么回事；我——我把它给忘了。我想后宫就是个管吃管住的大公寓。大概在那些孩子们住的屋子里也一定吵得挺热闹。我看他那些老婆准是天天吵架，那可就更热闹了。可是人家都说梭拉忙是自古以来顶聪明的人。但是我可不信那一套。因为什么：一个聪明人难道甘心整天价住在那么个乱糟糟的鬼地方吗？不——他才不会哪。一个聪明人会盖一座大锅炉工厂，他想要歇着的时候，可以把这锅炉工厂关了。"

"可是反正他是个顶聪明的人，因为寡妇亲口对我这么说过。"

---

① 即所罗门王。
② 指英王查理一世(1625—1649)干涉议会事。
③ 《旧约·列王纪上》第11章第3节：所罗门有妃700，都是公主，还有嫔300。

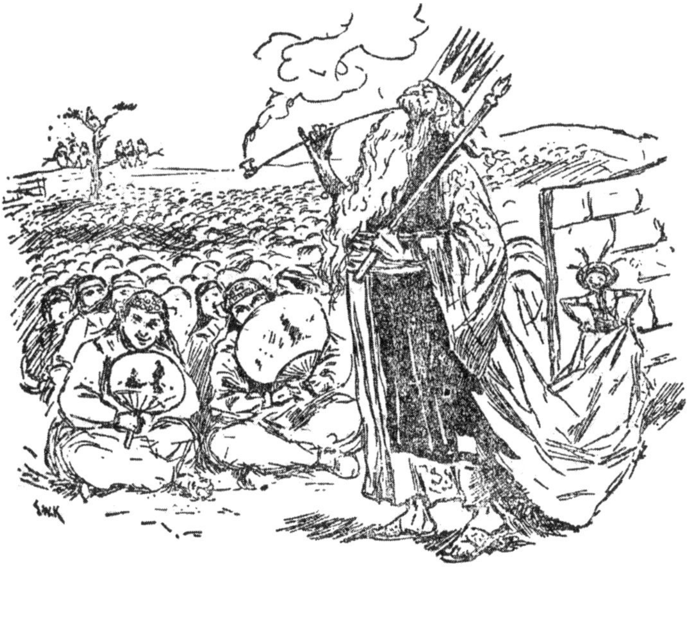

"我不管寡妇怎么说,反正他决不是个聪明人。他干过好些我从来没见过的混账事。你听说过他打算把一个孩子劈成两半的故事吗①?"

"听说过。那件事儿寡妇对我统统说过了。"

"那么,好啦!那还不是世界上顶混账的主意吗?你把这件事拿过来看一看就行了。那边有棵树桩子,那就算是一个女人吧;你在这儿——只当你是另外那个女人;我是梭拉忙;这一张一块钱的钞票算是那个孩子。你们两个人都说这张票子是自己的。我该怎么办呢?我不是应该到街坊四邻去走一走,打听打听这张票子到底是谁的,然后把它原封不动地交给那个本主吗?一个稍微有点儿脑筋的人不是应该这么办吗?可是我偏不那么办——我拿过票子来,一下子撕成两半,一半交给你,另一半交给那个女人。那就是梭拉忙想要处置那个孩子的办法。现在我要问问你:你要那半张票子有什么用处?——你能用它买什么吗?那么你要那半个死孩子干什么?你就是给我一百万个那样的孩子,我也不稀罕呀。"

"吉木,你他妈的根本就没抓住要点——真该死,你简直扯到十万八千里以外去了。"

"你说谁?说我吗?滚你一边儿去。别跟我说你的那些要点了。我想凡是有道理的事,我都看得出个道理来;像那样的做法,根本就没道理。人家争的并不是半个死孩子,人家争的是整个的活孩子;人家为了整个的孩子争吵,他拿半个孩子来调停,这种人淋着雨都不懂得跑到屋里来躲一躲。哈克,你别再跟我谈那个梭拉忙了,我早把他瞧透了。"

"可是我对你说,你根本没弄明白要点。"

"什么他妈的要点!我看我要明白的事,我都明白。你应该知道,真正的要点,还得往深里看——它在事情的骨子里

---

① 见《旧约·列王纪上》第 3 章第 16 节至第 28 节。

头。要看梭拉忙生长在什么样的人家。譬如有一个人,他只有一两个孩子;这个人会不会拿着孩子胡糟蹋?他决不会;他根本糟蹋不起。他知道拿自己的孩子当宝贝。可是,你找一个人来,他有五百多万个孩子,在家里乱蹦乱跳,那就大不相同了。他豁出去把一个孩子一劈两半,像宰只猫似的。他还有的是哪。在梭拉忙的眼里,多一两个孩子,少一两个孩子,都不要紧,真他妈的不是东西!"

我从来没见过这样的黑人。他的脑袋里只要起了个什么念头,你就再也没法把它打消。在我所见过的黑人当中,他是最反对所罗门的一个。所以我就对他谈些别的国王,把所罗门撇开不管。我告诉他很久以前法国的路易十六怎样让人家把头砍掉了;还谈到他的小儿子——那个皇太子,他本来应该当皇帝,可是他们把他抓起来,关在监狱里,还有人说他就死在那儿了。

"可怜的小东西。"

"可是有些人说他逃出监狱,到美国来了。"

"那好极了!可是他会闷得很——咱们这儿没有国王吧,有吗,哈克?"

"没有。"

"那么恐怕他没法找差事吧。他打算做些什么呢?"

"那我也不知道。他们有些人跑去当警察,有些人教人说法国话。"

"怎么,哈克,法国人说话不跟咱们一样吗?"

"不一样,吉木;他们说的话,你一点儿也听不懂——连一个字都听不懂。"

"啊,真是活要命!那是怎么回事儿呀?"

"我也不知道;可是的确是这样。我由一本书上,学了他们几句怪话。假如有个人走过来,跟你说:'巴蕾—呜—疯狼崽'——那你觉得怎么样?"

"我觉得不怎么样。我就抓过他来,把他的脑袋敲碎。这就是说，假如他不是个白人的话。我可不准一个黑人这么叫我。"

"胡扯，人家并没有叫你呀。那不过是问你会不会说法国话呀。"

"那么他为什么不好好地说呢？"

"他是好好地说呀。法国人就是那么个说法。"

"那可真他妈的说得别扭，我不想再听那种鬼话了。根本就是胡扯。"

"吉木，我问你：猫跟咱们说一样的话吗？"

"不，猫说话跟咱们不一样。"

"好了，那么牛呢？"

"不，牛说话也不一样。"

"猫跟牛说话一样呢，还是牛跟猫说话一样呢？"

"都不一样。"

"它们说话谁跟谁都不一样，是自然而然的事，是理所当然的事，不是吗？"

"那是当然；那还用问？"

"那么猫和牛说话跟咱们不一样，不也是自然而然、理所当然的事吗？"

"那自然是一点儿也不错。"

"那么，好了，一个法国人说话跟咱们说话不一样，为什么就不是自然而然、理所当然的事呢？你说说我听听。"

"猫是人吗，哈克？"

"不是。"

"那么，好了，猫要是跟人说话一样，那就是胡闹。牛是人吗？——还是牛是猫呢？"

"它也不是人，也不是猫。"

"那么，好了，它就没有理由跟人或是猫说话一样。一个法国人是人不是？"

"当然是人。"

"这不结啦！那他妈的他为什么不说人话呢？你说说我听听！"

我知道跟他费话一点儿用处也没有——你根本没法跟一个黑人讲理。所以我就拉倒了。

第十五章
跟老吉木开玩笑

我们算计着再过三夜就要来到伊利诺斯南头的开罗，俄亥俄河就在那儿和这条河汇合在一起，那就是我们想要到的地方。我们到了那儿就打算把木筏卖掉，坐上轮船，到俄亥俄上游的那些不买卖黑奴的自由州去，那么就免得再生是非了。

第二天夜里可巧又下起雾来，我们向一个沙洲划去，想把木筏拴起来，因为在大雾里没法走木筏；但是我坐在独木船上，拉着一根缆绳向前划，没想到沙冈子上除了些嫩嫩的小树之外，没有别的东西可以拴上。我就把绳子系在那断岸旁边的一棵小树上，但是因为这里的河水流得特别急，冲得木筏呼隆呼隆地往下跑，劲头太猛，一下子把那棵小树连根拔起，于是木筏就顺水下去了。我眼看着大雾从四面八方聚拢起来，心里觉得又难过、又害怕，弄得我呆了至少有半分钟，一点儿也不能动弹——然后那个木筏就看不见了：二十码以外的地方，你根本就看不清楚。我跳到独木船上，跑到船尾，抄起桨来，用力划了一下。可是它不往前走。原来是我忙手忙脚地上了船，忘记把绳子解开了。我又站起来，想要解开它，可是我心里着急，两手发抖，忙乱了半天，几乎一点儿事也办不了。

等我刚一划开，我就对着木筏，顺着沙洲，拚命地追过去。这一段路走得还算顺当，可是这个沙洲还不到六十码长，我刚窜过沙洲的末尾，就冲到白茫茫的浓雾当中来了，我像个死人一样，连东西南北都摸不清了。

我心里想，这样划下去，可不是办法；首先我知道我会撞在岸上，或是碰着一个沙冈子或是什么东西；我必须坐着不动让它漂，然而在这样紧要的关头，揣着手一动也不动，实在是件焦心的事。我喊了一声，听了一下。在下游老远的地方，我听见一个轻微的呼声，我的精神立刻振作起来。我飞快地赶过去，伸着脖子仔细听，看看还有没有声音。等我又听见一声的时候，我才知道我并不是正对着它前进，而是朝着它的右面走哪。等到那个声音再来的时候，我又正在冲着它的左面走——并且也没追上多少，因为我一直在东一头、西一头拐着弯儿地乱闯；不过那个声音始终是走在我的正前方。

我真是希望那个傻家伙能想起找个洋铁锅敲敲，一直不停地敲下去，可是他偏不那么干，他老是喊一声又停一下，当中那不做声的当儿，是我最头痛的时候。我又拚命地划了一阵，忽然间，我听见他的喊声跑到我的背后去了。这下子我可让它给闹迷糊了。那一定是另外一个人的喊声，要不然就是我又转过头来了。

我把桨丢下。我又听见一声喊叫；还是在我的后面，可是并不在原来的地方；那声音不断地飘过来，不断地换地方，我也就不断地答应着，不久以后，它又来到我的前面，我就知道急流已经把我的船头向下游顺过来了，只要那果真是吉木的声音，不是别的撑木筏的人在喊叫，那我就算是走对了。我在雾里听不出来是什么人的声音，因为在大雾里，无论什么东西，看上去、听起来，都和原来不一样。

那喊叫的声音还是可以听到。又过了一分钟的样子，我就一下子撞在一片断岸上，那上面长着许多大树，好像是些浑身冒烟的妖怪似的；河水把我冲到左边来，由我身旁流过去，穿过许多蹲在水里的半截树干，哗啦哗啦地直响，因为急流从树干当中像箭似的冲过去，所以才发出这种声音来。

又过了一两秒钟，又是白茫茫的一片，一点儿声音也听不见了。这时候，我一动也不动地坐着，仔细听我心跳的声音，我觉得我的心跳了足够一百下,我还没有吸过一口气来。

这时候,我只得放手了。我知道是怎么回事了。那一带断岸是一个岛,吉木一定是冲到岛那面去了。这决不是一个十分钟就可以从旁边漂过去的沙洲。那上面的许多大树,是一个大岛上才有的;这个岛也许有五六英里长,半英里多宽。

我一声不响地竖着耳朵听了大概一刻钟。当然我还一直向前漂,大约一点钟走四五英里;但是你并没想到你在漂。你只觉得好像是一动也不动,死钉在水面上似的;假如你偶尔看见一棵伸出水面的树桩子,你万想不到是你自己像飞似的向前漂,你会倒吸一口气,心里想:哎呀,那个桩子跑得多么快呀!假如你以为半夜里下着大雾一个人在水上这么漂着,并不算是一件又凄惨、又闷人的事,那么请你试一试,你就会明白了。

后来又过了大约半点钟,我过一会儿就喊几声;最后,我听见在很远很远的地方,有人答应了一声,我就想跟着声音往前走,可是根本办不到:我猜想一定是来到一大群沙洲当中,因为我渺渺茫茫地看见两旁有些沙洲的影子,有时候只隔着当中一条很窄的河道;还有许多沙洲我根本看不见,可是我知道是有的,因为我听见河水哗哗地冲刷着那些挂在岸上的枯树枝子和乱七八糟的东西。我在这些沙洲当中不久又听不见那个喊声了,我只好随便地追了一会儿,因为这比追鬼火还要麻烦。我从来没听见过一个声音这么来回地闪转腾挪,这么疾速地、这么不断地变换地方。

有三四次我必得忙手忙脚地由岸旁撑开,免得撞上这些冒出河面的小岛;我想那个木筏一定也屡次撞在河岸上,不然它早就冲到老远的地方去,一点儿声音也听不见了——它漂得比我稍微快一点儿。

不久,我好像又来到开阔的河面上,可是这回我哪儿也听不见一点儿喊叫的声音。我想吉木也许是撞在一个树桩子上,一下子他就完了。我已经累得够受了,我就躺在小船里,心里想我再也不去找麻烦了。我当然并不打算睡；可是我困得实在没办法；所以我想我先打个盹儿再说吧。

不过，我看那不只是打了一个盹儿，因为等我醒过来的时候，天上的星星亮晶晶的，雾已经完全不见了，我的船尾朝前，飞快地顺着一个大河湾子向前漂。起初我不知道我在什么地方；我还以为是做梦呢；等我慢慢想起来的时候，刚才的事情似乎都是些模糊的影子，好像是上个礼拜的事情一样。

这一段河实在是大得可怕，两旁岸上都是些顶高顶密的大森林，我借着星光望过去，那简直像是一堵厚厚实实的大墙。我向下游远远地望了一下，看见水面上漂着一个黑点。我就追了过去；但是等我追上了它，那原来是捆在一起的两块大木材。随后我又看见一个黑点，又追了过去；后来又有另外一个，这一回我可找对了。那正是我们的木筏。

我来到木筏前面的时候，吉木正在那儿坐着，他把头夹在两个膝盖当中睡着了，右胳膊还在掌舵的桨上耷拉着。另外那根桨已经撞掉了，木筏上面乱七八糟地盖满了许多枯枝、烂叶和泥土。可见这个筏子也受了不少风险。

我拴好小船，跳上筏子，就在吉木眼前一躺，打了个呵欠，伸出拳头顶了吉木一下，说：

"喂，喂，吉木，我睡着了吗？你怎么不把我叫醒呢？"

"哎呀，我的天，是你吗，哈克？你原来没有死啊——你并没有淹死啊——你又回来了吗？这实在太好了，老弟，这实在太好了。让我来看看你，孩子，让我来摸摸你吧。啊呀，你并没有死啊！你又活蹦乱跳地、平平安安地回来啦，还是咱们原来的老哈克——还是原来的老哈克，真是谢天谢地啊！"

"吉木，你是怎么回事儿呀？你喝醉了吗？"

"喝醉了？我喝醉了吗？我哪儿来的工夫喝酒呀？"

"那么，你为什么说话这么不着边儿呀？"

"我怎么说话不着边儿啦？"

"怎么不着边儿？你不是说我又回来了吗？乱七八糟的一大套，好像我真离开过这儿似的？"

"哈克——哈克·芬，你好好地看着我，好好地看着我。你真没有离开过这儿吗？"

"离开这儿？嘿，你到底是什么意思啊？我哪儿也没有去呀。你说我会上哪儿去啊？"

"好了，你听我说吧，老弟，这可是有点儿不对头，的确。我还是我吗，不然我是谁呢？我是在这儿吗，不然我是在哪儿呢？我要把这些弄个清楚明白。"

"哼，我看你是在这儿，这倒没错儿，可是，吉木，我认为你是个昏头昏脑的老傻瓜。"

"我是吧，我是吗？我先问问你吧：你没有坐着小船，拉着绳子，想要把筏子拴在沙洲上吗？"

"我没有。什么沙洲啊？我根本就没看见什么沙洲。"

"你敢说你没看见沙洲？你听着——那根绳子不是拉松了吗？木筏不是顺水呜呜地冲下来，把你跟小船都丢在大雾里了吗？"

"什么大雾呀？"

"怎么，那一阵大雾。那一阵整整下了一夜的大雾。再说，难道你没有喊吗？难道我没有喊吗？喊到后来咱们就让那些小岛弄得晕头转向，咱们两个人有一个走丢了，另外一个也就等于走丢了，因为谁也不知道谁走到哪儿去了，你说是不是？我不是还在那些小岛上撞来撞去，受了那么些罪，还差点儿没淹死吗？是不是这么回事，先生——是不是这么回事？你告诉告诉我好不好？"

"啊，你可把我给闹糊涂了，吉木。我根本不知道有什么大雾，也没看见什么小岛，也没遇见什么麻烦，什么也没瞧见。我整夜一直坐在这儿跟你聊天儿，一直聊到十分钟以前，你就睡着了，我看我也睡着了。这么一会儿的工夫，你决不会喝醉了，你一定是做梦来着。"

"真他妈的奇怪，我怎么会在十分钟里梦见那么多事儿呢？"

"嗐，他妈的，你准是做梦来着，因为根本没有出过什么事儿。"

"可是，哈克，我觉得那些事儿都清清楚楚地摆在眼前，好像——"

"清楚不清楚，根本是一样，反正没有什么事儿。我知道，因为我一直在这儿呆着。"

吉木大概有五分钟没说话，只是坐在那里仔细想。后来他说：

"那么，好了，我想我真是做梦来着，哈克；但是，这可真是他妈的一场大恶梦，我这辈子也没遇见过。我从前做的梦向来没有叫我这么累过。"

"嗐，那倒没有什么，有时候做梦是会让人累得要命的。可是，这一场大梦真是了不起——你给我从头到尾说一遍吧，吉木。"

于是吉木就说起来了，他把整个的事一五一十地对我说了一遍，他说的都是实情，不过他还添枝添叶地扯上了许多。他说他要想法子把它"圆一圆"，因为这是天上降下来的一个预兆。他说第一个沙洲指的是想要对我们做些好事的好人，可是那流得很急的河水是打算把我们拖开的小人。那些喊叫的声音都是我们偶尔能够听到的警告，假如我们不尽力把这些警告的意思弄清楚，它们就会让我们走背运，而不让我们逢凶化吉，那一群沙洲指的是我们得跟爱吵架的家伙和卑鄙的小人惹些烦恼是非，可是假如我们只顾自己的事，不跟他们吵嘴，不惹他们生气，我们就会逢凶化吉，走出大雾，来到开朗的大河里——这就是说，我们会走到自由州去，再也不会惹什么是非了。

我刚爬上木筏的时候，天色阴得很黑，可是现在又变得非常晴朗。

"对了，很好，吉木，到现在为止，你圆得总算不错，"我说,"可是这些东西又指的是些什么呢?"

我说的是木筏上的那些碎枝烂叶,和七零八碎的肮脏东西,还有那根撞断了的桨。这时候可以看得清清楚楚了。

吉木看看那堆肮脏的东西,然后又看看我,又回过头去看看那堆东西。梦在他脑子里牢牢地盘踞着,他好像一时不能把它摆脱开,重新把事实放进去。可是等他一下子明白过来了,他就瞪着眼睛瞧着我,一点儿笑容也没有,说:

"它们指的是些什么吗?我来告诉你吧。我因为拚命地划木筏,又使劲地喊你,累得我简直快要死了。后来我睡着了的时候,我的心差不多已经碎了,因为把你丢掉了,我真是伤心透了,我就不再管我自己和木筏会遇到什么危险了。等我醒过来的时候,看见你又回来了,平平安安地回来了,我的眼泪都流出来了。我心里有说不出来的感激,我恨不得跪下去用嘴亲亲你的脚①。可是你却想方设法,编出一套瞎话来骗我老吉木。那边那一堆是些肮脏的东西;肮脏的东西就是那些往朋友脑袋上抹屎、让人家觉得难为情的人。"

他说完就慢慢站起来,走到窝棚那儿去,除了这几句之外,别的什么都没说,就钻进去了。可是这已经够我受的了。这下子真叫我觉得自己太卑鄙,我恨不得要过去用嘴亲亲他的脚,好让他把那些话收回去。

我呆了足足有一刻钟,才鼓起了勇气,跑到一个黑人面前低头认错——我到底那么做了,以后也从来没有后悔过。我再也不去出坏主意骗他了,其实,我事先要是知道他会那么难过的话,我根本就不会耍出那么一套无聊的把戏来。

---

① 参阅《新约·路迦福音》第 7 章第 37 节和第 38 节:"那城里有一个女人,是个罪人。知道耶稣在法利赛人家里坐席,就拿着盛香膏的玉瓶,站在耶稣背后,挨着他的脚哭,眼泪湿了耶稣的脚,就用自己的头发擦干,又用嘴连连亲他的脚,把香膏抹上。"

第十六章
蛇皮再惹祸

我们几乎睡了一整天,到了夜里才动身走,有一排很长很长的木筏,好像一大队游行的人马似的,在我们的前面漂着。它每一头有四根长桨,我们猜想那上面恐怕至少载着三十个人。筏子上搭着五个大窝棚,彼此离得很远,木筏当中还生着一个露天的大火堆,每一头还有一根大旗杆。它的气派实在是大极了。在这样的筏子上当个伙计,那才真够神气的哪。

我们顺水漂到一个大河湾里,这时候,黑夜的天空,被云彩遮住,闷热得很。这一段河面很宽,有长得很密的大树林子,像城墙似的立在两岸;你难得看见树林子上有什么缺口,也瞧不出一点儿光来。我们谈到开罗,可是不知道到了那儿能不能认识那个地方。我说我们恐怕不认识,因为我听说那儿只有十几户人家,假如他们恰巧没有点灯,那我们怎么会知道是路过一个镇呢?吉木说,那两条大河在那儿汇合,一定看得出来。可是我说,也许我们会以为那是路过一个岛尾,仍然又回到原来的大河里来。这件事弄得吉木非常着急——我也是一样。所以问题就出来了:究竟该怎么办呢?我说,只要看见有灯光,立刻划到岸上去,就对人家说爸爸在后面坐着商船马上过来,他做生意还是个生手,想要打听一下到开罗去还有多远。吉木觉得这是个好主意,于是我们就一边抽着烟想,一边走着瞧。

现在我们只好聚精会神地看着,千万可别没看见那个镇就走过去了。吉木说他保险一定看得见,因为他一看见那个镇,他就成了自由人,可是他如果错过了,他就又到了贩卖奴隶的地方,

再也没有自由的机会了。每隔一小会儿,他就跳起来说:

"在那儿哪!"

但是那并不是。那不过是些鬼火,或是萤火虫罢了;于是他又坐下来,照旧眼巴巴地望着。吉木说他离自由越来越近了,弄得他浑身上下又发抖、又发烧。老实说,我听见他这样说,也弄得我浑身上下又发抖、又发烧,因为我脑子里也渐渐想起他已经差不多要自由了——这究竟怨谁呢?当然是怨我。我无论怎样也不能叫我的良心不责备我。这件事弄得我心里七上八下,坐立不安,简直没法好好地在一个地方呆着。我从来没想到我干的究竟是件什么事。可是现在我想起来了;这个想法老在我心里盘旋,让我越来越觉得心焦。我想尽方法对我自己解释,说这并不是我的错处,因为我并没叫吉木由他那合法的主人那儿逃走,可是这都是白费,我的良心每回都对我说:"可是你明明知道他是为找自由而逃跑呀,你本来可以划到岸上去对人说呀。"事情就是这样——我怎么也推脱不开。难处也就在这儿。良心还对我说:"可怜的瓦岑小姐怎么虐待了你,叫你亲眼看着她的黑奴逃跑,连一句话都不说? 那个可怜的老太婆有哪点儿对不起你,叫你用这么坏的手段去对付她? 她尽力教你念书,她尽力教你做人,她想尽种种办法对你好。她就是那样对待你的呀。"

我渐渐觉得我实在是太没良心、太不要脸了,真是恨不得死掉才好。我在筏子上不耐烦地走来走去,心里暗暗地骂我自己,吉木也在我的旁边不耐烦地走去走来。我们两个谁也沉不住气。每逢他手舞足蹈地喊着说:"那不就是开罗吗!"我一听这话,就觉得好像挨了一枪似的,我想假如那真是开罗的话,我大概会难受得死过去。

吉木一直在那儿大声说话,可是我老是在暗自盘算。他说的是到了自由州以后,他要做的第一件事,就是拚命地存钱,一分钱也不花,等到存够了的时候,他打算到瓦岑小姐家附近的那个庄子上去,把他的老婆赎回来;然后他们夫妻两个做工挣钱,再把那两个孩子也赎回来；假如他们的主人不肯卖的话，他们就找个反对奴隶制度的人去把他们偷回来。

他这一套话弄得我几乎凉了半截。他以前从来也不敢说这种话。你看他刚一认为他快要自由了，就跟以前大不相同了。有句老话说得好："黑奴不知足，得寸就进尺。"我心里想：这都是我做事不用脑筋惹出来的。眼前摆着这个黑人，他差不多要算是我帮着逃出来的，现在他理直气壮地说要去把他的孩子偷回来——那些孩子的主人，我根本就不认识，人家从来也没得罪过我。

我听见吉木说的这些话，心里也替他很难受，他这样说，实在是叫人看不起。我的良心又把我鼓动起来，叫我觉得忍无可忍，后来我就对我的良心说："请你饶了我吧——现在还不算晚呀——等我一看见灯光，我就划到岸上去告他。"这么一来，我立刻觉得又安心，又高兴，心里轻快得像根鹅毛似的。我的烦恼都没有了。我仔细望着岸上，看看有没有灯光，心里像是在唱歌似的。不久就有一个灯光露出来。吉木高兴地喊着说：

"咱们可有救了，哈克，咱们可有救了！快跳起来立个正、行个礼吧！咱们可来到老开罗这好地方了，我准知道！"

我说：

"等我先坐着小船过去看看，吉木。你要知道，那也许还不是哪。"

他跳过去把船准备妥当，拿他的旧大衣垫在底下，让我坐在上面，然后把桨交给我；我刚撑开船的时候，他说：

"再等一会儿，我就要高兴得使劲儿喊了，我就说，这都是哈克的功劳；我成了自由人了，要是没有哈克，我永远也得不着自由；这都是哈克做的好事。我吉木一辈子也忘不了你的好处，哈克；你是我吉木顶好的朋友；你也是我老吉木独一无二的朋友。"

我刚把船划开，急着想去告发他；可是一听他说的这些话，我那股冲劲就不知道哪儿去了。我就慢慢地往前划，并不十分清楚我是高兴还是不高兴。等我离开了五十码的时候，吉木说：

"你走啦，你这忠实的老哈克；在白人里头，只有你对我老吉木讲信用。"

我简直难受得要命。可是我说非把这件事办了不可——我没有法子避免。正在这时候，打那边过来了一只小船，上面坐着两个拿枪的人，他们停下了，我也停下了。其中有一个人说：

"嘿，那边是什么？"

"是一节木筏，"我说。

"你是那个筏子上的人吗？"

"是啊，先生。"

"那上面还有人吗？"

"只有一个，先生。"

"今天晚上，上头那边河湾口上跑了五个黑奴。你那个人是白人，还是黑人？"

我没有立刻回答。我本打算回答，可是话总是说不出口。我迟疑了一两秒钟，想要一鼓作气地说出来，可是我没有那么大的勇气——我连一只兔子的勇气都没有。我知道我已经泄气了；我就放弃了原来的想头，直截了当地说：

"他是白人。"

"我看咱们得亲自过去看看。"

"我也希望你们能过去看看，"我说，"因为那边是我的爸爸，也许你们能够帮个忙，把木筏拖到那边有灯光的地方去。他病了——妈妈跟玛莉·安也都病了。"

"啊，真他妈的！我们忙得很，你这孩子。可是我看我们还是得走一趟。走啊——用点儿力气摇你的桨，咱们一块儿过去看。"

我就用力摇我的桨，他们也使劲儿地划他们的船。我们才划了一两下，我就说：

"我敢说爸爸会从心里感激你们。我每回求人家帮我把筏子拖到岸上去，不管是谁都赶快走开，我自己一个人又拖不动。"

"那可真他妈的太狠心了。也太奇怪了啊。我问你这孩子，你爸爸得的是什么病呀？"

"他得的是——那个——嗐，并没有什么了不得的病。"

他们就停下不划了。这时候离木筏已经不远了。有一个人说：

"孩子，你说的都是瞎话。你爸爸到底得了什么病啦？现在你给我乖乖地说出来，那样对你也会有好处。"

"我一定说，先生，我一定老老实实地说——可是千万别离开我们。那种病是——是——诸位先生，只要你们把船划过去，等我把筏子头上的绳子交给你们，你们根本不必划到木筏跟前去——千万帮个忙吧。"

"把船退回去，约翰，把船退回去！"一个人说。他们立刻往后退。"快躲开点儿，孩子——快躲到下风去。他妈的，我算计着那阵风已经把它刮到我们身上来了。你爸爸得的是天花，你知道得比谁都清楚。可是你为什么不痛痛快快说呢？难道你打算让大家都传染上吗？"

"哼，"我哭哭啼啼地说，"我以前见着谁就对谁说实话，可是他们马上就走开，不管我们了。"

"你这可怜的小鬼头，原来你也有苦衷。我们也替你难过，可是我们——对了，他妈的，我们决不想得天花，你明白啦。你听着，我来给你想个办法。你一个人可千万别靠岸，否则你可就坏了事。你往下游再漂上二十几英里，你就会走到大河左边岸上的一个镇。到那时候，太阳早已出来了，你再求人家帮你的忙，对他们说你家里的人都在发疟子。别再那么不知好歹，让人家猜着是怎么回事。我们这是想帮你的忙，所以你一定要离开我们二十英里，那才是个好孩子哪。你要是在有灯的那边上岸，根本也没有什么好处——那不过是个木厂子。嗐，我想你爸爸一定很穷，我准知道他的运气也一定够坏的。你看——我把这块值二十块钱的金圆，放在这块板子上，等它漂过去的时候，你把它捡起来。

111

我觉得把你丢开不管，实在是太不像话，可是，我的天！传染上天花可不是闹着玩儿的，你明白不明白？"

"先别撒手，巴可，"另一个人说，"替我把这二十块钱也放在板子上，是我给的。再见吧，孩子，你就照着巴可先生对你说的话去做，什么问题都解决了。"

"对啦，我的好孩子——再见，再见。假如你看见有跑掉的黑奴，你就找人帮你把他们抓住，你还可以挣点儿钱哪。"

"再见，先生，"我说，"只要我办得到，我决不会放走一个逃跑的黑奴。"

他们走开了，我也回到木筏上来，无精打采，非常难过，因为我知道明明是做了一件错事，我知道我就是想学好也办不到；一个人从小时候起就不好，后来也决不会有好的机会——等到他遇见了难办的事，就没有一股力量支持着他，让他继续干下去，结果他就败下阵来了。然后我又想了一分钟，心里这样地盘算着：先别忙，假若你做对了，把吉木一下子交给人家，那么你会比现在觉得好受些吗？我说，不会的，我也会觉得难过，我会觉得跟现在一样的难过。我说，那么，好了，做对的事反而要惹麻烦，做错的事根本就不费劲儿，而且代价都是一样，那么你又何必要学着做对的事情呢？我可让它给难住了。我没法回答这个问题，所以我想我再也不为它操心了；从此以后干脆就看当时的情形，怎么方便就怎么做吧。

我钻到窝棚里去；吉木并没在那儿。我各处找了一遍；哪儿也找不着他。我就喊了一声：

"吉木！"

"我在这儿哪，哈克。他们已经走远了吗？可别大声说话呀。"

他原来是泡在河里面，躲在筏尾的桨底下，只把鼻子露在外面。我告诉他说，他们已经走远了，于是他就爬上来了。他说：

"我听见了你们说的话，我就溜到河里去，假如他们走上来，我打算游到岸上去。等他们走了以后，我再回到筏子上来。可是，我的天，你可把他们骗苦了，哈克！你这一手儿耍得真叫漂亮啊！我告诉你，好孩子，我想这就救了我老吉木了——老吉木决忘不了你的恩典，老弟。"

然后我们就谈到那些钱。这下子可真捞了不少——每人二十块钱。吉木说我们现在能够到轮船上去打统舱票，这些钱足够我们在那些自由州里到处走，爱跑多远就跑多远。他说乘着筏子再走二十英里，并不算太远，可是他恨不得我们已经到了那边。

天快亮的时候，我们就拢了岸，吉木特别小心地把筏子藏得好好的。然后他忙了整整一天，把东西都打起捆来，一切都准备好了，只等离开木筏。

那天晚上十点钟左右，我们在下游靠左手的河湾一带，看见一座灯光点点的小镇。

我把小船摇过去，想要打听一下。不大一会儿，我在河里遇见一个人坐着小船，正在下一条拦河钩绳。我划过去问他：

"先生，那个镇是开罗吗？"

"开罗？不是。你他妈的一定是个大傻子。"

"那是个什么镇啊，先生？"

"你要是打算知道，滚过去自己看看。你假如在我这儿再打搅我半分钟的话，我就要对你不客气啦。"

我又划到木筏上来。吉木觉得大失所望，可是我说不要紧，我看下一个地方就要到开罗了。

我们在天亮以前，经过了另一个镇，我本想再过去看看；但是因为那一带是高地，所以我没有去。吉木说，开罗附近没有高地。我起初把它忘了。我们在离左边河岸很近的一个沙洲上，躲着混过这一天。我渐渐疑惑起来。吉木也是一样。我说：

"也许咱们在下雾的那天夜里，把开罗走过去了吧。"

他说：

"别再说了，哈克。可怜的黑人是交不了好运的。我一直疑感那条蛇皮给我带来的晦气,还没有完呢。"

"吉木,我要是根本没遇见那条蛇皮,有多么好——我真希望我根本就没看见它。"

"哈克,那并不是你的错;你事前根本不知道。你千万别怪你自己。"

天光大亮的时候,岸这边果然是俄亥俄河湛清的河水,靠外面那一边还照旧是那条黄澄澄的老浑河[①]!原来开罗确实是过去了。

我们把事情从头到尾谈了一遍。由岸上走是办不到的;我们当然也没法把木筏划到上游去。唯一的办法是等到天黑,再坐小船回去撞撞运气。所以我们在白杨丛里睡了一整天,为的是干起活来有精神,可是天快黑的时候,我们回到木筏这里一看,那只小船不见了!

我们呆了半天没出声。根本也没什么可说的了。我们两个明明知道这又是那条蛇皮在作祟;那还谈它干什么呢?那仿佛是我们还在抱怨,结果一定还会碰上倒楣的事——照这样一直碰下去,最后受够了教训,只好不声不响。

随后我们又商量究竟怎么办才好,我们觉得没有别的办法,只有坐着木筏往下漂,等有机会买一只小船往回走。我们虽然偶尔看见周围没人,可是并不打算去借一只,像爸爸常常干的那样,因为那样干就会有人追。

所以,天黑了以后,我们就坐着木筏走开了。

玩弄蛇皮是一桩蠢事;如果有人知道了那条蛇皮给我们带来这些背运以后,仍然不肯相信的话,那么就请他继续往下看,看看它又让我们遇见了什么,他就会相信了。

由停泊在岸边的木筏上,经常可以买到独木船。可是我们并没看见有木筏停在岸边,所以我们就一直往前走了三个多钟头。

[①] 密西西比河。

这时候，晚上变得黑暗而阴沉，这种天气跟下雾差不多是一样的讨厌。你既说不清河上的情形，也看不出距离的远近。大约到了夜深的时候，忽然有一条轮船由下游开过来。我们马上点起灯笼，以为它一定能够看见。上水船通常不靠近我们；它们总是闪到一旁，沿着沙洲，挑选暗礁脚下的静水走，可是在这样的黑夜里，它们就来到大河的当中，不顾一切地向上拱，好像是跟整条大河作对似的。

我们听得见它砰砰地开过来，可是一直等它走到跟前才看清楚。它对准了我们冲过来。有时候，他们这样走，是想看看能不能由我们旁边擦过，而不把我们撞翻；有时候，汽船的轮子把一根长桨切掉了，于是那个领港就探出头来哈哈大笑，自以为这一手儿耍得很漂亮。现在，它朝着我们开过来了，我们还说它又想要"刮我们的胡子"了；但是它并没有往旁边转舵。它是一条大船，又来势汹汹，看上去好像是一朵乌云，周围有一排一排像萤火虫似的亮光；但是，它突然现了原形，大得叫人害怕，一排敞开的锅炉门发出火光，仿佛是烧红了的牙齿似的，它那大得要命的船头和保险栏，已经伸到我们的头顶上了。船上有人对我们喊了一声，跟着叮叮当当地一阵铃响，是打算把机器停住，又听见一片乱喊乱骂和放汽的声音——这时候，吉木从那一边、我从这一边刚跳下水去，它就一下子把木筏从正当中撞了个粉碎。

我扎了一个猛子——想要摸着河底，因为船上有一个三十英尺的大轮子要由我头上转过去，所以我打算躲它远一点儿。我平常在水里能呆一分钟；这回我算计着我在水里呆了一分半钟。然后我急忙窜到水面，因为我简直快要憋死了。我一下子伸出头来，水齐着我的胳肢窝那儿，一边由嘴里往外喷水，一边由鼻子里往外擤水。当然，这一带的河水流得很急；这只船停了十秒钟之后，就又开动机器，照样前进，因为那些人对于筏夫从来不关心。现在它正向上游冲过去，虽然我还能听见它的声音，可是它已经在阴暗的夜里消失了。

我大声喊了吉木十几次,可是一声回答也听不见;正当我"踩水"的时候,有一块木板碰了我一下,我就推着这块板子往岸上浮。但是我发现这一带河水是向左边岸上流的,这就是说,我来到一条横水道里;所以我就改变了方向,对着那面凫过去。

那是一条足有两英里长的斜斜的横水道;所以我费了很大的工夫才凫过去。我找了个妥当的地方爬上岸来。我没法看得很远,只好在那坑坑洼洼的地上摸索着往前走了四五百码,然后无意之中来到一所二合一的旧式大木房子跟前。我本打算赶快走过去,躲开这里,可是有好几条狗由门里跳出来,对我汪汪乱叫,所以我认为还是站住不动为妙。

第十七章
甘洁佛家收留了我

大约过了一分钟,有人由窗户里向外面说话,但是并没有伸出头来。他说:

"别叫了,伙计们!外面是谁呀?"

我说:

"是我。"

"'我'是谁呀?"

"先生,我是左志·杰克生。"

"你打算干什么?"

"我什么都不打算干,先生。我光想打这儿走过去,可是这些狗不让我走。"

"这么深更半夜的,你在这儿偷偷摸摸地蹓跶干什么——嘿?"

"我并不是偷偷摸摸地蹓跶,先生。我由轮船上掉在河里了。"

"哦,是这么回事呀,是真的吗?你们谁给我划一根洋火。你说你的名字叫什么来着。"

"先生,我叫左志·杰克生。我只不过是个孩子。"

"你听我说:假如你说实话,你就不必害怕——没有人会伤害你。可是你一点儿也别动;就站在你原来的地方。你们去个人把巴布和汤姆都叫起来,把枪也拿来。左志·杰克生,有别人跟你在一起吗?"

"先生,没有别人。"

我现在听见那些人在房里走动,还看见一个灯光。那个人喊着说：

"快把那个灯拿开，柏姐，你这老糊涂虫——你为什么这样不懂事？把它放在大门后头地板上。巴布，你跟汤姆要是预备好了的话，站好你们的位置吧。"

"全都预备好了。"

"左志·杰克生，现在我问你，你认识雪富生家的人吗？"

"不认识，先生——压根儿就没听说过。"

"好，这也许是实话，也许不是。啊，都预备好了。左志·杰克生，你走过来吧。可得记住，千万别忙——慢慢地、慢慢地走过来。假如有人跟你在一起，千万让他在后面呆着——假如他跟你一块儿走过来，他就得挨上一枪。好吧，过来吧。慢慢地过来；你自己推开那扇门——推开一个小缝，能挤进来就行了，听见了没有？"

我并没有快走，我就是打算快走也办不到。我一次慢慢地迈一步，一点儿动静也没有，只不过我总觉听见了自己心跳的声音。那些狗也跟人一样静静地不做声，可是它们在我身后不远的地方跟着走。等我来到那三块木头搭的台阶跟前，就听见了他们开锁拉闩去插销的声音。我用手在门上轻轻推了一下，然后再推一下，后来有人说："对了，这样就够了——把你的脑袋伸进来。"我照着他的话做了，可是我心想他们也许会把我的脑袋摘下来。

蜡烛立在地板上，他们全在那里，都望着我，我也望着他们，这样过了大约十几秒钟。有三个高大的男人拿枪对着我，真吓得我直缩脑袋。年纪顶大的那一个，大约有六十多岁，头发都白了，另外的两个也不过三十多岁——三个人都长得很漂亮、很体面——还有一个非常可爱的、白发苍苍的老太婆，另外有两个年轻的女人在她的背后，我看不太清楚。那位老先生说：

"嗯——我想没有什么关系。进来吧。"

我刚一进到屋里，那位老先生就把门锁上，把闩闩上，并且把插销插上。他叫那两个青年人拿着枪走过来，他们就一起来到一间大客厅，客厅的地板上铺着一块布条编的新地毯。他们都聚在离开前面窗户很远的一个角落里——这边连一个窗户都没有。他们举着蜡烛，仔细看了我一遍，然后大家一齐说："啊，他决不是雪富生家的人——他连一点雪富生家的人的味儿都没有。"于是这个老年人说他打算搜一搜我的腰，看看有没有武器，希望我不要在乎，因为这样做并没有恶意——不过是想弄清楚罢了。因此他并没有搜我的口袋，只是用手在外面摸了一摸，就说，很好，没有问题。他告诉我要像在家里一样，千万不要认生，然后叫我把我自己的事都说出来；但是那位老太婆说：

"哎哟，索乐，你看这个可怜的孩子，可真湿得够受的；你说他的肚子会不会饿极了？"

"你说得真对，拉结——我把这点给忘了。"

这位老太太就说：

"柏姐，"（这是个黑女人）"赶快去给他找点儿东西吃，越快越好，你看他多么可怜呀；你们哪个姑娘跑去把叭克叫醒，告诉他——哦，他已经来了。叭克，你把这位小客人带去，把他的湿衣服都脱下来，再拿你的两件干衣服给他换上。"

叭克看上去跟我的岁数相仿——也不过是十三四岁的样子，不过他长得比我的块头大一点儿。他只穿着一件衬衣，头发乱蓬蓬的。他打着呵欠走过来，一个拳头揉着眼睛，另一只手里拖着一杆枪。他说：

"没有雪富生家的人跑来吧？"

他们说没有，刚才只是一场虚惊。

"哦，"他说，"假如真有的话，我想我一定能打着一个。"

他们大家都笑了。巴布说：

"哎呀，叭克，像你这样慢腾腾地走过来，他们要是来了，早把咱们的头皮都剥去了。"

"根本就没人来叫我，这也太不像话了。我老比人家矮一头，永远也没有机会显本领。"

"不要紧，叭克，好孩子，"那个老年人说，"你早晚会出头的，往后机会多得很，用不着操心。赶快去吧，照着妈妈告诉你的话去做吧。"

我们来到楼上他的屋子里，他给我找出来一件粗布衬衫，一件短上衣，和一条裤子，我就都穿起来。我正在打扮的时候他问我叫什么名字，可是我还没有来得及回答，他就急着告诉我，他前天在树林子里捉住了一只蓝喜鹊和一只小兔子；他还问我，蜡烛灭了的时候，摩西在什么地方。我说我不知道；我从前根本就没听说过。

"那么，你猜猜看，"他说。

"我从前根本没听人家说过，"我说，"我怎么会猜得着呢？"

"你还是可以猜呀，是不是？别提多么容易了。"

"哪支蜡烛呀？"我问。

"随便哪支都行，"他说。

"我不知道他在什么地方，"我说，"你说他在哪儿呀？"

"嗐，他在黑暗那儿呢！①那就是他呆的地方！"

"你本来就知道他在哪儿，为什么还要问我呀？"

"咳，真是的，那是个谜语，你听不出来吗？我问你，你打算在我们这儿住多久呀？你非老住在这儿不可。咱们可以快快活活地过一阵——现在也不用上学了。你养了狗吗？我有一条狗——它会跑去把你扔在河里的木片叼回来。你喜欢在星期天把头梳得光光的，或是干那一类无聊的事吗？我根本不喜欢那一套，可是妈妈硬要逼我那么干。这条旧裤子真讨厌透了！我想我还是穿上的好，可是我真不愿意穿，怪热的。你穿好了吗？好了，走吧，老朋友。"

冷的玉米饼，冷的腌牛肉，黄油和奶浆——这就是他们在楼下给我预备的，这也是我从来没遇见过的好东西。叭克和他的妈

---

① "黑暗"和"河岸"的读音相似，原文系双关语。摩西出生三个月时，他的母亲把他放在一个蒲草编的箱子里，扔在河岸旁边。详见《旧约·出埃及记》第2章第3节，或本书第2页注③。

妈,跟所有别的人都抽玉米轴烟斗,只有那两个年轻的女人,和那个没在这儿的黑女人,算是例外。他们都一边抽烟,一边谈话,我是一边吃饭,一边谈话。那两个年轻的女人都披着棉斗篷,头发披在背后。他们每人都问我许多话,我告诉他们,爸爸、我和全家的人,都住在阿肯色南头一个小庄子上,我姐姐玛莉·安跟人家跑了,结了婚以后再也没有音讯了。比路跑去找他们,后来也没有消息。汤姆跟摩特都死了,只剩下了我跟爸爸;爸爸遇上了这么多倒楣的事情,结果就穷得精光;所以他死了以后,我把剩下的一点儿破烂东西带着走,因为那个庄子并不是我们自己的,我打了个统舱票往上游去,没想到又掉在河里了。我就是这样来到这儿的。他们就说,我可以把这个地方当做自己的家,愿意住多久就住多久。这时候天快亮了,大家都去睡觉,我和叭克一起去睡。我早晨醒了的时候,真糟糕,我把我的名字又忘了。我就躺在床上想了差不多一个钟头,等到叭克醒了,我就说:

"你认识字吗,叭克?"

"我认识,"他说。

"我敢说,你不会写我的名字,"我说。

"我敢说,你会的事情我都会,"他说。

"好了,"我说,"你说吧。"

"你的名字是左右的左,志气的志,节省的杰,客人的克,牲口的生①——怎么样?"他说。

"不错,"我说,"你说对了,我还以为你不会呢。这并不是什么难认的名字———一下子就说对了,用不着仔细想。"

我偷偷地把它写下来;说不定下回有人会叫我说,我打算把它记熟了,一张嘴就能说出来,仿佛是说过多少遍似的。

这是很可爱的一家人,住在很可爱的一所房子里。我从前在

---

① 原文是 G-e-o-r-g-e-J-a-x-o-n,叭克把姓名拼错了。

乡下，从来没见过一所房子有这么精致，有这么大的派头。大门上并没有铁插销，也没有用鹿皮绳子吊着的木门闩，可是有个能转的铜把手，像城里的房子上的一样。客厅里没有放着床；连床的影子都没有；但是城里的许多客厅里都摆着床。这里有一个大壁炉，炉底下是砖砌的，这些砖都弄得又红又干净，因为常常泼上水用另一块砖在上面磨。有时候，他们在砖上抹上一种叫做西班牙赭石的红颜料，像城里的人做的事一样。他们有铜做的大劈柴架子，可以夹住一根大木材。壁炉上面的条案中间，放着一座大钟，钟前面那块玻璃的下半段，画着一幅城镇的风景，这幅画当中又有圆圆的一块，算是太阳，你可以看见钟摆在那后面摇摆。这座钟嘀嗒嘀嗒的声音，实在是美极了。有时候，一个修理钟表的匠人来了，把它的油泥擦掉，收拾得好好的，于是它就一口气敲上一百五十下，然后才累得敲不动了。人家修完了之后，老是不愿意要钱。

这座钟的两旁，立着一对奇异的大鹦鹉，似乎是用白灰做成的，上面涂得红红绿绿的。在一只鹦鹉旁边，有一只瓷猫；在另外那只旁边，有一只瓷狗；如果你按它们一下，它们就哇哇地叫，但是并不张嘴，也不变样，也没有表情。那种声音是由里面发出来的。有两把野火鸡翅膀做的大扇子，在这些东西后面左右展开。在这屋子正当中一张桌子上，有个很可爱的瓷篮子，里边堆着许多苹果、橘子、桃子、葡萄，它们都比真的果子红得多，黄得多，好看得多得多，可是它们到底不是真的，因为外面有些地方碰掉了几小块，里面的白土什么的都露出来了。

这张桌子上还盖着一块很美丽的漆布，上面画着一只红蓝色的、翅膀展开的老鹰，四周围还印着许多花朵。据说这是由老远的费拉德尔菲亚运来的。还有几本书整整齐齐地垛在桌子的四角上。有一本是家传的大《圣经》[①]，那里面印满了图画。一本是《天

[①] 这种《圣经》后面常附有空白纸张，记载家族姓名和出生年月等。

路历程》①，那里面讲到一个人怎样离开家庭，但是并没说为什么缘故。我偶尔翻开它，念上好多页。书上的句子很有趣味，但是非常难懂。还有一本叫做《友谊的献礼》，里面充满了诗歌和美丽的东西；可是我并没看那些诗。另外一本是亨利·克雷②的演说集；还有一本耿大夫的《家庭医药大全》，这本书上告诉你假如有人病了或是死了，应该怎么办。还有一本赞美诗，和许多别的书。这里还有好几把柳条编底的椅子，每一把都十分完整——椅垫当中并没有陷下去或是撑破了，像破篮子似的。

他们在墙上挂了许多图画——多半是华盛顿和拉法耶③的画像，战争的画片，"高原上的玛莉"④，还有一张叫做"签订独立宣言"。有几张他们所谓的炭画，是他们的一个已经死了的女儿才十五岁那年画的。这些炭画和我从前见过的都不一样；多半比平常的炭画要黑得多。有一张画着一个女人，穿着一件瘦长的黑衣裳，胳肢窝底下用带子捆得紧紧的，两只袖子中间鼓起两个大包，像白菜头似的，头上戴着一顶卷檐的大黑帽子，帽子上挂下来一块黑面纱，又白又细的脚腕子上绕着黑丝带，两只脚上穿着一丁点大的黑拖鞋，活像两把凿子；她站在一棵垂柳底下，用右肘斜着靠在一块墓碑上，显得怪凄惨的；左手垂在身边，拿着一条白手绢儿和一个线网袋。在这张画下面题着："呜呼，岂竟与君永别乎？"另一张画的是个年轻的姑娘，她把头发一直向上梳到头顶，在一把梳子前面挽了一个结，像椅子靠背似的，她正在用手绢儿捂着脸哭，另一只手里托着个死鸟，两脚朝天仰卧着。在这张画下面题着："呜呼，婉转清歌成绝响！"还有一张，画着个年轻的姑娘，靠在窗前，抬头望月，脸上挂着两行眼泪；她手

---

① 英国作家约翰·班扬(1628—1688)写的一本宗教寓言小说。
② 美国政治家和演说家(1777—1852)。
③ 法国政治家和将军(1757—1834)，曾参加美国革命战争(1777—1781)，协助美国争取独立。
④ 原文是 Highland Marys，指的是苏格兰诗人罗伯特·彭斯(1759—1796)的两个情人玛莉·坎拜耳和玛莉·摩丽生。彭斯曾为她们写了许多优美的情诗。

里拿着一封开口的信,信的一边还沾着一块黑火漆,她用力把那带链子的鸡心盒按在嘴上。在这张画下面题着:"君岂长逝?君竟长逝!呜呼哀哉!"我想这些都是很好的图画,但是我好像不太喜欢它们,因为如果碰到我不大痛快的时候,它们就会叫我心神不定。人人都为了她的死而难过,因为她还有很多这类的图画没画出来,而且由她画的图画里,可以看出她这一死,叫大家受了多大损失。不过我以为像她这样性格的人,还是到坟墓里去过日子要快活得多。当她正画那幅据说是她顶好的作品的时候,她病倒了,她就日日夜夜地祷告,请求上天允许她多活些日子,等到把这张画画完了再死,可是她根本没能如愿。那张画上画着个年轻的女人,穿着一件很长的白袍,站在桥栏杆上,准备跳下河去;她的头发披散在背后,抬头望着月亮,眼泪顺着两颊往下流,有两只胳膊抱在胸口上,还有两只向前伸出来,另外还有两只举起来对着月亮——她原来打算先看看哪两只的姿势最妥当,然后再把其余的几只都取消。不过,正像我刚才所说的,她在没做决定之前就死了。现在她家里的人把这张画悬在她屋子里的床头上,每逢她的生日,他们就在画上挂起许多鲜花。平常的时候,它总是用一块小小的幔帐遮了起来。画上这个年轻女人的面孔,似乎很甜蜜可爱,可惜胳膊太多了,像个蜘蛛精似的,我觉得如此。

这个女孩子在世的时候有一本剪贴簿,她总喜欢把《长老会观察报》上登载的讣闻、伤亡事故和忍耐痛苦的故事剪下来贴在上面,然后她再独出心裁做几首诗附在后面。她的诗写得很好。下面就是她写的一首,谈到一个掉在水里淹死了的孩子,他的名字叫思蒂番·陶灵·宝茨:

悼思蒂番·陶灵·宝茨一首

嗟乎青年思蒂番,

岂竟罹疾而长眠?
有无伤心人太息?
有无吊客泪涟涟?

世间疾病几千般,
未闻殃及思蒂番,
虽有伤心人太息,
夭亡与病却无关。

既无咳嗽震躯干,
又无痧疹缀红斑;
倏忽英名长凋谢,
可怜青年思蒂番。

未闻致命单思病,
斫彼头颅损天年;
更无穿孔胃溃疡,
丧我青年思蒂番。

我今为汝道辛酸,
君开泪眼听我言:
遽辞尘寰非别故,
只因失足堕深渊。

邻人闻讯忙捞起,
积水吐地命归天,
魂魄遨游太虚境,
乐园重返列仙班。

假如哀梦兰·甘洁佛在十四岁以前，就能够做出这样的好诗来，那么，她要是不死，后来会发展到什么地步，就不用说了。叭克说，她能够一张口就做出一首诗来，一点劲儿也不费。她连停下想一想都不必。他说她随便一抹就是一行，假如她找不到一句诗跟这一句押韵，她就一下子把它涂掉，另外再抹一行，就这样继续写下去。她并不十分挑剔，你随便让她写什么她就写什么，只要那是悲哀的事情就行。每逢有个男人死了，或是有个女人死了，或是有个孩子死了，她总在尸体未冷以前，就把她的"诔词"写好了。她管那些诗叫做诔词。邻居们都说，最先到的是医生，其次就是哀梦兰，最后才是殡仪馆里的人——殡仪馆里的人向来走不到她的前面，可是只有一次她来晚了，那是因为她要押死人的名字惠斯勒那个"勒"字的韵，多耽误了些工夫。自从那回以后，她就变了样子；她从来也没说过她有什么不好过，可是她一天比一天瘦下来，没活多久就死了。可怜的姑娘！我有好多回被她的图画弄得闷闷不乐，使我对她感到些别扭，我就无精打采地来到楼上她从前住的那间屋里，拿出她那本可怜的老剪贴簿来，仔仔细细地看上一遍。我很喜欢那一家人，连死的都包括在内，我不愿意我们彼此之间有什么隔阂。这位薄命的哀梦兰生前给所有的死人作诗，表示哀悼，到如今她人死魂飞，竟没有人给她写一首挽歌，似乎是一件恨事。因此我自己绞尽脑汁，想写一两首，可是不知什么缘故，总是写不出来。他们把哀梦兰的屋子收拾得又干净、又整齐，所有的东西都按照她生前所喜欢的样子，丝毫不差地摆在那里，并且谁都不在这间屋里睡觉。那位老太婆还亲自照料这间屋子，虽然家里有很多黑奴；她常常在这儿做针线，并且老爱在这儿念《圣经》。

现在再谈谈我刚才说到的那间客厅：窗户上挂着美丽的窗帘，是白颜色的，上面画着许多图画：有墙上挂满藤萝的城堡，有走到溪边喝水的牛羊。还有一架旧的小钢琴，里面我想一定有许多洋铁锅，我最喜欢听那些年轻的姑娘唱一段"金链寸寸断"①,弹一支"布拉格之战"②,那真是再美不过了。各屋的墙壁都是用石灰抹的,地板上大都铺着地毯,整个这所房子外面都刷上了白石灰。

这是一所二合一的房子,在两所当中的那一块空地上,也有房顶和地板,中午的时候,他们常常在那里摆一张桌子,实在是个又风凉、又舒服的地方。没有比它再好的了。何况这里的饭食又好吃,又管够!

---

① 这是芳赛·司蒂尔斯作的一首短歌,歌词的头两行是:
"金链寸寸断,
尔我各分散。"
② 考兹俄拉作曲,叙述1737年普奥两国在波希米亚首都布拉格一带的战役。

第十八章
海奈追帽子

甘洁佛上校是个绅士,你知道。他是个彻头彻尾的绅士,他的全家也都和他一样。正像俗话所说的,他的出身很好;达格丝寡妇也常说:无论是一个人或是一匹马,只要有好的出身,总会受人家抬举;其实从来也没有人不承认她是我们镇上第一等的贵族;甚至于爸爸也时常这样说,虽然他自己的身份和大鲶鱼分不出来什么高低。甘洁佛上校的个子很高,身材很细,皮肤是黑里透着苍白,那儿连一点儿红润的影子都没有;他每天早晨总要把他那整个的瘦脸刮得光光的。他的嘴唇特别薄,鼻孔特别窄,高鼻梁,浓眉毛,两只漆黑的眼睛,深深地陷在眼眶里,你可以说它们好像正在由两个黑窟窿里往外瞧你似的。他的前额很高,头发又黑又直,一直搭拉到肩膀上。他那两只手又长又瘦;他这一辈子每天都穿着干净的白衬衣,和一套从头到脚都是用细帆布做的白西装,白到刺你眼睛的程度。到了星期天,他就换上一套带黄铜纽扣的青色燕尾服。他提着一根镶银的红木手杖。他没有半点轻浮气,从来也不高声说话。他对人和气之至——这一点是你可以觉得出来的,因此你自然就会跟他亲近。他有时候也笑一下,看上去非常好看;但是当他把腰板一挺,由他眉毛底下射出两道电光,冷冰冰地像一根旗杆似的立在那里,你立刻想先爬到一棵树上去躲一躲,然后再看看是怎么回事。他根本不必告诉人家要注意礼貌——他无论走到哪里,人家对他总是恭恭敬敬的。可是无论是谁都喜欢有他在身旁;他几乎永远是一片可爱的阳光——我的意思是说,他总是叫人觉得好像是天气很好似的。可是每逢他变成一朵乌云，就有半分钟阴沉得怕人，那么一来，也就足够了；在这一个星期之内，谁也不会再胡闹了。

他同那位老太婆早晨下楼来的时候，全家人都离开椅子站起来，向他们请安，一定要等他们坐下了，大家才敢坐下。然后汤姆和巴布就走到柜橱那里，拿出那些长脖大肚的酒瓶，搀和一杯苦酒，递到他的手里，他就端着酒杯等着，等到巴布和汤姆的酒也搀和好了，他们就鞠一个躬，说："老爷子，老太太，我们给您敬礼啦；"然后他们就微微地点点头，说："真难为你们了，"于是他们三个人都把酒喝完，随后巴布和汤姆就把一羹匙水，倒在他们的杯子里，和剩下的一点儿白糖和威士忌或是苹果白兰地搀和起来，递给我和叭克，于是我们也向这两位老人家举举杯子喝下去。

巴布的年纪最大，汤姆其次，都是高高大大的美男子，他们的肩膀都很宽，脸庞古铜色，头发又黑又长，眼睛也是乌黑的。他们和那位老先生一样，也是从头到脚穿着细帆布做的白衣裳，戴着宽边的巴拿马草帽。

然后再谈谈莎乐蒂小姐。她的年纪是二十五，人长得高高的，态度是又骄傲、又神气，在她不发脾气的时候，她非常和蔼可亲；一遇到她动了火的时候，她那副脸色会让你当场吓瘫了，像她的父亲似的。她长得很美。

她的妹妹莎菲亚小姐长得也很漂亮，不过脾气跟她完全不一样。她又温柔、又可爱，像只鸽子似的，年纪只有二十岁。

每个人都有自己的黑奴伺候着——连叭克也有一个。我那个黑奴整天非常逍遥自在，因为我没有让别人替我做事的习惯。可是叭克的那一位，总在跳来跳去，忙得要死。

这就是这个家庭现在所有的人了，可是以往比现在还要多些——还要多三个儿子；他们都被人打死了；还有那个已经死了的哀梦兰。

这位老先生有很多田产，有一百多个黑奴。有时候，一大群人由周围十几英里的地方，骑着大马来到这里，一住就是五六天，大家在附近游山逛水，吃喝玩乐，有时候白天跑到树林里去跳舞、野餐，晚上回家开跳舞会。这些人多半是这家人的亲戚本家。男人来的时候一律都带着枪。我告诉你吧，那真是一大群阔人啊。

离这一带不远的地方，还有另外一伙贵族———共有五六户人家——多半都是姓雪富生的。他们和甘洁佛族一样的高贵、豪华，一样的有钱、有势。雪富生族和甘洁佛族共用一个轮船码头——就在我们的房子上游二英里左右的地方；所以我同许多我们家里的人偶尔到那里去的时候，常常看见许多姓雪富生的，骑着很好看的大马，在那里走来走去。

有一天，叭克和我正在树林子里打猎，忽然听见一匹马跑过来了。我们正在穿过那条大道。叭克说：

"快着，快着！跳到这边树林里来！"

我们窜进树林，从簇叶里往外面偷看。隔了一会儿，有个很漂亮的青年骑着马顺着大道奔过来，他随随便便地坐在马背上，像个骑兵似的。他那支枪平平地放在鞍头上。我从前看见过他。他是年轻的海奈·雪富生。忽然我听见叭克的枪在我的耳旁响了一声，马上海奈的帽子就由头上掉下去了。他抄起枪来，向着我们躲避的地方直冲过来。我们连一会儿也不等，在树林子里撒腿就跑。这里的树木长得并不密，所以我不断地回头看，好躲枪弹，我有两回看见他用枪对准了叭克；然后他就骑着马顺原来的道路往回走——我想大概是找他的帽子去了，可是我看不见。我们一口气跑回家去。那位老先生的眼睛亮了一下——我想多半是得意了——然后他的脸好像又沉下去了，温温和和地说：

"我不赞成躲在树林里放枪。你为什么不走到大道上去打呢，我的好孩子？"

"爸爸，雪富生家的人就不讲究来明的。他们老爱暗箭伤人。"

叭克说这件事的时候，莎乐蒂小姐昂着脑袋听着，像个皇后似的，她的鼻孔张得挺大，两只眼睛一闪一闪的。那两个年轻的小伙子也显出阴沉的神气，可是一句话也不说。莎菲亚小姐的脸色变得又青又白，可是她后来一听说那个人并没受伤，马上又变过颜色来了。

我后来把叭克带到树底下玉米仓旁边，看见别无他人的时候，我就问他：

"叭克，你刚才是不是想把他打死呀？"

"当然是，那还用问。"

"他怎么得罪你了？"

"他？他一点儿也没得罪过我。"

"那么，你为什么要打死他呢？"

"不为什么——这不过是为了打对头。"

"什么叫打对头？"

"怎么，你是在哪儿长大的？你怎么连打对头都不知道？"

"我向来没有听说过——你给我讲讲吧。"

"好吧，"叭克说，"打对头就是这么回事：一个人跟另外一个人吵架，结果把他打死了；然后那个人的兄弟又把他打死了；于是两方面的哥哥弟弟都出来了；你打我，我打你；然后那些堂兄弟也加入了，乱打一阵——到末后，一个一个都死光了，那么打对头也就完结了。可是这种事总得慢慢地来，并且要费很长的时候。"

"你们这个架也打了好久了吗，叭克？"

"嗯，我想是吧！那是三十年前起的头儿，大约就在那时候。也不知道为了一桩什么事就闹了起来，然后就打官司来解决这件事；有一个人的官司打输了，他一狠心就把那打赢了的人用枪给毙了——他当然得这么干，毫无问题。无论是谁也得这么干。"

"到底是为了什么闹起来的呢——是为了田产吗？"

"我想也许——我说不清。"

"那么，是谁先开的枪——是甘洁佛族的人呢，还是雪富生族的人呢？"

"老天爷，我怎么知道？那是好几辈子以前的事了。"

"难道没有一个人知道吗？"

"有是有的，爸爸大概知道，还有另外几个上岁数的人；可是他们现在也不知道当初究竟为什么闹起来的。"

"叭克，已经打死好多人了吗？"

"是啊——看出殡的机会可有的是。可是有的时候也没打死人。爸爸身上就有好几颗大子弹，可是他并不在乎，反正他也没有多重。巴布也挨过好几刀，汤姆也受伤过一两次。"

"叭克，今年打死过什么人没有？"

"打死过，我们这边死了一个，他们那边死了一个。大约三个月以前，我那个十四岁的堂兄巴德，骑着马穿过河那边的树林子，他真是他妈的傻透了，他连什么家伙都没带；在一个僻静的地方，他就听见一匹马由他背后过来了，他回头一看，原来是包迭·雪富生那个老头子，手里拿着枪很快地追过来，他的白头发让风刮得乱飞；巴德并没有跳下马赶快躲开，他还以为能够赛过他去呢；于是他们就跑起来了：一个在前，一个在后，一口气跑了五英里多地，那个老头子越跑越近，最后巴德知道没有希望了，他就勒住了马，转过身来，你知道，好让子弹由前面穿窟窿，于是老头子跑上前来，一枪把他打倒了。可是他也并没有快活多久，不到一个礼拜，我们这边的人也把他给揍死了。"

"叭克，我认为那个老头子算不了什么英雄好汉。"

"我认为他够英雄的了。他的胆子真够大的。雪富生族的人，没有胆小的——连一个都没有。在我们甘洁佛族里也找不着一个贪生怕死的人。你知道，那个老头子有一天跟三个甘洁佛族的人打了一仗，足足干了半个钟头，结果还是他赢了。他们都骑着马；他由马上跳下来，跑到一小堆木头后面去，把马放在前面当做挡箭牌；可是甘洁佛族的那些人仍然骑在马上，围着他窜来窜去，枪弹像雨点儿似的对他打过去，他的枪弹也像雨点儿似的对他们打过来。结果他跟他的那匹马都鲜血淋漓、一瘸一拐地回家去了，可是甘洁佛族的这些人都得找人抬回家去——有一个死了，另一个第二天也死了。假如有人要想找松小子的话，他趁早别到雪富生族里去白费事，因为他们那一族向来就不出那种没出息的人。"

到了第二个礼拜天，我们都骑着马到三英里地以外的教堂去做礼拜。所有的男人都带着枪，叭克也是一样，他们把枪不是搁在两腿当中，就是放在靠墙顺手的地方。雪富生族的人也是这样。那个牧师讲的道，真是一点儿意思都没有——尽说些兄弟般的友爱啦，跟那一类无聊的废话；可是无论是谁都说牧师讲得好，而且他们一边往家走，一边穷啰嗦，说什么信仰上帝啦，积德修好啦，神恩浩荡啦，命中前世夙缘注定啦，①乱七八糟的一大套，我也不知道还有些什么，我这一辈子还没遇见过像那样难受的一个礼拜天呢。

吃完午饭以后一个钟头左右，有的人坐在椅子上打瞌睡，有的回到屋里去睡午觉，这时候的空气非常沉闷。叭克和一条狗直挺挺地躺在太阳晒着的草地上，睡得很香。我来到楼上我们的房间，也打算睡上一觉。我看见那位可爱的莎菲亚小姐站在她的房门口——她的房间就在我们的隔壁——她领着我到她的屋里去，轻轻把门关上，问我是不是喜欢她，我说喜欢她；她又问我愿意不愿意替她办点儿事，而且不对别人说，我说我愿意。然后她说她忘记把她的《圣经》带回来，她把它夹在两本书的中间，留在教堂里的座位上了，问我是不是愿意偷偷地跑到那里去，替她把它取回来，并且不让别人知道。我说我愿意。于是我就溜出大门，偷偷跑到大路上去；教堂里除了一两只猪之外，连个人影子也没

---

① 原文是"preforeordestination"。马克·吐温效仿边疆文学诙谐的形式捏造新字，使哈克把长老会的两条基本教义混成一个字："命中注定"（predestination）与"前世夙缘"（foreordination）。

有，因为门上没有锁，猪在夏天贪图凉快，总喜欢跑到那木条铺的地板上去躺着。假如你留神的话，大多数的人都是万不得已才到教堂里去；可是猪就不然了。

我心里想：这里面一定有奥妙，一个女孩子为了一本《圣经》急得要死要活，实在是不近情理；我就把它抖了一抖，一张小纸条就掉出来了，上面用铅笔写着"两点半"三个字。我又把那本书翻了几遍，可是别的什么也找不着。我真是莫名其妙，于是我又把那张纸夹在书里了。等我回到家跑上楼的时候，莎菲亚小姐正站在她的房门口等着哪。她一把把我拉进去，就把门关上了；然后她就把那本《圣经》翻了几下，找着了那张纸条，她刚一看完就显得高兴了；我还来不及想一下，她已经把我抱在怀里，使劲儿地搂了一下，说我是世界上最好的孩子，让我千万不要对人家说。她的脸上红了一阵，眼睛发亮，看上去真是美极了。我算是让她吓坏了，可是我刚喘过一口气来，就问她那张纸上写的是什么，她就问我是不是看过了，我说："没有，"她又问我认不认识手写的字，我告诉她："不认识，笔划粗的还凑合。"她就说那张纸不过是个书签，用它记住念到的地方，她说现在我可以到外面玩去了。

我就来到河边上，心里琢磨着这件事，隔了一会儿，我看见我的黑奴打我后面跟来了。等我们离开那所房子已经很远，他回过头去往后看了几眼，又朝四周围张望了一遍，然后就奔过来说：

"左志少爷，假如您到那个泥水滩里去，我可以给您看一大堆黑水蛇。"

我心里想，这可实在古怪；他昨天已经说过一回了。他应当知道无论是谁也不会喜欢到处去找水蛇呀。可是他到底憋的是什么主意呢？所以我说：

"好吧，你头里走吧。"

我跟着他走了半英里地，他就蹚着泥水滩走过去，泥水没到他的脚踝骨，又仿佛蹚了半英里地，我们来到一小块平地上，那

上面是干的,并且长满了大树、小树和藤蔓。他说:

"左志少爷,您对准那边走过去,走上几步就行了,它们就在那儿呢。我老早就看过了,不愿意再去看它们了。"

他马上蹚着泥水走开,一会儿就让树给遮住了。我就摸索着往那里面走了一段路,来到一块空旷的地方,大约有一间卧室那么大,那地方四周围都挂满了藤蔓,有一个人躺在地上睡着了——哎呀,原来他是我那老吉木!

我立刻把他叫醒,我还以为他重新见着了我,一定会大吃一惊,可是他并没有。他高兴得几乎要哭出来,可是并没有大惊小怪。他说他那天夜里跟在我后面游,我每次喊他他都听见了,可是他不敢答应,因为他不愿意让人家把他救起来,再叫他去当奴隶。他说:

"我受了点儿轻伤,没法游得很快,到后来我就落在你后面老远的了。等你上了岸,我还以为能够在岸上赶上你,用不着冲着你大声喊,可是我一看见那所房子,我就慢下来了。我离得老远,听不见他们对你说些什么——我怕那些狗——可是等到一点声音都没有了,我就知道你已经进了那所房子,于是我就跑到树林里去,打算等到天亮再说。一大早,有几个到地里做活去的黑人打我这儿过,他们就把我领到这儿来,指给我这个地方,因为四周围有水,那些狗不会找到我。他们每天晚上还给我送来许多吃的东西,并且把你的情形都告诉我了。"

"你为什么不早点儿让我的杰克带我到这儿来呢,吉木?"

"嗐,在咱们还没有想好办法之前,去打搅你又有什么用呢——可是咱们现在可好了。我每回遇到机会,总跑去买些盆、碗、锅、勺,跟吃的东西,我在夜里还修理木筏,等到——"

"吉木,什么木筏呀?"

"还是咱们那个老木筏呀。"

"你的意思是说,咱们那个老木筏并没有撞碎吗?"

"是呀,没有撞碎。它让人家撞坏了不少地方——它的一头儿碰掉了——可是并没有多大关系,不过咱们那点儿家当差不多全都丢光了。假如咱们在水里没有扎得那么深,也没有在水底下游得那么远;假如那天夜里并不那么黑,咱们也没有怕得那么厉害;不那么像俗话所说的傻拉瓜唧的,那么咱们一定会看得见那只木筏。不过,虽然没看见,也没关系了,反正它现在已经修好了,差不多跟新的一样,并且咱们还置了好多新东西,把丢的那些都给补上了。"

"可是,吉木,你到底是怎么又把那个筏子弄回来的呢——你把它捞上来了吗?"

"我已经跑到树林子里来了,怎么还会去捞它呢?我没有去捞它,是几个黑人发现它挂在这边河湾里一根木桩子上了,他们就把它藏在柳树林当中一条河沟里。他们大家为了争这只筏子大吵大闹,不久这回事就传到我耳朵里来了,我就出头给他们说和,告诉他们,它并不能算是他们中间哪一个人的,而是你我两个人的;我又问他们是不是打算抢一个年轻的白种人的财产,把它藏起来呢?后来我给了他们每人一毛钱,他们就知足得不得了,还说他们希望再漂过几只筏子来,好叫他们再发发财。他们对我好极了,这些黑人,无论我请他们替我做什么事,向来不用再说第二回,老弟。那个杰克也是个很好的黑人,并且人也挺机灵。"

"是呀,他实在是机灵。他压根儿没告诉过我你在这儿;他让我上这儿来,是要指给我一大堆水蛇看;假如出了什么岔子,总不会连累到他。他很可以说他根本没看见咱们两个在一起,那可也是实情。"

第二天出的事,我不愿意多谈。我想我还是把它缩得越短越好。我天一亮就醒了,本打算翻个身再睡上一觉,这时候我注意到家里特别安静——好像是谁都没有一点儿动静似的。这实在跟平常不一样。随后我又注意到叭克已经起来跑出去了。我就跳下床来,一边纳闷儿,一边来到楼下——一个人也没有;到处都清静得要命。大门外面也是一样。我心里想：这到底是怎么回事呢？我在那堆木头旁边，遇见了我的杰克，我问他：

"这是怎么回事呀？"

他说：

"左志少爷，您还不知道吗？"

"我不知道，"我说。

"嗐，莎菲亚小姐跟人跑了！真的跟人跑了。她在夜里什么时候跑的——谁也说不清是什么时刻——跑去跟那个年轻的海奈·雪富生结婚去了，你知道——至少他们是这么猜想。家里的人大约在半个钟头以前才知道——也许还要早一点儿——我对你说吧，他们可真是一点儿都没耽搁。他们赶紧抄起枪、跳上马，那种慌张的神气，你可从来没见过！家里的女人也都跑出去把亲戚本家叫起来，索乐大老爷领着两位大少爷，带着枪、骑着马顺着河边大道往上跑，打算捉住那个小伙子，把他打死，不让他带着莎菲亚小姐在那儿过河。我想眼看着一场大乱子就要出来了。"

"叭克没有把我叫醒就走了。"

"对了，我料想他没有叫你。他们不打算把你也牵扯到一起。叭克少爷的枪里装上了子弹，他说要了他的命他也得捉回一个姓雪富生的来。我看一定会有一大群姓雪富生的跑出来，他要真是得了手，准能捉回一个来。"

我顺着河边大道用尽了力气向上游跑。不久，我听见枪声由远处传过来。等我来到离轮船码头旁边的木厂和那一大堆木材不远的地方，我就拨开树枝、穿过树林子往前走，最后才找着了个好地方，我就爬到一棵白杨的树杈上去看看——我想枪弹一定够不着这棵树。在我这棵树前面不远的地方，有一垛木材，有四英尺高，起先我本打算躲在它的后面；但是也许幸亏我没有那么做。

有四五个人在木厂前面那块空场上，骑着马跳来跳去，一边骂、一边喊，想要打那两个躲在轮船码头旁边木垛后面的年轻小伙子——可是他们总是不得手。每逢有人从木垛靠河岸的那面露出来，马上就有枪弹对着他飞过去。那两个孩子蹲在木垛后面，背对着背，为的是两面的情形都能顾到。

隔了一会儿，这些人也不跳、也不喊了。他们打着马直奔那个木厂；于是有一个孩子站了起来，由木垛上面瞄得准准地打了一枪，就把一个人由马鞍上掀下来了。其余那些人都跳下马来，抓住受伤的人，抬着他往木厂那边走过去；这时候这两个孩子撒腿就跑。那些人还没有理会到的时候，他们已经跑到离我那棵树有一半路的地方。然后那些人就看见了他们，马上跳上马追过来。眼看着他们就追上这两个孩子了，可是他们白跑了一趟，这两个孩子老早就跑开了；他们两个来到我这棵树前面的那堆木头后面，藏了起来，这下子又占了上风。其中一个孩子正是叭克，另外那个是个大约十九岁的瘦瘦的年轻小伙子。

那些人乱闯了一阵，就骑着马跑开了。等他们刚跑得没有影子了，我就喊了叭克一声，告诉他我在这里。他起初听不出我由树上发出来的声音，可真吓了他一大跳。后来他叫我仔细看着，假如再有人过来，就马上告诉他；他说他们一定是想什么鬼主意去了——过一会儿还会回来。我真想离开那棵树，可是我并没跳下来。这时候叭克就大哭大骂起来，口口声声地说他和他的堂兄几欧（就是另外那个青年小伙子）一定要把这一天的损失都找补起来。他说他父亲和两个哥哥都让人家打死了，还有两三个仇人也死了。他说雪富生家的人事先埋伏好了，叫他父亲和哥哥都吃了亏。叭克说他父亲和哥哥应该等着亲戚本家来了再动手——因为雪富生家里的人实在是太多了，他们对付不了。我就问起海奈和莎菲亚小姐的情形怎么样了。他说他们已经平平安安地过河去了。这个消息使我非常高兴，可是叭克怪他自己那天对着海奈放了一枪没有把他打死，气得他乱蹦乱跳，那种样子我真是从来没有见过。

忽然间，啪！啪！啪！有三四支枪响了起来——那些人丢下马由树林里绕过来抄后路！这两个孩子马上就往河里跳——两个人都已经受了伤——正当他们顺着河流往下游的时候，那些人已经赶到河岸上来跟着跑，并且对着他们开枪，还喊着说："打死他们呀！打死他们呀！"这可真让我难受极了，我几乎由树上栽下来。我不打算把整个的事情都讲完——那样做会叫我又难受得要死。我真希望我那天夜里根本没有爬上岸来，自然也就看不见这些事情，那有多么好啊。我永远没法子把它忘掉——有好多次我都梦见了这件事。

我在树上一直等到天快黑了才敢下来。有时候我听见树林里老远的地方有放枪的声音；还有两次我看见一小股一小股的人骑着马、带着枪由木厂旁边跑过去；因此我想这场乱子还没有闹完。我心里觉得非常沉重；我下决心再也不走近那所房子了，因为我想这件事情总得怪我。我想那张纸条的意思是告诉莎菲亚小姐在两点半钟到什么地方去和海奈见面，然后再一起逃跑，我想我实在应该把那张纸条的事情，和她那鬼鬼祟祟的样子，都告诉她的父亲，那么他也许会把她锁起来，而这一场大乱子就决闹不出来了。

我由树上爬下来之后，顺着河岸偷偷地往下游走了一段路，就发现那两个死尸漂在靠河边的水里，我使劲地拖了几下，硬把他们拖上岸来；然后我就把他们的脸蒙上，赶快走开了。我把叭克的脸盖起来的时候，我还哭了几声，他待我实在是太好了。

现在天刚刚黑。我根本没有再到那所房子跟前去，只是穿过了树林，往那片泥水滩跑去。吉木并没在他那小岛上，于是我又赶快跑到那个小河沟去，钻过柳林，急着想跳上木筏，好离开那个要命的地方——没想到木筏没影儿了！我的妈，可把我给吓坏了！我几乎有一分钟工夫喘不上气来。然后我就大喊了一声。离我不到二十五英尺的地方有一个声音说：

"好家伙！原来是你吗，老弟？千万别再喊了。"

那正是吉木的声音——从来没有任何声音让我听着这么舒

服。我赶紧顺着河岸跑了几步，跳到筏子上来，吉木把我拉过来抱了一下，他见着了我，实在高兴极了。他说：

"老天爷保佑你，好孩子，我又真以为你死了哪。杰克到这儿来过一趟，他说他算计着你已经让人打死了，因为你没有回家去；所以我刚才正要把木筏撑到小河口去，只要等杰克再回来对我说你确实是死了，我就把筏子撑开，离开这个地方。哎呀，你又回来了，我实在是高兴极了，老弟。"

我说：

"好吧——那好极了；他们找不着我，他们就会以为我已经让人打死，顺河漂走了——上游那边又有些东西，那就更会叫他们这样猜想了——所以千万别再耽搁了，吉木，你就马上撑到大河里去吧，越快越好。"

一直等到这只筏子往下走了二英里地，来到密西西比河当中，我才放下心来。于是我们就挂起那个信号灯来，认为我们又安全、自由了。我从昨天起，连一口东西都没吃；吉木拿出来几块玉米饼和一碗奶浆，还有猪肉、白菜和青菜——菜饭只要是做得好，那就是天下最好吃的东西——我一边吃晚饭，一边和吉木谈话，心里非常痛快。我能够躲开那场打对头，实在觉得高兴，吉木能够离开那个泥水滩，也是一样地喜欢。我们说，归根结底，拿筏子当家，比什么都好。别的地方实在是太别扭、太闷气了，可是木筏上的情形却不是那样。坐在木筏上面，你会感觉到又自由、又轻松、又舒服。

第十九章
圣 驾 光 临

两三个昼夜过去了；我看可以说是漂过去了，这几天几夜的工夫都是那么静静地、稳稳地、可爱地溜过去了。这就是我们消磨时间的办法：那一带的河实在是大得可怕——有的地方甚至有一英里半宽；我们每天夜里赶路，白天靠在岸边躲着；只要黑夜差不多过去了，我们就停止了航行，把筏子拴起来——几乎永远是靠在一个沙洲后面的静水里；然后砍些嫩白杨和小柳树把筏子盖上。我们把鱼绳放下水去。跟着就溜到河里游一回泳，为的是长点儿精神，去去暑气；我们随后就坐在沙底上——这里的水刚刚没过膝盖——眼巴巴地等着白天到来。四处都没有一点声音——简直是安静极了——真好像整个世界都睡着了，只是偶然有几个大蛤蟆，也许会呱呱地叫上三两声。由水面上往远处一直望过去，第一眼看见的是模模糊糊的一道，那就是对面岸上的树林子——别的什么东西你都辨别不出来；然后天空上有一块地方发白；到后来那块白色渐渐往四下里扩大；于是这条河的远处一带的颜色，也变得柔和了许多，成了灰色，不再是那么黑糊糊的一片了；你能够看见一个一个的小黑点儿，远远地漂流着——那是些平底船一类的东西；还有些很长的黑条子——那是些木筏；有时候你能够听见一支长桨吱吱地响，或是一阵嘈杂的人声，因为四处都很清静，所以声音传得很远，过一会儿你又能够看见水面上有一道纹路，你由那条纹路的样子就会知道那地方的水里有一棵半截树干，流得很急的河水撞在上面，就显出那样的一道纹路；你还可以看见雾气由水面上卷起，东方红了，河也红了，在对面岸上远处的树林子边上，你还可以看出一个木房子来，那多半是一家木厂子，是那些骗人的木匠搭的，你随便由哪个地方都能够扔进一条狗去；然后一阵微风刮起来了，它是由河那边对着你吹过来的，又凉爽、又新鲜，因为那一带有许多树木花草，那种气味非常清香好闻，可是有时候也不是这样，因为有人扔下了许多死鱼，像长嘴刀鱼那一类的，东一条、西一条的躺在岸上，那真是腥臭无比。最后你看见天光大亮，一切东西都朝着太阳微笑，那些歌唱着的鸟儿，简直是闹翻了天！

这时候，随便冒一点儿烟是不会被人注意的，我们就由那些鱼绳上取下几条鱼来，做一顿热和的早饭吃。到后来我们就对着幽静的河面出一会儿神，懒洋洋地呆在那里，不久就懒洋洋地睡着了。隔了一会儿又醒过来，睁开眼看看是让什么吵醒的，你也许会看见一只轮船，往上游扑通扑通地开过去，船在对岸很远很远的地方，什么也看不清楚，只能看出它的外轮是装在船两旁，还是装在船尾上。然后大约有一个钟头的工夫，什么声音也听不见，什么东西也看不见——只是一片十足的清静。随后你会看见由那边老远漂过来一只木筏，上面站着一个笨手笨脚的家伙，在那里劈木头——他们差不多老喜欢在木筏上干这种活计；你会看见斧光一闪就砍下去了，可是听不见响声；你眼看着那把斧子又举起来，等到已经举过了那个人的头顶，你才听见"喀嚓"一声——声音由水上过了这么久，才传到你的耳朵里来。我们时常懒懒散散地呆着，静静悄悄地听着，可是一点声音也听不见，就这样混过了一天的工夫。有一回我们赶上了一阵大雾，那些由附近经过的木筏等等东西的上面，都敲着洋铁锅，免得轮船把它们撞翻了。一只商船或者一个木筏由不远的地方走过去，我们能够听见那些人一边谈话，一边笑骂——听得清清楚楚，可是连他们的影子都看不见，这真让你觉得浑身的汗毛都竖起来了，好像是有神鬼在半空中撒欢儿似的。吉木说他相信那一定是鬼；可是我说：

"不对,鬼决不会说:'这阵倒楣的雾真他妈的讨厌。'"

等到天刚一黑,我们立刻就撑出来;我们把筏子差不多划到河心的时候,就不管它了,我们让它随流漂去,随便漂到哪儿都行;然后我们就点起烟斗来,把小腿垂在水里摇摆着,天南地北地聊一阵——无论是白天或是黑夜,只要蚊子不跟我们作对的话,我们总是赤身露体,一丝不挂——叭克家里的人给我做的那些新衣裳,都太讲究了,穿在身上实在不舒服。再说我根本就不太赞成穿衣服。

有时候,只有我们两个管领着整个这条大河,好久也看不见别人。在水那边远远的地方是河岸和几个小岛;也许还有一点儿火光——那是小草房的窗户里点着的蜡烛——还有时候可以在水面上看见一两点火光——那是筏子上或是平底船上的,你知道;也许你还能听见一阵拉琴或者唱歌的声音,由一只船上飘过来。在筏子上过日子,真是快活极了。我们头上顶着青天,天上布满了星星,我们常常仰卧在木筏上,看着上面的星星,并且讨论着它们是造的呢,还是偶然冒出来的——吉木非说它们是造的,可是我认为它们是偶然冒出来的;我想如果要造那么许多星星,那得费多大的工夫?吉木说月亮可以把它们下出来;对了,这个说法似乎很有道理,所以我就不再驳他了,因为我看见过一个青蛙一次下的子,也差不多有这许多,当然月亮也能下出那么多星星来。我们还常常看那些掉下来的星星,看着它们闪出一道亮光落下去。吉木认为它们都是变坏了,所以才由窝里扔出来。

每天夜里,我们总有一两次看见一只轮船在黑暗里开着,有时候它会由烟囱里喷出一大片火花来,像雨点似的落在河里,真是好看极了;然后它就拐过弯儿去,它的灯光看不见了,那一阵嘈杂的声音也听不见了,这条河也就安静下来;后来,等那只船已经过去好久了,它掀起来的波浪才向我们滚过来,把木筏轻轻摇晃几下,从此以后也不知道要过多久,一点儿声音也听不见,除非那些蛤蟆什么的,也许会叫上一两声。

等到半夜以后，岸上的人都睡了，于是有两三个钟头，河岸变成一片漆黑——再也看不见小草房窗户里的亮光了。那些亮光就是我们的钟——等到再看见一个亮光的时候，就知道早晨快要到了，我们立刻去找个藏身的地方，把木筏拴好。

有一天早晨，将近天亮的时候，我找到了一只独木船，就穿过一道急流对着河岸划过去——只有二百码远——然后顺着一条小河沟，穿过一片柏树林，往上游划了一英里左右，想看看能不能找到一些浆果。当我正要经过一条横着穿过小河、类似放牛的人常走的小路的时候，忽然有两个人顺着这条小路，用尽力气，飞跑过来。我以为我这回可完事大吉了，因为每逢有谁追谁，我总以为那是追我——或者是追吉木。我正要由那儿划着小船赶快跑，这时候他们已经离我很近了，他们一边大喊、一边求我救命——说他们并没有犯什么罪，可是有人在后面追得很紧——说有许多人，带着许多狗，马上就要追过来。他们想要立刻跳上船来，可是我说：

"不准上来。我还没有听见狗叫马跑的声音哩。你们趁早钻到那个矮树林里去，再往小河的上游跑一节路；然后再跳下水去，由水里走到我这儿来上船，那么一来，那些狗就闻不见人味儿，也找不着人影儿了。"

他们照着我的话做了。等他们刚一上船，我就对着我们的那个沙洲逃去，过了六七分钟的样子，我们就听见那些人和狗，在老远的地方大声喊叫。我们听见他们冲着小河跑过去，可是看不见他们；他们好像停在那里，乱找了一阵；然后我们就越走越远，几乎连一点声音都听不见了；等到我们把那一英里多长的树林甩在后面，来到大河上的时候，一切声音都没有了，我们就划过了河，来到沙洲旁边，平平安安地藏在白杨林里。

这两个家伙中间，有一个大约是七十岁的样子，或许还要大一点儿，秃着头顶，长着白花花的连鬓胡子。他戴着一顶坑坑洼洼的垂边破帽子，穿着一件油脂模糊的蓝色毛衬衫，和一条破旧的蓝斜纹布裤子。裤脚塞在靴筒里，背着两根家做的吊带——不，只剩下一根了。他的胳膊上搭着一件蓝斜纹布的旧燕尾服，上面钉着亮光光的铜纽扣，他们两个都拿着毡子做的又大又肥的破提包。

另外的那个人有三十岁左右，差不多也是那么一副穷酸打扮。吃完早饭以后，我们大家休息、闲谈，没想到首先露出来的事儿，就是这两个家伙谁也不认识谁。

"你惹的是什么乱子呀？"那个秃头对另外的那个家伙说。

"我是个卖洗牙药水的——我的药水真能把牙上的黝子洗干净，并且还常常连牙瓷一块儿都弄下来——可是我万不该在那儿多呆了一晚上，我正要溜开的时候，就在镇上这边的小路上碰见了你，你就对我说他们马上就追过来，央告我帮着你逃跑。我就对你说，我自个儿还不知道什么时候就要出乱子，打算跟你一块儿开步走。就是这么回事儿——你怎么啦？"

"嗐，我在那儿公开地劝人戒酒，已经有一个礼拜的工夫了，无论是小媳妇或是老太婆，只要听见我的演讲，没有不欢迎我的，因为我把那些酒鬼糟蹋得不亦乐乎，我告诉你说吧；我一晚上居然能挣五六块大洋——一个人一毛钱，随身带着的孩子跟黑人，一概免费——这份儿买卖做得还是一天比一天强；也不知道是怎么回事，昨天晚上传开了几句谣言，说我常常偷偷地喝酒解闷。今天早晨有个黑人把我推醒了，告诉我说，有许多人骑着马、带着狗，暗地里聚齐，马上就要动身，打算先让我跑上半点钟，然后再把我追赶上，假如他们办得到的话；而且他们抓住我以后，一定要在我身上抹上沥青，粘了鸡毛，再叫我骑在杠子上游街①。我没有等着吃早饭就溜了——我根本不知道饿了。"

"老头儿啊，"那个年轻的说，"我想咱们两人搭个伙吧；你觉得怎么样？"

---

① 这是美国当时流行的一种私刑。

"那我太乐意啦。你干的是哪一行呀——顶拿手的是哪一行？"

"我的本行是打短工的印刷匠[①]；有时候也卖点儿膏药；戏台上当演员——我会演悲剧，你知道；偶尔还耍两手儿催眠术跟摸骨相；还在学堂里教过几天唱歌和地理，为的是换换口味；有时候，还来一通儿演说——哦，我干的行道可多啦——多半什么方便就干什么，所以算不上职业。你干的是什么行道呀？"

"我当年是行医的，干的年头儿还真不少。按摩是我的拿手好戏——专治无名肿毒跟半身不遂什么的；我算命算得最灵，可是我得找个人先替我把底摸清楚。传教我也内行，在野外布道会上混碗饭吃啦，到处讲讲道啦，样样都行。"

隔了半天谁也没说话；然后那个年轻的人就叹了一口气，说："哎哟！"

"你哎哟个什么呀？"那个秃头说。

"真没想到我活到如今，居然会过这种日子，落魄到这种地步，跟你们这些人整天价胡混。"他说着就拿起一块破布擦他的眼角。

"你他妈这小子，跟我们一块儿混，对你还不是挺好的吗？"那个秃头毫不客气地、装模作样地说。

"是呀，对我是挺好的；我也就配受这种罪；我当年高高在上，是谁给我弄到这种下三烂的地步呢？是我自个儿。我并不怪你们，诸位——决不怪你们；我谁也不怪。我自己罪有应得。这个冷酷的世界，爱怎么惩治我就怎么惩治我吧；可是有一件事我是知道的：反正有一块坟地在那儿等着我哪。这个世界尽管照以往那样的横行霸道，把我所有的东西都抢走——我的亲人，我的家产，样样都抢光——可是它决不能把我的坟地也抢走。我总有一天会躺在坟里，把那些事一概忘掉，那么我这颗碎成八瓣儿的

[①] 原文 jour printer=journeyman printer。

可怜的心,就该休息休息了。"他继续擦了几下眼睛。

"你那颗碎成八瓣儿的可怜的心,趁早滚到一边儿去,"秃头说。"你干吗拿着你那颗碎成八瓣儿的可怜的心,照着我们脑袋上砍呀?我们也没招你惹你呀。"

"你们当然没有惹着我。我也并不是怪你们,诸位。是我把我自己搞垮下来的——是的,都是我自己干的事。我现在受罪是应该的——非常应该——我决不哼一声。"

"你由哪儿把你自己搞垮下来的?你原来是什么地位?"

"嘻,说出来你们也不会相信;世界上的人谁也不会相信——随它去吧——没有关系。我的出身的秘密——"

"你的出身的秘密?你是不是说——"

"诸位,"那个年轻人一本正经地说。"我把它对你们公开地说了吧,我觉得你们还算是靠得住。按照我的名分来说,我是一个公爵。"

吉木一听这句话,眼珠子都突出来了;我想我大概也是这样。然后秃头就说:

"没有的事!你说的不是正经话吧?"

"是正经话。我的曾祖是布里吉窝特公爵的长子,他在上一个世纪的末尾,逃到这个国家,为的是呼吸点儿纯洁的自由空气。他是在这儿娶的亲;他死后留下一个儿子;他自己的父亲差不多是跟他同时死的。这个已故的公爵的二儿子,把爵位跟财产都夺去了——把那个幼小的真正公爵,反倒丢开不管了。我就是那个幼小的公爵的嫡系后裔——我就是名正言顺的布里吉窝特公爵。可是我现在在这儿,无依无靠,我的高官显爵被人抢走了,还让人家追得走投无路,受尽了这残酷世界的笑骂,穿得破破烂烂,累得筋疲力尽,伤心到了极点,结果堕落到这种地步,跟你们这些罪犯们称兄道弟地在一只筏子上混!"

吉木觉得他实在是太可怜了,我也觉得如此。我们想要安慰安慰他,可是他说那没有什么用处,他决不会感到多大安慰;他说只要我们肯承认他是公爵,那差不多比别的什么事情,都会对他更有好处;我们就说我们愿意这样做,只要他把怎样做法告诉我们就行。他说我们对他说话的时候,应该一面鞠躬,一面称呼他"千岁",或是"大人",或是"王爷"——假如直接称他布里吉窝特,他也不会在乎,他说那反正是个爵位,不是个名字;吃饭的时候,我们总得有个人伺候着他,他叫我们替他办点什么事,就得马上替他办。

这都非常容易,所以我们一律照办。吃午饭的时候,吉木自始至终,站在一旁,伺候着他,并且说:"千岁请吃点儿这个好不好,请吃点那个好不好?"等等,你可以看得出来,这些话弄得那个家伙非常得意。

可是过了不久,那个老头子把脸沉下来了——他不大爱说话了,他看见我们围着公爵这样殷勤张罗,似乎有点儿不大受用。他好像是心里有话没说出来似的。所以到了下午他就说:

"不吉窝头,你听我说,"他说,"我为你真是难过极了,可是,并不只你一个人遭了这种劫数。"

"真的吗?"

"是真的,不只你一个。不只你一个人受了冤枉,从高位上让人家拖了下来。"

"哎呀!"

"并不只你一个人的出身是个秘密。"真糟糕,他也哭起来了。

"不许哭!你这是什么意思呀?"

"不吉窝头,你这个人靠得住吗?"老头子说,仍然有点儿抽抽搭搭的。

"靠不住的不得好死!"他拉过老头子的手来,使劲儿地握了一下,说:"你的出身有什么秘密?快说出来!"

"不吉窝头,我是从前的法国皇太子!"

我敢说吉木和我的眼睛这回可瞪圆了。然后公爵就说:

"你是什么?"

"是的,朋友,千真万确的——你的眼睛这会儿正在瞧着那个可怜的失踪了的皇太子——芦夷十七①,他是芦夷十六跟玛丽·安托瓦内特②的儿子。"

"你呀!就凭你这个岁数!没有的事!你大概是说你就是从前的查理曼③吧?那么你顶少也有六七百岁了。"

"艰难困苦把我弄成了这个样子,不吉窝头,艰难困苦把我弄成了这个样子;艰难困苦把我弄得白发苍苍,折磨得我这脑袋瓜子也未老先秃了。是的,诸位先生,你们眼前的这个穿着蓝布裤子,带着一副穷相的人,就是那充军发配、流落他乡遭人践踏、受苦受难的地地道道的法国大皇帝。"

他放声大哭起来,伤心得要命,简直弄得我跟吉木不知如何是好,我们真是难过极了——然而我们又觉得非常得意,非常高兴,因为我们居然能够跟他在一起。我们就凑上前来,像刚才对待那位公爵似的,也想法子来安慰他。可是他说那都是白费,除了他断了这口气,把所有的烦恼都撒手不管了之外,无论什么也不会对他有一点儿好处;不过他说假如大家按照他的位份服侍他,对他说话的时候单腿下跪,老称他"万岁",吃饭的时候先张罗他,当着他的面,除非他叫你坐下,你就老得站着,他也会觉得暂时开心一点儿,好过一点儿。所以我和吉木就开口万岁、闭口万岁地称呼他,替他做完了这个又做那个,直挺挺地站在一旁,等他吩咐才敢坐下。这样对他实在有不少的好处,所以他高兴得不亦乐乎,显出非常舒服的样子。可是那位公爵瞧他不大顺眼,对眼前这个局面似乎很不满意;虽然如此,皇帝还真拿他当朋

---

① 芦夷是路易的讹音。路易十六死在断头台上以后,保皇党拥其遗子为路易十七。其后路易十七被革命党人捕获,下落不明,故有"失踪的皇太子"之说。在印第安人当中传教的一个美国人艾里沙·威廉斯(1787—1858)曾于1839年自称为路易十六的儿子,失踪的法国皇太子。
② 路易十六于1770年与玛丽·安托瓦内特结婚。于1785年生路易十七。
③ 即查理大帝:西罗马帝国皇帝(742—814)。

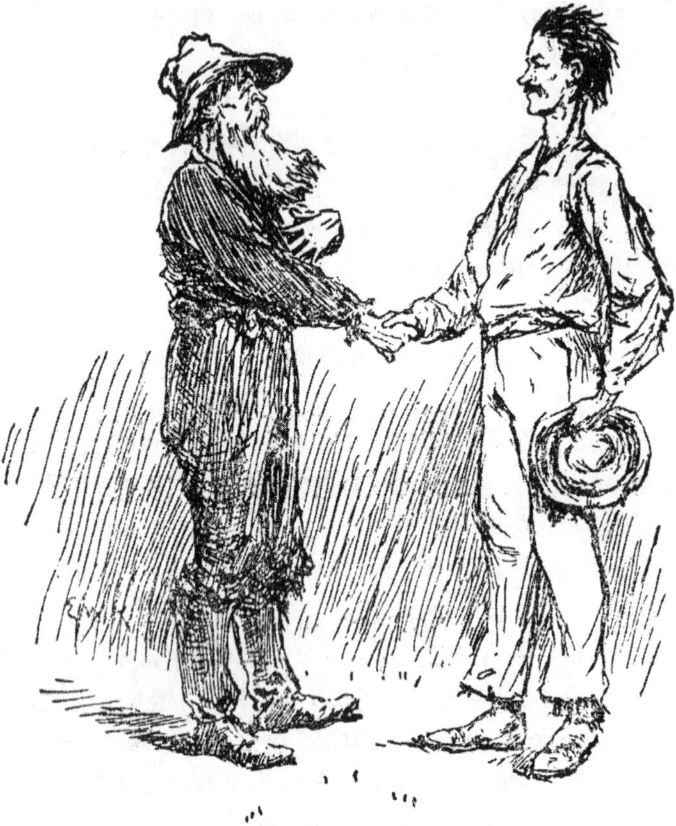

友看待，他说公爵的曾祖父和所有别的不吉窝头公爵，当年都非常受他父亲的宠爱，常常让他们到皇宫里去；但是那位公爵呆在一旁，赌气了半天，后来皇帝说：

"不吉窝头，说不定咱们得在这儿这个筏子上，呆上他妈的一年半载的，你又何必这么酸溜溜地吃这份儿醋呢？这只能弄得大家心里不痛快。我不是生来的公爵，并不怪我，你不是生来的皇帝，也不怨你——那么你又何必烦恼呢？我常常说，随遇而安——这是我的处世良箴。再说，咱们来到这个地方，也不算坏呀——有的是东西可吃，有的是清福可享——喂，把你的手伸过来，公爵，咱们交个朋友吧。"

公爵就依着他的话做了，吉木和我看见了，觉得满心欢喜。那种不愉快的空气，都立刻一扫而光，我们大家对这件事觉得非常痛快，因为共同呆在一个筏子上，如果彼此不和，真是一件苦事；在一个筏子上，我们最希望的就是每个人都觉得心满意足，彼此都能够顺情顺理，和和气气。

并没过多久，我就断定这些扯谎的家伙，根本不是什么皇帝，也不是什么公爵，只不过是些下三烂的蒙事行、骗子手罢了；可是我一句话也没说，一点儿神气也没露；把它放在心里，是最好的办法；这么一来，你可以不必吵嘴，也不会惹祸。他们让我们叫他们皇帝、公爵，我一点儿也不反对，只要咱们这一家人能够太太平平地过日子就行了；并且告诉吉木也没有用处，所以我就没对他说。假如我没有跟爸爸学到别的什么的话，至少我是学会了这么一手儿：对付这种人最好的办法，就是他们爱干什么就让他们干什么。

第二十章
在剖克卫干的勾当

他们问了我们许多问题;想要知道为什么我们把筏子那么严密地盖起来,为什么白天躲在一边儿,不往前走——难道吉木是一个逃跑的黑奴吗?我就说:

"老天爷啊!一个逃跑的黑奴还会往南跑吗?"

他们认为是不会的。可是我还得想法诌出一番道理来,所以我说:

"我家里的人住在密苏里州的派柯县,那就是我出生的地方。后来他们都死了,只剩下我跟爸爸,还有一个弟弟叫艾克。爸爸认为应该离开那个地方,到下游找下安叔叔一块儿过日子,叔叔在奥尔良下头四十四英里的河边上,有一块巴掌大的地。爸爸穷得很,又欠下了些债;等到把债都还清了,就光剩下了十六块钱跟我们这个黑奴吉木。用那几个钱决走不了一千四百英里路,无论是打统舱票也罢,想别的办法也罢。后来河里涨水了,爸爸有一天走了运气,他把这一节木筏截住了,所以我们打算坐着这个木筏到奥尔良去。可是爸爸的运气没能够好到底:有一天夜里过来一只轮船,撞在筏子前头的一个角上,把我们都翻到水里去,在机轮底下打了个滚儿;吉木跟我都浮上来了,可是爸爸喝醉了酒,艾克是个才满四岁的小孩子,所以他们掉下去再也出不来了。第二天跟第三天,我们惹了不少麻烦,人家老是坐着小船追过来,想把吉木带走,硬说他是个逃跑的黑奴。我们现在再也不在白天赶路了;他们夜里没法跑来打搅我们。"

公爵说：

"等我来出个主意，好在白天也能赶路，假如咱们想要那么干的话。我得把这件事仔细想一想——想个妥当的办法来安排一下。今天咱们暂时不去管它，因为咱们白天当然不能由那边那个小镇旁边走过去——那样做恐怕不大妥当。"

快到晚上的时候，天渐渐阴下来了，看样子好像要下雨；听不见雷声的露水闪，在天边很低的地方闪来闪去，树叶也颤起来了——这场雨的来势汹汹，明明白白地摆在眼前。所以皇帝和公爵都跑去检查我们的窝棚，看看我们的床铺是怎样的情形。我铺的是一床草褥子——比吉木的那条絮着玉米皮的褥子，要稍好一点儿；玉米皮做的褥子里面，时常掺杂着许多玉米棒子，人躺在上面，会硌得生疼；你如果在上面翻个身，那些干玉米皮就响起来，你会觉得像是在一堆干树叶上打滚儿似的；它哗哗一响，就把你吵醒了。公爵想要占我的铺，可是皇帝不许可。他说：

"我倒认为你从地位悬殊这方面会想到我睡在玉米皮褥子上是很不合适的。阁下自己去睡那床玉米皮褥子吧。"

吉木和我又着急了一阵子，我们真是提心吊胆，生怕他们两个再闹翻了；所以我们一听见公爵说下面这些话，就高兴得了不得——

"我天生就是这种命：我永远得让铁蹄踩在烂泥里，受人压迫。我当年那种目空一切的劲头儿，都让倒楣的运气打垮了；我让步，我服从；我命该如此；我孤苦伶仃一个人在世界上鬼混——让我受罪吧；我能受得了。"

天变得十分黑暗的时候，我们就马上走开了。皇帝吩咐我们尽量向河当中走，等往那个小镇下面走远一点儿才许点灯。我们不久就看见了那一小簇亮光——那就是那个镇，你知道——我们又偷偷地走了半英里地，什么岔子也没出。等我们已经往下游漂了四分之三英里的时候，我们就挂起信号灯来；到了十点钟左右，雨就下起来了，风也刮起来了，并且打雷打闪，闹得不可开交；于是皇帝吩咐我们两个人在外面守着，等到天气好一点儿了再说；然后他和公爵都爬进窝棚，躺在铺上过夜去了。下一段时间应该由我来守到十二点，可是我就是有个铺位的话，也不愿意进去睡；谁也不会在一个礼拜里天天都看见这样的狂风暴雨，决不会的。我的天，这阵风怎么这样呜呜地刮呀！每隔一两秒钟，就打一个大闪，把附近半英里地之内的白色浪头都照得通亮，从大雨里，你会看出那些小岛全都显得灰蒙蒙的，树木都被狂风打得前仰后合；紧跟着就听见喀嚓！——呼隆、呼隆！咕咚咚、呼隆、呼隆、呼隆、呼隆——这个大雷就咕咚咚、呼隆隆地滚到远处去，后来就听不见了——然后又唰的一下，打了另一个大闪，跟着又来了个惊天动地的大霹雷。有几回，滔天的大浪几乎把我由筏子上冲下水去，可是我根本没穿衣服，也就满不在乎。那些露出水面的树干和木桩，并不碍我们的事；电光老在四下里闪来闪去，我们把水面上的情形看得清清楚楚，来得及把筏头拐来拐去，闪开那些东西。

我刚才已经说过了，我应该在半夜里值班，可是到了这个时候，我已经困极了，吉木说他愿意替我守那前一半；他对我老是那么体贴，吉木老是这样。我就爬到窝棚里去，但是皇帝和公爵都手脚摊开睡在铺上，所以我一点儿地方也找不着；因此我就在外面躺下了——雨我是不在乎的，因为天气很暖和，现在的波浪窜得也不很高。可是到了两点钟左右，风浪又大起来了，吉木本打算把我叫醒，可是他临时又转了念头，以为波浪并不算太高，不至于对我有什么害处；哪知道他把事情看差了：才过了不大的工夫，猛然间冲过来一个地道的浪头，一下子把我打到水里去。这么一来，把个吉木差点儿就笑死了。我真没见过像他那么爱哈哈大笑的黑人。

我就接着守夜，吉木一躺下就呼呼睡着了；隔了一会儿，这阵狂风暴雨总算是停了，以后一直也没有再起，等到岸上的小草房里才露出来一处灯光，我就马上把他喊醒，跟他一块儿把筏子撑到一个僻静地方藏起来，好把这一天混过去。

吃完了早饭，皇帝拿出来一副又旧又脏的扑克牌，他和公爵打了一会儿七大点，每一把赌五分钱的输赢。后来他们玩够了，说他们打算"制定作战计划"，这是他们的说法。公爵就把手伸到他那毡子做的口袋里，掏出许多铅印的小传单，一张一张大声地念。有一张传单上说"巴黎大名鼎鼎的阿蒙·德·芒达邦博士"将要在某月某日、某某地方"讲演骨相学"，门票每人一角，"备有骨相图表，每张二角五分"。公爵说那就是他自己。在另一张传单上，他又是"伦敦珠瑞巷扮演莎士比亚悲剧名角小嘎利克①"。在别的几张传单上，他还有许多别的名字，他还能耍许多别的惊人的把戏，譬如用"万灵宝杖"可以划地出泉，掘土生金，还有"驱逐邪魔外道"等等。隔了一会儿，他说：

"可是，粉墨登场那才叫引人入胜哪。陛下登过台没有？"

"没有，"皇帝说。

"那么，下凡的天子，您在三天之内，一定要登一回台，"公爵说。"咱们只要再走到一个像样的镇市，就租上一个会场，演一回《理查三世》②里的斗剑，跟《罗密欧与朱丽叶》③里那阳台情话的场面。你看怎么样？"

"不吉窝头，凡是赚钱的事，我一概都赞成；可是，你知道，我对演戏简直是一窍不通，连看也没看过几回。父王当年在宫里常常看戏，可惜我那时年纪太小。你看你能教给我吗？"

"容易得很！"

"好啊。我正急着要找点儿新鲜花样呢。咱们马上就来吧。"

---

① 这是冒充大卫·嘎利克的儿子。大卫·嘎利克(1717—1779)是英国著名演员及剧作家，于1747年10月19日扮演理查三世一举成名。曾与叩尔曼合写《秘密的婚姻》等剧本。
② 英国伟大剧作家莎士比亚(1564—1616)写的剧本。
③ 同注②。

公爵就告诉他罗密欧是谁,朱丽叶是谁,还说他自己向来是演罗密欧的,所以皇帝可以演朱丽叶。

"可是,公爵,既然朱丽叶是个年轻的姑娘,那么我这秃脑壳跟白胡子,也许会把她演成一个怪物吧。"

"不会的,你别操心了——这些乡下佬决不会想到那些个。再说,你还得穿上行头哪,你知道,那可就大不相同了;朱丽叶在没去睡觉之前,坐在阳台上赏月,她穿着睡衣,戴着打皱褶的睡帽。你看,这就是那些脚色穿的行头。"

他拿出来两三套窗帘花布做的戏装,他说这是理查三世和另外那个脚色①穿的种菇②时代的战袍,另外还有一件白布做的长睡衣和一顶打皱褶的睡帽。皇帝心里很满意;于是公爵就把他的戏考拿出来,一边指手划脚、装腔做势地念了一遍戏词,一边跳来跳去表演了一阵台步,让人看看这出戏得怎么演。然后他把那本书交给皇帝,叫他把他那部分台词背下来。

在河湾下游大约三英里的地方,有一个不起眼儿的小镇。吃完饭以后,公爵说他想出来了一个主意,以后可以白天赶路,而不让吉木受到危险。他认为他得往镇上去,把这件事情安排一下。皇帝说他也想去,看看能不能够撞上什么好运气。我们的咖啡已经喝完了,吉木说我顶好跟他们坐着小船一起去,买点儿回来。

我们来到镇上,看不见一个人走动,街道空落落的,死气沉沉,鸦雀无声,像礼拜天一样。我们在一个后院里看见一个害病的黑人正在晒太阳,他说所有的人都到树林后面二英里的野外听布道会去了,只剩下那些太小、太老和病得不能动弹的人没有去。皇帝把地点打听清楚,说他想要去把那个布道会好好利用一下,他说我也可以一同去。

---

① 指黎启蒙德伯爵(后来成为亨利七世)。
② "中古"的讹音。

公爵说他想要找的是一家印刷所。我们找着了一家：门面很小，在一个木匠铺的楼上——木匠们和印刷所的人都开会去了，门也没有锁。那是一个又肮脏、又零乱的地方，墙上到处都涂着一块一块的油墨，贴着各式各样的传单，上面画着些马和逃跑的黑人。公爵脱下了上衣，说他这下子可有办法了。所以我和皇帝就跑去找那个野外布道会去了。

大约半点钟以后，我们到了那个地方，身上的汗直往下滴，那天真是热得可怕。有上千的人由附近二十英里以内的地方赶来开会。树林里到处都拴满了骡马车辆，这些骡马一边把头伸到车槽里吃草料，一边跺着蹄子赶苍蝇。有许多用竿子搭架、用树枝盖顶的棚子，棚里面卖的是柠檬水和姜饼，还有一堆一堆的西瓜，和青皮的嫩玉米一类的东西。

在同样的棚子里，有人正在讲道——不过这些棚子比较大些，里面容得下许多人。这里的板凳是用劈开的树干外层做成的，在圆的一面凿几个窟窿，安上几根棍子，当做凳腿，它们并没有靠背。传道的人站在棚子那一头很高的讲台上。女人都戴着太阳帽；有的穿着毛葛上衣，有几个穿着柳条布上衣，还有些年轻的姑娘穿着印花布裙子。有些年轻的小伙子光着脚，有些小孩子除了一件粗帆布衬衣之外，别的什么都没穿。有几个老太婆正在打毛线，还有些大姑娘和小伙子正在偷偷地谈情说爱。

我们来到第一个棚子，那位牧师正在一行一行地念赞美诗。他念完两句，大家就唱起来，听上去似乎是很雄壮：这里有这么许多人，唱起来又这么起劲；然后他又领着大家念了两句——就这么一直唱下去。这些人越来越振作，唱得也越来越响亮，唱到末后，有些人就像在哼哼，有些人就像在喊叫。然后牧师就讲起道来；他很诚恳、很认真地讲着；他先向台这边摇过来，又向台那边摆过去，然后又站在台前弯弯腰，两只胳膊和身体一直都在摇摆着，他讲的话都是用最大的气力喊出来的。他隔不大的工夫就把《圣经》举起、摊开，仿佛是向左右两旁递给大家看似的，他一面喊着说:"这就是旷野里的铜蛇!看看它就可以得着活命!"①那些人接着就喊:"荣耀啊!阿—阿门②!"他就这样喊下去,那些人就一边哼哼、一边哭喊,还直说阿门:

"哦,快到忏悔者的板凳上来坐下吧!过来吧,罪大恶极的人们!(阿门!)过来吧,害病的人和伤心的人!(阿门!)过来吧,瘸腿的人,跛脚的人,瞎眼的人!(阿门!)过来吧,受尽了耻辱的穷苦的人们!(阿—阿门!)所有的衰弱的、堕落的、受罪的人们,都过来吧!——带着你们那受了挫折的灵魂走过来吧!带着你们那充满了悔恨的心走过来吧!穿着你们那破烂的衣裳,带着那肮脏的罪恶走过来吧!洗罪的圣水不要钱,天堂的大门是开着的——哦,进来吧,安歇吧!"(阿—阿门!荣耀啊,荣耀啊,阿利路亚③!)

如此这般地吼下去。你再也听不出那个牧师说的是些什么了,因为哭喊的声音已经闹成一片。在这一大群人里,到处都有人站起来,用尽了气力挤到忏悔者的板凳那儿去,每人的脸上都流着眼泪;等到那一大群忏悔者都涌到前面的板凳上坐下,他们就大声唱歌,大声喊叫,并且扑倒在前面的稻草上,简直都疯狂了。

我一眼就看见皇帝跑过去了;你听得出他喊的声音,比谁喊的都高得多;随后他一抬腿就窜到讲台上去了,牧师请他对大家讲话,他就讲起话来。他对大家说他是个海盗——他在印度洋里当了三十年海盗。去年春天打了一仗,损失了不少弟兄,他现在回到家乡来,想要招一点儿新兵带出去,可是幸亏他昨天晚上被人

---

① 《旧约·民数记》第21章第4节至第9节:以色列人因路难行,心中甚为烦躁,就埋怨上帝和摩西说:你们为什么把我们从埃及领出来,使我死在旷野呢?这里没有粮,没有水……于是上帝使火蛇咬他们,以色列人中死了许多。他们到摩西那里说:我们埋怨上帝和你,有罪了。于是摩西为他们祷告……并制造一条铜蛇,挂在杆子上,凡被蛇咬的,一望铜蛇,就必得活。
② 基督教祈祷的结束语,= "So be it!"(诚心所愿!)
③ 教徒对上帝的赞词。

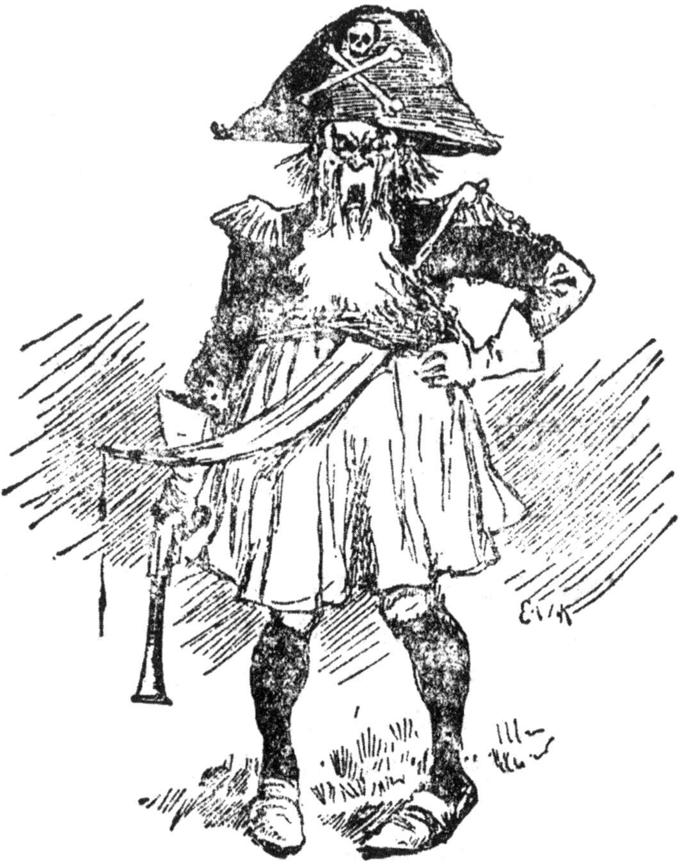

抢了，被人由轮船上撑到岸上来，他身上连一分钱都没有，可是他还是很高兴，那简直是他有生以来顶走运的事，因为他现在已经变成一个新人了，在他这一辈子里，这是他头一回感到快活；他虽然穷到这个地步，仍然打算马上动身，一路上挣点盘缠回到印度洋去；不管他还能活多少日子，他从今以后要用他所有的时间精力，去劝那些海盗改邪归正，因为他跟那个大洋里那群海盗都很熟悉，由他来做这件事，准比别人做得好；虽然他手里没钱行路难，走到那儿一定得用很多日子，可是他非回到那儿去不可，将来每逢他感化好了一个海盗，他就要对他说："你不必谢我，也别以为是我的功劳，这都是剖克卫野外布道会上的亲爱的人们积的德、修的好，他们真是人类的亲兄弟、大恩人——还有那边那位亲爱的牧师，他是一个海盗有生以来最忠实的朋友。"

于是他就哇的一声哭起来了，别人也都跟着哭。然后有人喊着说："给他凑点儿钱吧，给他凑点儿钱吧！"马上有十几个人跳起来就动手，可是有人喊着说："让他自个儿拿着帽子挨着个捐吧！"接着大家都这样说，连牧师也这样说。

于是皇帝拿着帽子在人群里穿来穿去，一边揉眼睛，一边给那些人祝福，并且赞美他们，感谢他们，因为他们对海外那伙可怜的海盗，居然慈悲到这种地步；隔不了多大的工夫，就有些顶漂亮的大姑娘，脸上流着眼泪，站起来问他能不能让她们亲一下，做个纪念；他总是很慷慨地让她们亲；有几个大姑娘被他搂住一连亲了五六次——人家又请他在这儿住上一个礼拜；无论是谁都争着请他回家去住，都说他们认为那是一件光荣的事；可是他说这既然是布道会最末后的一天，他再呆下去也不见得能对大家有什么好处，再说他想马上赶到印度洋去，帮助那群海盗做好人。

等我们回到筏子上的时候，他把捐来的钱数了一下。他发现一共弄了八十七块七毛五分。他还顺手提回一大罐威士忌酒，有三加仑重，那是他穿过树林往回走的时候，在一辆大车底下找着的。皇帝说，整个合计起来，他这一天的收获，把他干传教生意以来无论哪一天都压倒了。他说，空口说白话，完全等于零，要讲让布道会上当的话，那些不信教的凡人跟海盗相比，简直是一文不值。

公爵还一直以为他的成绩很可观呢，可是等到皇帝回来把他干的事摆出来以后，他就不那么想了。他在那个印刷所里排了两块版，印了两号庄稼人定的活——卖马的广告——弄到四块钱。他还替那份报纸收进一批价值十块钱的广告，可是他说如果是预先交款的话，登这些广告只要交四块钱就行了——人家就把钱交给他了。报纸的定价是每年两块钱，可是他说预先交款每份只收五毛钱，因此他又按这个条件收了三份报费；人家本来打算照老规矩交些葱头和长方木柴当做报费，可是他说他才把这个字号买到手，把报费尽量降低，一切都要现钱交易。他还排了一首短诗，那是由他自己脑子里想出来的——一共有三节——这首诗似乎是很悦耳，并且带着点儿悲哀的味道——它的题目是："好吧，冷酷的世界啊，粉碎这颗受伤的心吧！"——他把它完全排好了留在那里，随时随地可以印在报上，并且一分钱也没要。他一共弄到九块半钱，他说这是他苦干了一整天所赚来的。

然后他又拿出他印的另一种小东西给我们看，那也是不要钱的活计，因为那是他替我们做的。那上面画着一个逃跑的黑奴，肩膀上扛着一根棍子，棍子上挂着一捆行李，底下印着："悬赏二百元。"那上面印着的话都是关于吉木的，把他描写得一点也不差，说他怎么在去年冬天由新奥尔良下游四十英里的圣加克大农场里逃出来，大概是跑到北方去了，如果有人把他捉住送回来，就可以得到这一笔报酬和路费。

"好了，"公爵说，"过了今天晚上，咱们就可以白天赶路了，假如咱们打算那么做的话。咱们只要看见有人走过来，就用一根绳子把吉木连手带脚捆起来，放在窝棚里，再把这张传单拿出来，就说咱们在上游抓住了他，因为手里没钱，坐不起轮船，就跟朋友赊账，弄到这小节木筏，往下游去领赏。要是给吉木戴上手铐脚镣，看上去也许更像一点儿，可是那就跟我们那套哭穷的瞎话不一致了：那简直就像戴上了珠宝首饰似的。还是用绳子捆他最合适。我们必须保持戏台上常说的'三一律'①才行。"

我们大家都说公爵实在高明，今后白天赶路决不会再遇到麻烦。我们算计着那天夜里一定能够走出去好多英里，让镇上那些人尽管为了公爵在印刷所里耍的把戏大闹一阵，我们也就眼不见心不烦了——那么我们就可以一帆风顺地前进了，假如我们想要那么做的话。

我们悄悄地藏着，一点儿也不出声，一直等到将近十点钟了，才把筏子撑开河岸，远远地离开那个镇，偷偷摸摸地往下溜，一直等到完全看不见那个镇了，才把灯笼挂起来。

吉木后半夜四点钟叫我起来值班的时候，对我说：

"哈克，你看咱们在路上会不会再撞上几个皇帝呀？"

"我看不会的，"我说。

"那就好了，"他说，"我倒不在乎一两个皇帝，可是这已经足够了。那个家伙根本就是个大醉鬼，这位公爵也跟他差不多。"

我发现吉木一直想要让他说几句法国话，好听听那种话到底是个什么样儿；可是他说他在美国住得太久了，又受了这么许多灾难，早已把它忘光了。

---

① "三一律"是戏剧上的时间、地点、情节三方面的一致。这是法国古典派作家主张用来支配戏剧结构的定理，据说亚里士多德最先发明这个学说。

第二十一章
阿肯色的难关

太阳已经上来了,可是我们仍然往前走,并没找个地方停下。隔了一会儿,皇帝和公爵都出来了,脸上带着无精打采的样子。可是等他们跳下河去、游了一会儿泳以后,他们的精神就振作了许多。吃完早饭,皇帝就在木筏的一个角上坐下了。他把靴子脱下来,把裤腿卷上去,把腿垂在水里摇晃着,为的是舒服舒服。他又点着烟斗,拼命地背他那《罗密欧与朱丽叶》的台词。等到他背得烂熟的时候,他和公爵两个人就在一起演习起来。公爵不得不三番五次地教他每句话应该怎样说。他让他一边叹气,一边用手捂着胸口;过了一会儿,他说他表演得很不错,"不过,"他说,"可别那么粗声粗气地喊'罗密欧!'像牛吼似的——你应该轻轻地、娇声娇气地吐出这几个字儿,好像是有气无力、心神恍惚似的,你听着——'罗——密——欧!'就照这个味儿说吧,因为朱丽叶是个娇小可爱的女孩子,你知道,她决不会像公驴似的扯着嗓子叫。"

随后,他们拿出公爵用橡木条做的两把长剑来,就开始演习斗剑——公爵自称理查三世。他们在筏子上打打闹闹、窜窜跳跳的神气,真是大有可观。可是不久皇帝摔了一跤,掉下水去;过后他们休息了一会儿,谈起他们从前在河上遇见的各种惊险事情。

午饭后,公爵说:

"喂,卡白皇上①,你要知道,咱们一定要把这出戏演得呱呱叫,所以我想咱们非得再添上点儿东西不可。咱们得想点什么花样,等台下喊'再来一个'的时候,好拿出来应付。"

"不吉窝头,'再赖一个'怎么讲?"

公爵就告诉了他,然后说:

"我想我就跳个苏格兰舞,或是水手笛舞来应付一下吧。可是你呢?等我想一想。哦,想起来了——你可以来一段哈姆雷特的独白。"

"哈姆雷特的什么?"

"哈姆雷特的独自道白,你明白啦!那是莎士比亚的戏里顶有名的东西。嘿,那可真叫妙啊!真叫妙啊!总是把全场的人都给迷住。可惜我这本书上没有这一段——我这儿只有一本——不过我想我能够背着把它凑出来。我来回地蹓跶一会儿,看看是否能由我的脑子里把它想起来。"

于是他就来回地走起来。他聚精会神地想,隔一会儿就皱一下眉,那副神气实在是可怕;然后又把眉毛往上一扬,接着又用一只手死按着脑门子,颠颠倒倒地退几步,嘴里好像还哼了几声,随后他又叹了一口气,假装着掉了几滴泪。他那样子看上去真是妙透了。过了一会儿,他想起来了,他叫我们大家注意。他就摆出一副顶高贵的架子,一条腿向前迈了一步,两只胳膊高高地向上伸着,头向后仰,脸朝着天;然后他就乱嚷乱叫,咬牙切齿。这一阵过去以后,由他那段戏词开始到完结,他一直都在那里大声喊叫,左摇右摆,高高地挺着胸膛,简直把我以前所见过的表演都给压倒了。这就是那段独白——他教给皇帝的时候,我就把它记住了,挺容易的:

    活下去呢,还是不活下去;就是这瘦小的身躯
    使这一生成为无穷的灾难,
    谁愿挑着重担,直等到勃南森林当真来到丹西宁,

---

① "卡白"是法国著名统治王室的姓氏(987—1328)。

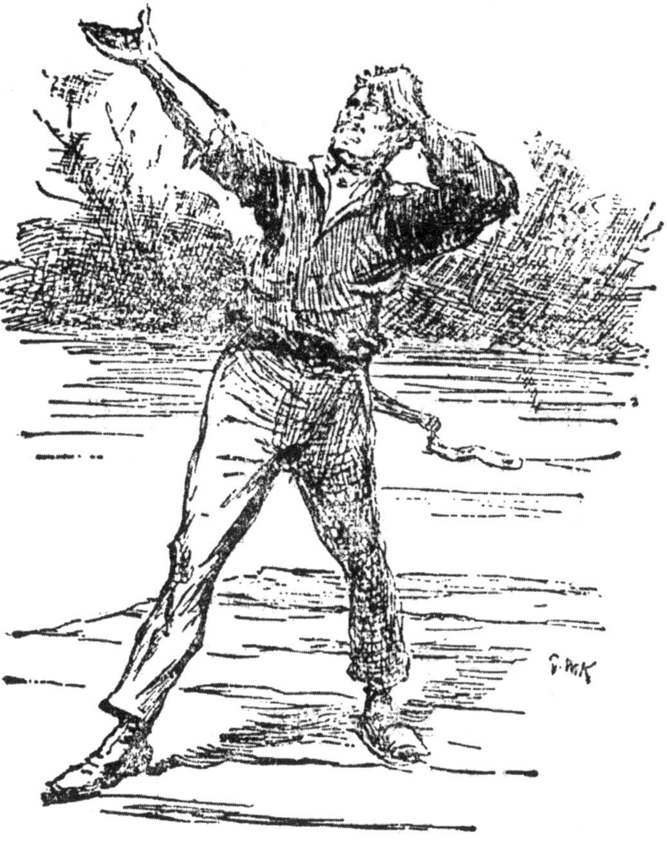

然而对身后事心怀恐惧

害死了清白无辜的睡眠,

大自然里第二条必经之路,

使我们宁可抛出恶运的毒箭,

决不逃往幽冥去寻求解脱。

为了这个缘故我们必须踌躇:

照这样敲门把邓肯叫醒了吧,但愿你做得到;

谁愿忍受人间的鞭挞和讥讽,

暴虐者的欺压,傲慢者的凌辱,

诉讼的拖延,和痛苦所带来的最后宁静,

在荒凉寂静的深夜里,墓穴洞开,

礼俗规定的黑色丧服,阴森可怖,

但是那世人有去无还的神秘之乡,

正向人间喷出疠气,

因此刚毅的本色,像古语所说的那只小猫,

就被烦恼蒙上了一层病容,

一切压在我们屋顶上的阴云,

也因此就转变了漂流的方向,

丧失了行动的力量。

这种功德圆满,寂然物化,是应该虔诚祈求的。且慢,莪菲利亚:

不要张开你那又大又笨的大理石嘴巴,

赶快到尼姑庵里去吧——快去!①

---

① 以上这25行是"公爵"凭记忆胡乱拼凑出来的一段"哈姆雷特独白",里面词句颠倒,错误百出。譬如第1行就是原独白第1行的前一半和第21行的一部分凑成的;他还把"bodkin"一字按照"bodikin"的意思解释,因此"bare bodkin"(原意是"出鞘的匕首")就成了"瘦小的身躯";这么一来,文意就更加滑稽了。"公爵"还把莎士比亚另一出悲剧《麦克白斯》里的词句,掺进来许多,以致文意不通(第3行后一半、第5行、第6行、第10行、第18行后一半都是《麦克白斯》里的句子)。

那个老头子真是喜欢这一段戏词。他一转眼就把它背熟了,所以表演得非常精彩,好像天生就有演戏的本领似的。他表演得起劲儿的时候,他那种暴跳如雷、仰身大喊的神气,实在是好看极了。

公爵刚刚遇到一个机会,马上就印了许多戏单。我们后来在河上漂流的那两三天里,这只木筏就变成了一个非常热闹的地方,因为整天没有别的事可做,只有斗剑和预演——这是公爵所用的名词。有一天早晨,我们深入到阿肯色州南部,看见一座不起眼的小镇,坐落在一个大湾的旁边;我们就在那上游不到一英里的地方拢了岸,这地方是一条小河的河口,沿河两岸长着许多柏树,把小河遮盖起来,像一条隧道似的。除了吉木之外,我们都坐着小船,向下游那个小镇划过去,看看能不能在那儿找个地方表演一番。

我们真走运:居然碰上了;恰巧那天下午有个马戏班要在那儿表演,有许多住在乡下的男男女女,坐着各式各样的破车、或是骑着马赶到镇上来。那个马戏班不等天黑就要离开那儿,我们恰好能够在晚上表演。公爵就租定了法院的大厅,我们又到各处去贴戏报。戏报上印的是:

莎士比亚剧本重演!!!
魅力惊人,百看不厌!
只演一晚!
特烦世界闻名悲剧演员,
伦敦珠瑞巷剧院名角小大卫·嘎利克,
伦敦皮克地里街布丁巷白教堂皇家林市剧院,
及皇家大陆剧院名角老爱德门·齐茵[①],
演出莎士比亚出类拔萃之名剧

[①] 爱德门·齐茵(1789—1833),英国出类拔萃的悲剧演员,以扮演莎士比亚剧本中的哈姆雷特,理查三世,夏洛克,奥赛罗,麦克白斯,李尔王等角色著名。

《罗密欧与朱丽叶》中

壮丽精彩之阳台情话！！！

罗密欧……………………嘎利克先生

朱丽叶……………………齐　茵先生

全班演员协力助演！

全新服装，全新布景，全新道具！

另演：

惊险万状，惊人绝技，惊心动魄

《理查三世》中之斗剑场面！！！

理查三世…………………嘎利克先生

黎启蒙德…………………齐　茵先生

特烦加演：

哈姆雷特不朽之独白！！

由声名赫赫之齐茵演出！

本艺员在巴黎曾连演三百晚！

兹因返欧在即，

只演一晚！

入场券每位二角五分；童仆每人只收一角。

　　然后我们就在镇上逛来逛去。店铺和住宅差不多都是些东倒西歪、干木头架子搭的家伙，上面从来没刷过油漆。房屋都踩着离地三四英尺的高跷，免得河水泛滥的时候淹在水里。住宅周围都有一块小菜园，可是那里面好像并没种什么东西，只有一些金参草，向日葵，一堆一堆的炉灰，卷缩的旧皮靴和破皮鞋，还有些破瓶子，烂布条，和用坏了的洋铁壶一类的东西。这里的围墙是用各种不同的板子拼凑的，是在先后不同的时候钉起来的，东倒西歪，很不雅观，围墙的大门上没有钉着合叶，只用一根牛皮条拴着。有些围墙不知道什么时候刷上了白灰，可是公爵说那多半是哥伦布时代的事。园子里时常有猪闯进来，总是有人把它们赶

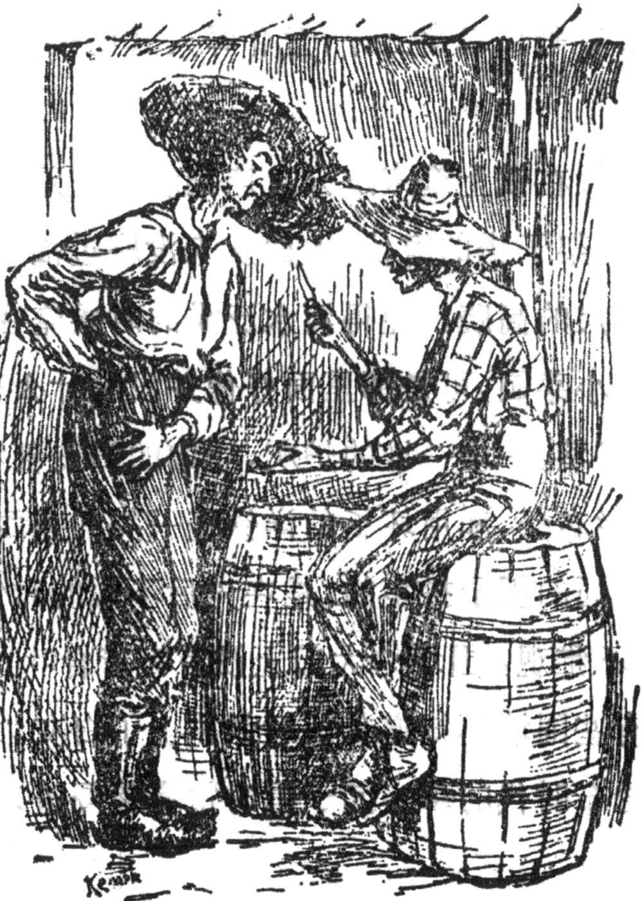

出去。

所有的铺子都排在一条街上。每家门口都支着一个自家制造的布篷,那些乡下人就把他们的马拴在布篷的柱子上。篷底下摆着许多装货用的空木箱,那些游手好闲的人整天坐在上面,手拿伯乐牌小刀,在箱子上削来削去,嘴里还嚼着烟草。他们有时候张开大嘴,打个呵欠,伸伸懒腰——那是一群十足的无赖。他们总戴着黄色的大草帽,帽檐宽得像把伞,可是向来不穿上衣或是背心。他们彼此称呼毕鲁、白克、汉可、吉欧,还有安迭。他们说起话来总是那么懒洋洋的,慢腾腾的,还夹上许许多多骂人的话。在每一根篷柱上面,至少要靠着这样一个流氓。他的两只手差不多总是放在裤袋里,除非有时候抽出手来拿一口烟嚼,或是抓一下痒。你在他们中间常常能够听到这类的话:

"汉可,给我口烟嚼吧。"

"不行——我只剩下一口了。找毕鲁要去。"

也许毕鲁会给他一口,也说不定他会扯一个谎,说他一口也没有了。这一类的流氓有的穷得连一分钱都没有,连一口烟也没有。所有他们嚼的烟,都是跟别人借来的——他们常常对另外一个家伙说:"我真希望你能借给我一口烟嚼,杰克,我刚才把我自己最末后的一口送给卞·汤生了。"——这明明是一句瞎话,几乎每次都是如此,决不会有人上他的当,除非是个生人。可是杰克并不是生人,所以他说:

"你送给了他一口,真的吗?你妹妹的那个汉子的奶奶还送给他一口呢。莱夫·巴克纳,你先把我借给你的那几口还给我,那我就再借给你一两吨都行,外带着不叫你补利钱。"

"可是我先前的确也还过你几回呀。"

"不错,你还过我——大概是六口。可是你借的是公司烟,你还的是黑人头。"

公司烟是又扁又黑的板烟,可是这些家伙们多半都把生烟叶子拧起来嚼。他们跟人家借烟的时候,总是不用刀切,他们干脆把烟饼放在上下牙中间，一边用牙咬住，一边用手撕扯，就把它撕成了两块。有时候这块烟饼的本主，哭丧着脸看着还给他的这一小块咬剩下的烟饼，带着挖苦人的口气说：

"喂，把你嘴里那一口吐给我，你把这块烟饼拿去吧。"

无论大街小巷，到处都是稀泥，没有别的，只有稀泥——像沥青一样黑的稀泥，有几处差不多有一英尺深；其余的地方也都有两三英寸。到处都有猪走来走去，咕噜咕噜地叫着。你能够看见一口泥糊糊的母猪带着一窝猪崽子，顺着大街懒洋洋地走过来，一歪身就躺在当街上，弄得过路的人不得不由它旁边绕过去。它把腿伸开，把眼闭上，把大耳朵甩来甩去，让那些小猪吃它的奶，它那副快活的样子，好像是能按月领薪水似的。你隔一会儿就会听见一个无赖汉喊着说："叱！过去！咬它，小虎！"那口母猪爬起来就跑，吱吱地叫得怪惨的，因为它左右两旁都有一两条狗咬着它的耳朵打秋千，后面还有三四十条追过来。于是你就看见那些流氓和无赖，一个个都站起来，对着这件开心的事情哈哈大笑，一直看到它跑得没影了，才算完事。他们听完了这一阵鬼哭狼嚎的声音，脸上显出一副乐滋滋的神气。然后他们又回到原来的地方坐着，一直等到有狗打架的时候再起来看。不过像狗打架这类的事情，决不会让他们把整个的精神打起来，决不会让他们从头顶上快活到脚底下——要想办到那一步，除非是在一条野狗身上浇些松节油，点上一把火，或是在狗尾巴上拴一个洋铁锅，看着它跑断了气，那才叫有趣哩。

在靠河边一带的地方，有些房屋朝着河岸外边伸出去，好像弯着腰鞠躬似的。它们差不多就要栽到河里去了。房子里的住户都搬出去了。还有些房子的一个墙角下的河岸坍下去了，那个墙角就悬在半空中。可是还有人住在里面，那实在是危险得很。因为有时候一条像房子那么宽的陆地，一下子就坍到河里去了。有时候沿着河岸一条四五百码宽的陆地开始坍塌，一点一点地往河里陷了又陷，到后来整个这块陆地，一夏天的工夫，就都陷到河里去了。像那类的镇市老得往后面搬了再搬，搬个没完，因为河水永远在那里啃它。

那天快到晌午的时候，街上的车马越来越稠密，而且一直不断地到来。家家户户由乡下带着晌饭赶到镇上，坐在车上就吃起来。只见到处有人在那儿喝威士忌，我还看见三起打架的。过了一会儿，有人喊着说：

"老鲍哥来了！他由乡下赶到镇上过他那一月一回的小酒瘾来啦！大家看呀，他过来啦！"

那些二流子一个个都显得高兴起来了——我想他们一定常常跟老鲍哥开玩笑。其中有一个人说：

"我倒要看看他这回打算搞死谁。要是他真把他这二十年来打算搞死的人都搞死了，那他现在早该出了大名啦。"

另一个人说："我倒想让老鲍哥吓唬我一通，因为那么一来，我就知道我一千年也死不了啦。"

鲍哥骑着马飞快地跑过来，像一个印金人①似的大喊大叫。他嚷着说：

"快把道给我让开。我是来打仗的，棺材要涨价啦。"

他喝醉了，摇摇摆摆地坐在马鞍上。他有五十岁开外，面孔很红。所有的人都对着他喊，对着他笑，并且都用话挖苦他，他也反过来挖苦他们，说等着轮到他们的时候，他再来收拾他们，再来要他们的命，可是他现在不能耽搁，因为他是上镇来杀老上校佘奔的。他的口号是："先吃肉，临完再喝上几勺果子汤。"

他看见了我，就骑着马跑过来说：

"你这孩子是打哪儿来的呀？你打算找死吗？"

说完他又往前跑。我心里非常害怕；可是有个人说：

"他并没有什么恶意。他每逢喝醉了酒，总是这样开玩笑。他在阿肯色要算是个心眼儿顶好的老傻瓜了——无论他醉不醉，

---

① 印金人系印第安人之讹音。

172

向来不伤害人。"

鲍哥打马来到镇上一家顶大的商店门口,低下头去,由篷帘底下往店里瞧,一边大声地喊:

"佘奔哪,快给我滚出来!滚出来见见当初让你骗了的人吧。我找的就是你这个流氓,我还是非要你的命不可!"

他就这样破口大骂佘奔,凡是骂得出口的话,他都骂到了。整个这条街上挤满了人,大家听着笑着,议论纷纷。隔了不大的工夫,有个五十五岁左右、大模大样的家伙——他还是那个镇上衣服穿得最讲究的人——由那家商店里走出来,于是围着看热闹的人立刻退到两旁,让路给他。他很镇静地、慢慢地对鲍哥说话——他说:

"你这一套我实在听腻了,可是我还能够忍到一点钟。忍到一点钟,记住了——可别过了。到了一点以后,你只要再骂我一句,那么无论你走到哪儿去,我也得把你找着。"

他一转身就回去了。这一大群人似乎冷静了许多;没有一个人挤来挤去,谁也不再打哈哈起哄了。鲍哥骑着马走开,沿着大街,扯开嗓子,大嚷大叫,臭骂佘奔。隔了一会儿,他又跑回来了,站在那家商店门口,仍然不依不饶地乱骂。有几个人跑上前去,把他围上,劝他赶快住口,可是他偏不听。他们对他说,大约再过十五分钟,就要到一点了,他非得回去不可——必须马上就回去。可是这都没有什么效果。他仍然用尽了气力,破口大骂,并且把他的帽子扔在泥里,骑着马在上面踏过去。隔了一会儿,他又大嚷大叫地顺着大街一路骂去,白头发在背后飘扬着。凡是能够抓住个机会跟他说话的人,都尽力地劝他下马,好把他锁在屋里,把他弄清醒。可是这都没有用处。他顺着大街冲回来,又痛骂了佘奔一顿。不久有一个人说:

"去把他的女儿找来吧!——快去把他的女儿找来。他有时候倒是肯听她的话。要想把他劝动了,只有她才办得到。"

于是有人就跑着去了。我往大街那头走了一段路又停住了。

过了七八分钟的样子,鲍哥又过来了,可是没有骑马。他光着头歪歪倒倒地穿过大街对我走过来,左右两旁都有个朋友搀着他的胳膊,催他赶快走开。这时候他一句话也没有了,脸上显得很难过。他并没有赖着不肯走,他自己也正在急着迈大步。有人大声地喊了一声:

"鲍哥!"

我往那边望过去,看看是谁在喊他,原来就是那位佘奔上校。他安安静静地站在街上,右手举着一把手枪——他并没有对谁瞄准,只是枪口朝天举在手里。在同一秒钟里,我看见一个年轻的姑娘跑过来,有两个男人跟她在一块儿。鲍哥跟那两个人都转过头去,看看是谁在喊他。那两个人一看见手枪,就往旁边一跳,这时候枪口就慢慢地放下来,稳稳地端平了——两根枪筒上的扳机都扳上了。鲍哥立刻把双手举起,说:"哎哟,天哪!可别开枪!"啪!一枪打过去,他就往后退了两步,两只手在空中乱抓——啪!又是一枪,他就往后一仰,整个身子笨重地倒在地上,两只胳膊向左右分开。那个年轻的姑娘尖声地叫唤起来,一下子就冲过来,扑倒在她父亲身上,大哭大喊地说:"哎哟,他把他打死啦,他把他打死啦!"那一大群人都涌上来把他们团团围住,彼此用肩膀挤来挤去,一边伸长了脖子想看一看,里面的人想要把他们挤回去,都使劲地喊:"往后退呀,往后退呀!让他透透气吧,让他透透气吧!"

佘奔上校把手枪往地下一扔,来了一个"向后转",就迈着大步走开了。

他们把鲍哥抬到一家小药铺里去,那一大群人仍然是围着乱挤,全镇上的人都跟在后面。我就冲到前面去,在药铺窗户外面找了个好地方。我离他很近,往里看得很清楚。他们把他放在地板上,拿一本大《圣经》垫在他的脑袋底下,还打开了另外一本,摊在他的胸口上——可是他们先把他的衬衣扯开了,我就看见了一颗子弹穿进去的那个窟窿。他深深地喘了大概有十几口气,他往里吸气的时候，就把那本《圣经》顶起来，等他把气呼出来的时候，那本《圣经》又落下去——过了这一阵，他就躺在那里一动也不动了：他死了。他的女儿一边尖声地喊叫一边哭。他们把她拉开，带着她走了。她大约是十六岁的样子，人长得非常斯文可爱。可是脸色惨白，看样子是吓坏了。

隔了一会儿，全镇的人都来到了，钻钻挤挤，推推搡搡，想要来到窗户前面，看上一眼。可是已经占好位置的那些人，一点儿也不肯让开，于是站在后面的那些人，一直在那里嚷着说："喂，喂，你们这些家伙总该看够了吧；这也太不公平，太不讲理了。你们老呆在这儿，也不给别人一个机会。别人跟你们一样有权利看啊。"

站在前面的人就还嘴大吵。我赶快溜开了，心里想，也许又要出乱子。大街上是人山人海，一个个都非常紧张。凡是亲眼看见佘奔开枪打人的，都在那里讲刚才出事的情形，在这样讲话的每一个人的周围，都有一大群人伸着脖子听着。有一个又瘦又高的人，披着很长的头发，后脑壳上戴着一顶白皮高帽，拿着一根弯把的手杖，在地上划出鲍哥站过的地方，和佘奔站过的地方。大家在他的周围跟着跑，由这个地方转到那个地方，一边注意地看着他的一举一动，一边点头咂嘴，表示明白他讲的话，并且微微地弯下腰去，双手撑在大腿上，看着他用手杖在地上划出那两个出事的地点。然后他就在佘奔站过的地方，直挺挺地站起来，把眉头一皱，把帽檐往前拉到眉毛上，然后喊了一声："鲍哥！"跟着就把他的手杖慢慢地倒下来、端得平平的，喊了一声"啪！"他就倒退了两步，又喊了一声"啪！"他就往后一仰，倒在地上了。凡是看见刚才那一出的人，都说他表演得非常精彩；都说那恰好是刚才出事的情形。于是有十几个人掏出酒瓶子来，请他喝酒。

接着就有人说应当把佘奔用私刑治死。大约过了一分钟的样子，大家马上都跟着这么说。于是他们就像疯了似的一边喊叫一边走，把路上遇见的晾衣服的绳子都扯下来，预备拿去绞佘奔。

第二十二章
乌 合 之 众

他们顺着大街一窝蜂似的朝着佘奔的房子涌过来，怒气冲天地大喊大骂，像印金人一样。无论什么都得闪开，不然就被撞倒在地上，踩得七零八碎，那种凶劲看上去实在是可怕到极点。孩子们在这一大群人前头拚命乱跑，尖声喊叫，想要躲开他们。一路上所有的窗户口上都挤满了女人的脑袋，每棵树上都蹲着几个黑孩子，还有许多男女黑人由围墙顶上往外看；等到这一大群人刚要走到眼前，他们就赶快散开，往后退得老远。有许多老娘儿们和女孩子都哭得怪伤心的，她们差不多都要吓死了。

他们密密层层地聚集在佘奔的栅栏前面，真是挤得水泄不通，那种嘈杂的声音，弄得你连自言自语都听不见了。那是二十英尺见方的一个小小的院子。有人大声喊着说："把栅栏拆掉！把栅栏拆掉！"紧跟着就是一片连砸带打、胡拆乱毁的声音，于是栅栏就一下子倒下去了；然后前面那一道墙似的人群就像大浪一样地冲了进去。

正当这个时候，佘奔出来了，他由楼上屋里走到前面小门廊的屋顶上，手里拿着一杆双筒大枪，很镇静、很从容地站在那里，一句话也不说。那一片喊叫的声音停止了，往前冲的那些人也都退回来。

佘奔根本不开口——只是站在那儿，对着下面看。那一片肃静的空气，真是让你浑身起鸡皮疙瘩，让你不知如何是好。佘奔对着这些人挨着个慢慢地扫了一眼；他的目光所碰到的那些人，都想用眼睛把他瞪回去，可是他们办不到；他们都把眼睛垂下来，显出窝窝囊囊的神气。过了一会儿，佘奔就似笑非笑地哈哈了一声，那当然不是叫人快活的笑，他那种笑让你听见以后，觉得有种嚼了一口带沙子的面包的滋味。

于是他就慢吞吞地带着讥诮的口气说：

"你们居然也想用私刑治人！那真是笑话。你们居然以为你们有那么大的胆子，敢来收拾一条好汉！不错，用你们那点儿勇气去对付那些被人家赶出家门、偶然来到此地的孤苦伶仃的可怜的女人——在她们身上涂上沥青，粘上鸡毛——那是绰绰有余的；可是难道就因为你们敢做那种事，你们就以为你们有那么大的狠劲儿，敢来对一条好汉下毒手吗？怎么着，一条好汉哪怕是落在一万个像你们这类的东西的手里，照样是平安无事——只要是在青天白日之下，只要你们不是躲在他背后的话。

"难道我还不认识你们吗？我早就把你们瞧透了。我生长在南方，一直在北方落户，走遍了南北，普通人是怎么回事儿，我都清清楚楚。普通人向来是贪生怕死的。在北方，他随便让人家由他的头上迈过去，等他回到家里，就祷告上帝赐给他一副下贱的骨头，好忍气吞声、受人家欺侮。在南方，有一个人在白天匹马单枪截住了一辆班车，车里面还坐满了人，他把他们都抢了。你们的报纸称赞你们是勇敢的人，捧得你们晕头转向，于是你们就以为比谁的胆子都大——其实你们并不比别人胆子大，也不过就是那么回事儿。你们的陪审团为什么不敢把杀人的凶手都判绞刑呢？他们恐怕凶手的亲戚朋友会从背后打他们，会暗地里开枪打他们——他们的确也会那么干。

"所以他们把凶手都放了。然后有一个'好汉'出头露面，在半夜里领着一百个戴着假面具的松小子，把那个坏蛋弄死。你们的错处是你们根本没有带着一条好汉上这儿来；这是你们的头一个错。你们犯的第二个错是你们既没有趁着黑灯瞎火的时候上这儿来，而且把假面具也都忘在家里了。你们一共才带来了半个有胆子的人——在那边站着的那个拔克·哈涅斯——刚才要是没有他在那儿怂恿着你们,你们早就逃得喘不过气来了。

"你们根本就不愿意来。普普通通的人决不愿意惹麻烦、找亏吃。你们也是不愿意惹麻烦、找亏吃。可是,只要有半个有点儿狠劲的人——像那边那个拔克·哈涅斯——嚷了两声:'把他弄死呀,把他弄死呀!'你们就不敢缩回去了——唯恐人家看出来们的原形——一大群窝囊废——于是你们也就跟着摇旗呐喊,扯住了那半个好汉的大衣尾巴不放手,像抽风似的跑到这儿来,起誓赌咒地说你们要干一桩大事。天下没有比一群乌合之众再可怜的东西了——军队也是一样——都是乌合之众;他们并不是天生就有打仗的勇气,他们的胆子是由一大群人那儿七拼八凑地借来的,是由他们的军官那儿借来的。可是,一群乌合之众要是缺少了一条好汉带头,根本不值得让人可怜。我看现在你们只有赶快夹着尾巴回家去,找个窟窿藏起来。假如你们真要打算用私刑治人的话,那就得按照南方人的办法,在黑夜里干才行;并且来的时候,千万别忘了戴面具,还要拉着一条好汉一块儿来。现在,你们都给我滚开吧——带着你们那半条好汉一块儿滚!"他说这句话的时候,把枪向上一提,往左胳臂上一架,就扳上了枪机。

这一大群人猛然像潮水似的往后一退,往外一散,就朝着四面八方飞跑。那个拔克·哈涅斯也跟在后面跑,那副神气非常狼狈。我如果愿意的话,我还可以再站一会儿,可是我不愿意站下去了。

我就跑到马戏场子那里去,在场子后面蹓跶了一会儿,等着看守的人走过了,就由帐篷底下钻进去。我身上带着我那块值二十块钱的金圆,和一些零钱,可是我想顶好还是把它省下,因为离家这么老远,到处都是生人,说不定什么时候就用得着这些钱。我觉得总是越小心越好。要是不买票就进不去,我并不反对花钱看马戏;可是把钱糟蹋在这种事情上,也是大可不必的。

那实在是一场呱呱叫的大马戏,真是好看极了,一辈子也没见过:他们骑着马进来,一对一对的,一男一女,一左一右,男的只穿着短裤和汗衫,没有穿鞋,也不登镫,双手叉在大腿上,又逍遥、又舒服——他们差不多有二十个人——每一个女人的脸色都很好看,模样长得也非常美——简直像是一群地地道道的皇后,她们穿的衣服上面,到处都镶着钻石,似乎值几百万块钱。那个场面实在是漂亮极了;我从来没有见过那么好看的把戏。然后他们一个个在马背上站起来,围着圆场兜圈子,那种姿态非常轻盈、美妙,男的显得又高又直又潇洒,他们的头一上一下地直点,像燕子似的擦着篷顶轻轻地飞。那些女人穿的玫瑰花瓣似的衣裳,围着她们的胯股轻轻地、丝光闪闪地飘扬着,看上去好像一把一把顶可爱的小阳伞。

他们越跑越快,紧接着就都跳起舞来,先把一只脚翘在半空中,然后又换另一只,那些马越跑越向里面斜,那位领班的围着中间的柱子来回地转,把鞭子抽得啪啪地响,嘴里喊着:"嘿!嘿!嘿!"那个小丑就在他背后说些逗笑的话。又过了一会儿,所有骑马的都撒开了缰绳,女的都握起拳头撑着腰,男的都把胳臂盘在胸脯上,你看那些马身斜得多么厉害,跑得多么有劲呀!最后他们一个个由马上跳到圈子里,非常好看地鞠了一躬,就跳跳蹦蹦地出去了。大家立刻拍起手来,高兴得都要发疯了。

在这一场马戏里,他们自始至终表演了许多非常惊人的把戏;那个小丑还一直在那里嬉皮笑脸地乱蹦乱跳,逗得大家都快笑死了。领班的对他刚刚说了一句话,他一转眼就用一句最可笑的俏皮话给他顶回去。他究竟怎么能够想出那么多俏皮话,并且说得那么突如其来,那么恰到好处,真是让我无论如何也不明白。哎呀,那些话我就是想上一年也想不出来呀。隔了不久,有一个醉鬼想要闯到圈子里去——说他也打算骑两下,说他骑马的本领并不在任何人之下。他们就跟他吵起来,想不让他跑进去,可是他怎么也不肯听,弄得整个这场戏都停住了。然后就有人跟他起哄,跟他开玩笑,这一下可把他逗火了,逗得他乱蹦乱骂。他这样一来,就把大家都惹恼了,有许多人离开了座位往前跑,一窝蜂似地拥到圈子里来，喊着说："把他打躺下！把他扔出去！"有一两个女人就扯着嗓子尖声喊叫起来。于是这位领班的就演说了几句，大意是说他希望不要乱闹，假如这个人肯答应不再捣乱，那么他愿意让他骑上一回，只要他觉得自己能在马背上坐得稳。大家一听，都哈哈大笑，说"好吧"，于是那个人就爬上马去。他刚一上去，那匹马就一边乱挣乱扯，一边转着圈儿尥蹶子，有两个演马戏的人用力拉着马笼头，想要把它揪住；那个醉鬼就紧紧地抱住马脖子，每逢马跳一下，他的两只脚就飞舞一回，逗得整个这一大群人都站起来大喊大笑，笑得眼泪都流出来了。到了后来，尽管那两个演马戏的人费了很大的力气，那匹马还是挣开了，它就拚命地跑过去，围着圈子来回地绕，这时候醉鬼趴在马背上，紧紧搂住马脖子，先是一条腿由一边儿垂下来，几乎碰着地，然后另一条腿又由另一边儿垂下去，逗得大家像疯了一样。可是我并不觉得可笑；我看见他那么危险，吓得浑身直发抖。可是隔了一会儿，他用力一挣，就跨上了马鞍，抓住缰绳，晃来晃去的坐不稳。他紧跟着又一下子跳起来，撒开缰绳，站在马背上了！那匹马也就拚命地跑，像房子着火了似的那么猛。他高高地站在马背上，很轻松、很自在地飘来飘去，好像一辈子也没喝醉过似的。然后他就把他的衣服脱掉往下扔。他脱一件、扔一件，像连珠炮似地丢到半空中，差不多要遮满了天。他一共脱了十七件。然后，你看他站在那里，又苗条、又好看，身上打扮得再漂亮、再华丽不过。这时候他用鞭子在马身上使劲地抽，抽得它拚命地跑。末后，他跳下马来，鞠了一躬，连蹦带跳地跑到化妆室里去，惹得大家又高兴、又惊讶，都拚命地喊起来。

　　于是那个领班的才明白他是上当了。我看他真是个非常惨的领班。那个家伙原来就是他手下的人！他自己心里想出这一套把戏，无论是谁他都没有告诉。嗜，我让他骗了这一下子，真是觉得不好意思，但是那个领班的确实是有苦说不出，哪怕给我一千块钱，我也不愿意那么受骗。我也说不清有没有比这更棒的马戏，反正我还没有见过。不管怎样，我认为它是好极了；我不论在哪儿如果再遇见它，我一定还要去光顾它。

就在那天晚上，我们的戏也上演了；可是一共才到了十一二个人，所收的票款刚够开支。那些人还老是嗤嗤地笑，可把公爵气坏了，而且除了一个小孩子睡着了以外，所有的人都没等演完就走了。因此公爵说阿肯色的这些傻小子，根本不配看莎士比亚的戏；他们要的是那种低级趣味的滑稽剧——也许是那种比滑稽剧更下流的东西，才合他们的口味。他说他能够摸着他们的心理。所以第二天早晨，他拿了几大张包皮纸和一点黑颜料，涂了几张戏报，在全镇到处张贴起来。戏报上写的是：

假座本镇法院大厅！
只演三晚！
伦敦及欧洲大陆各大戏院悲剧名角
小大卫·嘎利克与老爱德门·齐茵
表演惊人悲剧
《皇帝的麒麟》！
又名
《怪物大王》！！！
门票每位大洋五角

下面还写着一行顶大的字：

妇女幼童恕不招待

"瞧吧，"他说，"假如这行字还不能把他们都招来，那就算我不认识阿肯色了。"

第二十三章
帝王都是败类

他和皇帝拚命地整整忙了一天：搭戏台，挂布幔，还在台前安了一排蜡烛当脚灯。当天晚上，大厅里一转眼就挤满了人。等到场子里再也装不下一个人的时候，公爵就撇开把门的事儿，绕到场后，来到台口，站在幕前，演说了几句。他把这出悲剧夸奖了一通，说它是叫人惊心动魄的好戏。他就这样大吹大擂地把它介绍了一番，还替老爱德门·齐茵吹嘘了一阵，说他将要扮演戏里的主角。末后，他说得大家都眼巴巴地望着，净等着看好戏了，这时候他就把幕向上一拉，只见皇帝四肢着地、大摇大摆地爬了出来，全身一丝不挂。他浑身上下抹着红红绿绿的颜色，一圈一圈的条纹，像一道彩虹似的那么鲜艳。并且——至于他身上别的装备就不必提了，那简直是胡闹到家了，可是也真够滑稽的。那些人差不多快要笑死了。皇帝在台上跳了个够，然后一下子就蹦到幕后去，那些人一边喊叫，一边拍手，像狂风暴雨似的大笑大吼，一直闹到他又跑回来，重新来了一遍；在这次以后，他们还叫他出来跳了个第三回。看那个老糊涂虫乱蹦乱跳的样子，大概连一头母牛也能给逗笑了。

接着公爵就放下幕来，对着大家鞠了一躬，说这出大悲剧只能再演两个晚上，因为他们急着赶到伦敦去表演，现在那儿的珠瑞巷剧院的座位都已经卖光了。然后他又对他们鞠了一躬，说假如他已经做到让他们开心的地步，并且给了他们不少的教育的话，就请他们介绍给他们的亲戚朋友，叫他们都来看这出好戏，那他就会感激不尽的。

有二十来个人喊着说：

"怎么，已经演完了吗？这样就算了吗？"

公爵回答说："不错。"于是一场风波就闹起来了。人人都嚷"上当了"，像疯了似的跳起来，打算对着戏台和那两个悲剧演员扑过去。可是有一个相貌不凡的大个子跳上了一条长板凳，喊着说：

"诸位先生，先别动手！听我说一句话。"大家就安静下来听他说话。"咱们上当了——上了个大当。可是我想咱们决不能叫全镇的人，老拿咱们当开心的材料，永远嘲笑我们，一辈子也完不了。那可不行。咱们应该一声不响地走出去，把这出戏好好地捧一通，叫镇上别的人也都来上当！那么一来，咱们大家都只好心照不宣了。这不是一个挺妙的办法吗？"（"可真是的！法官说得有理！"大家都这样喊着说。）"那么，好啦——上当的事，一字不提。回家去喽，劝他们大家都来看这出戏吧。"

到了第二天，你走遍了全镇，能够听到的话，都是说那出戏演得多么精彩。那天晚上，大厅里又挤满了人，我们就又照样骗了他们一回。我跟皇帝和公爵回到筏子上，共同吃了晚饭。差不多到了半夜，他们叫吉木和我把筏子撑到河心，顺流漂去，在离镇二英里的地方靠了岸，藏起来。

第三天晚上，大厅里照旧是满座——这回来的人都不是新人，而是头两晚上到这儿看过戏的那些人。我在大门口挨着公爵站着，看见所有进场的人的口袋里都装得鼓鼓囊囊的，有人在上衣里面还披着些什么东西——我一看就知道那不是什么香料，绝对不是。我闻见大桶的臭鸡蛋和烂白菜一类东西的臭味；你要是问我是不是觉得有人带进一只死猫来，我也敢说有，我决没看错——带着东西的一共进去了六十四个。我挤进场去呆了一会儿，可是说不尽的种种不同的臭味，叫我忍受不了。等到这个地方再也挤不下一个人的时候，公爵就拉过一个人来，给了他二毛五分钱，叫他替他看一会儿门，他就朝着通到戏台的小门拐过去，我也跟在他后面。可是我们刚一拐弯，来到黑暗的地方，他就说：

"迈开大步赶快走，等你离开了这儿的人家，再拚命地往筏子上跑，像有鬼追你似的！"

我就那么办了，他也跑了。我们同时来到木筏上，一转眼就向下游漂去。到处是一片漆黑，听不见一点儿动静。我们斜对着河心划过去，谁也不说一句话。我猜想那个可怜的皇帝，一定让那些看戏的人，打得落花流水，不可开交了；可是根本没有那么回事。一会儿他从窝棚底下爬出来了，说：

"喂，公爵，咱们那套老把戏这回耍得怎么样？"

他根本没到镇上去。

我们往那个镇的下游摸着黑走了大约十英里，然后才把灯点起来，弄了顿晚饭吃。公爵和皇帝想起他们把那些人耍得头晕眼花，两个人的骨节都笑松了。公爵说：

"简直是一群浑虫、屎蛋！我早就知道头一场的人决不会出声，而且会把镇上别的人都给诓来。我知道到了第三天晚上，他们一定会在四下里埋伏好，心想这下子可轮到他们来收拾我们了。不错，是轮到他们了，可是我倒很想知道他们究竟占了多少便宜。我真想知道他们到底怎样利用了这个好机会。高兴的话，他们可以把它改成一顿野餐——他们带了那么多好吃的东西啊。"

这两个无赖在那三个晚上，就骗到手四百六十五块钱。我从来没见过像这样整车往家里拉钱的。

过了一会儿，他们都睡着了，呼呼地直打鼾。吉木说：

"哈克，这些皇帝干的事，你不觉得诧异吗？"

"不，"我说，"我不觉得诧异。"

"那是因为什么呢，哈克？"

"这有什么值得诧异的？他们天生就是这种东西。我想他们都是一路货。"

"可是，哈克，咱们这儿的皇帝都是些不折不扣的大无赖；

一点儿也不错;他们是十足的大流氓。"

"啊,这正好是我想要说的话;让我看起来,差不多所有的皇帝都是流氓。"

"真的吗?"

"你只要在书上看见过一回,你就知道了。你看看亨利八世①;咱们这一个跟他比起来简直是个主日学校校长哩。再看看查理二世,路易十四,路易十五,詹姆斯二世,爱德华二世,理查三世,还有别的四十个;此外还有那些撒克逊七王国②的国王,当年也曾横行一时,闹得天翻地覆。哼,你应当看看年富力强时代的老亨利八世。他可真是风流极了。他常常每天娶一个新媳妇,到第二天早晨就把她的脑袋砍掉。并且他满不在乎地干这种事,仿佛是吩咐厨子煮两个鸡蛋似的。'把耐娌·姑温③带上来,'他说。他们就把她带上来。第二天早晨,'把她的脑袋砍下来!'他们就把它砍下来。'把贞恩·硕尔④带上来,'他说;于是她就来了。第二天早晨,'把她的脑袋砍下来!'他们就把它砍下来。'按一下铃把美人儿萝瑟曼⑤叫来。'美人儿萝瑟曼就应声而来。第二天早晨,'把她的脑袋砍掉。'他还让她们每天夜里给他讲一个故事,他继续这样干下去,直到他用这个法子囤积了一千零一个故事⑥的时候,就把它们编成一本书,管它叫做《末日记》⑦——这

---

① 英国国王(1509—1547),为人雄猜阴狠,前后曾娶皇后六人,其中有二人被遗弃,二人被杀害。
② 第5世纪到第9世纪之间,盎格鲁人和撒克逊人在不列颠建立了七个联盟的王国,其中有一个国王担任盟主。
③ 指Eleanor Gwynn(1650—1687)而言。她是个英国女演员,后来做了英王查理二世的情妇。哈克在这一段话里,把许多英国皇帝的行为都混在一起,加在亨利八世一个人的身上。
④ 英王爱德华四世的情妇,死于1527年。
⑤ 指Rosamond Clifford,英王亨利二世的情妇,有"美人"(The Fair)之称。
⑥ 这又是哈克信口胡说。《一千零一夜》(即《天方夜谭》)是一本古代阿拉伯故事集,和亨利八世毫无关系。
⑦ 《末日记》又译《末日裁判记》,系英国威廉一世王朝于1086年编纂的英格兰土地丈量清册;以该清册所载,作为最后定案,故名。哈克又硬把这一书名用上了。

个名字很好,它说明了实情。吉木,你不知道那些皇帝是怎么回事,可是我把他们都看透了。我看我们的这个老废物,要算是历史上顶清白的一个皇帝了。你看,亨利忽然异想天开,打算跟咱们美国捣乱。你猜他怎么动手——预先通知吗?——给咱们个准备的机会吗?不是的。他突然间把波士顿海湾里那些船上的茶叶,都扔到海里去,发表了一个独立宣言①,向咱们挑战。那就是他的作风——老是叫人家措手不及。他还猜忌他父亲威灵顿公爵②。嘿,你猜他怎么干——叫他出头露面吗?没有的事——他把他推到一大桶葡萄酒里,像一只猫似的淹死了③。假若有人把钱放在他的附近——你猜他怎么办?抄起来就走。假若你付给他钱,他答应替你做事,但是你并没坐在旁边监视他——你猜他怎么做?他准不管你的闲事。假若他把嘴张开了——你猜怎么样?要是他没有赶快把它闭上,马上就会蹦出一句谎话来,每回都是这样。亨利就是这么个坏东西。咱们要不是跟咱们的皇帝一块儿走,而是跟他在一起的话,那他一定会把那个镇上的人要得比咱们这两位还要厉害多少倍。我并不是说咱们这两位就是好惹的家伙——你如果平心静气地想想他们干的事,你就知道他们的确是很难缠。可是,无论如何他们也比不上那个老混蛋。我只是说,皇帝到底还是皇帝,对他们得尽量包涵。可是归根结底看起来,他们是一群非常混账的东西。他们受的就是这种教养长大的。"

"可是,哈克,这个人的身上有一股怪味,真他妈的难闻。"

"唉,吉木,他们都是一样的。可是,一个皇帝身上有什么臭味,咱们有什么办法呢?历史上也没有记载着什么好办法。"

---

① 1773 年北美各州反对英国统治,拒绝缴纳茶税,并将停泊波士顿海湾的三艘英船上所载茶叶数百箱,投入海内——即所谓波士顿茶党事件。其后三年美国人遂宣布独立。上述事件与亨利八世无关。
② 英国著名大将和政治家(1769—1852),曾大败拿破仑于滑铁卢(1815),与亨利八世无关。
③ 据说英王理查三世曾于 1477 年派人把他的弟弟克拉仑斯公爵扔在一桶葡萄酒里淹死了。莎士比亚的《理查三世》第 1 幕第 4 景末尾,也有类似的描述。

"说起那个公爵,他有好些地方,还算是不太讨厌。"

"是的,一个公爵是不大一样的。可是也没有什么两样。这个家伙作为公爵来说,要算是一个中等的坏蛋。在他喝醉了的时候,一个近视眼决看不出他跟一个皇帝有什么两样。"

"不管怎么样,反正我不再盼望这类的人到这儿来了,哈克。有这两个已经够我受的了。"

"我也觉得是这样,吉木。可是咱们既然碰上了这两个家伙,就应当记住他们是什么玩艺儿,处处都要让着他们。有时候我恨不得能够听见一个没有皇帝的国家才好。"

其实,又何必告诉吉木说他们并不是真正的皇帝和公爵呢?那样做也不会有什么好处;除此以外,正像我所说的:你根本看不出他们跟那些真的有什么分别。

后来我就睡着了,等轮到我值班的时候,吉木并没有把我叫醒。他常常是这样的。我在天刚亮的时候睡醒了,看见他坐在那里,脑袋垂在两个膝盖当中,独自在那里唉声叹气。我没有理睬他,也没有声张。我知道那是怎么回事。他正在想他那住在上游远处的老婆孩子,他心里很烦,非常想家,因为他一辈子也没有离开过家。我相信他也跟白种人一样地惦记着自己家里的人。这似乎是反常的,可是我想确实如此。夜里他以为我睡着了的时候,他总是那样唉声叹气的,并且唠叨着:"可怜的小丽莎白呀!可怜的小章尼呀!真叫人难受啊!我想我再也看不见你们了,再也看不见你们了!"吉木这个人,真是个好心肠的黑人。

可是这一回,我不知道怎么跟他谈起他的老婆孩子来了。不久,他说:

"这回我心里觉得难过极了,我刚才听见那边岸上'啪'的响了一声,好像是打人的声音,又像是猛然间关门的声音,叫我想起我那回对待我的小丽莎白是多么狠心。她还不到四周岁,害了一场猩红热,没命地折腾了好几天,可是后来她总算好了。有一天我看见她站在那里,就对她说:

"'把门关上。'

"她一动也不动,光站在那儿,好像是眯着眼睛对我笑。这下子可把我气疯了。我就大声喊着说:

"'你听见了没有?——把门关上!'

"她还是照样地站着,仍旧笑眯眯地对着我。我可真是火了!我说:

"'我他妈的有法子让你听我的话!'

"我说着说着就照她的脑袋斜着揍了一巴掌,把她打得满地爬。然后我就到另一间屋里去,在那儿呆了大约十来分钟。等我回来一看,那扇门仍然开着,那孩子站在门坎上,低着头呜呜地哭,眼泪一滴滴地往下流。嘿,我可真是气疯了。我正要对那孩子扑过去,就在这时候——那是一扇往里开的门——就在这时候,一阵大风刮得它'砰'的一声关上了,正好由后面打着那个孩子!喀——扑通!——哎呀,我的天,那孩子再也不动弹了!这一下把我的魂都吓跑了,我心里觉得真是——真是——我也说不出我心里到底是股什么滋味了。我悄悄地走出来,浑身上下直哆嗦。然后就绕过来轻轻地、慢慢地开开那扇门。我静悄悄地伸着脖子由后面看那孩子。我猛然间使足了气力喊了一声'嘿!'她一动也不动!唉,哈克呀,我当时就哇哇地哭起来了,我一边把她抱在怀里,一边说:'哎呀,可怜的小乖乖呀!老天爷千万饶了可怜的老吉木吧!因为他这一辈子也饶不了他自己!'哦,哈克,她是完全聋了哑了,完全聋了哑了——可是我一直是那样狠心地对待她!"

第二十四章
皇帝假装牧师

第二天傍晚,我们在河心一个长满柳树的小沙洲下面靠了岸。这段河的两岸都有小镇,于是公爵和皇帝又商量起来,想主意到镇上去骗人。吉木对公爵说,他希望他们顶多去上几个钟头,因为他整天躺在窝棚里,身上捆着绳子,实在是太难受、太累人了。你知道,每逢我们把他一个人留在筏子上,总得把他捆住,因为万一有人看见他独自呆在那里,并没有捆着,那么他就不像逃跑以后又被捉住的黑奴了。公爵说一天到晚捆着绳子躺在那儿,也确实是有点儿难受,他打算想个什么法子,免得他这样吃苦。

这位公爵实在是聪明得出奇,他不大的工夫就想出来了。他叫吉木把李尔王那一套行头穿戴起来——那是一件印花布长袍,一套白马尾做的假头发和大胡子;然后他用那戏台上化妆用的颜料,在吉木的脸上、手上、耳朵上、脖子上涂遍了很厚的一层死气沉沉的青颜色,看上去好像个淹死了九天还没埋的尸首似的。那要不是我所见过的一副顶可怕的惨相才怪呢。然后公爵拿出来一块小木板,写了这样一个招牌:

害病的阿拉伯人——只要不发疯,决不伤害人。

于是他就把那块小木板钉在一根木条上,又把木条立在窝棚前面四五英尺的地方。吉木倒是很满意。他说这比身上捆着绳子,躺在那里,度日如年,每逢听见一点声音,就吓得直打哆嗦,要强得多了。公爵告诉他尽量随随便便、自由自在，假若有人跑来捣乱，他就得跳出窝棚，跟他们胡闹一阵，像野兽似的大叫一两声。他认为他们一定会马上跑开，不管他了。这个想法的确是很有道理。可是一个普普通通的人，决不会等着他叫唤起来才跑。嗜，他岂止像个死人，他比死人还要可怕上多少倍。

这些流氓还打算再演一回"怪物"，因为这个把戏实在给他们赚钱不少，不过他们以为那不太妥当，因为这时候消息也许已经由上游传过来了。他们一时找不着一个称心如意的好办法，所以后来公爵说，他打算先躺一下，开动脑筋，想上一两个钟头，看看能不能到西岸阿肯色那个小镇上，去耍一套什么把戏。皇帝就说他想赤手空拳地跑到东岸那个小镇里，什么计划也不用，任凭老天爷把他引到发财的路上去——我想他的老天爷，大概指的是魔鬼。我们大家都在上次靠岸的时候买了许多现成的衣服。现在皇帝把他买的那套穿上了，并且叫我把我的也穿上。我当然是照办了。皇帝的那套衣裳全是黑的，他果然显得非常气派，非常高贵。我从来不知道衣裳能把人改变到这种地步。他以前像是个顶下流的老地痞，可是现在他把他那崭新的白水獭帽子一摘，鞠一个躬，咧着嘴一笑，那副神气真是又高贵、又和气、又虔诚，叫你甚至于会说他是刚由方舟①里走出来的，以为他就是老利未塔克②本人呢。吉木把独木船打扫干净，我把桨也预备好了。有一条大轮船靠岸停着，在上游很远的一个滩嘴下面，离这个镇大约有三英里的样子——它停在那儿已经两个钟头了，一直在装货。皇帝说：

"我既然打扮得这么漂亮，我看也许顶好说我是由圣路易或

---

① 方舟故事见《旧约·创世记》第7章。太古时代洪水泛滥，挪亚及其家人避难于方舟之内。
② "利未塔克"是《旧约》第3篇的篇名，简称《利未记》，篇里记载着虔心敬奉上帝的人所应遵守的法则。哈克把这个篇名当作了人名而且和挪亚方舟故事混为一谈。

是辛辛那提,或是别的什么大城市下来的。哈克贝里,先对着那条轮船划过去,咱们再坐那条轮船回到这个镇上来。"

我一听说要过去坐轮船,不必等他吩咐第二句就动起手来。我在那个镇上游半英里地的地方靠了岸,然后就沿着陡岸附近的静水,直往前窜。过了不大的工夫,我们看见了一个长得很好的、不懂得世故的年轻庄稼人。他坐在一根木材上,用手巾擦他那满脸大汗,因为这时候天气实在是热得很。他身旁放着两个毡子做的大提包。

"转过船头往岸上划,"皇帝说。我立刻照办。"上哪儿去呀,小伙子?"

"上轮船,到奥尔良去。"

"到我们的船上来吧,"皇帝说。"先等一会儿,我的随从可以帮你扛行李。阿多发,快跳下去帮这位先生一把,"——我知道他是指着我说的。

我就照他的吩咐做了,于是我们三个人又一块儿往前走。这个小伙子真是感激不尽,他说这么热的天气,带着这么重的行李,实在是吃力的事。他问皇帝打算上哪儿去,皇帝就告诉他,他是由上游下来的,今天早晨在那个镇上岸,现在正要往上游走几英里,到那边一个庄子上去看望一个老朋友。这个小伙子说:

"我刚一看见您的时候,我心里就想,'这一定是威耳克先生,管保没错,他来得差不多正是时候。'可是我接着又这么想:'不见得是他吧,要不然,他决不会往上游划!'您不是他吧,是吗?"

"不是;我叫布洛盖——亚力山大·布洛盖——我想我得叫做亚力山大·布洛盖神父,因为我是个小小的伺候上帝的人。不过,假如威耳克先生因为没有能够按时赶到,他就耽误了什么事情的话,那么我还是替他很难过——但愿他并没有耽误什么事情才好。"

"嗐,他来迟了一步,倒没有耽误那一笔财产,因为他反正能够把它弄到手；可是他哥哥彼得临死的情形，他可没能亲眼看见——这也许他根本不在乎，这种事谁也说不清——可是他的哥哥宁可倾家荡产，只要能在临死之前见他一面。这三个礼拜以来，别的什么话他都没说，光是念叨着他。他们还是小时候在一块儿住过，后来一直没见过面——他三弟维廉也根本没见过——老三是个又聋又哑的残废人——也不过三十几岁。只有彼得跟乔治上这边儿来过：乔治是那个结过婚的兄弟，他跟他的老婆去年都死了。现在光剩下哈卫跟维廉两个还活着。可是，我刚才说过，他们没来得及赶到这儿来。"

"有人给他们送信儿去吗？"

"当然有喽。那还是一两个月以前、彼得刚刚病倒的时候。因为当时彼得说他觉得他这回不见得能够好得了。你瞧，他上了年纪，乔治的那些女儿又太年轻，除了那个红头发的玛莉·贞之外，都不太能够跟他做伴。所以自从乔治跟他老婆死了以后，他就觉得有点儿孤单，不太想再活下去。他想见见哈卫，想得都快要疯了——他还想见见维廉，也是为了这个缘故——因为他也是个软心肠的人，觉得立遗嘱是最难受的事。他死后留下了一封写给哈卫的信，他说那封信里写着他的钱都藏在什么地方，还写着他打算把他其余的财产怎样分给乔治的那些女儿，好让她们不致受冻挨饿——因为乔治根本没有留下什么。人家劝他写遗嘱，他只写了那么一封信。"

"你猜哈卫为什么没有来呢？他住在什么地方？"

"嗐，他住在英国——谢菲尔德——在那儿传教——压根儿没到咱们这儿来过。他向来没有多大闲工夫——除此以外，他也许根本还没有接到信呢，你要知道。"

"真糟糕，真糟糕，他在临死之前没能跟他的弟弟们见一面，可怜的人啊。你说你打算到奥尔良去吗？"

"是呀，可是那不过是我要走的一段路。我打算下礼拜三坐轮船到里约热内卢去，我的舅舅在那儿住家。"

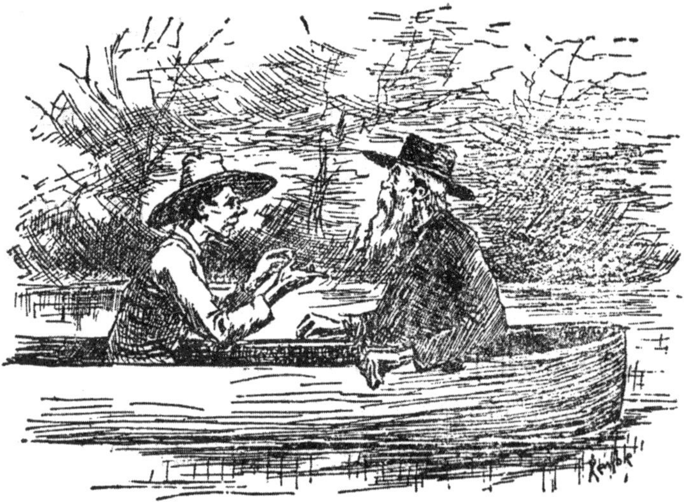

"走这一趟，真够远的。可是一路上会挺有趣儿的；我恨不得也到那儿去。玛莉·贞是老大吗？别的那几个都有多大岁数啦？"

"玛莉·贞今年十九岁，苏珊十五，俊娜大概是十四——就是专喜欢行好的那个，她是个豁嘴子。"

"这些可怜的丫头！就这样孤苦伶仃地给撇在这冷冰冰的世界上啦。"

"她们还不算怎么太倒楣。老彼得有的是朋友，他们不会叫她吃苦受罪。有合卜生，他是浸礼教会的牧师；有教会的执事罗特·胡卫，还有卞·拉喀，阿纳·雪克佛，跟莱威·拜鲁律师。有罗宾生大夫跟这些人的太太，还有白特蕾寡妇，还有——好了，还有很多很多。不过这些人是和彼得顶要好的，他写家信的时候，常常提到他们；所以哈卫到这儿来的时候，会知道上什么地方去找朋友。"

这个老头子就这样一直问下去，差不多把这小伙子肚里装着的事儿都掏光了。我敢说他把那个倒楣的镇上的一个个人、一件件事都打听到了，还把威耳克家里的一切一切，都问得清清楚楚。他还问到彼得干的是哪一行——知道他是个开硝皮厂的；知道乔治是开木匠铺的；知道哈卫是非国教派的牧师，等等、等等。然后他又问：

"你为什么要往上走这么远，去赶那只轮船呢？"

"因为那是一只到奥尔良去的大船，我恐怕它在那边儿不会停下来。这些大船在深水里走的时候，你尽管招呼，它们是不会停的。一只辛辛那提船是会停的，可是这是一只圣路易船。"

"彼得·威耳克很有钱吗？"

"那当然喽，有钱得很。他又有房子又有地。据说他还留下了三四千块现洋，在个什么地方藏着。"

"你说他是什么时候死的？"

"我并没有说过呀，不过他是昨天晚上死的。"

"也许是明天出殡吧？"

"不错,大概是明天中午。"

"嗐,真叫人难过极了。可是咱们无论是谁,迟早有一天都会死的。所以咱们只希望有个准备,那么也就没有关系了。"

"是啊,先生。那才是顶好的办法呢。妈也常常这么对我说。"

等我们划到轮船跟前的时候,船上的货已经快要装完了,不久就开走了。皇帝根本不说上船的话,所以我还是没有福气坐轮船。等到那只船走得没影儿了,皇帝就叫我往上游再划一英里地,来到一个非常僻静的地方,他上了岸,就对我说:

"现在赶快划回去,把公爵带到这儿来,别忘了那些新毡子做的手提包。假如他已经上西岸去了,赶快到那儿把他找回来。告诉他不管花费多少也得打扮好。好啦,快划。"

我马上明白他憋的是什么主意,可是我当然一句话也没说。等我带着公爵返回来的时候,我们就把小船藏起来。他们两个在一根木头上坐下,皇帝就把那个小伙子说的话一五一十地告诉了他——一句话也没丢,连一个字都不差。并且,他始终一边说这些事,一边学英国人说话。拿他这么个笨家伙来说,学得总算是很不坏。我不会学他说话,所以也不打算学他。可是他说得还真叫地道。然后他说:

"不吉窝头,你装个哑巴聋子怎么样?"

公爵说这件事交给他办,不成问题。他说他在戏台上装过聋子、扮过哑巴。于是他们就坐在那里等轮船。

在下午三四点钟的时候,过来了两只小轮船,可是都不是由上游远处开来的。等到最后来了一只大的,他们就对它招呼了几声。只见由大轮船上放下来一只小划子,把我们接上船去。原来它是从辛辛那提来的。船上的人一听说我们打算只走四五英里就要下船,就大发雷霆,骂了我们一顿,说要一直开下去,不让我们下船。可是皇帝一点儿也不着急。他说:

"假若搭船的先生们肯花钱,走一英里地给一块大洋,由你们派小船接上送下，那么轮船当局也一定肯载他们吧，不是吗？"

于是他们就软下来，说是不成问题。等我们来到那个小镇，他们就派小船把我们送上岸。岸上有二十多个人刚一看见小船靠岸，马上就聚拢过来。皇帝就问他们：

"你们哪位先生能够告诉我，彼得·威耳克先生住在哪儿呀？"那些人就你看我、我看你，互相点头，好像是说："我刚才跟你说什么来着？"然后就有一个人带着挺客气、挺斯文的口气说：

"实在对不起您，先生。我们只能告诉您他昨天晚上住在哪儿。"

一转眼的工夫，这个不要脸的老头子就完全支持不住了，他向前扑在那个人的身上，把下巴放在他的肩膀上，对着他的后背哭起来，嘴里说：

"哎呀哈，哎呀哈！我们那苦命的大哥呀——想不到他已经死啦，我们根本没能够见着他呀！呕，真是叫人难受死了啊！"

然后他哭哭啼啼地转过身来，用手对着公爵乱比划了半天，于是他也真个把手提包丢下，哇的一声哭起来了。这两个骗子要不是我从来没见过的顶下流的东西才怪呢。

这时候，这些人把他们围住了，对他们非常同情，说了许多好话安慰他们，还替他们扛着行李上山坡，并且让他们两个靠在他们身上哭。他们把他哥哥临死的一切情形，都告诉了皇帝，皇帝又打着手势告诉公爵，因此他们两个为那已死的制革厂老板痛哭流涕，好像十二个门徒[①]都让人杀光了似的。哼，我要是见过这种事的话，那我就不算人了。这两个败类简直把全世界上的人的脸都丢光了。

---

① 耶稣有12个门徒，见《新约全书》。

第二十五章
伤心落泪，信口开河

这个消息在两分钟之内就传遍了全镇。只见人们由东西南北急急忙忙地跑过来，有许多人还一边使劲跑，一边穿衣裳。过了一会儿，我们就让一大群人围在当中，这时候的脚步声音，真像千军万马才开拔似的。窗户里和大门口的院子里，都挤得满满的。不断地有人隔着矮墙探头说：

"那就是他们吧？"

有个随着大队往前跑的人，就回答说：

"那还有错！"

等我们来到那所房子，前面的街上已经挤满了人，那三位姑娘都站在门口。玛莉·贞果然长着红头发，可是那并没有关系，她长得实在是美极了，她脸上和眼睛里都发着光，艳丽无比，因为她一见叔叔们回来了，真是高兴得要命。皇帝张开了两只胳膊，玛莉·贞就一下扑到他的怀里，那个豁嘴子也朝着公爵奔过去，于是他们彼此就抱住了！所有的人，至少那些女人，看见他们居然能够骨肉团圆，欢欢喜喜，都高兴得哭出来了。

然后皇帝用胳膊肘偷偷地碰了公爵一下——我看得很清楚——他就向四周围瞥了一眼，看见在那边角落里有两把椅子，上面停着一口棺材。于是他和公爵用一只手彼此扶着肩膀，用另外的一只捂住眼睛，慢条斯理地、郑重其事地朝那边走过去。大家都倒退了几步，给他们让路，所有七嘴八舌、乱哄哄的声音都停止了。有些人"嘘"了几声，所有的人都摘下帽子，低下脑袋，马上就鸦雀无声，连根针掉在地上都听得见。他们一走到那里，就弯下腰去，往棺材里看了一眼，立刻就哇哇地号起来，那种声音你就是跑到奥尔良去几乎都听得见。然后他们用胳膊互相抱住脖子，彼此用下巴贴着肩膀。足足过了三四分钟的工夫，他们两个简直哭成了泪人，我可从来也没见过两个男子汉那么哗哗落泪的。并且，你要知道，所有的人也都在那儿跟着哭，结果鼻涕眼泪弄得满地精湿，这可真是从来没见过的事情。后来他们一个跑到棺材的那边去，一个蹦到棺材的这边来，两个一齐跪下，用脑门子贴着棺材，自言自语地假装祷告。这么一来，把这一群人弄得也不知道像个什么样儿了，无论哪个都支持不住了，马上都放声大哭——连那几位可怜的姑娘也是这样。差不多每一个女人都走到那几个女孩子跟前，一言不发地、一本正经地亲她们的脑门子，还把手放在她们的头顶上，仰面朝天，珠泪滚滚，然后又哇的一声哭起来，一面抽抽噎噎，一面直擦眼泪，接着就腾出地方，让下一个女人过来表演。我可真没见过这么叫人恶心的事。

隔了一会儿，皇帝站起身来，往前走了几步，打起精神，哭哭啼啼地来了一段演说。他一边流着眼泪，一边顺嘴胡扯，说他哥哥撒手不管了，对于他自己和他弟弟，真是一场叫人伤心的灾祸；他说他们由四千英里以外赶回来，没能趁死者去世以前见见面；他说他们虽然伤心到极点，可是有大家对他们表示温暖的同情，并且流了这么许多圣洁的眼泪，那么他们这桩伤心事也就添上了一种甜蜜的滋味，一变而成为一件神圣的事情；因此他和他弟弟从心眼儿里感谢大家，因为从嘴里说出的话太没劲、太冷淡，根本表示不出他们的诚意，还有许许多多这一类的屁话，把人恶心得都快要吐了，接着他就假冒为善地、呜呜咽咽地喊了声"阿门"，又放开嗓子，要死要活地大哭了一场。

他刚刚把话说完，人群的那边马上有人唱起赞美诗来，所有的人都尽力大声地和唱；这阵歌声让你心里感到温暖，觉得好像是做完礼拜离开教堂一样地舒服。音乐确实是一件好东西；我听完了那一大套哄人的废话以后，想不到音乐能够这样让人爽快，能够这样恳切动听。

然后皇帝又咧开大嘴乱讲起来，他说如果他家的几位顶要好的亲友，肯在今天晚上赏光，留下来跟他们一块儿吃饭，帮着把死者的遗骸料理一下，那么他和他的侄女们会觉得非常高兴；他说假使他那停在那边的可怜的哥哥能够说话的话，他一定知道应该请哪几位，因为这些人都是他心爱的朋友，他在信里常常提到他们；所以他打算把下面这些人的名字说一遍：有合卜生牧师，罗特·胡卫执事，卞·拉喀先生，阿纳·雪克佛，莱威·拜鲁，罗宾生大夫，和他们的夫人，还有白特蕾寡妇。

合卜生牧师和罗宾生大夫都到镇的那头合演他们的拿手好戏去了；这就是说，那位大夫正在送一个病人到阴间去，而那个牧师就在旁边做他的指路人。拜鲁律师到上游很远的路易斯维办事去了。可是其余的人全都在场，所以他们都走过来和皇帝握手，向他道谢，跟他谈话。他们又过来和公爵握手，可是并不说话，只是不住地对他点头傻笑，仿佛一群呆子似的，公爵用手乱比划了一阵，嘴里一直在"咕咕——咕咕咕"地叫，那副神气活像一个不会说话的大娃娃。

皇帝就顺嘴胡扯起来，把镇上每一家人、每一条狗的情形都提名唤姓地问到了，并且谈到镇上曾经发生过的许许多多小事情，还谈到乔治家里的情形，和彼得本人的一切。他老是假装接到彼得写给他的信，告诉他这些事。可是那都是谎话，所有这些无聊的事情，都是那搭我们的小船赶轮船的傻小子告诉他的。

然后玛莉·贞就把她父亲①留下的那封信拿出来，皇帝把它大声地念了一遍，还对着它哭了几声。信上说把这所住宅和三千块金圆，留给这些女孩子；把这所制革厂（这个厂子的生意做得非常好）和另外几所房子、几块田地（大约值七千块的样子），还有三千块金圆，都留给哈卫和维廉，并且说明那六千块现款藏在地窖里

---

① 原文如此，但根据上下文，此处应是"她的伯父"。

一个什么地方。于是这两个骗子说他们打算去把钱拿出来，公公平平、光明磊落地加以处置，并且叫我拿一支蜡烛一块儿去。我们进了地窖就把门关上了；他们找着了那一口袋钱，就把它倒在地板上，那么许多黄澄澄的金圆，真是好看极了。我的天，皇帝的眼睛瞪得多么亮呀！他在公爵的肩膀上打了一巴掌，说：

"嘿，真叫棒啊！这要是不棒，天下就没有棒事儿啦！哎哟哈，这可真够棒啦！不吉，这可比演'怪物'强多了吧，是不是呀？"

公爵也说果真是强得多。他们把钱一把一把地抓起来，再让它们由手指缝里漏下去，掉在地板上啌啷啌啷地响。皇帝说：

"空口说白话，根本没有用；冒充一个有钱的死人的兄弟，代表他在国外的继承人承受财产，那才是你我该扮的脚色哪，不吉。咱们眼前这股运气，都是信靠老天爷的好处。归根结底，这法子最好。我也曾用尽了心机找出路，可是没有比这再好的办法。"

差不多无论是谁看见这一堆钱，都会放心，都会相信它的数目不错；可是这两个家伙非要数一数不可。于是他们就数了一遍，结果发现少了四百一十五块钱。皇帝说：

"这个该死的东西，我真纳闷儿他拿那四百一十五块钱干什么去了？"

他们发了半天愁，又到处乱翻了一遍。然后公爵说：

"他既然病得很厉害，他也许是记错了——我想一定是这么回事。顶好是不去管它，根本不提这一档子。这么几个钱咱们还舍得起。"

"哼，这他妈的算什么，咱们当然舍得起。这一点儿钱我根本不在乎——我觉得顶要紧的是钱数。你要知道，咱们在这儿要公公平平、坦坦白白、光明磊落。咱们得把这些钱扛上去，当着大众点一回，那么人家就不会疑心了。死人既然说这儿一共有六千块，你知道，咱们可别让人家——"

"别说啦，"公爵说。"咱们干脆把缺的那些钱都给它补上,"——于是他就动手由他自己的口袋里掏金圆。

"这个主意真是了不起,公爵——你的脑筋可真算是聪明到家啦,"皇帝说。"幸亏演了那出老'怪物',它又给咱们解了一次围,"于是他也动手掏金圆,把它们都堆在一块儿。

这么一来,差点儿把他们都心痛死,可是正好凑足了六千块钱。

"喂,"公爵说,"我又想起来一个主意。咱们到上面数完钱之后,把它都送给那几个姑娘。"

"哎呀,公爵,让我来搂你一下吧!你怎么会想出这么高明的主意啊。你的脑筋的确是聪明得惊人。嘿,不成问题这是个呱呱叫的好主意。现在他们高兴的话,就让他们疑神疑鬼吧——可是这一下就把他们哄住了。"

我们上来以后,所有的人都聚拢在桌子周围,皇帝就一边数、一边撮,三百块钱一撮——整整齐齐的二十小撮。无论是谁都眼馋得直舔嘴唇。随后他们把钱又装到口袋里,我看见皇帝又憋足了劲儿,想要再来一段演说。他说:

"诸位亲友,躺在那边的我那不幸的哥哥,他对待一切留在阳间、为他伤心落泪的人,都非常宽厚。他对待这几个可怜的女孩子,也非常宽厚,他一向爱护她们,因为她们没爹没妈。不错,凡是认识他的人都知道,他要不是怕伤了我跟维廉的手足之情的话,他一定对她们还要宽厚得多。难道不吗?这是毫无问题的,至少我心里是这么想。那么,好了——假若事到如今,我们做兄弟的还不成全他的好意,那我们还算什么兄弟呢?假若事到如今我们还来抢——不错,是抢——这些他所心痛的又可怜、又可爱的女孩子的钱,那我们还算什么叔叔呢?我要是知道维廉的意思的话——其实我想我是知道的——他也会——好了,等我先问他一下吧。"他转过身来,用手对着公爵比划了一阵;公爵起先只是眼睁睁地望着他,发了半天愣,后来好像突然懂得了他的意思,就向皇帝跳过去,一边咕咕地叫唤,显出高兴得要命的样子,一边把皇帝搂了差不多有十五下,才肯放手。于是皇帝说:"我早就知道嘛；我想他这种举动能够叫大家都明白，他对这件事情是怎么个看法。过来吧，玛莉·贞、苏珊、俊娜，把钱拿去吧——都拿去。这是躺在那边的那位老人家送给你们的，他人是死了，可是他的魂灵一定含笑九泉。"

玛莉·贞马上对他扑过去，苏珊和那个豁嘴子也都对公爵扑过去，跟着又是一阵搂搂抱抱，你亲我、我亲你的。我真是没有见过。于是大家都含着眼泪聚拢过来，跟他们拉手，几乎把这两个骗子的手都拉掉了，大家嘴里一直在说：

"你们这两位善心的老人家啊！——多么可爱呀！——真没想到啊！"

后来过了不大的工夫，大家又都谈起那个死人，说他生前是多么厚道，说他这一死是多么可惜，和这一类的话。隔了不久，有一个铁面无私的大汉，打外面挤到屋里来，站在那里一边听、一边看，一句话也不跟别人说，别人也不跟他说一句，因为这时候皇帝正在演说，大家都忙着听讲。皇帝正在说——正说到他所提起的一件事的中间——

"他们都是死者生前特别要好的朋友。所以我们今天晚上非请他们吃饭不可。可是明天我们希望大家都来——无论是哪一位；因为他尊重大家，他喜欢大家，所以把他那殡葬的大点心对大家公开，是再恰当不过的事情。"

他就这么昏头昏脑地胡扯下去，自己还觉得怪好听的，而且把"殡葬的大点心"这个名词，隔一会儿就提一遍，一直等到公爵再也忍不住了；他就在一张小纸条上，写了"应该说，'殡葬的大典'，你这老糊涂虫"，然后他把纸条折起，一边咕咕地叫唤，一边走过去从人家头顶上递给皇帝。皇帝打开看了一下，就把它塞到口袋里了，说：

"可怜的维廉，他虽然残废到这种地步，可是他的心里总是明白得很。他让我请大家都来送殡——他叫我欢迎大家都来参加。其实他根本不必操心——我现在不正这么做吗？"

然后他又不慌不忙地编了一大套，偶尔把他那句"殡葬的大点心"仍旧加进去，跟刚才说话的时候一样。等他说完了第三遍以后，他就说：

"我所以说'大点心'，并不是因为这是个普通的名词，它根本不是——'大典'两个字才是普通名词哪——而是因为'大点心'是个正确的名词。'大典'两个字现在在英国已经不通用了——它已经作废了。目前我们在英国总是说'大点心'。'大点心'三个字比较好一点儿，因为它正好表示你要说的意思，所以恰当得多。这个名词是由希腊文的'点'字变化出来的：你在外面街上遇见朋友总要点点头，所以'点'字有'在外面'、'当众'、'公开'的意思。'心'字是由希伯来文传下来的，它有'在里面'的意思：咱们把谷子种在地里，再用土盖上，因此它又有'埋'的意思。所以说'殡葬的大点心'①就是当着大众公开的下葬，你们明白啦！"

他真是一个我从来没见过的顶下流的东西。这时候，那个铁面无私的大汉，就面对着他哈哈大笑起来。所有的人都大吃一惊。大家都说："哎哟，你这大夫！"阿纳·雪克佛说：

"怎么，罗宾生，难道你没听说过这个消息吗？这就是哈卫·威耳克啊。"

皇帝连忙笑容满面地伸过手来，说：

"您原来就是我那位死去的大哥的要好朋友、有名的医生吗？我——"

"把手拿开，不许碰我！"这位大夫说。"你说话像英国人——真吗？我还没有听见过像你学得这么糟糕的英国话哪。你也配是彼得·威耳克的兄弟？你根本就是个骗子，地地道道的骗子！"

---

① "皇帝"胡扯了两个字头字尾，冒充希腊文和希伯来文，所以译文里得用中国字代替。

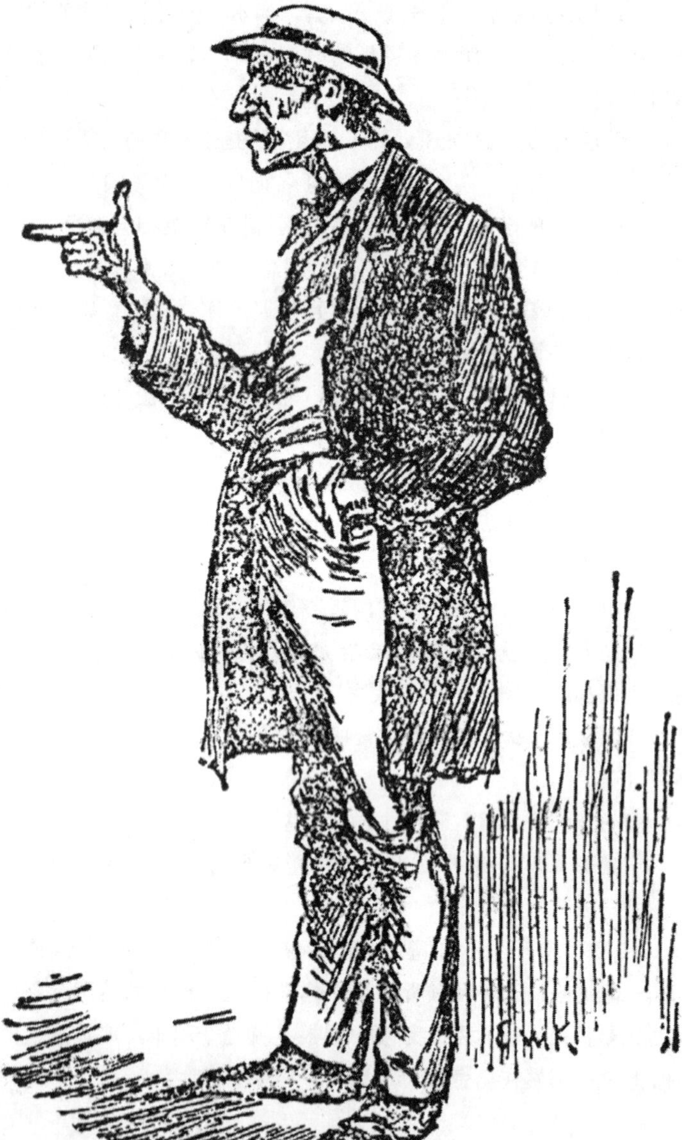

好家伙，大家多么替他抱不平呀！他们走过来把这位大夫围住，劝他不要做声，竭力给他解释，告诉他哈卫由许许多多地方能够证明他确实是哈卫，说他怎样能够叫得上来大家的名字，怎样连狗的名字都知道，他们三番五次地央告他，请他不要伤了哈卫的心，不要伤那些可怜的女孩子的心，还有诸如此类的话。可是这一切都是白费，他仍旧暴跳如雷地骂下去，他说谁要是冒充英国人、而英国话又说得那么糟，那他一定是个骗子，一定是在扯谎。这时候，那些可怜的女孩子都搂着皇帝，哭哭啼啼的不肯放手。忽然间，大夫转过脸来对着她们说：

"我当年是你们父亲的朋友，我现在是你们的朋友。我现在为了保护你们，为了不让你们受害遭殃，我站在一个忠实的朋友的地位，劝你们根本不要理这个流氓，不要跟这个没知识的走江湖的打交道；他还满口胡扯他所谓的希腊文、希伯来文哩。他是个一眼就能看破的骗子手——也不知道他由哪儿打听出来这些空人名、听说了许多没影儿的事，就跑到咱们这儿来蒙人，你们也就把他说的瞎话当做证据，还有眼前这些糊涂朋友，也帮着他让你们上当，他们本来应该更明白一点儿才对。玛莉·贞，你知道我是你的朋友，你知道我是你的一个没有私心的朋友。你现在应该听我的话，马上把这不要脸的流氓赶出去——你可千万要这么做。好吗？"

玛莉·贞就挺起身来，嘿，她可真够漂亮啊！她说：

"这就是我的回答。"她一边把那口袋钱提起来，放在皇帝手里，一边说：

"请您把这六千块钱都拿去，替我们姐妹做点儿生意，随便买什么都可以，也不必给我们开收据。"

然后她就站在皇帝旁边，用一只胳膊搂住他。苏珊和那个豁嘴子也站在另一边照样地做。所有的人都一边拍手叫，一边跺地板，像狂风暴雨似的乱了一阵，这时候皇帝昂着脑袋站在那里，笑容满面，得意洋洋。那位大夫就说：

"好啦，我是不管这档子事啦。可是我要警告你们大家：过不了多少日子，你们每逢想到这一天，你们就会觉得不好过。"——说完他就走了。

"好吧，大夫，"皇帝带着开玩笑的口气说，"那我就想法子叫她们派人去请你吧，"——这句话逗得大家笑起来，都说挖苦得非常脆。

第二十六章
赃款到了我的手

大家都散了以后，皇帝就问玛莉·贞有没有空闲的屋子。她说有一间空房，可以叫维廉叔叔住在里面，她打算把她自己那间比较大一点儿的屋子让给哈卫叔叔，她自己想要搬到她妹妹的屋里去，睡在一张小床上。在屋顶阁里还有一个小套间，里面摆着一个小床铺。皇帝说这个小套间可以叫他的随从住——他这指的就是我。

于是玛莉·贞就把我们领上楼，把她们的房间指给他看，屋里布置得都很简单，可是非常精致。她说假若她屋子里的衣裳和别的许多零碎东西，会叫哈卫叔叔觉得不方便的话，她可以把它们都搬出去，可是他说没有关系。那些衣裳都贴着墙挂在那里，前面用一块花布幔子挡着，幔子很长，一直拖到地下。在一个角落里放着一只蒙着毛布的旧箱子，在另一个角落里立着一个盛六弦琴的木匣子，还有各式各样的小玩具，花花哨哨的小摆饰，点缀在各处，都是些女孩子装饰屋子用的东西。皇帝说越有这些摆饰，越像在家里一样，越叫人看着舒服，所以不必移动它们。公爵的那间屋子非常小，可是也够好的，我的那间小屋也是一样。

当天晚上，他们大吃了一顿，所有那些男女客人都坐在一块儿。我就站在皇帝和公爵的椅子背后伺候着，还有几个黑人伺候着其余的人。玛莉·贞坐在主人的座位上，苏珊坐在她的旁边，她们两个不住嘴地说那油饼是多么不好吃，那果酱是多么不够味儿，那些炸鸡块怎么又瘦又难嚼，还有许多这类的废话。女人家常常喜欢这么说，为的是逗着客人恭维她。这些人都知道菜饭做得很拿手，因此也就这么说："你们怎么把这油饼炸得这么焦黄呀？""我的天，你们由哪儿买来的这么好吃的泡菜呀？"还有许多这一类假惺惺的应酬话，都是人们吃酒席的时候照例要说的，你知道。

等到大家吃完了以后，我和那个豁嘴子在厨房里吃些残羹剩菜，当做晚饭，其余的人都帮着那些黑人收拾桌子。那个豁嘴子就不住嘴地问我许多英国的事情，有时候我简直没法回答她，真以为快要露出马脚来了。她说：

"你看见过皇帝吗？"

"哪一个皇帝？是威廉四世吗？当然看见过——他经常到我们的教堂去。"我明明知道他已经死了好多年，可是我根本没提那回事。我一说他常到我们的教堂去，她就问：

"你说什么——他常去吗？"

"不错——常去。他坐的座位，正好对着我们的座位——就在讲台的那一边。"

"我还以为他住在伦敦呢，不是吗？"

"那是当然。他不住在伦敦可住在哪儿？"

"可是你们不是住在谢菲尔德吗？"

我知道我这一下可让她给难住了。我不得不假装让鸡骨头卡住了，好匀出点儿工夫想一想，到底怎样才能下台。然后我就说：

"我是说他住在谢菲尔德的那些日子，经常到我们的教堂来。那只是在夏天的时候，他常到那儿去洗海水澡。"

"啊，你简直是胡说——谢菲尔德根本就不靠海。"

"哼，谁又说它靠海来着？"

"你说来着。"

"我没有说，根本没说。"

"你说了！"

"我没有。"

"你是说了。"

"我压根儿就没说那种话。"

"好吧,那么你到底说什么来着?"

"我说他到那儿去洗海水澡——这才是我说的话呢。"

"那么,好了!他又怎么能洗海水澡,假若你们那个地方不靠海?"

"你听我说呀,"我说。"你见过'国会泉水'①没有?"

"当然见过。"

"那么你是不是非得到国会去,才能弄到那种泉水呢?"

"当然不是。"

"好了,威廉四世也不是非得到海边去,才能洗得上海水澡呀。"

"那么,他到底是怎么洗的?"

"就像这儿的人弄'国会泉水'一样——一桶一桶的运来。在谢菲尔德的那个皇宫里,装着好几座大锅炉,他非要把水烧热了才洗。可是在那老远的海边上,没法子烧那么多热水。他们根本没有那种设备。"

"哦,我现在才明白。你为什么不早说呀?省得麻烦这么半天。"

我一听她说这句话,就知道已经敷衍过了这一关,所以我觉得非常放心、非常高兴。她接着又问:

"你也到教堂里去吗?"

"不错——常去。"

"你经常坐在哪儿呀?"

"怎么,坐在我们的座位上啊?"

"谁的座位?"

"自然是我们的——你那个哈卫叔叔的。"

---

① "国会泉水"是纽约撒拉托嘎地方的国会泉所出的矿泉水。

"他的？他要一个座位干什么？"

"好坐在上面呀。你以为他要一个座位干什么呢？"

"我以为他会站在讲台上讲道。"

真糟糕，我忘记他是个牧师了。我知道我又让她堵住了，于是我又让鸡骨头卡住了一回，借这机会想了一下。然后我就说：

"真要命，你以为一个教堂里只有一个牧师吗？"

"多几个出来干什么？"

"怎么，给皇帝讲道，一个牧师就够了吗？我可真没见过像你这样的大姑娘。顶少也有十七个。"

"十七个！我的天！我才不坐在那儿听完那么一大串牧师讲道呢，就是永远不让我上天堂，我也认了。那还不得讲上一个礼拜呀？"

"别胡说了，他们并不是都得在一天里上台呀——上台讲道的只有一个。"

"那么，其余的那些都干些什么？"

"也没有多少事情。到处走走，递递盘子——干点儿这个，干点儿那个。可是他们多半是没事可干。"

"那么，要他们又有什么用处呢？"

"他们是专为摆样子的。你怎么什么都不知道？"

"哎呀，我根本也不打算知道这种无聊的事。我再问你，英国人对待佣人怎么样？他们对待佣人，是不是比咱们对待黑奴要好得多？"

"没有的事！那儿的佣人根本就不算人。他们把佣人看得连狗都不如。"

"他们的佣人放假不放假呀？是不是像咱们这儿一样，也过圣诞节，也过一个星期的新年，还有七月四号的纪念日？"

"哦，你听听，多滑稽！听你说话的口气，准知道你没到过英国。我告诉你吧，豁——俊娜，他们一年到头也不放一天假；他们从来不看马戏，也不听话剧，也不去看黑人表演，什么地方都不去。"

"也不到教堂去？"

"也不到教堂去。"

"可是你不是常到教堂去吗？"

我又让她给问住了。我忘记我是那个老头子的随从了。可是我马上东拉西扯地解释了一通，我说随从怎样跟普通佣人不一样，怎样非得到教堂去不可，不管你想去不想去，怎样非得跟着家里的人坐在一起，因为法律上有这么一条。可是我这几句谎撒得不够圆，我说完了以后，看见她还是不满意。她说：

"说老实话，你是不是一直在那儿跟我扯谎？"

"我说的都是实话，"我说。

"都是实话？"

"都是实话。一句瞎话也没有，"我说。

"你把手放在这本书上，赌个咒吧。"

我看见那不过是一本字典罢了，就把手放在上面，赌了个咒。这样一来，她好像有点儿满意了。她说：

"那么，好吧，有些话我信。可是剩下的那些，我要了命也不信。"

这时候玛莉·贞恰巧走了进来，后面还跟着苏珊。"你有什么可不信的呀，俊娜？"玛莉·贞说。"你跟他说话不应该这么不客气，他是个新来乍到的客人，离开他的爹妈那么远。你愿意人家这样对待你吗？"

"玛莉，你老喜欢干这种事——老喜欢加进来帮着别人，唯恐别人受了委屈。其实我也没得罪他。我觉得他对我说了几句瞎话，我就说我不能都信。我一共就跟他说了这么几句。我想这么一点儿小事他还受得住吧？"

"我不管是大事还是小事，他既然来到咱们家里，总算是一个客人，你对他这么说话是不对的。假如你处在他的地位，你也会觉得不好意思。所以你不应该对别人这样说话，让人家觉得不好意思。"

"你不知道，玛莉，他刚才说——"

"他无论说什么，都没有关系——问题根本不在这儿。主要是你得对他好，不要说出那种话来，让人家把离开家乡、撇下亲人的事情都勾起来。"

我心里想，这是一位多么好的姑娘；她的钱眼看着就要叫那个老坏蛋抢走，可是我并不去干涉！

然后苏珊也插进嘴来；她又把那个豁嘴子骂了个不亦乐乎！事实是如此，你爱信不信。

我心里想，这又是一位好姑娘；她的钱眼看着就要叫那个老坏蛋抢走，可是我并不去干涉！

接着玛莉·贞又把豁嘴子申斥了一通，又那么温柔、那么可爱地劝了她一番——她总是那种样子——可是等她说完了的时候，那个可怜的豁嘴子简直连一句话都说不出来了。她就喂喂叫起来了。

"那么，好吧，"她那两个姐姐说，"你干脆给他赔个不是吧。"

她果然那么做了，并且做得非常美——说得真好听。我恨不得再说上一千句瞎话，好让她再给我赔一个不是。

我心里想，这又是一位好姑娘，她的钱眼看着就要让那个老坏蛋抢走，可是我并不去干涉！等她赔完了不是以后，她们就千方百计地安慰我，叫我千万别认生，一定要把她们当做好朋友。我当时觉得我实在是缺德、下贱、不够人格，于是我就想：我决定那么干；我非把那笔钱替她们藏起来不可。

于是我就跑开了——我嘴里说我要去睡觉，可是心里想过一会儿再说。等我一个人来到外面，就把整个这件事想了一遍。我心里想，我是不是应该偷偷地去找那个大夫，把这两个骗子都告了呢？不，那可不是办法。他会说出来是谁告诉他的；那么一来，皇帝和公爵就会狠狠地收拾我。我是不是偷偷地去告诉玛莉·贞？不——我可不敢那么做。她的脸上一定会漏出神气，让他们看出来：钱既然在他们手里，他们一定会马上逃出去，带着钱跑掉。假若她叫人来抓他们，我想，在没有分清是非之前，一定把我也牵扯在里面。不，除了一个主意之外，没有更好的办法。我必须想法把钱偷到手，还要让他们不疑惑是我干的事。他们在这儿尝着了甜头儿，他们不把这一家人、这一个镇都耍够了，决不肯走，所以我有的是工夫、有的是机会。我要把钱偷到手，藏起来；等到过一两天、我坐着船走远了以后，再写封信给玛莉·贞，告诉她钱藏在哪里。可是我又一想，我顶好今天夜里就把钱藏起来，假若办得到的话，因为也许那个大夫并不肯善罢甘休，虽然他假装着不管这回事了；他说不定还会把他们吓唬跑了。

所以我想我还是先去搜一搜他们的屋子。楼上的过道非常黑暗，可是我找着了公爵的那个房间，我就用手在里面乱摸了一阵。可是我又一想，皇帝决不会把一大笔钱交给别人替他保管，他一定会亲自收藏起来；于是我又来到他的屋里，到处摸了一遍。我知道不点蜡烛办不了事，可是我又没有那么大的胆子点蜡烛，那是自然的。我想我必须采取另一个办法了——先在这里埋伏下，偷偷地听他们说什么话。这时候，我听见他们上楼的脚步声，我立刻想要钻到床底下去，我跑过去一摸，才知道自己料错了，床并不在那里；可是我摸着了那块幔子——玛莉·贞挡衣裳的那块幔子，于是我就跳到幔子后面去，紧紧地躲在那些袍子中间，一动不动地站着听。

他们刚一进来，就把门关上了。公爵先弯下腰去，往床底下看了一眼。我真是高兴极了，幸亏刚才没有摸着床。可是，你知道，你要是打算干一件怕见人的事情，你自然会躲在床铺底下。然后他们就坐下了，接着皇帝就说：

"嘿，你到底有什么事呀？怎么在正热闹的时候把话头打断，因为咱们在楼下逗着她们谈论死人，比来到楼上、匀出工夫来让她们嘀咕咱们，要强得多呀。"

"是这么回事儿，皇帝。我有点儿不放心；我总觉得不对劲儿。我心里老惦记着那个大夫。我想知道你到底打算怎么办。我倒有个主意，我还认为那是个好主意。"

"你有什么主意，公爵？"

"咱们顶好在后半夜三点钟以前就溜出去，带着咱们弄到手的东西，顺着大河赶快跑。尤其是咱们这么容易就把钱弄到手——咱们当初还以为得把它偷回来呢，谁想到人家又还给咱们了；简直可以说是，丢在咱们脑袋上了。我主张赶快歇手，马上就跑。"

这几句话弄得我非常着急。我要是在一两个钟头以前听见这话，也许有点儿不同，可是现在真叫我又着急、又失望。可是皇帝气哼哼地说：

"什么！不等着把剩下的产业都卖光了就走？像一群傻蛋似的滚开了，把这些摆在手边、让我们捡的、价值八九千块钱的财产丢下不管？——并且还是又值钱、又好卖的东西？"

公爵就抱怨了一阵；他说这一口袋金圆足够了，他不打算再往下干了——他不愿意把那群没爹没妈的苦孩子所有的东西都抢走。

"你瞧，你怎么这样说话！"皇帝说。"除了这笔钱之外，咱们根本就抢不着她们什么。吃亏的人是那些买产业的，因为人家刚一明白那些产业并不是咱们的——咱们走后不久就会弄清楚——这种变卖的手续就算无效，所有的产业还得退给她们。这儿的这些女孩子就会把房子再弄回来，照理说她们也就很够了；她们都年轻力壮，挣钱吃饭并不费事。她们不至于受苦。瞧，你想想吧，有成千成万的人都没有她们的日子过得好哩。我告诉你吧，她们可没有什么委屈可诉的呀。"

皇帝把公爵说得昏头昏脑；到末后他就让步了，说"也好吧"，可是他还说他认为呆在这儿实在是傻透了，还有那个大夫一直在钉着他们。可是皇帝说：

"那个该死的臭大夫！咱们怕他干什么？镇上的这些傻瓜不是都站在咱们这边儿吗？无论在哪个镇上，这也得算是大多数啦。"

于是他们就准备再下楼去。公爵说：

"我看咱们藏钱的那个地方不太好。"

这一句话又让我高兴起来。我刚才还以为我一点儿线索也找不着哪。皇帝说：

"怎么？"

"因为，玛莉·贞从今以后得穿孝守丧，她一定先要打发那个整理屋子的黑人，把这些衣裳找个箱子收拾起来；难道你以为天下还有见钱不偷的黑人吗？"

"你的脑筋又清醒过来了，公爵，"皇帝说，他就在幔子底下、离我两三英尺的地方，摸索了一阵。我就紧紧地贴着墙，大气也不敢出一口，虽然吓得直哆嗦。我真想知道，要是他们这两个家伙抓住了我，他们会对我说些什么；我又一想，假如他们果真抓住了我，我顶好应该怎么办。可是我的脑筋还没来得及转半下，皇帝早把钱口袋拿走了，一点儿也没疑心我就在旁边。他们就掀开鸭绒褥子，把口袋塞到草褥子上的一个缝子里，又往草里塞了一两英尺。他们说这样一来就不要紧了，因为黑人平常日子只管收拾鸭绒褥子，决不会把草褥子也翻起来——草褥子一年也不过翻上两回——所以现在决不会有让人家偷去的危险。

但是我可不相信。他们才下了一半儿楼梯，我就把钱口袋由草褥子缝里掏出来了。我摸着上了梯子，来到我的那间小屋。我把它先收在那里，等有机会再好好地藏起来。我觉得顶好还是在这所房子的外面找个地方藏起来，因为假若他们发现钱没有了，一定要把这所房子好好地搜查一遍。这是明摆着的事，然后我就穿着衣服上了床，可是我哪怕是想睡也睡不着，因为我非常着急，总想把这件事先办完了。过了一会儿，我听见皇帝和公爵上楼来了，我就由我那小床上面滚下来，伸着下巴在楼梯口上听，等着看看会不会发生什么事。可是一点动静也没有。

我就这样地等下去，一直等到晚上的声音都静止了，可是早晨的声音还没有到来。于是我就顺着梯子溜下去。

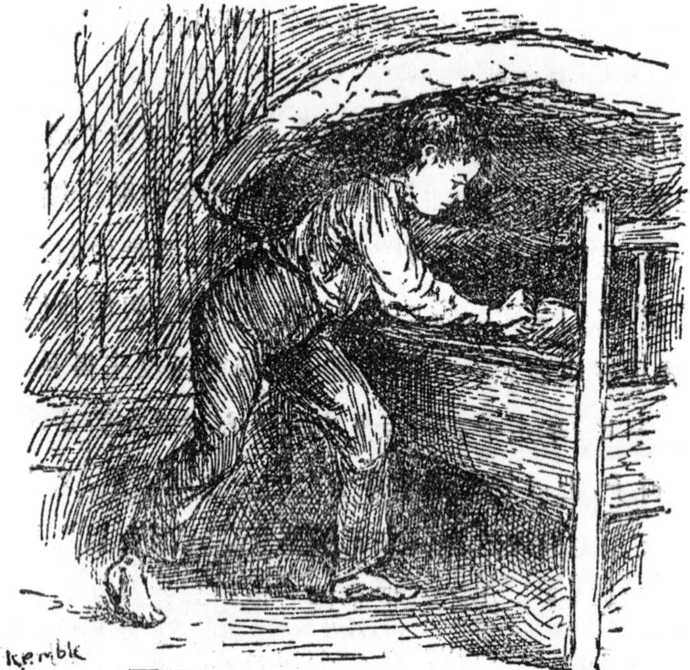
Kemble

第二十七章
物 归 原 主

我偷偷地走到他们的门口听了听,他们正在打呼噜。我就踮着脚尖,安然下了楼梯。四下里没有一点声音。我通过饭厅的门缝,往里看了一眼,看见守灵的那些人,都坐在椅子上睡着了。通到客厅去的那扇门是开着的,死人就停在客厅里,两间屋里都点着蜡烛。我又向前走过去,看见客厅的大门也没关,可是在这间房里,除了彼得的尸首之外,一个人也没有。我就由棺材旁边溜过去,可是前面的大门已经上了锁,钥匙也没有在那里。正在这个时候,我听见背后有人下楼的声音。我马上跑到客厅里去,向四周围扫了一眼,看见只有一个地方可以藏口袋,就是那口棺材里。棺材盖往后错着一英尺多,里面露着那个死人的脸,脸上面还蒙着一块湿布,身上穿着寿衣。我就把钱口袋塞到棺材盖的底下去,正好放在死人交叉着的两只手的下面一点,我马上打了个冷战,因为他的手凉得可怕。然后我就跑回来,躲在门背后。

走进屋来的那个人原来就是玛莉·贞。她轻轻地来到棺材前面,跪下去往里看了一看。然后用手绢儿捂上脸,我看见她已经哭起来了,可是我听不见她的声音。我就由她的背后,偷偷地溜了出来。我走过饭厅的时候,想要知道那些守夜的人究竟看见我了没有,我就由那个门缝望进去,看见一切都跟刚才一样。他们并没有动弹。

我悄悄地爬上床去,心里觉得非常烦闷,因为我费了这么大的劲,冒了这么大的险,现在只落了这么个结果。我心里想,假如那口袋钱能够留在那里,那倒没有关系,因为等我们顺着河走上一二百英里以后,我可以写封信告诉玛莉·贞,那么她就可以把它挖起来,把钱拿到手。可是这种事情不见得能办到。也许他们钉棺材盖的时候,就会发现这一笔钱,那么皇帝一定又把它拿回去,然后再要找机会把它拐回来,那就不知道得等到哪天了。我当然还想要溜下楼去,把钱由那个地方再拿出来,可是我不敢冒那个险。现在,天一会儿比一会儿亮,过不了多大工夫有几个守灵的人就要醒了,那么我也许就会让他们看见了——那时候,我手里拿着六千块钱,谁也没雇我来保管它,那我可怎么洗得清呀!我心里想,我可不愿意搅在这档子事里面。

早晨起来,我来到楼下,看见客厅的门已经关上了,那些守灵的人也走开了。除了家里这几个人和白特蕾寡妇、还有我们这一伙子之外,别的人一个也没有。我留神看他们的脸色,想知道是不是出了什么事情,可是我什么也看不出来。

快到中午的时候,承办丧事的老板,带着一个打下手的来到了。他们把棺材挪到屋子当中,放在两把椅子上,然后把我们的椅子一排一排地摆起来,又跟邻居借了许多把,把客厅、饭厅、走廊都摆满了。我看见棺材盖还跟以前一样,可是大家都在旁边,我不敢过去往棺材盖子底下看。

然后所有的人都往屋里挤,那两个败类和那三位姑娘,都在棺材前面第一排椅子上坐下了。那些客人用了半点钟的工夫,在棺材前面列成单排慢慢绕过去,一个个低头看看死人的脸,有些人还掉了几滴泪,当时的空气真是又安静、又严肃,只有那三位姑娘和那两个败类,在那里低着脑袋,拿手绢儿捂着眼睛,偶尔还抽搭一两声。这时候别的什么都听不见,只有脚擦地板的声音,和擤鼻涕的声音——因为人们的鼻涕在棺材前面擤得最多,除了在教堂里的不算。

等到这个地方挤满了人的时候,那个承办丧事的老板戴着黑手套,悄悄地、殷勤地到处穿来穿去,这儿拾掇拾掇,那儿找补找补,把所有的人,把一切的事,都打点得舒舒服服、整整齐齐,像一只猫似的没有一点儿声音。他一句话也不说；他指挥着所有的来宾，他把来晚了的客人让进去，他替他们腾出走道来，他做这些事情，全靠一边点头、一边摆手。然后他就走过去，靠着墙站在那里。他真是一个手脚轻快、动作圆滑的家伙，老带着一种偷偷摸摸的神气；像他这样的人，我从来没见过；他的脸跟一条火腿一样，一点儿笑容都不带。

他们事先借来了一架小风琴——是一架有毛病的琴。等到一切都安置好了，有个年轻的女人就坐下弹起来，那声音一会儿吱吱地叫，一会儿呜呜地响，而且大家还都跟着唱；据我看来，只有彼得一个人倒落得个清闲。然后合卜生牧师就慢吞吞地、郑重其事地讲起话来。正当这个时候，忽然由地窖里面爆发出一阵鬼哭狼嚎的声音；那是一只狗在那里叫，可是它闹得非常凶，并且一直叫个不停。那个牧师只得站在那里，面对着棺材，静静地等着——那阵叫声弄得你连自言自语都听不见。那实在是叫人为难，大家都不知如何是好。隔了一会儿，只见那个长腿的老板，对着牧师打了个手势，仿佛是说："请你不必着急，这件事交给我了。"然后他就低下头、擦着墙、溜过去，只剩下他的肩膀由大家的头顶上一耸一耸地露出来。那一阵嘈杂的怪叫，简直是越来越凶；等到他绕过了两面墙，他就下到地窖子里去了。然后，还不到两秒钟的工夫，我们就听见"啪"的一声，那条狗就像疯了似的号了一两声，于是一点儿声音也听不见了。那个牧师又一本正经地接着刚才的话茬儿讲下去。过了一两分钟的样子，又看见那个老板的背和肩沿着墙溜回来。这一回他顺着屋子的三面墙绕过来，马上挺起胸来，伸长了脖子，双手罩着嘴，隔着大家的头顶，对着牧师沙哑地、悄悄地说："它抓住了一只老鼠！"然后他就弯下腰去，回到他原来靠墙的地方。你看得出大家都非常满意，因为无论是谁自然都想知道是怎么回事。其实干这样的小事，根本费不了什么，可是一个人是不是受欢迎、是不是叫人看得起，关键全在这类的小事上。在整个镇上，没有一个人比这个老板再得人缘的了。

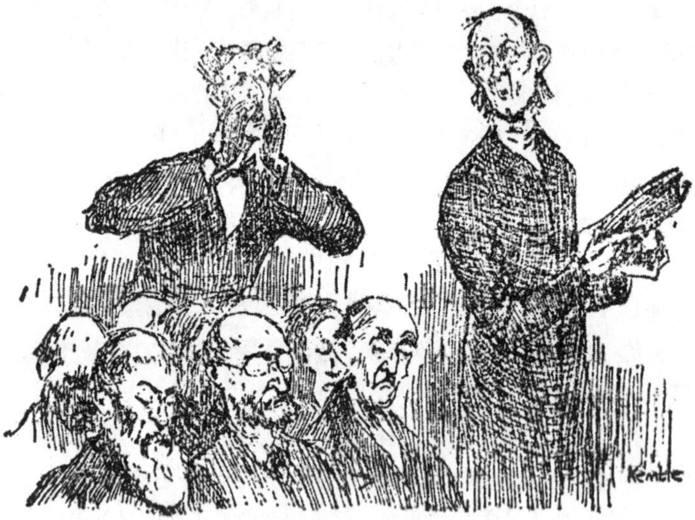
Kemble

殡礼上那一番演讲,说得非常好听,可惜就是太长了,叫人觉得怪腻烦的。然后皇帝又挤过来,说了几句他常说的废话,到后来这套把戏总算是耍完了。那个老板就手拿着螺旋钻,轻轻地朝着棺材走去。我当时急得要命,眼睁睁地看着他。但是他一点儿也不多事,只是把棺材盖往前轻轻地推正了,就把螺丝钉紧紧地拧上了。这一下可把我难住了!我也不知道那些钱是不是还在棺材里。于是我就想:假若有人神不知、鬼不觉地把钱都偷走了,那可怎么办?——到现在我怎么知道到底该给玛莉·贞写不写信呢?譬如说她把棺材挖出来,可是什么也找不着——那么她把我又看成个什么东西呢?真糟糕,我想,我也许会让人家抓去坐牢;我想顶好还是不作声、瞒着她,根本也不给她写信。这件事现在是弄糟了;我本来想做一桩好事,可是弄得比原来还要坏上一百倍;我要是根本不管这件麻烦事,有多么好啊!

他们把棺材抬出去埋了以后,我们又都回到家来。我又随时注意大家的脸色——我不由得要这么做,我老是不放心。可是一点儿结果也没有,由他们的脸上什么也看不出来。

到了晚上,皇帝到各处拜访了一遍,弄得人人都挺高兴,尽力对大家表示好感。他叫大家相信在英国的那一伙教友都很着急,希望他能赶快回去,因此他不得不把这些产业处置完了,马上回去。他认为这样匆匆忙忙地赶回去,心里觉得很抱歉,别人也觉得很难过。他们希望他多住些日子,可是他们又说他们知道那是办不到的事。他还说他和维廉当然要把这几位姑娘都带回去。大家一听这句话,也都觉得很高兴,因为那么一来,那些女孩子就能跟她们的亲人住在一起,过宽裕的日子。那几位姑娘也觉得非常得意——她们喜欢得要命,简直连世界上一切叫人发愁的事都忘掉了。她们也催他赶快卖,她们随时都准备走。我看见这几位可怜的女孩子,让他们骗得这么高兴、哄得这么快活,我心里实在是难受,可是我又想不出妥当的办法,不敢插嘴说话,帮助她们把整个局面扭转过来。

皇帝果然把这所房子，和所有的黑人，还有一切的产业，马上贴出清单，准备拍卖——拍卖的日期定在出殡以后的第三天；可是谁要是打算私下里先买的话，也可以前来接洽。

所以在出殡以后的第二天，差不多要到中午的时候，这些女孩子的兴头，就受到第一次打击。有两个黑人贩子来到了，皇帝就把那几个黑人按公道的价钱卖给了他们，拿到了他们所谓的三天后取款的期票，于是他们就走了：那两个儿子卖到上游的孟菲斯，可是他们的母亲反而卖到下游的奥尔良去了。我觉得那几位可怜的姑娘和那些黑人伤心得心都要碎了，他们彼此抱头恸哭，闹成一片，弄得我心里也像刀扎一样。那些女孩子说，她们做梦也没想到眼看着这一家人活活地拆散了，并且要离开这个镇，卖到远处去。那些可怜的苦命的女孩子和黑人，彼此搂着脖子，一边哭、一边喊的情形，叫我一辈子也忘不了。我要不是早就知道这一号买卖决不会成功，那些黑人过一两个礼拜就要回来的话，我一定会忍耐不住，一定会不顾一切地跑去告发我们那两个强盗。

这件事简直是闹得满城风雨，有许多人毫不客气地出来干涉，说他们这样地拆散了人家的母子，实在是太不近情理。这些话弄得那两个骗子有点儿下不来台。但是不管公爵怎么说、怎么做，那个老混账东西一定要不顾死活地干下去。我告诉你说吧，公爵为这件事倒真是提心吊胆。

第二天就是拍卖的日子。那天清早，快到天光大亮的时候，皇帝和公爵来到我住的那间阁楼上，把我叫醒了。我一看他们的神气，就知道是出了乱子。皇帝说：

"前天夜里你到我的屋子里去了吗？"

"没有去呀，万岁，"——我当着我们这一伙子、没有外人在旁边的时候，总是这样称呼他。

"你昨天白天或是晚上到那儿去了没有？"

"没有，万岁。"

"你说实话——不许撒谎。"

"是实话,万岁,我说的都是实话。自从那天玛莉·贞小姐带着你跟公爵到那儿去看过一回以后,我连你那间屋子的边儿都没沾。"

公爵说:

"你看见有别人进去了没有?"

"也没有。千岁,我想据我记得是没有人进去过。"

"你慢慢儿地想一想。"

我琢磨了一会儿,知道机会来了,就说:

"嗯,我看见那些黑人进去了好几回。"

他们两个都跳了一下,好像是根本没料到似的,然后又好像是早就料到了。于是公爵说:

"什么,他们都进去了吗?"

"不——至少不是一块儿进去的。这就是说,我只有一回看见他们一块儿走出来。"

"哎呀——那是哪天呀?"

"就是出殡的那天。那天早晨,天已经不早了,因为我睡过了。我正要下梯子,就看见他们了。"

"往下说,快往下说——他们干什么来着?他们有什么举动?"

"他们什么也没干。据我看,他们并没有什么多大的举动。他们踮着脚走开了,我一看就知道他以为万岁你已经起来,就进去给你收拾屋子,或是做些什么事情;可是一看你还没有起来,于是他们就希望不吵醒你,偷偷地走开,免得吵醒了你,自讨苦吃,假如他们还没把你吵醒了的话。"

"老天爷,这就难办了!"皇帝说;于是他们两个都显得非常难受,有点儿傻乎乎的样子。他们站在那里,想了半天,急得直抓头皮,然后公爵就怪声怪气地笑了几声,说:

"真叫高明啊,那些黑人这一手儿要得实在是漂亮呀。他们要离开这个地方的时候,还假装着难过得要死呢!连我都信他们真是难过哪。连你也信了,大家都信了。你可不许再对我说黑人没有演戏的天才了。哼，他耍那套把戏的手法，会把谁都蒙住。我看靠着他们很可以发上一笔财。我要是有本钱、有戏院的话，别的再好的班底我都不要了——可是人家给了咱们一壶醋钱，咱们就把他们卖掉了。并且那壶醋一时还喝不到口。嘿，那一壶醋钱在哪儿呢？——那张期票呢？"

"期票在银行里等着收款哩。你以为它在哪儿呀？"

"哦，那还不大要紧，谢天谢地。"

我就怵头怵脑地问了一句：

"是不是出了什么岔子啦？"

皇帝马上一转身，恶狠狠地对我说：

"少管闲事！不准你胡思乱想，趁早管管你自个儿的事吧——假若你也有事可管的话。只要你在这镇上呆一天，你老得记住这个，听见没有？"然后他对公爵说："咱们可得认倒楣，什么话也不许说。忍气吞声是咱们顶好的办法。"

等他们才要下梯子的时候，公爵又格格地笑了两声，说：

"卖得快、赚得少！这个买卖真叫好——真叫好啊。"

皇帝回过头来，龇牙瞪眼地对他喊着说：

"我把他们赶快卖出去，是认为那样做顶好呀。假若这笔生意结果是竹篮打水一场空：一点儿什么也带不走，还赔上了好多钱，难道我担的不是就比你大吗？"

"假若当初听了我的话，他们就会还呆在这儿，咱们早走远了。"

皇帝又强词夺理地回敬了他几句，然后又转过身来跟我吵。他埋怨我看见那些黑人由他的屋子里偷偷地走出来，为什么不赶快跑去告诉他——他说无论多么傻的人都会知道是出了毛病了。然后他又转过去骂他自己，说都是因为他那天早晨没有好好地睡、晚晚地起；他说要了他的命他也不那么干了。于是他们就唠唠叨叨地骂着走开了。我真是高兴得要死：我把责任都推在那些黑人身上，可是对那些黑人并没有一点儿害处。

第二十八章
骗人太不合算

过了一会儿,就到了该起床的时候。我就顺着梯子下来,打算到楼下去。可是我才来到那几位姑娘的门口,看见房门是敞着的,玛莉·贞正在她那只毛布衣箱旁边坐着哩。箱子是开着的,她一直在那里收拾东西,准备马上到英国去。可是现在她停住了,腿上放着一件叠好的袍子,她用两只手捂着脸正在哭哩。我看见她那种样子,心里难受得要死;当然,无论是谁都会觉得难受。我就走到屋里去,对她说:

"玛莉·贞小姐,您不忍得看见别人有伤心的事,我也是不忍得看——我差不多老是这样。您对我说说吧。"

于是她就对我说了。果然是为了那些黑人——我早已料到了。她说她这次到英国去是很美的一趟旅行,可是现在这么一来,差不多把她的兴头都给打消了。她真不知道到了那儿以后,怎么还能够快活得起来;因为她明明知道那个母亲跟她的孩子们,彼此谁也再看不见谁了——然后她就特别凄惨地大哭起来,她向上甩起两只手,说:

"哎呀,天哪,天哪,他们母子再也不能见面了!想起来叫人多么难过呀!"

"可是他们还会见面——出不了两个礼拜——我准知道!"我对她说。

我的天,我还没来得及想就说出口来!——我还没来得及动,她已经伸出两只胳膊,搂住了我的脖子,逼着我再说一遍,再说一遍,再说一遍!

我知道我说得太冒失、太过火了，我当时简直是窘住了。我请她容我想一会儿。她就坐在那里，又急躁、又兴奋，并且显得很好看，可是她已经露出高兴、放心的样子来了，仿佛一个人才拔完牙似的。于是我就仔细琢磨了一遍，心里想：一个人让人家窘住的时候，就不顾一切地说出实话来，实在是非常冒险的事情；我虽然没有这种经验，不敢说一定怎么样，可是我总觉得是这么回事；就眼前这件事情看来，我总认为说实话比说瞎话要好得多，实际上也妥当得多。我可得把它暂时放在心里，等有工夫再仔细想想，因为这实在有点儿太特别、太不平常了。我从来还没有遇见这样的事。可是到末后，我想我还是好歹试试看：虽然多半像是坐在一大桶炸药上，用火把炸药点着，看看究竟会把你崩到哪儿去，可是我这回一定要不顾一切地说实话。于是我就说：

"玛莉·贞小姐，您能不能找个离镇不太远的地方，去暂时住上三四天呢？"

"能啊——我可以到娄梭浦先生家去。干什么呀？"

"您先甭管干什么。假若我来告诉您我怎么知道那些黑人还会彼此见面——出不了两个礼拜——就在这所房子里——并且证明我是怎么知道的——那么您肯到娄梭浦先生家去住上四天吗？"

"四天！"她说。"住上一年都行！"

"好了，"我说。"只要有您这句话，别的什么我都不要了——您的这句话，比别人用嘴亲着《圣经》起的誓，还要可靠得多哪。"她笑了，脸上红了一阵，显得非常可爱。我说："假若您不在乎的话，我想关上门——上上闩。"

然后我又回来坐下了。我说：

"您可千万别嚷。一定要好好地坐着，像一个男子汉似的听我说话。玛莉小姐，我现在得把实话告诉您，您可得鼓起点儿勇气来，因为这是叫人伤心的事，听上去会让您受不了，可是不说出来又不行。您这两个叔叔，根本不是您的叔叔——他们是两个骗子手——地地道道的大流氓。您瞧，咱们现在把顶可怕的事儿已经说完了——其余的话您就比较容易忍受了。"

当然，这几句话把她吓得像什么似的。可是我现在正好比已经划过浅滩，来到江心，于是我就一直地冲下去；她的眼睛里发出来的光，越来越亮；我把一件件该死的事情都告诉了她，我从我们当初遇见那个到上游去赶轮船的傻小子说起，一直说到她在大门口扑到皇帝的怀里，让他亲了十六七回为止——她听到这儿，就一下子跳起来，脸上气得像晚霞一样的红，她说：

"这些畜生！走啊——一分钟也别耽误——一秒钟也别耽误——咱们赶快给他们涂上沥青，粘上鸡毛，把他们都扔到河里去！"

我就说：

"当然是得这么办。可是，您难道是打算先不到娄梭浦先生家里去一趟就动手呢，还是——"

"哦，"她说，"我怎么会把这件事忘掉了！"她说完了这句话，就重新坐下了。"你可别怪我说话没有分寸——请你千万不要见怪——你不至于见怪吧，喂，至于吗？"她把她那只柔软的手，轻轻地放在我手上，那种温柔劲儿真叫我感到一种说不出的滋味，我就说我宁死也不会怪她。"我一点儿也没想一想，刚才我心里乱极了，"她说。"你现在再往下说吧，我再也不乱说了。你告诉我到底应该怎么办；你说什么我就听什么。"

"嗯，"我说，"他们这两个骗子可不是好惹的，而且我也很为难，不论我愿意不愿意，我好歹还得跟着他们走一程——究竟为了什么缘故，我想不必说给您听——假若您去告他们，镇上的人就会把我由他们手里救出来，那么我是好了，可是另外一个您不认识的人就要遭殃了。咱们必须救救他，对不对？那是当然的。那么，好了，咱们还是别去告他们吧。"

我说这些话的时候，顺便想出来一个好主意。我想到也许我和吉木能够把这两个骗子甩掉：先把他们押在这儿的监狱里，然后再一齐走开。可是我不想白天放筏子，因为人家过来问话的时候，只有我一个人回答，而没有别人帮腔，那是非常不方便的；所以我打算等到今天晚上很晚的时候，再实行这个计划。我说：

"玛莉·贞小姐，我来告诉您咱们该怎么办吧——并且您也不必在娄梭浦先生家里住那么久了。他家离这儿几英里地呀？"

"差一点儿不到四英里地——就在后面那一带乡下。"

"好了，那就行了。现在您就到那儿去，在那儿一直藏到今天晚上九点，或是九点半，然后再叫他们把您送回来——就说您想起了什么事情要回家去办。假若您在十一点以前回到这儿，就在这窗户前面点一支蜡烛；假若我还不露面，您就等到十一点；如果到那时候我还不来的话，那就表示我已经走了——已经平平安安地走远了。然后您可以跑出来，把我说的话对大家宣布，把这两个骗子都押起来。"

"好吧，"她说，"我就照这样办。"

"可是，万一我没有走开，被人家把我跟他们一起都抓去了，您可得出来作证，说我事前已经把整个这件事都告诉您了，并且要尽力地帮我说话。"

"帮你说话——那还用你说，我当然愿意。他们谁敢让你受委屈？连你一根头发我都不准他们碰一下！"她说。她说这句话的时候，我看见她的鼻孔张开了，她的眼睛还一闪一闪的。

"我要是走开了，我就不能在这儿替你们证明这两个骗子不是您的叔叔了，"我说。"其实就是我还在这儿，我也帮不了多大的忙。我也只能对天发誓，说他们的确是骗子和无赖；当然，我这样说，多少也有点儿用处。可是还有许多旁人，您要是找他们给您作证，比找我要强得多——并且那些人说的话，决不会像我说的那样容易叫人家起疑心。我来告诉您怎样去找那些人。劳驾给我一支铅笔跟一张纸。你瞧——'怪物大王，布黎科斯卫'。把它收起来，千万别丢了。等到法院想要调查这两个家伙到底干了些什么坏事的时候，让他们派人到布黎科斯卫去，就说那两个演

'怪物大王'的人已经抓住了,请他们出来做证明——那么一转眼的工夫,整个那个镇上的人都会跑到这儿来,玛莉·贞小姐。他们还一定会怒气冲冲地来找他们算账。"

我想我们现在差不多已经把所有的事都安排好了。于是我又说:

"干脆让拍卖进行下去,不必着急。因为这件事办得太仓促,所以无论是谁,不等到拍卖完了一整天以后,决不会把买东西的钱拿出来。他们两个在钱还没到手之前,也决不会离开这个地方——照咱们的安排看起来,这回的拍卖等于零,他们也决不会把钱弄到手。那些黑人的情形也是一样——那种买卖根本没有成交,那些黑人过几天还会回来。您知道,他们卖黑人的那笔钱目前还不能收哩——他们现在才是进退两难,一点办法都没有啊,玛莉·贞小姐。"

"好吧,"她说。"我现在先下楼去吃早饭,吃完了就到娄梭浦先生家里去。"

"哎呀,玛莉·贞小姐,那可不是个好办法,"我说。"千万不要那么办。别吃早饭马上走。"

"为什么?"

"玛莉·贞小姐,您想我为什么非要让您走不可?"

"嗜,我压根儿就没想过——可是现在一想,我真是不知道。你说到底是为什么?"

"因为您不是那种厚脸皮的人。您脸上的表情比书本还要好,心里的事谁都看得出来。随便什么人只要坐下来看您一眼,就能把您的心事猜透,像看一本印着大字的书一样清楚。您以为等您的叔叔们亲您一下,问一声好,您还能沉得住气,而不——"

"得啦,得啦,别往下说啦!好吧,我不等吃早饭就走——我很乐意走。可是,就让我那两个妹妹跟他们留在这儿吗?"

"是的——不要再管她们了。她们还得多受一会儿罪。假若你们都走了,他们也许要起疑心。我不希望您见他们,也不希望您见您的妹妹，或是镇上无论哪个人——万一有个邻居向您问您叔叔今天早晨好吗，您一定会露出一点儿脸色来。千万别见他们吧，玛莉·贞小姐，请您赶快走吧，所有那些人，我都会安排。我会叫苏珊小姐替您向您的叔叔请安，就说您暂时出去几个钟头，休息一会儿，换换空气，或者说您去看一个朋友，也许今天晚上、至迟明天清早就回来。"

"说我去看朋友还没有什么，可是不许替我向他们请安。"

"那么，好吧，一定不那么说就是了，"对待她这样的人，顶好是说这种话——说这种话是无妨的。这不过是一件小事，并没有一点儿麻烦；可是在咱们这个世界上，正是这样的小事，最能给人家扫除困难，也能叫玛莉·贞觉得舒服，并且什么都不必破费。然后我就说："还有一件事——就是那一口袋钱。"

"对了，他们已经把它拿去了；我一想到我那样让他们把钱拿去，就觉得我真是傻透了。"

"不对，关于这件事，您可不知道。钱并不在他们手里。"

"那么，到底在谁手里呀？"

"我也真想知道，可是我不知道。钱曾经到过我的手里，因为我把它偷出来了；我本想把它偷出来还给您。我现在光知道藏钱的地方，可是我恐怕它已经不在那儿了。玛莉·贞小姐，我实在是难过极了，我觉得万分对不起您；可是，说老实话，我已经尽了最大的努力了。我差点儿叫人家抓住，所以我刚看见一个地方，就顺手把钱口袋塞进去了，随后我就跑开了——可是那个地方实在是不太好。"

"哦，不许再埋怨你自己了——这样太不应该，不准埋怨自己——你也是不得已呀；那决不能怪你。你到底把它藏在哪儿啦？"

我不愿意惹她再想起她的伤心事；我没法开口对她说出那种话，叫她想到停在棺材里的那个死尸的肚子上，还压着一口袋钱。所以我呆了一会儿，一句话也没说——后来我才说：

"玛莉·贞小姐,我不愿意当面告诉您钱放在哪儿,假若您肯答应我的话。可是我来把它给您写在一张纸上,要是高兴的话,您可以在往娄梭浦先生家里去的半路上拿出来看。您以为这样做好吗?"

"哦,哦,好吧。"

于是我就写了这样的几行字:"我把它放在棺材里了。是昨天深更半夜里,棺材还在屋子里停着,您正在那儿哭的时候。玛莉·贞小姐,那时候我正躲在门背后,我也替您很难过。"

我想起她在半夜里,孤零零地跪在那儿哭,而那些恶棍却住在她自己家里,丢她的脸,抢她的钱,这时候我的眼泪都快要流出来了。等我把纸条折起交给了她,我看见她的眼眶也湿了。她紧紧拉住我的手,用力地握着,说:

"再见吧——我打算样样事都照你的话去做。我要是再见不着你的话,我一辈子也忘不了你,我会时时刻刻想着你,我还要替你祷告!"——说完她就走了。

好家伙!替我祷告!我想她要是认识我是个什么人的话,她做事就会更像个大人的样子。可是我准知道她还是要替我祷告——她正是那种人。假若她一阵心血来潮,她甚至于有替犹大①祷告的勇气——我想她决不会打退堂鼓。是的,无论你怎么说吧,我总认为她比我所见过的任何女孩子都胆大些;她简直是充满了勇气。这种话听上去好像是恭维人,其实决不是恭维她。谈到外貌的美丽和内心的忠厚,她也把所有的女孩子都压倒了。自从我那一回看着她走出房门以后,我再也没有遇见她;但是,虽然我再也没有遇见她,我总是时时刻刻想念她,想了不知有多少万遍,我永远记着她说要替我祷告的那句话;假若我曾经想到,我替她祷告会对我有一点儿用处的话,我要是不那么做才怪呢。

我想玛莉·贞一定是由后门溜出去的,因为谁也没看见她

---

① 犹大是耶稣的一个门徒。他得了30个银币,就把耶稣出卖了。

走。我后来遇见苏珊和豁嘴子的时候，我就说：

"你们大家常去拜访的、河那边的那家人家姓什么呀？"

她们说：

"那边有好几家呢；我们多半是到波罗塔家去。"

"不错，就是那一家，"我说。"我差点儿把它忘了。玛莉·贞小姐叫我告诉你们，她急急忙忙赶到那边去了——他们家里有人害病了。"

"哪一个人呀？"

"我不知道；至少我有点儿想不起来了；不过我想那是个叫——"

"哎呀，千万可别是海娜呀？"

"说起来真叫人难受，"我说，"正好就是海娜。"

"老天爷——她上礼拜还挺好的呢！她病得厉害吗？"

"她病得别提多厉害了。玛莉·贞小姐说，他们坐着陪了她整整一宿，他们认为恐怕她活不了几个钟头了。"

"哎呀，这可真是想不到！她得的是什么病呀？"

我一时想不出什么合适的病名来，就顺口说了个"疟腮"。

"疟腮——别瞎扯啦！没听说害疟腮还得让人在半夜里陪着的。"

"不用陪着，是不是？你不信就打个赌，这种疟腮可得有人陪着。这种疟腮很特别。玛莉·贞小姐说那是新的一种。"

"怎么叫新的一种呀？"

"因为它跟别的许多病搀和在一块儿了。"

"什么别的病呀？"

"有疹子、丹毒、百日咳，还有肺痨、黄疸、脑膜炎，我也说不清别的种种了。"

"我的天！他们管这种病就叫疟腮吗？"

"这是玛莉·贞小姐说的。"

"嗐，他们到底为什么一定要管它叫疟腮呀？"

"它根本就是痄腮嘛。她起初害的是这种病。"

"这简直是瞎胡扯。一个人要是起初碰伤了脚趾头,到后来中了毒,烂了脚,掉在井里,脖子也摔断了,脑浆也撞出来了,有人过来问他是怎么死的,一个傻瓜就回答说:'嗐,他把脚趾头碰伤了。'你说这像话不像话?这简直是瞎胡扯。你刚才说的那些,也是毫无道理。那种病过人吗?"

"过人吗?你可真会说话。我先问你,摆在黑影里的一把九齿耙过人不过人呀?恐怕你一碰它不是让这个齿挂住,一定也要让那些齿挂住吧,是不是?你要是想由这个齿上挣下来,你就得把整个耙子拖过去,对不对?好了,这种痄腮就像一把耙子一样——而且是一把很妙的耙子,你只要一过来,它就会挂住你,永远也挣不开。"

"我觉得这太可怕了,"豁嘴子说。"我可得找哈卫叔叔去,把这——"

"是的,不错,"我说,"我要是你的话,我当然也得去。连一分钟都不会耽搁。"

"为什么要那么着急呀?"

"你只要想一想,也许就能明白。你们那两个叔叔不是不得不赶快回英国去吗?你们以为他们会那样不近人情、只顾他们两个先走、叫你们自己去走那么远的路程吗?你们知道他们一定会等着你们一块儿走。到此为止,都还不错。你们的哈卫叔叔是个牧师,对不对?那么,好了,难道一个牧师,只为了让人家准许玛莉·贞小姐上船,就会说瞎话骗一个小汽船或是大轮船上的办事员吗?你们知道他决不会干那种事。那么,他要怎么办呢?他一定要说:太可惜了,但是我教堂里的事情只得暂时由他们尽量维持了,因为我的侄女大概已经传染上可怕的多症性新痄腮了,所以我应当坐在这儿等上三个月,看看她究竟是不是得了这种病。不过,这也没有什么关系,你们要是觉得应该告诉你们的哈卫叔叔的话——"

"别胡说了，放着英国的快活日子不去享受，偏要整天呆在这儿鬼混，光等着看玛莉·贞得了病没有？你真是在说傻话。"

"那么，不管怎样，你们也许顶好找几个邻居谈谈去。"

"你听这叫什么话。你简直是天底下第一号的大傻瓜。你难道不知道他们会去乱说吗？别的什么法子都没有，根本就不能对旁人说。"

"嗯，也许你说得不错——对了，你的话很有道理。"

"不过，我想我们总该跑去告诉哈卫叔叔一声，说姐姐暂时出去一会儿，省得叫他老人家担心吧？"

"对了，玛莉·贞小姐正想叫你们这么做。她说：'告诉她们替我给哈卫叔叔和维廉叔叔请安，替我亲他们，说我到河那边去看那位——'那位姓什么的先生——你那彼得伯父常常挂念着的那家财主，姓什么来着？——我是指那个——"

"啊，你想必是指阿朴莎家吧，是不是？"

"当然是。他们这种姓可真讨厌，好像叫人家多半总是记不住，对了，她说她过河去请阿朴莎家的人，叫他们一定到这里来看拍卖，好把这所房子买到手，因为她知道她伯父彼得情愿让这所房子落在他们的手里，不肯叫别人把它买去。她打算跟他们多纠缠一会儿，好让他们答应一定来。然后，假若她还不太累，她就马上赶回来，要不然，她明天早晨总得回来的。她说，只说她到阿朴莎家去了，可千万别提波罗塔家——其实，这样说也很有道理，因为她根本是到那儿谈买房子的事儿去了。我知道得很清楚，因为她亲自这样告诉我的。"

"就这么办吧，"她们说完这句话，就跑去等她们的叔叔，好把那请安问好和亲亲他们的话，还有买房子的消息，都告诉他们。

现在，样样都安排妥当了。那两个姑娘决不会走漏消息，因为她们想到英国去。皇帝和公爵也乐得玛莉·贞出去拉主顾，省得她在家里让罗宾生大夫找着了。我觉得非常痛快。我想我布置得十分巧妙——我以为就是把汤姆·索亚找来，他也不见得会布置

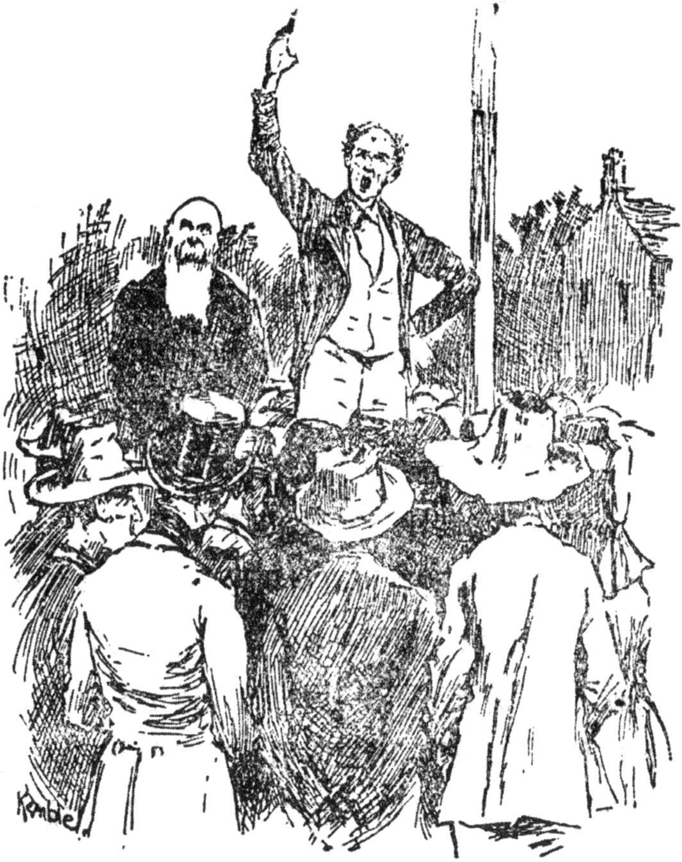
Kemble

得更巧妙。当然喽，他一定会做得更漂亮一点儿，但是我可没有那么大的本事，因为从小就没有人教过我。

那天下午，一直到天快黑的时候，他们还在广场上举行拍卖。大家排着队穿来穿去，一批一批的生意做下去。那个老头子也到场了，高高地站在拍卖人旁边，脸上显出非常毒辣的样子；他偶尔引经据典地说上两句，或是假仁假义地扯上一套；公爵也在旁边咕咕地叫，尽量让人家对他表同情，借这个机会大出风头。

可是，过了没有多久，这件事总算是办完了，所有的东西都卖光了，只剩下坟地里一小块不值钱的荒地。可是他们非要把它也卖掉——我可没见过像皇帝这样贪心的家伙，想把所有的东西都吞下去。正当他们乱哄哄讲价钱的时候，有一只轮船靠岸了，过了不到两分钟，只见由那边过来一大群人，一边喊叫，一边大笑，打着哈哈嚷着说：

"你们的对头来到啦！这儿一共有两对老彼得·威耳克的继承人——你们掏出钱来挑一对吧！"

第二十九章
风雨中逃脱

那群人带来了一个相貌堂堂的老先生,和一个年纪轻一点儿的人,样子也挺好,可是右胳膊吊在绷带上。哎呀,那些人连笑带嚷,越闹越凶,一直闹个不停。可是我看不出这有什么可笑,我想皇帝和公爵也不见得觉得好玩。我以为他们的脸一定吓白了。但是不然,他们的脸才吓不白呢。公爵明知大事不好,可是一点儿神气也不露出来,他反倒一边到处跳,一边咕咕叫,又高兴、又得意,活像由壶嘴里往外咕嘟咕嘟倒牛奶似的。至于皇帝就不同了:他只是愁眉不展地对着新来的两位上下打量,仿佛是一想到世界上居然有这么无赖的骗子,就叫他从心里觉得把肚子气痛了似的。嘿,他表演得真够精彩的。有好多有身份的人,都走过来跟他靠拢,好让他知道他们是站在他那一边的。才来的那位老先生显出莫名其妙的样子。过了一会儿,他就说起话来,我一听他的口音,就知道他说得像个英国人——他说话和皇帝不大一样——虽然皇帝冒充的那一口英国话也很不坏。我没法把这位老先生的话都背出来,我也不会学他的口音;可是,当时他转过身来,对着那一群人,大概是说了这样几句话:

"这真是一件出乎我意料的事情。我坦白地承认我现在还没准备好,暂时不能辩明这件事,也没有法子作答复,因为我和我弟弟在路上出了事:他把胳膊碰断了,而我们的行李,又因为办错了手续,昨天夜里被人家卸在上游一个镇上了。我是彼得·威耳克的弟弟哈卫,这一位是他的小弟弟维廉,他是又聋又哑,现在只剩下一只手还能活动,所以也打不了多少手势了。我们说我们是谁就是谁；一两天以后，等我把行李取来，我就能够证明了。可是不到那个时候，我什么话也不多说，我现在就到旅馆里去等着。"

于是他和这新来的哑巴两个人抽身就走。皇帝就大笑起来，并且装模作样地说：

"把胳膊碰断了——很像是真事似的，不是吗？——为一个非要打手势不可、可是还没学会怎样打法的骗子着想，这个谎撒得可真叫方便。把行李又丢了！那实在太妙了！——太聪明了——在这种情形之下！"

他说完又笑了一阵，大家也跟着他笑，可是有三四个人，也许是六七个人，却是例外。其中之一就是那个医生，另外的是一位样子非常机警的人，手里提着一个毡子做的旧式行李袋，刚刚坐船赶回来，他正跟那位医生低声谈话，隔一会儿就对皇帝瞥一眼，两人都点点头——这个人就是到路易斯维尔去的那位律师莱威·拜鲁。还有一个又粗又壮的大汉，他走过来先听完了那位老先生的话，现在又正在听皇帝讲话。等到皇帝说完了，这个大个子就出来问他：

"喂，你听我说：你要是哈卫·威耳克的话，请问你是什么时候到这个镇上来的？"

"朋友，我是出殡的前一天到的，"皇帝说。

"那天什么时候？"

"那天傍晚——太阳下山以前一两个钟头左右。"

"你是怎么来的？"

"我打辛辛纳提搭苏珊·堡威号下来的。"

"好了，那么那天早晨你怎么坐着小船到上游那个滩嘴子那儿去了呢？"

"我早晨根本没到上游那个滩嘴子去呀。"

"你这是撒谎。"

有几个人马上跑到他面前，请他不要对一位年老的牧师说话这样不客气。

"什么他妈的牧师,他是个胡说八道的骗子。那天早晨他到上游的滩嘴子去了。我就在那儿住家,不是吗?好了,我到那儿去了,他也到那儿去了。我在那儿看见他了。他跟蒂木·柯林,还有一个孩子坐着小船一块儿去的。"

那位医生出来说:

"汉思,你要是见着那个孩子,还能认识他吗?"

"我说不清,也许认识。啊,你瞧,那边的那个就是他。我一眼就认出他来了。"

他用手指着的就是我。那位大夫就说:

"诸位邻居,我不敢说新来的那两位到底是不是骗子;可是这两个东西要不是骗子的话,那我就算是个糊涂虫了,别的话没有。我想咱们不把这件事弄个水落石出,决不准他们跑掉,这是咱们的责任。走啊,汉思;走啊,你们诸位。咱们把这两个家伙带到旅馆去,叫他们跟那两个人当面对证,我想咱们不用费多大的周折,就能找出点儿毛病来。"

大家一听,都乐得要命,可是皇帝的那几个朋友也许不那么高兴;于是我们都动身了。这时候,太阳快要落了。那位医生拉着我的手走,他对我还算客气,可是他决不把我的手松开。

我们大家来到旅馆里的一间大厅里,点上几支蜡烛,再把新来的那两个人也找来了。医生一上来就指着皇帝和公爵说:

"我并不打算跟这两个人故意为难,可是我认为他们一定是骗子,说不定他们还有同党在这里,咱们还一点儿都不知道哩。假如他们果真还有同党的话,那么彼得留下的那一口袋钱,会不会已经叫那些同党拿走了呢?这并不是不可能。如果这两个人不是骗子的话,他们决不会反对我们派人去把那些钱取来,交给我们保管,一直等到事实证明他们不是坏人,再拿回去——这么做不好吗?"

大家都赞成这个办法。我想他们一开头就把我们这两个无赖给难住了。可是皇帝却只带着忧愁的样子说：

"诸位先生，我也希望钱还在，因为我决不愿意妨碍大家对这件不幸的事情，公公道道地做一次公开的、彻底的调查。可是，真想不到！钱已经不在了；你们要是不信，尽管派人去看。"

"那么，钱在哪儿呢？"

"别提啦，我的侄女才把钱交给我替她保管，我就拿来藏在我床上的草褥子里了；我当时以为在这儿也住不了多少天，所以不想把它存到银行里去，又觉得床上也还妥当，我们从来没使唤过黑人，还以为他们像英国佣人一样诚实呢。没料到那些黑人，第二天清早，在我下楼以后，就把钱偷去了。我把他们卖掉的时候，还不知道钱已经没有了，所以才让他们把钱完全偷跑了。我这儿这个佣人可以把这件事对诸位再说一遍。"

医生和另外几个人都说："简直是胡说！"我看见没有一个人深信他的话。有一个人问我是不是看见黑人偷钱了。我说："没有。"我说我只看见他们偷偷地由屋里出来，慌慌张张地跑开了，我并没有想到出了什么岔子，我只以为他们恐怕把我的主人吵醒了，所以不等他起来对他们发脾气就躲开了。他们一共问了我这么一句话。然后那位医生又转过来问我：

"你也是英国人吗？"

我说："也是，"他和另外几个人都哈哈大笑，说："瞎扯！"

然后他们马上就对这件事进行详细调查，我们就被他们翻来覆去地问下去，问了一个钟头，又是一个钟头，谁也不提吃晚饭，似乎谁也没想那回事——他们就这样继续不断地搞下去，实在是再糟糕不过的混账事。他们逼着皇帝说他自己的来历，然后又叫那位老先生说他的来历；除了几个怀着成见的傻子之外，谁都看得出来那位老先生说的都是实话，而皇帝说的都是瞎话。过了一会儿，他们又叫我出来把我所知道的事也说一说。皇帝斜着眼狡猾地对我瞟了一下，我就完全懂得别把话说错了。我就说起谢菲尔德的情形，我们怎样在那里过日子，住在英国的威耳克家人是怎么样，等等。可是我还没说多少，那位大夫又大笑起来；那位律师莱威·拜鲁就说：

"坐下吧，傻孩子，我要是你的话，我决不瞎费这些力气。我想你大概是没有说谎的习惯，说起来似乎不太顺口；你该多练习练习。你说得很不自然。"

他对我的夸奖，我倒毫不在乎，可是他们肯饶了我，真是叫我高兴。

大夫开口要说什么话，就转过身去说：

"你起先要是在镇上的话，莱威·拜鲁——"

皇帝马上伸过手去，插嘴说：

"哦，这就是我那死去的哥哥的好朋友吗？他写信的时候常提到您。"

这位律师就笑着跟他握手，好像很高兴似的。他们紧接着就谈了一会儿，然后又跑到一边去悄声说话，最后律师就大声说：

"那就好办了。我一定听您的吩咐，把您跟您弟弟的状子递上去，那么一来，他们就没话可说了。"

于是他们就拿过来一张纸和一支笔，皇帝立刻坐下，把脑袋歪到一旁，一边嚼着舌头，一边潦潦草草地写了几行，然后把笔递给公爵——这时候，公爵第一次露出难受的样子。可是他仍旧接过笔去，涂了几下。于是律师又转过来，对新来的那位老先生说：

"请你跟你弟弟写上几行字，签上两个名吧。"

这位老先生写完了，可是谁也不认识他写的字。律师显出非常吃惊的神气，说：

"啊，这可把我难住了，"——他就由衣袋里掏出一沓子旧信，细看了一遍，然后又细看了那位老先生的笔迹，跟着又细看旧信；他就说："这些旧信都是哈卫·威耳克写的；这里一共有两种笔迹，可是无论是谁都看得出来这些决不是他们写的。"（皇帝和公爵看出律师怎样骗了他们，脸上显出上当、发呆的神气。）

"这就是这位老先生的笔迹，可是谁一眼都看得出来这些决不是他写的——实际上，他抹的这几笔根本不像字。你们看，这几封信是由——"

那位新来的老先生说：

"请你们让我解释一下。除了我弟弟之外，谁也不认识我写的字——所以我的信都是他替我抄的。你们拿着的那些信上，都是他的笔迹，不是我的。"

"啊！"那位律师说，"这种事可真新鲜。好吧，我还有几封维廉写的信；你要是叫他写几行，咱们可以比——"

"他用左手可不会写字，"那位老先生说。"他的右手要是能用的话，你们就会看出他自己的信跟我的信都是他写的。请你们把两种都看看——都是一个人的手笔。"

律师就把两种信对了一下，说：

"我想是这样的——即使不是一个人写的，横竖有许多相似的地方，这一点我以前还没注意到。好，好，好！我还以为我们马上就把这件事解决了哪，谁想到这一着又有一部分落空了。可是无论如何，有一件事是弄清楚了：这两个家伙都不是姓威耳克的。"——他接着就对皇帝和公爵摇了摇头。

可是，你猜怎么样？——那个顽固的老傻瓜，到这时候还不肯认输！他就是不服这口气。他说这个试验不公平。他说他弟弟维廉是天下顶会开玩笑的人，他没想写——他说只要维廉把笔在纸上一放，就要开个玩笑。他就鼓足了劲儿，滔滔不绝地说下去，连他自己都渐渐相信他说的话了——可是过了一会儿，那个新来的老先生插嘴说：

"我想起来了一件事。这儿有没有人曾经帮着装殓我哥——我是说，有没有人曾经帮着装殓那位才去世的彼得·威耳克呀？"

"有啊，"有一个人说，"是我跟亚伯·特纳装殓的。我们都在这儿哪。"

于是那位老先生转过头来对皇帝说：

"也许这位先生可以告诉我,彼得的胸口上刺着些什么花纹吧?"

皇帝可真得赶快地鼓起勇气来,否则他一定会一下子垮下去,像被大水把根底下冲空了的河岸似的,因为这句话问得太突如其来。你要知道,几乎无论是谁,要是冷不防挨这一大闷棍,都会招架不住——因为他怎么会知道死人身上刺着什么花纹呢?他的脸上不由自主地有点发白了。这时候非常寂静,人人都向前探身,眼睁睁地看着他。我心里想,这一回他可得认输了——再抵赖也没用了。你猜他认输了吗?说出来谁也不信,他就是偏不认输。我想他一定是打算这样一直拖下去,等到把这些人都拖累了,他们就不得不散开,那么他和公爵就可以脱身逃走了。他还是在那儿坐着,过了一会儿,他笑了一笑,说:

"哼,这个问题可真叫难呀,是不是!你听我告诉你他胸口上刺着些什么花纹吧,先生。那不过是一个又小又细的蓝箭头——就是那么个东西;而且你要是不仔细看,什么你也看不见。好啦,你说有什么吧——嘿?"

我可从来没见过像这个老光棍那么死不要脸的东西。

新来的这位老先生立刻扭过身来,面对着亚伯·特纳和他的伙伴,他的眼里发出亮光,好像是觉得这回可把皇帝抓住了,他说:

"啊——你们都听见他的话了吧!彼得·威耳克的胸口上有那样的记号吗?"

那两个人一齐大声说:

"我们可没有看见那样的记号。"

"好啊!"老先生说。"你们听我说吧。你们在他的胸口上真看见的是一个又小又模糊的'彼'字,跟一个'伯'字(这是他年轻的时候废掉的一个字),还有一个'威'字,这三个字中间还夹着两个点儿。"然后他就在一张纸上把它写出来:"彼·伯·威"。"你们说吧——这不就是你们看见的记号吗?"

那两个人又一齐大声说：

"不是，不是。我们压根儿就没看见什么记号。"

这一下可把大家都逗火了。他们就喊着说：

"这一群东西都是骗子！咱们把他们按到水里灌他们！咱们把他们扔到河里去淹死呀！咱们叫他们骑着杠子去游街呀！"所有的人立刻大声喊叫，乱成一片。可是律师却马上跳到桌子上喊着说：

"诸位——诸位！听我说一句话——只有一句话——劳驾啦！现在还有一个办法——咱们去把尸首挖出来看看。"

这句话让大家兴奋起来。

"对啦！走啊！"大家一齐喊，马上就要走；可是律师和大夫嚷着说：

"先别走，先别走！把这四个大人跟一个小孩儿都揪住，带着他们一块儿走！"

"好吧，就这么办啦！"大家一齐喊着说。"咱们要是找不着记号，就把这一伙东西都绞死！"

我告诉你说，我现在可真吓坏了。可是说什么我也跑不了，你知道。他们紧紧抓住我们五个人，推推搡搡地对着坟地往前走；那块坟地就在河下面一英里半的地方，差不多全镇的人都跟在我们后面，因为我们实在闹得太凶了，这时候也不过是晚上九点钟。

我们走过咱那所房子的时候，我心里想，我要是没有把玛莉·贞打发走，够多么好呀，因为我现在只要随便对她使个眼色，她就会马上跑出来救我，宣布这两个骗子的罪状。

我们沿着河边的大道拥拥挤挤地往前冲，活像一大群野猫似的。这时候，天又阴下来了，天空里电光一闪一闪的，树叶子让风吹得直哆嗦，更叫人觉得害怕。我从来也没遇见过这么可怕、这么危险的灾祸。我觉得有点儿晕头转向，事事都和我原来打算的不一样；我现在不但不能逍遥自在地看笑话，不但不能在紧要关头,有玛莉·贞来替我撑腰,救出我来,把我放掉,而且我现在落得只有靠那些针扎的记号,才能够叫我不至于马上被人家绞死。万一什么记号也找不着的话——

我真是不敢想下去,可是不知什么缘故,我又非要想这一件事不行。天是越来越黑,这正是冷不防躲开这一群人顶好的时候;但是那个粗壮的大个子拉住了我的手腕子——那个叫汉思的家伙——你想要从他手里逃走,就像要由歌利亚①的手里逃跑一样的办不到。他拖着我急急往前走,他实在是激动得很,所以我为了要跟上他,就不得不使劲跑。

大家来到了坟地,就一窝蜂似地拥进去,好像潮水冲过去一样。他们刚刚来到坟头旁边,就发现铁锹多带了一百多把,灯笼一个也没有拿来。可是他们借着闪电的亮光,不管三七二十一就挖起来,一边派人到附近半英里地的人家去借灯笼。

他们不顾一切地挖了又挖;这时候,天已经黑极了,雨也下起来了,风飕飕地刮起来,而且闪电越打越快,雷声隆隆地响;可是那些人根本不去管它,他们都忙得不可开交;电光一闪,这一大群人的每张面孔和每件东西、还有那由坟坑里挖上来的一锹一锹的黄土,都看得清清楚楚,然后黑暗把一切又都盖住,什么也看不见了。

最后,他们把棺材弄出来了,就动手卸下螺丝钉,打开棺材盖。马上又是一阵乱推乱挤,谁都想钻到前面去看一眼,这种情形可真没见过,尤其是在黑夜里,那可真是可怕。汉思他又是拉,又是拖,他把我的腕子弄得可真痛;他急得直喘,我想他早已把我忘到九霄云外去了。

忽然间,一道雪亮的大闪打过来,只听有人喊着说:

"我的活祖宗啊,那一口袋金子在死人的肚子上哪!"

---

① 歌利亚是《圣经》里一个巨人的名字。他是以色列人的仇敌,被大卫用一块石子打死了。见《旧约·撒母耳记上》第17章23节至54节。

汉思跟大家一样地吼了一声,马上放开了我的腕子,拚命地往前一冲,伸进头去看了一看;我马上撒腿就跑,摸着黑直奔大道,我当时那种飞跑的情形,无论是谁也想象不到的。

大道上只有我一个人,所以我简直是飞起来了——这条大道上除了我之外,只能看见一片漆黑,还有一个连着一个的电闪,雨正在哗哗地下,风正在呜呜地吹,还有一阵一阵的大霹雷;可是我真个一直在往前飞!

我来到镇上的时候,一个人也看不见,因为在这样的大风大雨里,谁也不愿意出来,所以我根本也不去找背街,只顺着大街一直跑,等我快要来到咱的那所房子的时候,我就对着它老远地望过去。一个灯亮也看不见;整个房子都是黑的——这叫我觉得又难过、又失望,然而我也说不出理由来。可是后来当我正打旁边跑过去的时候,玛莉·贞的窗户里突然闪出一个灯亮来!我的心猛然一胀,仿佛要破似的;而这时候,那所房子和一切一切都落在后面黑暗里了,我这辈子再也看不见它们了。她真是一个顶可爱的女孩子,她比谁都有勇气。

我一跑到这个镇的上面一点,看得出我可以划到沙洲去的时候,马上就东张西望,想要借一只小船;电光一闪,我看见一只没有上锁的小船,马上就把它抓到手,对着沙洲划过去。那是一只独木船,没有铁链,也没有锁,只用绳子拴着。那个沙洲在河中央,离岸还有很远的路,可是我一秒钟也不敢耽误。等到我最后划到筏子旁边的时候,我已经累得快要死了,我真想躺下来喘喘气,假若能有工夫的话。可是我并没那么做。我跳上筏子就喊着说:

"吉木,快出来,解绳子!谢天谢地,咱们可把那两个东西甩掉了。"

吉木马上跑出来,伸开胳膊想抱我,他实在是高兴极了。可是我借着电光,看了他一眼,我的心简直要跳到嘴里来,往后一仰就掉到河里去了,因为我忘了他扮的是老李尔王,活像个淹死的

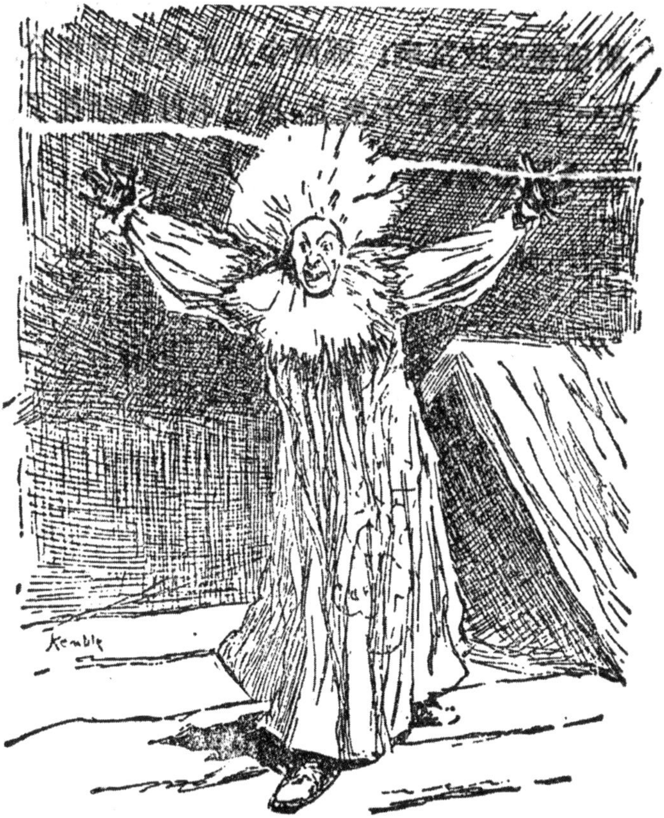
Kemble

阿拉伯人了,我的心肝五脏都差点儿让他给吓掉了。接着吉木就把我捞上来,仍然想要搂我一下,祝福我几句,因为他看我又跑回来,把皇帝和公爵都甩掉了,觉得实在是高兴,可是我说:

"你先别忙——等到吃早饭的时候再说,等到吃早饭的时候再说!割断绳子,快往下漂!"

一转眼的工夫,我们就顺流漂下去了;我们两个又能自由地在大河上漂荡,再也没有人来打扰我们,真是觉得轻松快活。我不由自主地到处乱蹦,我高兴得跳起高来。可是当我跳到第三下的时候,就听见一个非常熟悉的声音——我吓得连气也不敢出了,我就一边听着,一边等着——又一个闪电打过来,把水面都照亮了,我看见他们果然又回来了!——他们正在拚命地划桨,把那只船摇得吱吱乱响!那两个人正是皇帝和公爵。

于是我一下子就倒在木板上,再也不打算挣扎了;我只好这么来一下,免得哭出来。

第三十章
救命有黄金

他们刚一跳到筏子上,皇帝就对我扑过来,一把抓住我的领子,狠命地摇晃了几下,说:

"好啊,打算把我们甩下,你,你这狗东西!跟我们在一块儿呆腻啦——是不是?"

我就说:

"不是,万岁,没有的事——您可千万别这样——我的万岁爷!"

"那么你赶快给我说出来,你到底憋的是什么主意,不然,我就把你的肠子下水都摇晃出来!"

"万岁,我一定把整个的事儿都告诉你,一句瞎话也不说。那个拉住我手的人对我很和气,他口口声声说他有个孩子跟我一般大,可是他去年死掉了,他看见像我这样的孩子,遇上这么危险的事情,就觉得非常难过。等他们突然找着了那些金子,对着棺材冲过去的时候,他就放开我的手,轻轻地对我说:'现在快跑吧,不然他们一定会绞死你!'所以我就跑了。其实我呆在那儿也没有好处——我什么事情也做不了,我既然能够赶快跑开,又何必呆在那儿等死?所以我就一口气跑到河边,找着了那只小船,等我来到筏子上,就叫吉木快开船,不然他们还会把我抓住绞死。我对吉木说,你跟公爵大概是活不成了,我心里非常难过,吉木也很伤心。我一看见你们又回来了,真是说不出来的高兴,你不信就问吉木,看我说的对不对。"

吉木说确实是这样的;可是皇帝叫他闭住嘴,说:"你说得可

真像呀!"接着又摇晃了我几下,他说非把我淹死不可。可是公爵说:

"放开这个孩子,你这老糊涂虫!你假若是他,你难道不跑吗?你跑的时候,问他来着吗?我记得你根本就没管别人。"

皇帝这才把我放了,接着就把那个镇,和镇上的人都骂了一顿。可是公爵说:

"我想你顶好骂骂你自个儿吧,只有你一个人顶应该挨骂。你从头到尾干的都是些糊涂事,只有你老皮厚脸地凭空想出那个蓝箭头的记号来,算是例外。那一手可真叫高明——那实在是妙透了;那一着算是救了咱们的命。要不是有那一手,他们一定先把咱们送到看守所里去,等那个英国人的行李到了再说——到那时候——保险得去坐牢!可是你那个计策把他们诓到坟地里去,那口袋金子又帮了咱们更大的忙;因为那几个傻瓜要不是急急忙忙地撒开咱们的手,跑过去看那一口袋钱的话,咱们今天晚上一定得打着领带睡大觉①——那种领带还保险挺耐用——太耐用了,咱们可用不着。"

他们停了一会儿没说话——彼此都在想心事——然后皇帝有点儿心不在焉地说:

"哼,咱们还以为是那些黑人偷去了呢!"

这句话又弄得我提心吊胆!

"是啊,"公爵不慌不忙、一板一眼、还带着几分挖苦人的口气说:"咱们还以为是他们干的呢。"

过了不到半分钟,皇帝没精打采地说:

"至少——我是那么想。"

公爵也用同样的口气说:

"不见得吧——我才那么想哪。"

皇帝就气哼哼地说:

---

① 指受绞刑而言。

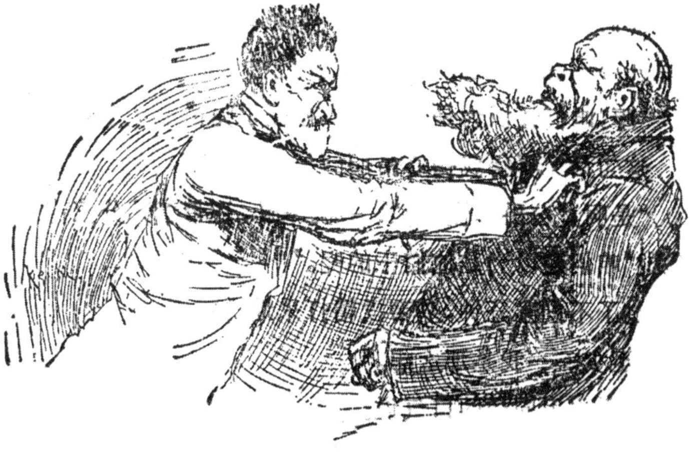

"不吉窝头,你听我说,你到底是什么意思?"

公爵也很麻利地说:

"说起这件事来,我倒要问问你,你到底是什么意思呀?"

"吓!"皇帝就酸溜溜地说,"我根本不知道——也许你睡着了吧——你连你自己干的什么事都不知道了。"

这一下可把公爵惹火了,他说:

"嘿,你少说他妈的这些废话——别拿我当一个大傻瓜。你难道以为我不知道是谁把钱藏在棺材里的吗?"

"不错,先生!我知道你准知道——那根本就是你自个儿干的!"

"胡说八道!"——公爵立刻对他扑过去。皇帝喊着说:

"快撒开手啊!——别掐我的脖子呀!——只当我没说还不行吗!"

公爵说:"好吧,你先得承认,确实是你把钱藏在那儿的,你打算不定哪一天把我甩掉,然后再回去把它挖出来,好独自把它吞下去。"

"先等一会儿,公爵——你先回答我一个问题,可要公公正正、老老实实地说。你要是没有把钱搁在那儿,你就那么说,我一定相信,我把我刚才说的话都收回,行不行?"

"你这个老杂种,我根本没有那么干,你也不是不知道。你再尝尝这一下!"

"得啦,得啦,我信你的话啦。可是,你再回答这个问题好不好?——你可千万别生气:你心里是不是想要把它拐走藏起来呀?"

公爵愣了一下,然后就说:

"我就是那么想也没关系,反正我没有那么干。可是你不但想要那么干,而且真的那么干了。"

"公爵,说老实话,那要是我干的,我就不得好死。我决不说我不打算那么干,因为我的确那么打算过;可是你——我是说别人——已经先下手了。"

"你又瞎说！是你干的，你非说出来是你干的不可，不然——"

皇帝的嗓子眼里咯咯地直响，然后他就上气不接下气地说：

"饶了我吧！——我承认啦！"

一听这句话，我非常高兴；我觉得比刚才放心得多了。于是公爵就撒开手，说：

"你要是再胡赖，我就淹死你。你就应该这样坐在那儿，一把一把地抹眼泪，活像个三岁的小娃娃——你干完那种不要脸的事，活该叫你受点儿罪。我向来没见过你这样的老鸵鸟，想把所有的东西都吞下去——我还一直相信你，拿你当我的亲爹哪。你听见人家把偷钱的事都推到那些可怜的黑人身上去，你却站在旁边看热闹，一句人话也不说，你应当知道害臊呀。想起来我那么忠厚，居然信了你的胡扯，真叫我觉得可笑。你这可恶的东西，我现在才明白你为什么急着要把那口袋里缺的钱都补上——你原来打算让我把演'怪物'赚来的、跟这儿那儿弄来的钱都拿出来，你好把它都拐走呀。"

皇帝就怵头怵脑地、仍然有点儿抽抽搭搭地说：

"怎么，公爵，是你说要把那些钱都补上的，不是我说的呀。"

"给我住嘴！我再也不想听你胡扯了！"公爵说。"你现在看看你落了个什么下场吧。人家不但把人家自个儿的钱都弄回去，而且把咱们的家当也都裹走了，咱们手里剩下的这一星半点儿，还能干得了什么？滚到床上去吧——以后你尽管缺钱，这辈子也不准你再缺到我的头上来！"

于是皇帝就偷偷地钻进窝铺去，抱起酒瓶子就喝起来，为的是要解解闷儿；一转眼，公爵也跑进去喝他那瓶酒去了；大约过了半点钟的样子，他们两个又亲热得像什么似的了，他们越是醉得厉害，彼此就越显得亲热，后来就互相搂着打起呼噜来。他们两个都醉得很可观，可是我注意到皇帝尽管是烂醉如泥，仍然还没忘掉公爵说的那句话：不准他再否认那口袋钱是他藏起来的。这么一来，我倒觉得非常放心、非常满意。等到他们睡得很香的时候，我们当然也就足聊了一阵，我把整个的经过都告诉吉木了。

第三十一章
祷告岂能扯谎

一连过了好几天，我们再也不敢在哪个镇上停下来，只是顺着大河往下漂。我们现在已经来到暖和的南方，离开家乡已经很远很远了。我们渐渐遇到许多长着长苔的大树，长苔由树枝上垂下来，好像长长的白胡子似的。这是我头一回看见树上长着这种长苔，它们把树林子弄得十分森严惨淡。现在这两个骗子以为他们已经脱离了危险，又想跑到村子里去找便宜。

他们先来了一回戒酒的演讲，可是他们赚到手的几个钱，还不够他们痛痛快快喝个醉的。他们又到一个村子里去办跳舞学校，可是他们对于跳舞并不比袋鼠更内行；他们刚刚蹦了一两下，那些学跳舞的人就一下子跳过来，把他们都赶出村子去了。还有一回，他们打算教演说，可是他们才嚷了几句，听演说的人就站起身来，臭骂了他们一顿，把他们立刻轰走了。他们也曾干过传教、讲道、治病、催眠、算命，把样样事情都干了一下，可是他们似乎总是不走运。到了后来，他们简直快要穷死了，就整天价躺在筏子上，一边顺水往下漂，一边心里胡琢磨，一躺就是一上午，一句话也说不出，那种垂头丧气、走投无路的样子，可真够瞧的。

最后，他们的态度忽然变了，他们在窝棚里交头接耳，叽叽咕咕地谈起来，一谈就是两三个钟头。吉木和我都有点儿提心吊胆。我们真不喜欢看那种样子。我们猜想，他们一定是在那儿琢磨什么更坏的鬼把戏。我们猜来猜去，最后断定他们一定是打算闯进什么人家里或是铺子里去抢钱，或是想办法去造假钞什么的。这么一来，可把我们吓坏了。我们两个商量好，无论如何也不跟他们一块儿胡闹，只要一遇到机会，就给他们一个冷不防，马上跑开，把他们甩掉。好了，有一天清早，我们把筏子藏在一个很妥当的地方，离上游一个叫做派克斯卫的又小又破的村子大概有二英里地。皇帝就走上岸去，叫我们都躲在这儿等他；他说他到村里去搜听搜听，看看这个地方是不是有人听见了"怪物大王"的风声。（"你打算的是到人家家里去抢东西吧，"我心里想；"等你抢完了跑回来的时候，你可就不知道吉木和我，还有这只木筏，都上哪儿去了——到那时候，你就干瞪眼没主意了。"）他说他要是到了晌午还不回来，公爵和我就可以放心大胆到村里去找他。

于是我们就在筏子上等他。公爵显出辗转不安的样子，脾气也变得非常坏。他动不动就骂我们，我们干什么似乎都不合他的意，每件小事都要挑毛病。他们一定又在打什么坏主意啦。到了晌午，皇帝还没有回来，我就高兴起来；我们的生活好歹又可以有个变化啦——也许还是个可以发生那种变化的机会哩。于是我和公爵就到村里去，到处找皇帝，最后发现他在一家矮小的酒馆的后房里坐着哪。他喝得醉醺醺的，有一群游手好闲的人正在跟他开玩笑，他在那儿一边乱骂、一边唬人；可是他醉得非常厉害，既走不动路，也打不着人。公爵开口就骂他老浑虫，皇帝马上就还嘴；他们刚吵得起劲儿的时候，我就溜出了酒馆，撒开腿就跑，把沙土踹得直飞；顺着河边的大道像小鹿似的往前窜——因为我知道机会已经来到了。我想他们要想再见我和吉木，不知道要等到何年何月了。我跑到河边，累得喘不上气来，可是心里非常高兴，我就大声喊着说：

"吉木，把筏子解开吧，咱们这回可好啦！"

可是没人答应，也没人从窝棚里爬出来。吉木已经不在这儿了！我使劲地喊了一声——再喊了一声——跟着又是一声；我跑到树林里乱找了一阵，一边使劲吆喝，一边尖声喊叫，可是一点用处也没有——老吉木已经没影儿了。我就坐在地上哭起来——我想不哭也不行。可是我不能在那儿老坐着不动。过了一会儿,我又走到大路上,想要找个好办法;这时候,有个孩子由对面走过来,我就问他看见一个如此这般打扮的黑人没有。他说:

"看见了。"

"他在哪儿呢?"我问。

"他到下游二英里多地的赛拉·菲力浦家里去了。他是个逃跑的黑人,被他们抓住了。你想找他吗?"

"我找他干什么?一两个钟头以前,我在树林里碰见了他,他说我要是嚷的话,就把我的心肝都挖出来——他叫我躺在地下不准动,所以我就在那边呆了半天,一直不敢走出来。"

"那末,"他说,"你现在不必害怕了,他们已经把他抓住了。他是由南方一个什么地方跑来的。"

"他们把他抓住,倒是一件好事。"

"那是当然!谁抓住了他,就可以得二百块钱的奖赏。那简直像在大道上捡钱一样。"

"可不是嘛——我要是个大人的话,我也能得那笔钱;是我头一个看见他的。到底是谁把他抓住的?"

"是一个老头子——一个谁都不认识的人——他只要了四十块钱,就把那个黑人倒给人家了,因为他还得赶到上游去,所以不能再等了。你想想看,居然会有这种事!我要是他的话,等上七年我也不在乎呀。"

"我也是那样,一点儿也不差,"我说。"可是他把他卖得那么便宜,也许是那份赏格根本就值那么些钱。也说不定这里面还有什么曲折吧。"

"决没有问题——一点儿曲折也没有。我亲眼看见那张传单了。那上面把他的一切情形,写得清清楚楚——简直是把他活活地画出来了,说他是从新奥尔良下面哪个大庄园里跑出来的。你放心吧,先生,这笔生意决不会出错。喂,给我一口烟叶子嚼嚼好吗?"

我一点儿烟叶子也没有,所以他就走了。我又回到筏子上,坐在窝棚里,想了又想,可是什么办法也想不出来。我把脑袋都想痛了,还是没法过这一关。我们在一块儿走了这么远的路,替那两个流氓干了那么多的事,结果是白白辛苦一场,什么打算都失败了,都是因为他们那么狠心,对吉木下了这样的毒手,为了那四十块臭钱,叫他从此以后流落他乡,再过奴隶的生活。

我也曾这样想过:吉木要是不得不当奴隶的话,那么他回到家乡去当奴隶,守着老婆孩子过日子,要比在外面瞎混强上千百倍,所以我顶好给汤姆·索亚写封信,叫他把吉木的下落告诉瓦岑小姐。可是过后我又打消了这个念头,原因一共有两个:她会因为吉木由她那儿逃跑,觉得他卑鄙无耻,忘恩负义,对他又气又恨,索性再把他卖到下游去。即便她不至于那么做,别人对一个忘恩负义的黑人,也自然而然会瞧不起,那样一来,他们会整天价给吉木脸色看,叫他觉得难堪、丢脸。然后再反过来想想我自己!人家都会知道我哈克·芬帮过一个黑人去找自由;那么我要是再遇见那个镇上的人,恐怕我马上就要羞得趴在地下求饶了。正是这样的;一个人做了不名誉的事,可是又没勇气担当起来。他老以为只要不叫旁人知道,那就不算是丢人现眼。这正是叫我为难的地方。我对这件事越是前思后想,我的良心对我越是不依不饶,我也就越觉得我自己又坏、又下流、又没有出息。到了后来,我忽然觉得上帝明明是打了我一个耳光,让我知道我所干的坏事,一直逃不了上帝的耳目,这就是说,当我把和我无冤无仇的一个可怜的老姑娘的黑人拐出来的时候,上帝的眼睛一直在盯着我,并且他叫我到此为止,不许我再接着干这件坏事——这个念头在我的脑筋里一转,我差一点儿当场就倒下去了,我实在是害怕得要死。于是我就尽力想法子安慰安慰我自己,我想我从小所受的教育不良,所以这也不能完全怪我,可是我心里有个声音,总是不断地对我说:"主日学校就摆在那儿,你本来可以上学去；你要是上学校去，人家会讲给你听：像你这样帮着黑人逃跑，一定得下十八层地狱。"

我这么想了一想，就打了一个冷战。我差不多下决心要祷告一下，看看我能不能改邪归正，变成一个好点儿的孩子。我就跪下身去，可是我祷告不出来。这是什么缘故呢？我根本不必瞒上帝，也不必瞒我自己。我知道我为什么没话可说。那都是因为我心术不正，因为我怀着私心，因为我一直在两面倒。我假装着要悔罪改过，可是心里还藏着顶坏的主意。我总想让我的嘴说我愿意做那种又规矩、又清白的事情，赶快写信给那个黑奴的主人，告诉她他现在的下落；可是我心里明明知道这是瞎话——这一点上帝也知道。你决不能对上帝说瞎话吧——我把这一点算是弄清楚了。

我实在觉得左右为难，为难到了极点，不知怎么办才好。最后我想出来一个主意；我就说：我先写完那封信，然后再看看能不能祷告。啊，这可真是妙不可言，我刚刚这么一想，马上就轻松得像根鸡毛似的，我所有的心病都没有了。于是我拿了一张白纸、一支铅笔，高高兴兴地坐下来写：

瓦岑小姐：您那个跑掉的黑奴吉木现在在派克斯卫下游二英里的地方。有一位菲力浦先生把他抓住了。您要是派人带着奖赏到这儿来，他愿意把黑人交给来人领回去。

哈克·芬

我觉得很痛快，好像罪恶都已经洗清了，我生平第一次感到这么轻松，我知道现在我能够祷告了。可是我并没有马上就做，我放下了那张纸，坐在那儿想了一下——我想幸亏这样地转变了一下，差一点儿我就弄错了方向，走进了地狱。我就这么想下去。接着又想到我们顺着大河漂下来的情形；我看见吉木，无论是白天黑夜，有时在月光之下，有时在暴风雨里，总是在我的眼前；我们一边向前漂流，一边谈笑歌唱。可是，不知道什么缘故，在他身上我总挑不出什么毛病，能够叫我硬起心肠来对付他，反而老是想到他的好处。我看见他才值完了班，也不过来叫我，就替我值班，让我能够接着睡下去；我又看见他那种高兴的样子——他看见我由大雾里逃回来时那种高兴的样子。还有，在上游那个闹打对头的地方，我在泥水滩里又来到他跟前的时候，他又是多么高兴，还有许多这类的事情；他总是管我叫做老弟，总是爱护我，凡是他想得到的事，样样都替我做到了，他实在是太好了。最后我又想起那回我告诉人家船上有人出天花，结果把他救下了，他当时对我感恩不尽，说全世界上只有我是老吉木顶好的朋友，还说他现在只有我这么一个朋友。这时候我偶然一回头，一眼看见了那封信。

这实在是叫人为难。我抄起它来，拿在手里，全身直发颤，因为在两条路当中，我得下决心挑选一条，永远也不能翻悔，这我是深深知道的。我又平心静气地琢磨了一下，然后就对我自己说：

"那么，好吧，下地狱就下地狱吧。"——我一下子就把它扯掉了。

这是要不得的念头，要不得的说法，可是我已经说出口了。而且既然说出口，我决不收回，也决不再想改邪归正做好人。我把整个这桩事丢开不想；打定主意再走邪道，走邪道是我的本行，因为我从小就学会了这么一套，做好事我反倒不内行。我打算先想办法把吉木偷出来，不让他再给人家当奴隶；我要是还能想出更坏的事情，我也打算干它一下，反正是一不做、二不休，既然干就干到底。

然后我就仔细地盘算，究竟应当怎么下手；我心里翻来覆去想了许许多多的主意，最后决定了一个合意的办法。我就观察了一下下游一个长满大树的小岛的形势，等到天刚一黑，我偷偷地把筏子划过去，找了个地方藏起来，然后就钻进窝棚去。我睡了整整一夜，天还没亮就爬起来了；我吃完了早饭，穿上了我那套现成的新衣服，找了些别的衣服和零碎的东西，打成一捆，坐上小船，就划到对岸去了。我看见那边有一所房子，我想那一定是菲力浦住的地方，我就在这房子下头不远的地方上了岸，把那一捆东西藏在树林里，又把小船装上水和石头沉到水里去，打算等到用的时候再捞上来。那个沉船的地方离上游岸上一家小机器锯木厂大约只有四五百码。

然后我就顺着大道走过去，我走过那个木厂的时候，看见门口挂着一块招牌，上面写着："菲力浦锯木厂"。我又往前走了二三百码，来到那些庄院前面，就睁着大眼到处看，可是一个人也看不见，虽然现在已经是天光大亮了。可是我并不在乎，因为这时候我还不想遇见什么人——只想看看这个地方的形势。按照我的计划，我要假装着打那个村子走过来，不让人家看出我是由河下边上来的。我只看了一看，就直对着村子奔过去。我刚一到那儿，我碰见的头一个人就是公爵。他正在贴"怪物大王"的戏报哪——连演三夜——跟上回一样。他们还是那么不要脸，那两个骗子手！我跟他撞了个对面，想躲也来不及了。他露出吃惊的样子，说：

"嘿！你——你打哪儿来呀？"然后他就带着又高兴、又关心的样子说："筏子在哪儿呀？——把它藏在一个好地方了吗？"

我就说："怎么，我还正要问你呢，千岁。"

他马上就不那么高兴了——他说：

"你问得着我吗？"

"你先别着急，"我说，"昨天我在小酒馆里看见皇帝的时候，我心里想：他醉成那个样子，等他醒过来，起码要过几个钟头，才能把他弄回去；我就在村里走来走去，一边瞎混，一边等着。有一个人给了我一毛钱，叫我帮着他把一只小船摇到对岸去，再载回一只绵羊来，我就跟他去了。可是我们拉那只羊上船的时候，那个人把绳子交给了我，他自己跑过去推羊，没想到羊的劲头太大,我拉不动,它又一挣扎,我再一松手,它就跑了,我们就追。我们没带着狗,所以只好在野地里到处追赶;一直等到天快黑了,它也累得没气力了,才被我们捉住,弄过河来,我再到那边去找筏子,一看它已经没影儿了。我心里想:'他们一定是闯了祸,所以不得不赶快走;他们把我的黑人带走了——我在世界上只有那么一个黑人;我现在出家在外,别无财产,什么东西都没有,又没法子挣饭吃。'我就坐在地下哭起来。我在树林里睡了一宿。可是,说了半天那个筏子到底上哪儿去啦?——还有吉木,可怜的吉木!"

"我怎么会知道——我是说,我怎么会知道筏子上哪儿去了呢?那个老东西做了一笔生意,弄了四十块钱,咱们走进酒馆的时候,那些闲人正跟他赌半块钱的输赢哪,后来他除了喝酒花掉的钱之外,把所有的钱都输光了。我昨天半夜里才把他弄回去,发现筏子已经没有了,我们还说:'那个小东西把我们甩开了,偷了我们的筏子顺河漂走了。'"

"我总不至于甩掉我的黑人吧,你说是不是?——全世界上,我只有这么一个黑人,只有这么一点儿家当。"

"我们可没有那么想。说老实话,我们已经把他当成我们的黑人了;不错,我们确实认为他是我们的——他把我们麻烦得也真够受了。我们当时一看筏子没有了,我们口袋里的钱又都花光了,所以没有别的法子可想,只好把'怪物大王'再演上一回。我一直忙得要命,一盅酒都喝不着,嘴里干得像火药筒子似的。你那一毛钱在哪儿呢?拿出来给我吧。"

我还有好多钱呢,我就给了他一毛钱,可是我劝他拿去买些东西吃,并且要分给我一点儿;我说我就剩下这几个钱,从昨天到现在还没吃东西。他一点儿也不答理我。他紧接着就恶狠狠地对我说:

"你说那个黑人会不会去告我们?他要是真敢那么干,我们一定要剥他的皮!"

"他怎么能够去告你们呀？他不是已经跑了吗？"

"他没有跑！那个老东西把他卖掉了，一分钱也没分给我，并且钱也输光了。"

"他把他卖了？"我说完这句，就哭起来。"那可不行，那是我的黑人，那些钱是我的。他在哪儿呢？——我要我的黑人。"

"我告诉你说吧，反正你是找不着你的黑人了——你干脆也甭哭了。你听我说——你想想看，你会不会跑去告我们呀？我看你可真他妈的靠不住。哼，你要是敢去告我们的话——"

他停住了，眼睛里露出一种恶狠狠的神气，那是我从来没有见过的。我又抽抽搭搭地哭着说：

"我根本就不打算去告谁，我也没有那么大的工夫；我还得跑去找我的黑人哪。"

他好像有点发愁似的，站在那里，一边出神，一边皱眉，胳膊上搭着的戏报被风吹得乱翻。最后他说：

"我来告诉你一件事。我们还得在这儿呆上三天。你只要答应不去告我们，也不让那个黑人去乱说，我就告诉你到哪儿去找他。"

于是我就答应了。他说：

"有一个庄稼人，名字叫做赛拉·菲——"说到这儿他就停住了。你看，他起初想要对我说实话，可是他那么一停，然后又仔细一想，我猜他一定是又变卦了。果然不错。他不肯相信我；他打算十拿九稳地把我甩掉三整天。所以他接着就说："把他买过去的那个人，叫做亚伯·法色——亚伯·纪·法色——他住在离这儿四十英里地的乡下，就在通到拉斐德去的那条路上。"

"好吧，"我说，"我用三天的工夫就走到了。我今天下午就动身。"

"那可不行，你现在就得动身，一点儿也不准耽搁，也不许你一路上随便乱说。你只管闭住了嘴，赶你的路，那你就不至于给我们惹祸了，你听见没有？"

我正想要他这样吩咐我，这正是求之不得的。我正希望我能自由自在地去实行我的计划。

"那么你就赶快走吧，"他说；"你随便跟法色先生说什么都行。也许你能够把他说服了，叫他相信吉木的确是你的黑人——有些傻子办事，向来不看证件——至少我听说在南方这一带地方，确实有这种傻人。你要是告诉他，那张传单和奖赏都是假的，并且给他解释一下为什么人家要耍这一套把戏，他也许就会信你的话。你现在就去吧，爱对他说什么就说什么。可是你要记住，从这儿到那儿的路上，可不许你多嘴多舌。"

于是我就走了，对着村子后面的乡下走过去。我并没有回头看，可是我总觉得他在盯着我。不过我知道我能叫他累个半死。我在野地里一直走了一英里地，然后才敢停下来。我接着就转过头来，穿过树林，再朝着菲力浦锯木厂绕回来。我想我顶好是马上按着计划进行，一点儿也不要耽搁，我打算在这两个家伙未走之前，不让吉木开口闯祸。我不愿意跟他们那种人再捣麻烦了。他们的所作所为，我早已看够了，我现在打算把他们整个儿都甩开。

第三十二章
改 名 换 姓

我赶到那里,看见到处都很安静,像个礼拜天似的。这时候,天气很热,阳光很足,扛长活的人都下地去了。有些甲虫和苍蝇在空中嗡嗡地飞,那一片微弱的声音,更叫人觉得沉闷,好像这里的人都死绝了。一阵微风吹过,树叶子就颤动起来,让你觉得阴惨惨的,因为你觉得好像有什么鬼魂在悄声说话——那些死了很久很久的鬼魂——并且你老以为它们正在议论你哪。整个的说起来,这种沉闷的空气,总是让人觉得死了才好,死了就什么事儿都了了。

菲力浦家的这块土地,是种着棉花的小农园;这一带的农园看上去都一模一样。一块二英亩地的场院,四面围着栅栏;有一排梯磴是用锯断的木桩子搭成的,木桩子一根比一根高,立在那里,好像高矮不齐的木桶似的,人家踏着这一排梯磴,就可以跨过栅栏去,女人家还可以把这些木桩当做上马石。在这个宽大的场院里,还有一片一片的枯草皮,可是大部分地面上都是光秃秃的,好像一顶磨光了的旧帽子似的。一所二合一的大木房子,是白种人住的——全是用砍好了的木材搭成的,木头上的缝子都用泥或石灰堵上了,那一条一条的泥土上当初还刷过白灰。一个圆木搭的厨房,旁边有一条宽大的走廊,把厨房和那所房子连接起来;走廊的两边是敞着的,可是上面还有个顶子。厨房后面有一间木头搭的熏肉房。熏肉房旁边,有一排三间黑人住的小木阁子。离开这里很远、靠着后面那一排栅栏,还有一间小木屋,孤零零地立在那里;栅栏外面不远的地方,还有几所下房。小木屋旁边放着一个滤灰桶,和一把煮肥皂水的大壶①。厨房门口的板凳上,有一桶水和一把瓢,有一条狗正在太阳地里睡觉,周围还有好几条狗,也在睡觉。在那边角落里大约有三棵遮阴凉的大树,栅栏旁边一个地方有些醋栗树丛。栅栏外边是一块菜园子和一块西瓜地;再过去就是棉花地;棉花地的那边是一片树林子。

我就绕到那边去,跨过旁边摆着滤灰桶的后面的梯磴,直奔那间厨房。我才走了不远,就隐隐约约地听见一架纺车呜呜咽咽地转动着,声音一会儿高上去,一会儿低下来,这时候,我实在是不愿意再活下去了——那实在是世界上最凄凉的音调。

我一直走过去,心里并没有一定的主意,只是希望老天爷保佑,让我到了紧要关头,能够说出恰当的话来;因为我早已看出来了,只要我听天由命,老天爷总是让我有对劲的话可说。

我才走到半路,就有一两条狗纵身向我扑过来,我只得马上站住,面对着它们,一动也不动。它们这一通乱叫可真够受的!再一转眼,四面八方跑过来十五条狗,把我团团地围在当中,我可以说是像个车轮子的轴,那些狗就像一根根的车条;它们在我的周围紧紧地挤在一起,对着我伸脖子乱叫乱嗥;另外还有好几条也往这边跑:有的隔着栅栏窜过来,有的由栅栏拐角上绕过来。

有一个女黑人打厨房里一阵风似地跑出来,手里拿着一根擀面棍,喊着说:"滚开!老虎!小花!走啊,快走!"于是她给了这个一棍子,又揍了那个一下子,打得它们一边叫唤一边跑,其余的那些也都散开了。再一转眼,那些狗有一半又都跑回来,围着我摇晃尾巴,对我表示好感。狗到底没有什么坏心眼儿。

跟着这个女人的身后面,跑过来三个黑孩子,一个女的、两个男的,每人身上除了一件粗夏布汗衫之外,别的什么都没穿。他们紧紧地拉住妈妈的衣裳,躲在她背后偷着看我,有点儿认

---

① 这里的滤灰桶和大壶是农庄上造碱的设备。

生，这种小孩子总是这样的。接着由房子里又跑出一个白种女人，年纪大约是四十五到五十的样子，头上没戴帽子，手里拿着纺锤，她身后面也跟着她的几个白种孩子，也都是挺不好意思的，和那些黑孩子一样。她笑得简直闭不上嘴了，仿佛站都站不稳似的——她说：

"你可来了啊！——可不是吗！"

我还没来得及想，就说了一句："我来了，老太太。"

她一把抓住我，紧紧地抱了我一下，然后攥住我的两只手，握了又握。她的眼泪夺眶而出，扑簌簌流了满脸，她好像总是抱不够我的腰、握不够我的手似的，并且不住嘴地说："你长得可不大像你妈，我真没想到；可是，我的天，我也管不了那些了，看见了你，我真高兴！哎呀，哎呀，我恨不得把你一口吞下去！孩子们，这就是你们的姨表兄汤姆！——快对他说：'您好啊。'"

可是他们马上低下头去，把手指头塞到嘴里，躲到她背后去了。她又接着说下去：

"莉莎，赶快做一顿热饭给他吃，马上就动手——也许你在船上已经吃过早饭了吧？"

我说在船上吃过了。于是她就拉着我的手，对那所房子走过去，孩子们都跟在后面。我们到了屋里，她叫我坐在一张柳条编底的椅子上，她自己坐在我面前一个小凳子上，攥着我的两只手说：

"现在，我可以好好地看看你啦；我的天，这好几年的工夫，我老是盼来盼去，这回可把你盼来了！我们等你已经等了两三天啦。什么事把你绊住啦——船搁浅了吗？"

"是的，老太太——那条船——"

"不许再叫我老太太——管我叫萨莱姨妈吧。船在哪儿搁浅啦？"

我不知道怎么说才对，我根本不知道那条船是由上游下来的，还是由下游上来的。可是我全凭揣测办事；觉得那一定是上水船——由下游奥尔良一带来的。可是这也没有多大用处,因为我不知道那一带的浅滩都叫什么名字。我想我得捏造一个滩名,或者索性说我把搁浅的滩名忘掉了——或是——我忽然想出来一个好主意,我一张嘴就把它说出来:

"搁浅倒没有耽误多大的工夫。我们船上有个汽缸盖爆炸了。"

"哎哟,我的妈!伤了人没有?"

"没有伤人。只炸死了一个黑奴。"

"啊,总算万幸;有时候是要伤人的。两年前圣诞节的时候,你那赛拉姨父搭着拉列·茹克①号,由新奥尔良上来,那条船也炸了一个汽缸盖,把一个人的腿给炸瘸了。我好像记得那个人后来死掉了。他是浸礼会教徒。你那赛拉姨父认识一个住在白屯陆的人家,那一家人跟他家里的人很熟悉。对了,我想起来了,他的确是死了。伤口烂了长大疮,医生只得把那条腿给他锯掉了。可是并没能够救他的命。对啦,是因为伤口烂了——一点儿也不错。他浑身发青,临死的时候还盼望有一天能够光荣地复活呢。听说他死时那样子才叫难看哪。你姨父天天到镇上去接你。他不过一个钟头以前又去了。他随时就要回来啦。你在路上一定遇见他了吧?——一个上岁数的人,带着——"

"没有,萨莱姨妈,我谁都没遇见。那条船天一亮就靠了岸,我把行李留在趸船上,跑到镇上去看了看,还到野地里去蹓跶了一趟,为的是多磨蹭一会儿,省得到这儿来得太早;所以我就打后街绕过来了。"

"你把行李交给谁啦?"

"没交给谁。"

"哎呀,孩子,那一定会让人家偷去的!"

---

① 原文为 Lally Rook,暗指托马斯·穆尔(1779—1852)的浪漫传奇长诗《Lalla Rookh》而言。

"我把它藏在一个好地方,我想谁也偷不去,"我说。

"你在船上为什么那么早就吃早饭呀?"

这一问可真是有点儿不妙,可是我说:

"那个船长看见我在那儿站着,就叫我顶好先吃点儿东西再上岸;他把我带到船顶上职员饭厅里,给了我好多东西吃。"

我越来越心慌,简直连话都听不清楚了。我一直在那几个孩子身上转念头;我想把他们调到外面去,找个僻静的地方,盘问他们几句,好弄清楚我到底是谁。可是我老是不得手,菲力浦太太总是不住嘴地问长问短。过了一会儿,她又说了几句,弄得我顺着脊梁冒凉气:

"咱们在这儿说了半天,可是姐姐跟你们家里的人,你连一个字儿还没提到哪。现在我打算歇一会儿再干活,听你从头说一遍;你把所有的事情都告诉我——把所有的人、所有的事都讲给我听——无论是哪个人的;他们近来好不好,他们整天干什么,他们叫你对我说些什么话;凡是你想到的事,无论大小,都讲给我听吧。"

我知道这一下可让她堵住了——堵得我简直是没路可走了。老天爷一直保佑我,总算没有出岔子,可是现在我算是搁了浅,一动也不能再动了。我看出来,再撑下去,也毫无用处——恐怕我必得举手投降了。我心里想,我又走上一条非说实话不可的绝路了。我张开嘴来刚要说,她就一下子抓住我,把我推到床后面去,她说:

"他回来啦!快把头低下去——对啦,这样就行啦;现在谁也看不见你啦。别让人家知道你在这儿。我打算跟他开个玩笑。孩子们,什么话也别说。"

我知道我现在是进退两难。可是发愁也没有用处;我只得老老实实地呆着,等到霹雷打过去了,再一下子钻出来,别的什么办法也没有。

那位老先生刚进来的时候,我只略微地看见他一眼,然后他就让床挡住了。菲力浦太太就跳过去问他说：

"他来了吗？"

"没有，"她的丈夫说。

"我的老——天——爷！"她说，"他到底能到哪儿去了呢？"

"我可想不出来，"老先生说，"我对你说，这件事叫我真不放心。"

"不放心！"她说，"我已经快要急疯啦！他一定是已经到啦，你准是在路上跟他错过啦。我知道一定是这么回事——有个耳报神告诉我啦。"

"怎么，萨莱，我不会在路上错过了他——这你是知道的。"

"嗐，糟糕，糟糕，姐姐一定会怪咱们！他一定已经来到啦！你准是把他错过去啦。他——"

"嗐，我已经够难受啦，你就别再折磨我啦。我真不懂这是怎么回事。我已经走投无路了，我就是承认我是吓坏了的也不在乎。可是，恐怕他不见得是到了！因为他要是已经到了，我决不至于错过他。萨莱，真可怕呀——实在可怕——那条船一定出事啦！"

"嘿，赛拉！你往那边看！那条大道上！——那不是有人来了吗？"

他马上跳到靠床头的窗户前面，菲力浦太太就趁这个机会，赶快弯下腰由床背后一下就把我拉出来了。等他转过身来，只见她笑嘻嘻地站在那里，满面红光，像着了火的房子似的。我怵头怵脑、汗流满面地立在一旁。那位老先生瞪着眼一看，说：

"嘿，这是谁呀？"

"你猜这是谁呀？"

"我可猜不着。到底是谁呀？"

"这就是汤姆·索亚呀！"

我的天，我差一点儿没栽到地板底下去。可是我还没来得及挣扎一下，那个老头子就抓住我的手握个不停；那个女人就围着我们使劲地跳，一边大笑一边嚷；然后他们两口子一句跟一句地问了我许多话，把细弟、玛莉，还有全家其余的人都问到了。

可是他们那种开心，决比不上我心里那种高兴；我觉得仿佛是重见天日一样的快活，我现在可知道他们把我当做谁了。他们抓住我不肯放松，一口气问了我两个钟头；最后我的下巴都累酸了，再也说不下去了，可是我已经把我家里的事情——我是说，把汤姆·索亚家里的事情——都告诉了他们，并且比他家里实在的情形还多扯了六倍。我还把我们船上的汽缸盖在白河口怎么爆炸，怎么费了三天的工夫才把它修好，又细说了一遍。这个谎撒得恰到好处，他们果然信以为实，因为他们也摸不清为什么要用三天的工夫去修理汽缸盖。假如我起初说是一个螺钉帽爆炸了的话，他们照样也会相信的。

现在我一方面觉得非常安心，一方面又觉得非常不安心。冒充汤姆·索亚是顶痛快、顶放心的事，我一直觉得很放心、很痛快；可是后来我一听见一条汽船由上游咕咚咕咚地开下来，马上就觉得事情不妙——我心里想：万一汤姆·索亚坐着这条船来了呢？——万一他一进房门，没等我对他使个眼色，让他先别声张，他就喊出我的名字来呢？我可不愿意那样——那样可绝对不行。我一定要到大道上去截住他。于是我对他们说，我打算到村里去取行李。那位老先生想要陪我去，可是我说，我自个儿也会赶马车，不好意思惊动他老人家。

第三十三章
悲惨的下场

我就赶着马车上村里去了。我才走到半路,就看见打对面过来一辆马车,一点儿也不错,汤姆·索亚果然来到了。我就停住车,等他走过来。我喊了一声:"停住!"那辆车就在我的旁边停住了,只见他嘴张得像箱子口那么大,一下子就愣住了,接着他就咽了两三口唾沫,好像是嗓子里发干似的,然后他说:

"我压根儿没有害过你。这你是知道的。你又何必跑到阳间来缠我呢?"

我说:

"我不是又跑到阳间来——我根本就没到阴间去。"

他一听见我的声音,好像就松了一口气,可是仍然不太放心。他说:

"我根本不打算惹你,你也就不必跑来惹我。说老实话,你难道不是鬼吗?"

"说老实话,我不是鬼,"我说。

"好吧——我——我——好吧,那当然就不应该再成问题了。可是,我无论如何似乎总是弄不清楚。你听我说,你难道压根儿就没叫人家害死吗?"

"没有。我压根儿就没有叫人家害死——我不过是要了他们一下。你要是不信我的话,你就过来摸摸我。"

他过来摸了一摸,立刻就不再疑心了。他又能跟我见面,觉得有说不出来的高兴,高兴得不知如何是好。他打算让我马上把一切经过都告诉他,因为那是一连串又惊人、又神秘的冒险行为，正好对了他的口味。可是我说，暂时先得把它撇开，等到以后再说。我叫他的车夫先等一等，我们把车往前赶了几步，我把我现在的僵局，对他说了一遍，问他觉得应该怎么办。他说，容他想一想，先别打搅他。他想了又想，马上就说：

"不要紧，我有主意了。你把我的衣箱，搬到你的车上，就算是你的。你转回头去，慢慢地往前磨蹭，为的是按照应该回去的时候，不早不晚地回到他们那里。我打算先朝着村里走一段路，然后再重新往回赶，大约要比你晚到一刻钟、或是半点钟。咱们刚见面的时候，你不必说你认识我。"

我说：

"好吧，可是还得等一下。还有一件事——这件事除了我以外谁也不知道。那就是说，在这儿有个黑人，我想把他偷出来，不让他当奴隶——他的名字叫吉木——就是老瓦岑小姐的吉木。"

他说：

"怎么！那个吉木在——"

他停住了，低下头想了一想。我说：

"我知道你要说什么。你要说那是卑鄙、下流的事；可是那又有什么关系呢？我是下流；可我非把他偷出来不可，我希望你保守秘密，别告诉别人。好吗？"

他的眼睛忽然一亮，说：

"我来帮着你把他偷出来！"

这句话吓得我一点儿抓挠都没有了，好像挨了一枪似的。这真是一句叫人顶吃惊的话——老实说，汤姆·索亚的身份在我的眼里已经大大地降低了。不过我并不相信他的话。汤姆·索亚居然去偷黑人！

"别胡扯了，"我说，"你开玩笑。"

"我并不是开玩笑。"

"那么，好了，"我说，"不管是不是开玩笑，你假若听见有人提到那个逃跑的黑人，千万要记住：就说关于他的事情，你一点儿也不知道,我也一点儿都不知道。"

然后他就把他的衣箱搬到我的车上,于是我们就各坐各的车,各走各的路了。可是因为我太高兴了,并且总是胡思乱想,就把应该慢走的事儿给忘记了。我老早地回到家来,不像是走了那么远的路程。那位老先生正在门口站着哪,他说:

"啊,这可真是了不起。没想到这匹母马居然跑得这么快。可惜没有把时间记下来。你看它连一点儿汗都没有出——连一根毛都没有湿。真是了不起。现在给我一百块钱我都不卖这匹马了;我决不卖。可是先前人家要是给十五块钱,我就把它卖掉了,并且我还以为它就值那么几个钱呢。"

这就是他说的话。他真是我所见过的一个最天真、最厚道的老头儿。可是这也不算稀奇,因为他不但是个庄稼人,而且还是个牧师,在他那农园后面,有一个小小的木头教堂;那是他自己花钱亲手修盖的,除了当教堂,还可以办学校;他讲道向来不要钱,而且讲得非常好。在南方有许多这样种庄稼的牧师,所作所为都跟他一样。

过了大约半点钟的工夫,汤姆的马车赶到前面的梯磴跟前,萨莱姨妈从窗户里就看见它了,因为只离开五十码的样子。她说:

"啊,有人来了!我真纳闷儿,那到底是谁呀?我想一定是个远方来的客人。纪美,"(这是那些孩子当中的一个)"跑去告诉莉莎,开饭的时候多摆一份盘子。"

大家都朝着大门口冲过去,因为远方的客人决不会年年都来,所以他来的时候,就比害黄疸病的人还惹人注意。汤姆跨过梯磴,对着这所房子走过来;那辆马车就沿着大道直奔那个村子去了;这时候,我们大家都挤在大门口。汤姆穿着一套新买的现成衣服,面前有一伙观众——这是汤姆·索亚顶喜欢的事。在这种情形之下,他会毫不费力地摆出相当得体的派头来。他决不会羞羞答答地穿过场院,像一只绵羊似的;他镇镇静静地、大摇大摆地走过来,像一只公羊一样。等他来到我们的面前,就把帽子斯斯文文地摘下来,仿佛是轻轻地掀开一个盒盖,怕惊动了盒里面睡着了的蝴蝶似的。他说:

"我想您就是阿箕伯·尼古鲁先生吧?"

"不是的,小朋友,"那位老先生说,"真糟糕,你让那个车夫给骗了。尼古鲁家还得往那边走上三英里多地哪。先进来吧,先进来吧。"

汤姆回过头去,看了一看,说:"太晚了!——他已经没影儿了。"

"对了,他已经走远了,孩子,你一定得进来坐一坐,跟我们一块儿吃晌饭;然后咱们再套上车,送你到尼古鲁家去。"

"哦,我可不敢给您添那么大的麻烦,我连想都不敢那么想。我可以走着去——道远没有关系。"

"我们可不许你走着去——我们南方人招待客人不是这种办法。赶快进来吧。"

"千万进来吧,"萨莱姨妈说,"不会打搅我们的,一点儿麻烦都没有。你非在这儿歇一歇不可。那三英里路又长,尘土又多,我们不能让你走着去。况且你刚一露面儿,我就吩咐他们多摆了一份盘子。所以你可别不赏脸。赶快进来吧,千万别客气。"

汤姆就向他们道谢,态度很诚恳大方,他不愿辜负人家这番好意,就进来了。他才来到屋里,就说他的原籍是俄亥俄州的西喀斯卫,名字叫威廉·汤姆生——跟着又鞠了一躬。

他就滔滔不绝地说下去,把西喀斯卫的风土人情,和他捏造出来的人物,乱扯了一阵,倒弄得我有点儿不耐烦,不知道他到底打算怎样给我解围。后来他一边说着话,一边伸过头去,对准萨莱姨妈的嘴,使劲地亲了一下,然后又从从容容地往椅子里面一坐,接着话茬儿往下讲。她一跺脚就站起来,用手背在嘴上抹了一下,说:

"你这个大胆的小畜生!"

他好像受了委屈似的说:

"真没想到,你怎么张口就骂人呀,老太太?"

"你没想——我问你,你把我当做什么人啦?我恨不得狠狠地——你说说,你到底为什么跟我亲嘴呀?"

他带着一点儿低声下气的口气说:

"不为什么,老太太。我一点儿恶意都没有。我——我——还以为你喜欢让我亲呢。"

"啊,你这个天生的浑小子!"她一把抓起那根纺锤,看她那种忍无可忍的样子,只差举起锤来狠狠地敲他一下了。"你怎么想起来我会喜欢让你亲的?"

"我也不知道。不过,他们——他们——告诉我你会喜欢的。"

"他们告诉你我会喜欢的。谁告诉你这话,谁也是疯子。我真没听见过比这更稀奇的事儿。他们是谁?"

"他们大家伙儿。他们都那么说,老太太。"

她费了很大的劲,才忍住了这口气。她的眼光一闪一闪,她的手指一动一动,仿佛是要抓他似的。她说:

"'他们大家伙儿'是谁?赶快给我说出名字来——要不然,世界上就得少一个浑小子。"

他站起身来,显得十分苦恼,笨手笨脚地乱摸他的帽子。他说:

"真是对不起,实在没想到。是他们叫我干的。他们都叫我那么干。他们都说'跟她亲个嘴';还说'她一定喜欢'。他们都这么说——没有一个例外。可是,我真是对不起,老太太,我再也不敢啦——说真的,再也不敢啦。"

"你再也不敢啦,对不对?哼,我谅你也不敢了啊!"

"说老实话,真不敢啦,我决不再那么干啦。除非你来请我。"

"我来请你!啊,我有生以来还没见过这种新鲜的事儿哪!我敢说,就是你再活上几千岁,变成个千年王八万年龟,我也不会请你或者你这一类的东西来亲我哩。"

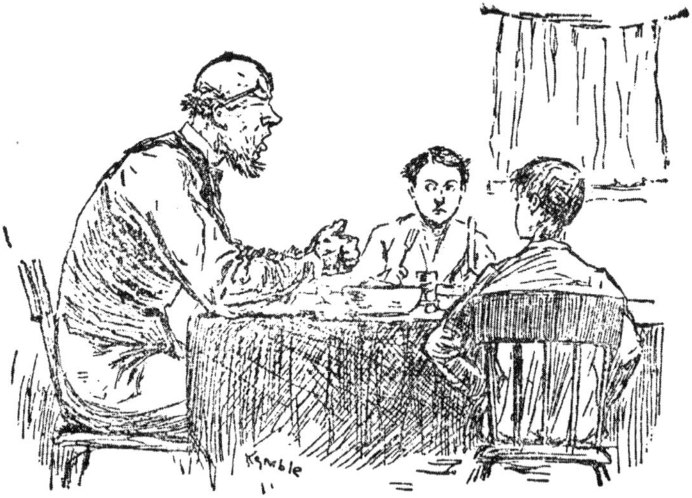
Kemble

"嗐,"他说,"实在没想到。总弄不明白。他们说你喜欢这一套,我也以为你喜欢这一套。可是——"他停住了,慢吞吞地往四下里望了一望,仿佛想要找个对他表同情的人,他忽然盯住那个老头儿的眼睛,说:

"您以为她是不是喜欢让我亲?"

"啊,不,我——我——嗐,不,我想她绝对不喜欢。"

于是他又照样地往四下里望了一望,他一瞧见我,就说:

"汤姆,你难道不以为萨莱姨妈应该伸开两只胳膊对我说:'细弟·索亚——'"

"我的天!"她一边插嘴说,一边向他扑过去,"你这顽皮的小坏蛋,怎么这样地糊弄人家——"她正想要搂住他,可是他一抬手就把她挡开了,说:

"这可不行,你得先请求我一下。"

她一点儿也不耽搁,求了求他,就把他搂住,接二连三地亲了他好几下,然后又把他推给那个老头儿,于是他也沾了点儿光。等他们稍微定了定神以后,她说:

"哎,真有趣,我可没见过这样令人喜出望外的事。我们只听说汤姆要来,一点儿也没想到你也来啦。姐姐的信上光说汤姆要来,压根儿就没提到别人。"

"那是因为除了要让汤姆来之外,没打算让我们哪一个人来,"他说,"可是我央告了一遍又一遍,到了临动身的时候,她让我也一同来了。所以我和汤姆坐着船往下走的时候,就想了个顶有意思的主意:决定让他先到这儿来,我暂时在后面耽搁一会儿,然后再装一个生人撞进来。可是,萨莱姨妈,我把事情弄错了。像这么个不讲卫生的地方,怎么能招待一位远来的客人呢?"

"是呀,细弟,怎么能招待你这样冒冒失失的淘气鬼呀?你真应该挨上两个耳光子;我多少年来没有生过这么大的气了。可是我并不在乎,玩笑开得过火也不要紧——只要你能来到这儿,你就是跟我开一千回这样的玩笑,我也愿意受下去。哼,想想刚才那一出表演吧！老实说，你亲我那一下，把我都快要吓傻了。"

我们就在住房和厨房当中那个宽敞的走廊上吃午饭；桌上摆满了菜饭，足够七家人吃的——并且还都是挺热的；也决不是那种又难嚼、又塞牙的老猪肉，在湿地窨子里的柜橱里搁了一宿，第二天早晨吃起来好像一块又凉又老的剩牛排似的。赛拉姨父对着这些东西祷告了半天，可是那还算是值得听，而且也没把东西晾凉——我有好多回看见祷告做完了，吃的东西也都晾凉了。

那天整个下午，大家谈的话可真不少。我和汤姆随时都在注意着，可是没有用处：他们并没有提到什么逃跑的黑人，我们也不敢把话头引到那个题目上去。可是，吃晚饭的时候，有一个小孩子说：

"爸爸，我跟汤姆和细弟看戏去，行不行？"

"不行，"老先生说，"我想不见得会有什么戏了；就是有的话，你们也不许去，因为那个逃跑的黑人把那演戏骗人的事都告诉我和白吞了，白吞说他要到处去宣传，所以我想人家早已把那些不要脸的流氓都从村里撵出去了。"

原来事情已经到了这步田地！——可是我又有什么办法呢？他们让我和汤姆睡在一间屋里、一张床上。因为我们都累得很，所以才吃完晚饭，跟他们说了声明天再见，就到楼上去睡觉。可是我们跟着就由窗户里爬出来，顺着靠墙的避雷针溜下去，直奔那个村子，因为我不相信有人会透露给皇帝和公爵一点儿消息，那么如果我不赶快去给他们送个信，他们一定要倒大楣。

汤姆在路上一五一十地告诉了我，说人家怎么以为我被人杀死了，又说爸爸怎么在事情发生以后不久就失踪了，一直也没回去；还有当吉木跑掉的时候，那里如何闹得满城风雨。我也把我们演"怪物大王"的那两个坏蛋，和乘着木筏航行的一切情形，尽量讲给汤姆听。等到我们来到村里穿过中间的街道时——这时候已经有八点半了——只见一大群人举着火把，气势汹汹地涌过来，一边大喊，一边怪叫，并且敲着铁锅，吹着号角。我们就跳到一旁,让他们过去。当他们打我们身旁走过的时候,我看见他们让皇帝和公爵骑在杠子上,抬着游行——这就是说,我知道那一定是皇帝和公爵,虽然他们浑身上下都涂着沥青,粘着鸡毛,连一点儿人样子都没有了——恰好像两根又粗又可怕的大盔翎。嗐,眼看着这种情形,我心里很不舒服;我为这两个可怜的骗子非常难过,好像再也不能硬起心肠来对付他们了。眼前这件事情,实在叫人害怕。人对人居然能残忍到这种地步,真没想到。

我们知道是来不及了——没有办法可想了。我们跟看热闹的人打听了一下,他们说起初大家都去看戏,装出傻乎乎的样子,可是神不知鬼不觉地在四下里埋伏着,一直等到那个倒楣的老皇帝在台上跳得正欢的时候,就有人打了个暗号,于是全场的人一拥而起,就把他们抓住了。

我们慢慢地走回家来,我心里不像先前那样急躁了,不知道为什么,我总觉得有点儿抬不起头、见不得人似的——虽然我并没做什么对不起他们的事。但是事情总是这样的,至于你做得对与不对,根本没有关系,你的良心反正是不知好歹,它总归要找你不依不饶。假若我有一只黄狗,也像人的良心那么不懂事的话,那我一定用毒药把它药死。良心在人身上占的地方,比五脏六腑占的还多,可是它毫无好处。汤姆·索亚也认为如此。

第三十四章
让吉木放心

我们停住了谈话，仔细琢磨起来。过了一会儿，汤姆说：

"哈克，你听我说，咱们多么傻呀！怎么早想不起来呢？我准知道吉木在什么地方。"

"我不信！在哪儿呢？"

"就在那个滤灰桶旁边那间小屋子里。哎，你听我说。咱们吃午饭的时候，你没看见一个黑人拿着些吃的东西，钻到那间房子里去吗？"

"对了，我看见了。"

"你说那些吃的东西是干什么用的？"

"是喂狗的。"

"我也那么想来着。可是，那并不是喂狗的。"

"为什么？"

"因为那里面还有几块西瓜。"

"不错，不错——我看见了。嗐，真是怪事，我居然没想到狗不吃西瓜。这正好说明一个人可以自以为看见了什么，其实是什么也没看见。"

"你瞧，那个黑人进去的时候，先把门上的锁开开，出来以后，又把锁锁上。咱们正要离开饭桌的时候，他给姨父送来了一把钥匙——我敢说那就是开那把锁的钥匙。西瓜是送给人吃的，锁着的一定是囚犯，况且在这么个小小的庄院里，人人又都是那么好心肠，不见得会有两个囚犯押在这里。所以那个囚犯准是吉木。好极了——咱们用侦探的方法，发现了吉木的下落，真叫人高兴；我决不再去费事想旁的办法了。你现在就动动脑筋，想个偷吉木的计划，我也要出个主意，然后咱们由两个办法当中，挑一个顶好的。"

一个那么小的孩子，居然有这么好的脑筋！我要是有汤姆·索亚那么好的脑筋，那么无论是给我一个公爵当当，或是让我当轮船上的大副，或是当马戏班里的小丑，我都不干——无论给我什么我都不换。我转了转脑筋，想了一个计划，那也不过是应付一下罢了：我早知道妙计会打哪儿冒出来。不大的工夫，汤姆说：

"想好了吗？"

"想好了，"我说。

"那么，好吧——说出来吧。"

"我是这么打算的，"我说。"吉木是不是在那里，咱们很容易弄明白。等到明天晚上，我先去把我的小船捞上来，再到小岛上把我的筏子撑过来。然后一遇见一个漆黑的晚上，等那老头子睡着了以后，把那把钥匙由他的裤袋里偷出来，咱们就带着吉木，乘着木筏，顺流而下，还按照我和吉木从前的老办法，白天藏着，黑夜赶路。你说这个计划行是不行？"

"行是不行？这还用问？像耗子打架一样，行固然行，不过太省事了，实在是没有意思。这样一个毫无曲折的计划，有什么妙处呢？这真是太稀松平常了。哈克，我告诉你，这简直像闯进肥皂厂里去一样，一点儿也不能惹人谈论。"

我什么话也没说，这都不出我所料。可是我知道得清清楚楚，只要他把他的计划订好了，那一定是十全十美，没有什么毛病可挑的。

果然如此。他把他的计划告诉了我，我马上看出他的计划，只就气派一层来讲，比我的要妙上十五倍，而且跟我的计划一样，也能把吉木放出来，也许还会把我们三个人的命都搭上。因此我很满意，主张马上猛干一场。我在这儿先不必说明那是个什么办法，因为我知道它决不会按照原样，<u>丝毫不变</u>。我知道他会一边进行，一边修改，而且只要一有机会，他还要添上些花样。他果然是这么干的。

然而有一点是十分肯定的：这就是说，汤姆·索亚的确是诚心诚意地打算要帮助我把那个黑人偷出来，不让他再去做奴隶。可是这一点恰好叫我莫名其妙。他是一个很体面的孩子，教养又好，又有身份，家里的人也都很有身份；况且他人很聪明，并非呆头呆脑；懂得是非，决不糊里糊涂；既不卑鄙，又有好心；可是他现在把体面、是非、人情都撇开不管，居然降低自己的身份来干这种勾当，在大众面前给他自个儿丢人，给家里的人现眼。我无论如何也想不出个道理来。这实在是荒谬到极点了，我觉得我应该直截了当地对他说清楚，才够得上他的好朋友，才能叫他悬崖勒马，保全名誉。因此我真开口对他说了，可是他不让我说下去，他说：

"你以为我不知道我在干什么吗？我难道不知道我在干什么吗？"

"你当然知道。"

"我不是明明说过打算帮你偷那个黑人吗？"

"你当然说过。"

"哼，这不结啦。"

他一共只说了这么几句，我也没有再往下啰嗦。再说下去也没有用处，因为他只要说出口，就一定要做到，他一向做事总是这样。可是我总摸不清他怎么甘心搅在这件事里面。因此我只好不管，再也不为这件事操心了。假如他非要这样干下去不可，那我又有什么办法呢？

我们到家的时候，看见房子里一片漆黑，没有一点儿动静。我们就对着滤灰桶旁边的小屋走过去，为的是检查一下。我们穿过场院，想要看看那几条狗有什么表示。它们认识我们，所以并没有怎么出声，只是像乡下的狗在夜里听见有什么走过时那样，稍微叫了两声就算了。等我们来到那个小木头屋子，就把它的前面和两旁看了一遍；后来我们在我所不熟悉的那一面——北面——发现了一个高高的方窗洞，框子上只钉着一块厚木板。我说：

"这可真好。这个窗口不大不小，咱们要是把这块板子拧掉了，吉木就可以爬出来。"

汤姆说：

"这也未免太简单了——真是像下五子棋一样的容易——这比逃学也难不了多少。哈克·芬，我倒希望咱们能够找个稍微复杂的办法才好。你那个办法太泄气了。"

"那么，"我说，"就用我上次被人害死以前所用的办法①，把板子锯掉，让他出来，怎么样？"

"那倒还像个法子，"他说。"照那样做，的确是神出鬼没，并且又麻烦、又够味儿。不过我敢说咱们还能想出比这个再难上一倍的好办法。好在暂时不忙；咱们再到各处去看看。"

在这间小屋和栅栏之间，靠着房子的后背，有一间木板搭的斜顶棚子，和那小屋子的后檐连在一起。这个棚子和小木屋的长短相等，可是比较窄些——只有六英尺左右的进深；门在南头，上面锁着一把锁。汤姆走到煮肥皂的铁壶那里，到处摸索了一下，就把启壶盖的那把铁家伙拿过来了。他用这把家伙，把门上的肘钉撬下来一个，于是那根铁链子就掉下来了。我们开开门，钻进去，再把门带上。我们划了一根火柴，看见这个棚子是靠着小木屋搭的，互不相通，也没地板；地上没有别的东西，光堆着些破旧生锈的锄头、铁锨、尖镐等等，还有一把废犁。那根火柴着完了，我们跟着也就钻出来，然后把那根肘钉又重新插上，于是那扇门仍然是好好地锁在那里。汤姆高兴得了不得。他说：

"这下子咱们就好办了。咱们挖个地道让他钻出来吧。这恐怕要费上一星期的工夫！"

我们就朝着我们的房子走去，我打后门进到屋里——这里的

---

① 参阅本书第7章。

门并没有上锁,你只要一拉那根吊着门插销的鹿皮绳,门就开了——可是在汤姆·索亚的眼里,这样容易的事情,不够传奇的味道:他非要由靠墙的避雷针爬上去不可。但是,前后三次,他都是刚爬到半中腰,就一失手滑下来,而且最后那一次,他还差一点儿把脑浆子摔出来,他心想顶好还是放弃这个办法。可是他歇了一会儿之后,决定再试上一回,结果居然让他爬上来了。

第二天早晨,天刚一亮,我们就穿衣起床,跑到那一排黑人住的木阁子去,和那些狗在一起玩,还和那个给吉木送饭的黑人套交情——假若他果真是给吉木送饭的人的话。这些黑人刚刚吃完早饭,准备下地去干活。管吉木的那个黑人,正忙着把面包牛肉等等东西,满满地堆在一个洋铁锅里;正当别的黑人动身走开的时候,有人由正房把那把钥匙送过来了。

这个黑人的脸上带着忠厚老实、傻乎乎的神气,他那鬈曲的头发全都用线一撮一撮的捆着。这是为了辟邪的。他说这几天夜里,总有许多妖怪跟他捣乱,常常叫他看见各种离奇古怪的东西,听见各种离奇古怪的鬼话;他相信他这辈子还没有让妖怪缠过这么多日子呢。他觉得紧张得要死,他不得不东跑西颠,好躲开鬼怪的纠缠,因此他把他手头所做的事情都忘记了。汤姆说:

"这些东西是给谁吃的?打算拿去喂狗吗?"

这个黑人慢吞吞地笑了一笑,脸上显出几道皱纹,好像烂泥塘里扔进去一块砖头似的。他说:

"对了,细弟少爷,是一条狗。而且是一条挺特别的狗。你想去看看它吗?"

"对了。"

我用胳膊肘碰了汤姆一下,悄声地说:

"你现在就去吗?在这么一大清早?那可不是原来的计划呀。"

"本来不是么,可是现在咱们的计划就是这样。"

真糟糕,我们只得一起去,可是我心里很不以为然。我们进去之后，差不多什么都看不见，因为里面是黑洞洞的。但是，吉木果然呆在里面，而且看见了我们，他就喊着说：

"哎哟，哈克！我的天！那不是汤姆少爷吗？"

我早知道会有这么一出，我算是料着啦。我可真不知道该怎么办；而且就是知道的话，我也没法下手，因为这时候那个黑人冷不防地插嘴说：

"怎么一回事，我的老天爷！他难道认识你们两位少爷吗？"

现在我们已经能够看得很清楚了。汤姆目不转睛地望着这个黑人，带着些莫名其妙的神气说：

"你说谁认识我们呀？"

"怎么，我是说这个逃跑的黑人呀。"

"我想他不见得认识我们。可是，你怎么会凭空起了这么个念头呢？"

"凭空起了这么个念头？难道他刚才没有喊你们，仿佛是认识你们吗？"

汤姆好像是有点儿摸不着头脑似的，说：

"啊，这可实在是怪透了。谁喊来着呀？他什么时候喊的？他喊什么来着？"他接着就转过身来，从从容容地对我说："你听见有人喊来着吗？"

当然，除了这一句之外，没有别的可回答，所以我说：

"没有。我可没听见谁说什么话。"

他又回过头来，对吉木打量了一遍，仿佛从来没见过他似的，说：

"你喊来着吗？"

"先生，我没有喊，"吉木说；"先生，我什么话也没说。"

"一个字儿都没说吗？"

"是的，先生，一个字儿都没说。"

"你从前见过我们吗？"

"没有见过，先生；我可记不得在哪儿见过您。"

于是汤姆又转过身来,看见这个黑人显出很慌张、很苦恼的神气,就声色俱厉地对他说:

"你想想你到底是怎么回事?什么东西叫你以为有人喊来着?"

"哎呀,都是那些该死的妖怪呀。先生,说真的,我倒不如死了还好点儿。先生,它们老是跟我过不去,它们都快要把我吓死了。先生,你可千万别对别人说,不然赛拉老先生又要骂我了,因为他说世界上根本就没有妖怪。我真希望他现在就在眼前——那么一来,看他还有什么话说!我敢说这一回他再也没话可说了。可是天下事老是这样的:蠢人到老还是蠢人;他们对一件事情,老不肯亲自去看个水落石出;可是等你看清楚了,把话告诉他们,他们又不相信。"

汤姆给了他一毛钱,说我们决不告诉别人,他叫他拿钱去再买些线,好多捆几条小辫儿。然后就眼望着吉木说:

"我不知道赛拉姨父是不是打算绞死这个黑人。这么一个昧尽了良心,居然敢逃跑的黑人,要是让我抓住的话,我可不能饶他,我非绞死他不可。"可是等到这个黑人走到门口,仔细地看那个钱,放在嘴里咬了一咬,看看它是不是能用,汤姆就悄声对吉木说:

"你千万别露出认识我们的样子。假如你在夜里听见有人挖地,那就是我们;我们打算把你救出去。"

吉木才抓住我们的手,用力地攥了一下,那个黑人就回来了;我们对这个黑人说,如果他欢迎我们的话,我们过些时候一定还来;他说他很欢迎,特别是在天黑的时候,因为妖怪总喜欢在黑影里跟他做对,因此,能有人在夜里跟他做伴,那就好了。

第三十五章
阴谋诡计

这时候离吃早饭差不多还有一个钟头,我们就离开那里,跑到树林里去,因为汤姆说我们必须有个灯亮照着,才能看得见挖洞,可是点灯笼又太显眼,也许会闹出乱子来;因此我们一定要找些那种叫做"狐狸灯"的烂木块,那种木块在黑暗的地方可以隐隐地发点儿亮光。我们找了一大抱那样的木块,藏在野草里面,然后坐下休息。汤姆带着不大满意的口气说:

"真是糟糕,整个这件事实在是太容易、太蠢笨了。所以说,想要定一个难办的计划,真是比什么都难。照理应该有个守夜的人,咱们好让他喝上一碗迷魂汤。甚至于连一条值得我们下蒙药的狗都没有。何况吉木的一条腿,是用一条十英尺长的铁链子锁在他睡觉的那张床腿上:你瞧,你只要把床往上一抬,那根链子就能褪下来。而且赛拉姨父认为人人都可靠,他把钥匙送给那个傻黑人,也不派个人监视他。吉木早就能打那个窗洞里钻出来,不过走路的时候,腿上拖着一根十英尺长的铁链子,可不大方便。哈克,真没有意思。这简直是再蠢不过的一套把戏。你得凭空造出种种困难来。嗐,咱们也不得不将就一下,尽量利用眼前的这些材料,干它一场。可是无论如何,有一件事总得先说明白——一定要经过一大串艰难危险,最后把他搭救出来,才会更显得光荣;不过那些艰难危险的事,本来应该是由别人预先替咱们安排好的,可是人家并没有那么干,因此咱们就不得不动动脑筋想出来。现在,只拿点灯笼这件事来说吧。要是按实际情形来说,咱们不得不假装着认为点灯笼是危险的事。其实,我相信咱们就是明火执仗地去干,也未尝不可呀。说到这里,我又想起来一桩事,咱们先得找一个什么东西,做一把锯才好。"

"咱们要锯干什么?"

"咱们要锯干什么?咱们不是得把吉木的床腿锯掉,才能把那根铁链弄下来吗?"

"怎么,你刚才不是说不论是谁,只要把床往上一抬,就能把铁链子褪下来吗?"

"嘻,哈克·芬,只有你这样的人,才说这样的话。你做事光会打些三岁小孩儿的主意。你难道连一本书都没看过吗?——连串科男爵,卡森诺哇,边温牛托·奇梨尼,和亨利四世①的书,还有别的英雄豪杰的书都没看过吗?谁听说过用这么稀松的办法,放走一个囚犯?那可不行。顶有名的人物所采取的办法,是把床腿锯成两段,让它照原样立在那里,然后把锯末咽到肚子里去,叫人家什么也找不着,再围着锯过的地方,盖上些土,抹上些油,哪怕是眼睛最尖锐的监管,也看不出锯过的痕迹,还以为床腿一点儿毛病都没有哪。等到你把一切都安排好了的那天晚上,只要踢上一脚,床腿就倒在地下,那么你再把链子褪下来就行了。此外没有别的可干,只要把绳梯拴在城垛上,顺着它爬下去,然后在护城壕里把腿跌断——因为绳梯的尺寸不够长,离地还差十九英尺,你知道——你一抬头,只见你的坐骑和你那些忠实的部下都在那儿等着你哪,他们连忙把你捞起,把你甩上雕鞍,你就快马加鞭,直奔你那郎局多②,或是纳瓦尔③,或是随便什么地方的故乡去了。那才叫有声有色呢,哈克。在这个小屋子周围,要是有一条壕沟,够多么好。在越狱的那天夜里,咱们要

---

① 串科男爵是奥地利人(1726—1794),曾在腓特烈大帝军中服务。卡森诺哇是意大利人(1725—1798),生平喜欢结交权贵,无所不为。边温牛托·奇梨尼是意大利著名金匠和雕刻家(1500—1571)。亨利四世是法国皇帝(1553—1610)。以上四个人都过过监狱生活;他们的自传充满传奇色彩,都很有名。
② 古时法国南部的省名。
③ 西班牙的省名,和法国西南部边疆毗连。

是匀得出工夫的话,也来挖上它一条。"

我就说:"咱们壕沟干什么?咱们不是打算由房子底下的地道里把他拖出来吗?"

可是他根本没有听见我的话。他把我这个人,跟其余别的事,都忘到脖子后头去了。他手托着下巴仔细想。过了一会儿,他叹了口气,摇了摇头,接着又叹了口气,说:

"哦,那不行——而且那样做也没有太大的必要。"

"哪样做呀?"我说。

"我是说,不必把吉木的腿锯掉了,"他说。

"我的天!"我说,"可不是没有必要吗。你到底为什么想要锯掉他的腿呢?"

"有些顶出名的人物,曾经干过那类的事情。他们没法把链子弄下来,就一赌气把自己的手用刀剁下,然后逃跑。能够锯下一条腿来,岂不是更好?不过,这一层咱们只得撇开不管。在这种情形之下,并没有多少必要;况且吉木是个黑人,不见得懂得这么做的缘故,不了解欧洲人的风俗习惯,所以咱们还是算了吧。可是有一件事要办到——他一定要有一挂绳梯。咱们把咱们的被单扯碎,替他做一挂绳梯,一点儿也不难。咱们还可以把绳梯用面粉包上,做成一个大馅饼,给他送去;人家多半都是这么干的。比这更难吃的馅饼我都吃过啊。"

"嗜,汤姆·索亚,你说的这叫什么话,"我说,"吉木要绳梯有什么用处?"

"他一定有用处。你想想你说的这叫什么话;你什么都不懂。他非要一挂绳梯不可;人家都有嘛。"

"你说他要它到底干什么?"

"要它干什么?他可以把它藏在床铺里面呀,不是吗?人家都那么干,所以他也得那么干。哈克,你好像永远不打算照着老规矩办事情;你无时无刻不想来一套新花样。就算是他用不着它的话,它不是照旧留在床铺里面,等他逃走了以后,还可以给人家当做线索吗?你难道以为他们不需要线索吗?他们当然需要。你难道不愿意给他们留下一点儿吗?那岂不太让人为难了,你说是不是?我可从来也没听说过这样的事。"

"好吧,"我说,"假如章程上规定了这么一条,他非得有一挂绳梯不可,那么就给他做一挂吧,因为我决不愿意不按照章程办事。不过,汤姆·索亚,还有一层——咱们如果真把被单撕碎,给吉木制造绳梯,萨莱姨妈一定会找咱们算账,那比写着还准。据我看来,用胡桃树皮做一挂绳梯,一个钱也不费,也不至于糟蹋东西,而且照样可以填在一个大馅饼里,塞在草褥子底下,跟布条做的梯子完全一样。再说吉木他根本是毫无经验,他决不在乎那是用什么做的一挂——"

"别胡说了,哈克·芬,我要是像你那样蠢的话,我早就不开口了——我决不胡扯。谁听说过一个国事犯是靠着胡桃树皮做的绳梯,越狱逃走的呀?这简直是荒谬之至。"

"那么,好吧,汤姆,你照你的法子办吧。不过,你要是听我劝的话,你得答应让我由晾衣服的绳子上借一块被单子。"

他说那倒可以。可是,这么一来,他又想起来一个主意。他说:

"还得借一件衬衣。"

"汤姆,咱们要衬衣干什么?"

"好让吉木在上面记日记。"

"记你奶奶的日记——吉木根本就不会写字。"

"尽管他不会写字——他还可以在衬衣上记些记号呀,不是吗,咱们要是用一把旧锡镴羹匙,或是一节箍桶的旧铁皮,给他做一支钢笔的话?"

"怎么,汤姆,咱们由鹅身上拔一根毛,做一支笔,岂不是更好使、更省事吗?"

"地牢的周围,不会有鹅跑来跑去让囚犯们随便拔毛做笔的,你这糊涂东西。那些囚犯做笔的材料,总是些最粗、最硬、最麻烦的东西,像一盏破铜蜡台啦,或是其他他能够弄到手的物件。而且他们做一支笔,要费上好几个星期,甚至好几个月的工夫,因为他们只能在墙上磨。你就是把一支鹅毛笔放在那儿,他们也决不肯用。那根本不合乎规矩。"

"也好吧,可是咱们用什么给他做墨水呢?"

"有许多人是用铁锈搀上眼泪做的,可是那都是普通人跟女人家干的事。最硬气的汉子,蘸着自己的血写字。吉木也可以那么干;他如果想要传出一点儿普普通通的神秘消息,好让外面的人知道他押在什么地方,那么他可以用吃饭的叉子,把消息写在铁盘子底上,再把它丢到窗户外面。那个'铁面怪人'①就常常做这样的事,那也实在是顶好的办法。"

"吉木并没有铁盘子呀。他们是用平底锅给他送饭。"

"那倒没有什么;咱们可以给他送几个去。"

"可是谁能认识他在盘子上写的是什么呀?"

"那是另外一回事,没有多大的关系,哈克·芬。他所要做的事,只是写在盘子上,扔到窗外来。你也不一定非要认识那些东西不可。其实,一个囚犯在盘子底上、或者在别的地方所写的字,你多半是认不清楚的。"

"既然认不清楚,那么又何必糟蹋盘子呢?"

"谁管那些闲事,那并不是囚犯自己的盘子呀。"

"可是那些盘子终归是有主的,不是吗?"

"嗐,就算它们是有主的,又怎么样?囚犯管得着那是谁的——"

他刚说到这儿,就停下了,因为我们听见吹号角的声音,知道早饭已经做好了。我们就跑回家里来。

那天我费了一上午的工夫,由晒衣服的绳子上,借来了一块

---

① 这是法国历史上一个神秘的人物。他被路易十四囚在皮格纳罗有40多年之久,后来死在巴士底监狱。有些历史学家根据路易十四的私人信件,加以推测,认为"铁面怪人"系纪若拉摩·马提欧力伯爵。

大被单和一件白衬衣；我找了个破口袋，把它们都塞在里面；我们又出去把那些"狐狸灯"也放在口袋里抱回来。我管这种事叫做"借"，因为爸爸常常这样说；可是汤姆说这不是"借"，这叫做"偷"。他说我们是代表囚犯做事的，囚犯做事总是这样的：只要能把东西弄到手里，不管它是怎么来的，别人也不责备他们。汤姆说，囚犯去偷一件东西，为的是跑起来方便，那并不是犯罪，那是他们的权利。所以说，只要我们是替囚犯办事，那么在这个地方凡是对我们有点儿用处的东西，我们都绝对有权利把它偷来，好能够帮助我们逃出监狱。他说我们如果不是囚犯的话，这件事就大不相同了：一个人既没有当囚犯，而要去偷东西，那他一定是个卑鄙无耻的家伙。因此我们认为在这里任何一件东西，只要是方便顺手，我们都可以把它偷来。可是，在那次谈话以后，他却大惊小怪地跟我吵了一通，因为我由那些黑人种的西瓜地里，偷了一个瓜吃。他叫我拿一毛钱，给那些黑人送去，不告诉他们为什么缘故。汤姆说，他原来的意思是说，凡是我们所需要的东西，都可以偷。那么，我就说，我很需要那个西瓜。可是他说我并不是需要那个西瓜才能越狱逃走；区别就在这里。他说假如我要那个西瓜，是为了在里面藏一把刀子，暗地里送给吉木，去刺那个看监狱的，那当然是正当的行为。因此，我也就不便多说了，可是，假如我眼看着大西瓜摆在面前，却不许我饱餐一顿，而必须斯斯文文地坐在那里，对于这种像头发一样细的区别加以分辨的话，那么我真看不出代表囚犯做事，究竟有什么好处。

现在，我再接着我刚才的话讲下去。我们那天早晨一直等到家里的人都各自料理家事去了，这时候场院里连一个人影子都没有了；汤姆就把那个口袋扛到那斜顶的棚子里面，由我站在附近给他巡风。过了不久，他出来了，我们就跑到木材垛上，坐下谈话。他说：

"现在样样事都预备好了，光剩下家伙的问题了。不过那也很容易解决。"

"家伙？"我说。

"不错。"

"干什么用的家伙？"

"怎么，挖地道用的呀。咱们总不能用嘴去啃个地道放他出来吧，能吗？"

"那儿不是有许多破烂的铁镐什么的吗？用它们挖一个地道，救那个黑人，不是挺好吗？"我说。

他转过头来，面向着我，显出一种可怜我的神气，叫我委屈得差不多要哭出来了。他说：

"哈克·芬，你听说过一个囚犯又有铁锨和镐头、又有各式各样新式工具装在衣柜里，让他用来挖洞逃跑吗？我现在打算问问你——假如你多少还懂点儿人事的话——那么一来，他还显得出什么威风、还称得起什么好汉呀？哈哈，那还不如干脆叫人家把钥匙借给他算了。镐头和铁锨——即使你是个国王，人家也不肯给你呀。"

"那么，好吧，"我说，"咱们不用那些铁锨和镐头，可用什么呢？"

"有两把带鞘的刀子就够了。"

"什么，用刀子去挖那所房子的地基？"

"不错。"

"滚你一边儿去，那可真是傻透了，汤姆。"

"傻不傻，没关系，反正那是正当的办法——那叫做照规矩办事。而且就我所知道的，除此以外，别无办法，凡是记载着这一类事的书，我都看过了。人家总是用刀子挖地道——而且挖的还不是土，请你记住；普通总是要凿通大块的石头。而且要费上好多个、好多个礼拜的工夫，永永远远地挖下去。哼，你只要看看那些押在马赛港帝福堡最末层地牢①里的囚犯就行了，他们中间有

---

① 见法国大仲马所著传奇小说《基督山伯爵》。

一个就是用这种办法挖洞逃跑的。你猜他一共挖了多少日子?"

"我不知道。"

"你猜猜看。"

"我猜不着。一个半月?"

"三十七年——他是从中国钻出去的。那才叫棒呢。咱们这个堡垒的墙脚假如也是石头做的,有多么好啊。"

"吉木在中国连一个熟人都没有,怎么办呢?"

"那跟这有什么关系?那个家伙①也是举目无亲呀。可是你怎么老喜欢扯到题外去?你难道不会抓住要领往下谈吗?"

"好吧——我才不管他打哪儿钻出来呢,只要他出得来就行。我想吉木也不会在乎。可是还有一件事,必须注意到——吉木的年纪已经不小了,用小刀子挖洞恐怕不是办法。怕他活不了那么久。"

"他还活得了。你总不会认为挖通一个黄土地基,得要三十七年的工夫吧,你说是不是?"

"汤姆,那么你说到底要多久?"

"嗯,虽然是应该多费些时间,咱们可不能长久地拖延下去,因为也许过不了几天,赛拉姨父就会接到由新奥尔良来的回信儿。他会听说吉木并不是由那儿跑出来的。那么他下一着一定是在报纸上登招领启事什么的,好叫人家把吉木领回去。所以咱们决不能按照规矩、没完没结地挖下去。照理说,我想咱们应该费上两年的工夫,可是那绝对不行。眼前这种局面,随时都有变化,所以我的主张是咱们得马上动手挖洞,越快越好。挖完了以后,咱们心里只当那是费了三十七年的工夫挖成的。那么只要一听风声不好,立刻就能把他拖出来带着走。对了,我想这是顶妥当的办法。"

"嗯,这还有点儿道理,"我说。"只当怎样,并不费钱,只

---

① 指《基督山伯爵》里的主人公爱德蒙·邓蒂斯。

当怎样,也不麻烦;而且,只要有个目的,就是只当咱们费了一百五十年的工夫,我也满不在乎。其实,等咱们挖惯了以后,也不见得是十分吃力的事。那么我现在马上就去想法偷两把刀子吧。"

"偷三把来,"他说;"咱们还要一把做锯呢。"

"汤姆,我不知道我这样提醒你是不是合规矩、是不是犯忌讳,"我说,"那个熏肉房背后的防雨板底下,不是有一根长锈的锯条插在那儿吗?"

他的脸上显出一种又腻烦、又泄气的样子,他说:

"哈克,想教你一点儿事情,简直是白费力气。趁早跑去偷刀子吧——一共偷三把。"我只好照办。

第三十六章
尽力帮助吉木

那天夜里，我们揣摸着大家都睡着了的时候，我们就顺着避雷针溜下来，钻进那间斜顶棚子，然后把门关好，再把那些烂木块掏出来堆在一起，就动起手来。我们把墙根底下那根横木头的中段前面的东西搬开，收拾出一块四五英尺宽的空地。汤姆说，他现在恰好站在吉木的床铺背后，我们顶好由这里对着床底下挖进去，等到挖通了的时候，站在斜顶棚子里的人，谁也看不见床底下有个窟窿，因为吉木的被单几乎搭拉到地上，你一定要掀起被单，弯下腰去，才看得见底下的窟窿。于是我们就抄起刀子，一下一下地挖个不停，差不多一直挖到半夜。这时候，我们浑身累得生疼，手上起满了大泡，可是差不多是一点儿成绩也没有。后来我说：

"这不止是三十七年能做完的活儿，这简直得干上三十八年才行，汤姆·索亚。"

他一句话也不说。可是他叹了一口气，过了不久，他停手不挖了，又有好一小会儿，我知道他心里正在盘算。后来他说：

"这简直是白费劲儿，哈克，这样决干不出个名堂来。假如咱们真是囚犯的话，那倒可以，因为那样我们想干多少年，就干多少年，一点儿也不必着急；咱们每天趁着看监狱的人换班的时候，挖上几分钟就够了；那么一来，咱们手上也不至于起泡了，而且可以断断续续地挖下去，一年一年地向前干，做得又好，又合规矩。可是咱们决不能这样混下去，咱们非得赶紧不可，咱们可耽搁不起。咱们要是照这样再干上一夜，恐怕就要歇上一个礼拜，把手上的伤养好——不然，咱们的手就连这把刀子都不敢碰了。"

"那么，汤姆，咱们怎么办呢？"

"你听我说。这当然是不对的，这当然是有点儿亏心，而且我也实在说不出口——不过，只有这么一条路可走：咱们只好用镐头挖出他来，而心里只当用的是刀子。"

"啊，这才像话！"我说，"你的脑筋越来越清楚了，汤姆·索亚。不管亏心不亏心，地道总得用镐挖。至于天理良心，我是一概不管。我要是动手去偷一个黑人，或是一个西瓜，或是一本主日学校的课本的话，只要能把它弄到手，用什么法子我全不在乎。我光知道我要的是我的黑人，要的是那个西瓜，要的是那本课本。假如镐头用起来最方便的话，那么我就用这把镐头去挖那个黑人，去挖那个西瓜，去挖那本课本。至于那些内行人觉得对不对，跟我是毫不相干。"

"嗯，"他说，"遇到这种情形，咱们有理由把镐头当做刀子；不然的话，我不赞成，也不会站在一旁，眼看着那些规矩被人家破坏了——因为对就是对，错就是错，一个人要是并不糊涂，既然知道不对，为什么要做错事？你尽管用镐头把吉木挖出来，而不必装腔作势把它当做刀子，那是因为你不知道不对。但是我可不能那么办，因为我知道不对。递给我一把刀子吧。"

他自己的那把就在他身旁，可是我把我的这把递给了他。他接过去，往地下一丢，说：

"递给我一把刀子。"

我不知道怎么办才好——可是我想了一想，我就在那堆破烂农具里翻腾了一下，顺手抄起一把尖嘴镐，递给了他，他接到手里，就干起活来，一句话也没说。

他总是那样爱矫情，脑袋里装满了大道理。

于是我也抄起一把铁锹来，我们两个人就连挖带刨，转来转去，闹得乌烟瘴气。我们一口气差不多干了半点钟，再干下去就受不了啦。可是挖的那块地方，看上去倒像是一个挺大的窟窿。等我来到楼上，往窗外望了一下，看见汤姆正在攀着避雷针，拚命地往上爬。可是他两手痛得要命，无论如何也爬不上来。到后来，他说：

"简直是白费劲，这样办可不行。你看我最好该怎么办？你能不能替我想个法子？"

"能倒是能，"我说，"可是我看那不合规矩。顺着楼梯上来，只当是由避雷针上来的。"

他就照我的话做了。

第二天，汤姆由屋里偷了一把锡镴羹匙和一盏铜蜡台，为的是给吉木做钢笔，另外还偷了六支牛油蜡烛。我在黑人住的木阁子附近走来走去，想找个机会，偷三个洋铁盘子。汤姆说那还不够，可是我说，吉木把盘子扔出来，无论谁也看不见，因为它们一定会掉在窗口下面那些野茴香和金参草里——那么一来，我们就可以把它们运回去，让他再用第二回。于是汤姆就满意了。然后他说：

"现在得想个办法：怎样把东西送给吉木。"

"等咱们把洞挖好了，"我说，"就由那个洞送进去就行了。"

他当时显出一副藐视人的样子，还说了几句不三不四的话，意思是谁也没听见过这么一个又笨又蠢的主意。于是他就继续想下去。过了一会儿，他说他想出来两三个办法，可是究竟采用哪个，目前还不必忙着决定。他说我们先得通知吉木一下。

那天晚上，刚刚过了十点钟，我们就顺着避雷针溜下来，带着一支牛油蜡烛，蹲在窗口下面听，只听见吉木正在打呼噜。我们一抬手就把蜡烛扔进去，可是没有把吉木弄醒。然后我们又去挖地道，铁锨镐头一齐忙，过了大约两个半钟头，这件工程就干完了。我们爬了进去，由吉木的床底下爬到屋里，到处摸了一摸，找着了那支蜡烛，就把它点着了。我们站在床前，看见他显得又硬朗、又壮实，就轻轻地、慢慢地把他弄醒了。他见着我们，高兴得几乎要哭了。他管我们叫做老弟，还用许多别的亲热的称呼叫我们。他主张我们马上去找一把凿子，把他腿上那根铁链凿断，然后赶快逃跑，一点儿也别耽搁。可是汤姆对他说那是多么不合乎规矩，就坐下来把我们那一套计划，通通告诉了吉木，并且说假如听见什么紧急的消息，这些计划随时都可以改变，还叫他一点儿也别害怕，因为我们一定能救他出去。吉木说那好极了，我们就坐在那儿谈了一会儿从前的事，汤姆还问了他一大串问题。吉木告诉他赛拉姨父隔一两天就来陪他祷告一回，萨莱姨妈也常来看他舒服不舒服，吃得饱吃不饱，他们两位都待他好极了。这时候，汤姆说：

"这一下我可知道怎么办了。咱们可以让他们给你带几样东西来。"

我说："你可千万别干那种事，那是最笨不过的主意。"可是我的话他一点儿也不听，他不管三七二十一就说下去。每逢他定好了计划，他总是要干到底。

他就告诉吉木，说他打算怎样让奈提——给吉木送饭的那个黑人——把包着绳梯的馅饼和别的大个的东西，像走私一样地运给他，所以他千万得注意，不要大惊小怪，而且打开那些东西的时候，也别让奈提看见。他还说，我们打算把小一点儿的东西，放在赛拉姨父的上身口袋里，吉木得把它们偷出来。要是得手的话，我们还要把几件东西拴在姨妈的围裙带子上，或是装在她的围裙口袋里。他还告诉吉木，那些东西都是些什么，有什么用。还教给他怎样蘸着自己的血在衬衣上记日记，还有诸如此类的事情。他把样样事都对他说了。吉木对这一大套把戏，多一半都不明白是什么道理，可是他觉得我们比他高明，所以他也就满意了，并且说他一定按照汤姆所说的干下去。

吉木有好几个玉米轴烟斗和许多烟叶子，所以我们就痛痛快快地聚谈了一番。然后我们又由那个洞爬出来，回到屋里去睡觉,手上磨破了好几处,好像被什么东西啃过似的。汤姆觉得得意洋洋。他说这是他有生以来玩得顶有意思、顶费心机的一次。他说只要他想得出办法来,我们要一辈子这样干下去,将来由我们的子孙去救吉木出来,因为他相信吉木越是玩惯了这一套,就会越来越喜欢这种做法。他说那么一来,甚至于可以一直拖上八十年,造成历史上监禁最久的惊人纪录。他还说,到了那时,我们参加这件事情的人,一定都能出大名。

早晨起来,我们跑到木材垛上,把那盏黄铜蜡台的钎子,砍成不长不短的几小节,汤姆把这些细铜条和一把锡镴羹匙都装在口袋里。然后我们跑到黑人住的那一排木阁子里去,我就跟奈提东拉西扯,汤姆就拿出来一节细铜条,趁机会插在送给吉木的一个玉米饽饽里,我们就跟着奈提一块儿去看结果,结果果然是好极了:吉木对着那个饽饽咬了一口,一下子把他满口的牙齿差不多都硼掉了;这个结果实在是好极了,无论什么都没有这玩艺儿劲头足。汤姆也是这么说。可是吉木并没露底,只说是一块石子什么的,饼子里头常有,没有什么稀奇。可是自从这回以后,无论遇见什么吃的东西,他要是不先拿叉子到处扎上三四下,他就不敢用牙咬。

我们正在那间不明不暗的小屋里站着的时候,忽然从吉木的床底下钻出来两条狗,然后一条跟着一条,一共钻出来十一条,挤得我们几乎连透气的地方都没有了。真糟糕,我们忘记把斜顶棚子的小门闩上了。这个黑人奈提只喊了一声"妖怪来了!"就一下子昏过去,倒在地上,夹在这群狗的当中,上气不接下气地哼哼起来,仿佛要死了的似的。汤姆一下打开房门,抓起一块给吉木吃的肉往外一扔,这些狗马上就窜出去抢,一转眼的工夫,他出去了一趟,又跑回来,把门关好,我知道他把隔壁那扇门也关好了。他跟着就过来摆布这个黑人,拍拍他的肩膀,安慰了他几句,问他是不是又疑神疑鬼、又觉得看见了什么东西。他由地上站起来,往四下里眨了眨眼睛,说:

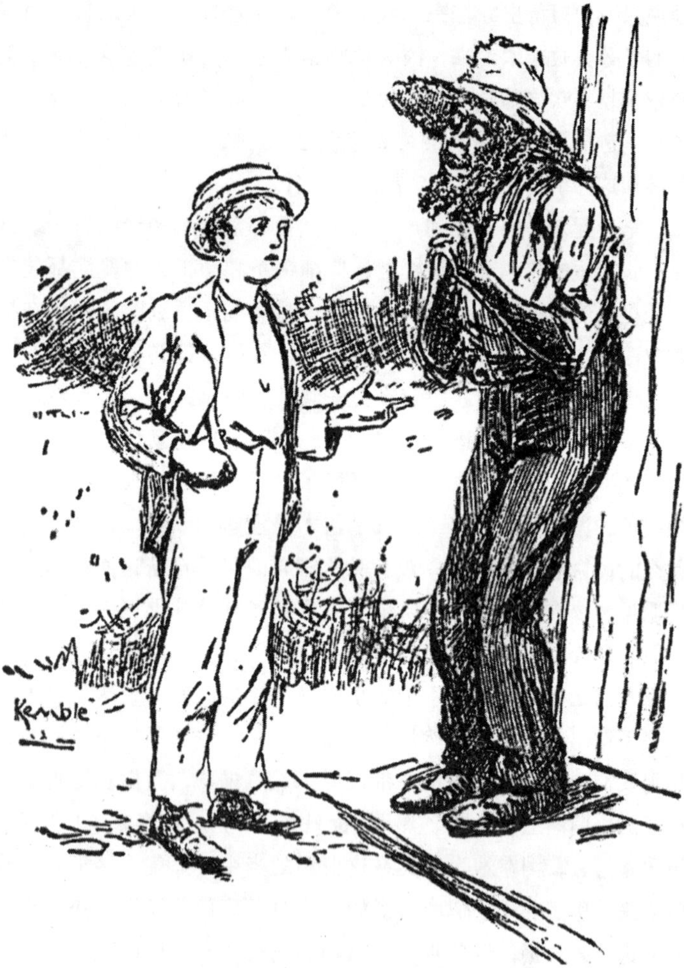
Kemble

"细弟少爷,您准会说我是个傻子,可是我明明看见了成千成万的野狗,或是妖怪或是别的什么东西。我要是对您胡说八道,让我当时就死在这块地上。我敢说我一点儿也没看错。细弟少爷,我摸着它们了,——我摸着它们了,先生;它们从四面八方把我围上了。该死的东西,我要是有一回能够抓住它一个妖怪,有多么好啊——只要能抓住一回就行——别的什么我都不要了。可是,它们顶好还是别跟我过不去才好啊。"

汤姆说:

"得了,我来告诉你我是怎么个想法吧。它们为什么偏偏在这个逃跑的黑人吃早饭的时候跑到这儿来呢?那是因为它们的肚子饿了;就是这个缘故。你赶快做个辟邪的大饼去祭祭它们吧。你应该做的就是这个。"

"可是,我的天哪,细弟少爷,我怎么能做辟邪大饼去祭妖怪呀?我根本不知道怎么做。我压根儿就没有听说过。"

"那只好让我来替你做吧。"

"您肯替我做吗,好少爷?——您肯吗?我可得对着您站的那块地,磕上几个大响头,我一定磕!"

"好吧,我就替你做一个吧,一来是看你的面子,二来是你对我们很好,领我们来看这个逃跑的黑人。可是你可千万要小心。每逢我们到这儿来,你应该把脸转过去,无论我们在锅里放些什么东西,你都得假装着一点儿也没看见。吉木把锅里的东西倒出来的时候,也不准你偷看——不然就会再出事,出什么事我可说不清。特别要紧的是:你可千万别摸那些妖怪吃的东西。"

"细弟少爷,我还敢摸它?您这是哪儿来的话?您就是给我一百万亿块钱,我也不敢用指头尖儿去碰它一下呀。"

第三十七章
辟邪的大饼

这件事算是安排好了。然后我们就离开吉木的小屋,来到后院里的废物堆旁边。这里堆着许多旧靴子、破衣裳、碎瓶子碴、破铁锅和这一类的东西。我们翻腾了一遍,找着了一个旧洗脸盆,就把底上的窟窿好好地堵上,打算用它烤那个馅饼。我们把它拿到地窖子里面,偷了满满一盆面粉,然后就赶着去吃早饭,一路上又找着了两根钉木瓦用的大钉子,汤姆说,囚犯拿这钉子在地牢的墙上刻他的名字,或者记一记他的伤心事,倒是很方便。他看见萨莱姨妈的围裙搭在椅子上,就把一根放在围裙口袋里;我们又在柜子上看见赛拉姨父的呢帽子,就把另一根插在帽箍上,因为我们听见孩子们说,他们的爸爸妈妈那天早晨都要到那逃跑的黑人的屋里去。等到快吃早饭的时候,汤姆又把那把锡镴羹匙丢到赛拉姨父的衣袋里,可是这时候萨莱姨妈还没有来到,我们只好再等一会儿。

跟着她就来到了,她气得满脸通红,不知如何是好,连饭前的祷告都不能等了;接着她用一只手端起壶来哗哗地倒咖啡,用另一只戴着顶针的手在旁边顶顺手的那个孩子头上敲了一下,说:

"我跑上跑下,找了半天也找不着,你另外那件衬衣到底哪儿去啦?"

我的心吓得往下一沉,就沉到我的肝和肺什么的一块儿去了,一块挺硬的饼子壳儿,也跟着往我嗓子里跑,可是刚跑到半路,遇见一声咳嗽,就把它顶了出来,它飞过桌子,正好打在对面那个孩子的眼睛上,打得他把脖子一缩,脑袋一歪,活像渔钩上的蚯蚓一样，马上就像呐喊似的哭起来了。汤姆的脸上也吓得白里透青。当时那种严重的情形，足足地拖延了十五六秒钟。这时候，假如随便有个地缝，我都情愿钻进去。可是那一关过去以后，我们心里又平静下来——我们所以吓得凉了半截，是因为她问得太突如其来了。赛拉姨父说：

"这实在怪得厉害，我可真莫名其妙。我明明白白是把它脱下来了，因为——"

"因为你身上一共就穿着一件嘛。你们听听这个人说的话！我早知道你把它脱下来了，我还比你那晕晕乎乎的脑袋记得清楚得多哪，因为昨天我还亲眼看见它在绳子上晾着呢。可是现在已经没影儿了——里外里就是这么回事儿。你只好先把那件红法兰绒的换上，等我有工夫再给你做一件新的吧。可是，那么一来，我前后两年的工夫，就给你一共做了三件了；光给你做衬衣就得把人忙个半死，可是那些衣裳你都怎么穿来着，那我就没法知道了。一个人活到你这么大的岁数，也应该学着在意点儿了吧。"

"我不是不知道在意，萨莱，我要多在意有多在意。可是，这件事不应该都是我的错处，因为你知道衣裳没有穿在我身上的时候，我也看不见它，也管不着它；而且，就是把它脱下来的时候，我想我压根儿也没丢过一件呀。"

"嗯，你没丢过一件衣裳，就不算是你的错处，对不对，赛拉？我看你要是能丢的话，你不丢才怪呢。而且丢的还不止那一件衬衣。一把羹匙也没影儿了；那就算完了吗？本来一共有十把，现在光剩下九把了。我想衬衣也许是让牛犊子叼去了，可是牛犊子决不叼羹匙，那是一定的。"

"啊，还丢了什么别的东西，萨莱？"

"还丢了六支牛油蜡烛——就是这么些东西。蜡烛也许是让老鼠拖去了，我想八成五是那么回事。你嘴里老说要堵老鼠洞，你那身子总是懒得动，我真纳闷儿它们为什么不把整个这所房子都抬走；老鼠要是聪明的话，一定会跑到你的头发里去睡大觉，赛拉——你永远也不理会。可是羹匙没影儿了,决不能赖老鼠,这我是知道的。"

"嗐,萨莱,是我的不是,我认错啦;我向来马马虎虎;明天我一定要把那些洞都堵上,决不再拖了。"

"哦,我才不那么着急呢,等到明年也行啊。马蒂德·安格林娜·阿拉敏德·菲力浦,你这个馋东西!"

她用顶针对准那孩子敲了一下,那孩子丝毫不敢怠慢,马上把她那只爪子由糖罐子里缩回去了。这时候,有一个黑女人走到过道里,说:

"太太,一条被单没影儿啦。"

"一条被单没影儿啦!哎呀,我的老天爷!"

"我今天就去堵上那些老鼠洞!"赛拉姨父愁眉苦脸地说。

"嘿,少说废话!——你以为老鼠还会拖被单吗?荔子,你说被单到哪儿去了?"

"简直是活要命,我怎么会知道,萨莱太太?昨天还在绳子上晾着,今天就没影儿啦,找了半天也找不着。"

"天塌地陷的日子眼看就要来喽。我活了这多半辈子,这种事可真没见过。一件衬衣,一条被单,一把羹匙,六支蜡——"

"太太,太太,"一个年轻的黄脸丫头跑过来说,"一个黄铜蜡台不见啦。"

"滚开吧,臭丫头,不然我就给你一炒勺。"

啊,她可真是气极了。我往四下里看了一看,想找个机会溜出去,先在外面躲一躲,等她的火消一消再说。她就这样地发作下去,一个人差不多要闹翻了天,其余的人都吓得也不敢说话,也不敢动弹。后来,赛拉姨父一伸手就把那羹匙从他口袋里摸出来了,脸上显得怪不好意思的。她马上停住了,张大嘴巴,举起双手,愣了半天;我呢,这下子可真吓坏了,我恨不得找个地缝钻进去才好。可是没过多久也就好了,因为她说:

"我果然料到了。羹匙原来一直就在你口袋里。说不定别的东

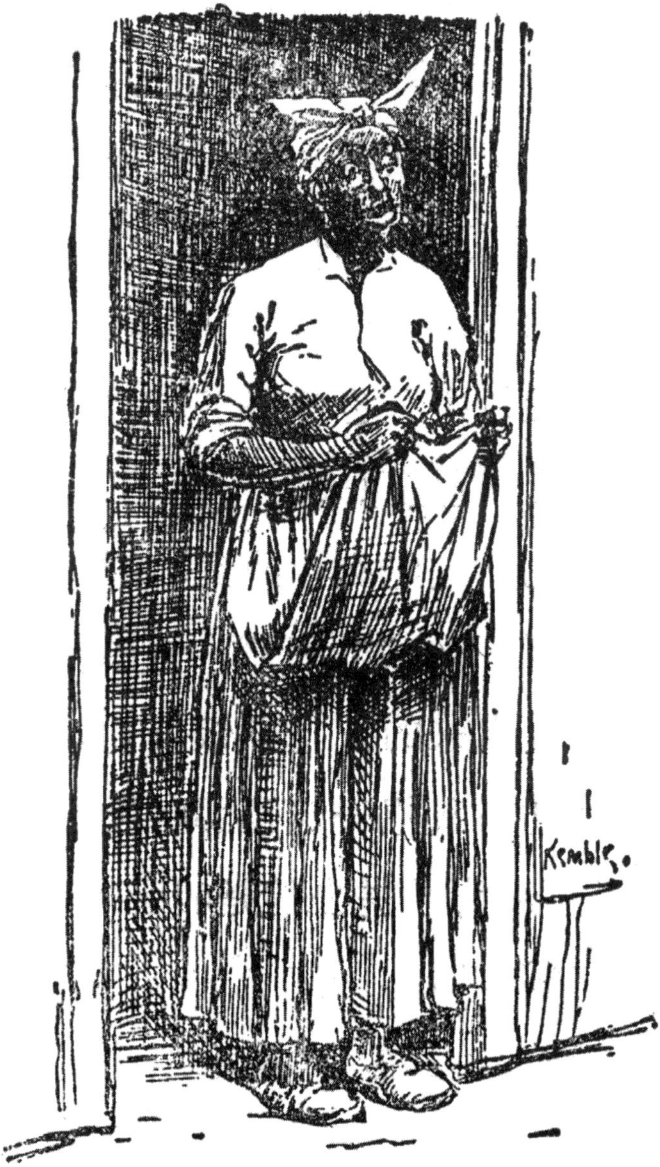
Kemble

西也都在那儿呢。它怎么会跑到你的口袋里去啦？"

"我真是一点儿都不知道，萨莱，"他带着道歉的口气说，"要不然你也知道我会说出来的。吃早饭以前，我正在那儿温习《使徒行传》①第十七章哪；我想一定是那时候我一不留神把它装到口袋里了，我心里还以为装进去的是我那本《圣经》哪。你看，我的《圣经》并没在口袋里呀。一定是这么回事儿。可是，等我过去看看，那本《圣经》要是还在原来地方，我就会知道我并没把它装进去，那就证明我当时放下了那本《圣经》，拿起来这把羹匙，就——"

"得了，我的天！让人家歇歇好不好！出去出去，连大带小都给我滚出去。先得让我定定神，谁也别到我跟前来。"

只要她心里这么一想，我都会照她的意思去做，何况她说得这么清楚。而且，即使我已经死在那里，我也会听从她的话，站起来就走。等我们大家穿过客厅的时候，那位老先生刚拿起他的帽子，那根钉子就掉在地板上了。他弯下腰去，拾起来，放在壁炉架上，一声不响地走出去了。汤姆看得清清楚楚，并且想起了那把羹匙，就说：

"咱们可别再让他运东西了，他这个人太不可靠。"他接着又说："可是，想到那把羹匙，他总算帮了咱们一个大忙，虽然他自己并不知道，所以咱们也得去帮他个忙，也不让他知道——去替他把那些老鼠洞都堵上吧。"

地窖子里的老鼠洞真叫不少，我们费了足足一个钟头才堵完，可是我们堵得又严、又好、又整齐。然后我们忽然听见有人下楼梯，就赶快吹灭蜡烛躲起来；原来是那位老先生下来了。他一手拿着蜡烛，一手提着一捆堵老鼠洞的东西，他那种心不在焉的样子，仿佛离这儿几百英里似的。他恍恍惚惚地走过来，东瞧瞧、西看看，把有老鼠洞的地方一个个都看遍了。然后他在那儿

---

① 《新约全书》里的篇名。

站了大约五分钟,一边用手由蜡烛上掰蜡油,一边在那儿胡寻思。后来他慢慢转过身去,迷迷糊糊朝着楼梯那边去,嘴里说:

"嗐,我真不记得这是我什么时候干的了。现在我可以叫她别再埋怨我了,别再硬说东西都让老鼠拖去了。可是,这又何必呢——还是算了吧。我想,跟她说也不见得有用处。"

于是他就嘟嘟囔囔地走上去,我跟汤姆也就跑开了。他真是个再好没有的老头子。他老是那么可爱。

汤姆因为缺一把羹匙,不知道怎么办才好,他为这件事觉得非常烦恼。可是他说非弄一把不可。于是他就想了一下。他想出来了一个主意,就告诉我应该怎样下手。我们跑到盛羹匙的篮子旁边,等到萨莱姨妈走过来,汤姆就把那些羹匙数了一遍,放在一旁,我就偷偷地拿了一把,放在袖口里了。汤姆说:

"萨莱姨妈,怎么一共还是九把羹匙呀?"

她说:

"去玩你的去,别在这儿跟我捣乱。我比你清楚得多,我亲手数过了。"

"哼,我已经数过两遍了,姨妈,一共只有九把。"

她显出不耐烦的样子,可是她当然得过来重新数一数——无论是谁也得这么做。

"哎呀,可不是只有九把吗!"她说。"这到底是怎么回事——该死,该死,真该死,我还得重新数一数。"

于是我就把我袖口里那把又偷偷地放回去。等她数完了,就说:

"这简直是活见鬼,现在又是十把了!"她显出又气忿、又烦恼的样子。可是汤姆说:

"姨妈,我可不信那是十把。"

"你这糊涂虫,你刚才没看着我数吗?"

"我知道,可是——"

"好,好,我再给你数一遍。"

于是我又偷掉一把,所以这回的数目跟那回一样——还是九把。啊,这一下可把她气急了——气得她浑身乱抖。眼看着就要发疯。于是她就数过来、数过去,数得她头昏眼花,把那个篮子偶尔也当成羹匙数在里面,结果是三回数目对了,三回数目错了。她伸手抓起那个篮子,往屋子对面一扔,把那只猫砸了个不亦乐乎。她叫我们滚出去,她好坐下定定神,她说从现在直到吃午饭,我们要是再在她周围胡捣乱,她就要剥我们的皮了。于是我们就把那一把羹匙弄到手,趁她正对我们下逐客令的时候,一伸手就把它丢在她的围裙口袋里,结果还没到晌午,吉木就把羹匙和钉子都掏去了。对于这桩事,我们很满意,汤姆说即使再费上一倍的力气,也很值得,因为他说她现在数两回就得错一回,要了命她也数不对了;而且即使她数对了,她也不相信。他还说,等到她一连数上三天,数得晕头转向的时候,他猜想她一定不敢再数了,谁要是敢请她再数的话,她不想砍他一刀才怪哪。

那天晚上,我们又把那条被单送回绳子上去晾着,然后又从她那小套间里另偷出来一块。于是我们费了两天的工夫,一会儿偷出来,一会儿送回去,弄得她连家里一共有几条被单都再也不知道了,她就说她根本也不在乎了;她说她再也不为这件事乱吵乱骂,累得上气不接下气;她说她决不再去瞎数,打死她也不干。

现在我们可好了,幸亏有老鼠和牛犊给我们解围,又因为数来数去数得她头昏,所以尽管我们把衬衣、被单、羹匙、蜡烛都偷到手里,谁也不疑惑我们。至于那个蜡台的事情,那并没有多大关系,等几天自然也就过去了。

可是那个馅饼倒真是个难题;我们为它也不知费了多少周折。我们跑到离家老远的树林里,把样样东西都预备好,生上火就烙起来;后来居然把它做成功了,而且叫人挺满意。但这玩艺儿并不是一天的工夫就做好的。我们前后用光了满满三盆面粉,我们身上有些地方叫炭火快烧遍了,眼睛也让烟熏得快看不见了;因为,你知道,我们只想烙一个大空壳,可是支了半天也支不住，上面那层一来就瘪下去。当然，我们后来知道该怎么办：干脆把绳梯也夹在饼里烙。于是第二天夜里，我们就跟吉木一起干，把被单撕成小窄条，搓了起来，天还没亮我们就做成了一条大绳子，又好看，又结实，用它绞人一绞一个死。我们只当是费了九个月的工夫才做成的。

第二天上午，我们带着绳子，跑到树林子里去，可是没法把它装在饼里。这条绳子既然是一大块被单做成的，那么你即使打算做上四十个馅饼，也用不光，而且剩下的那些还可以熬一大锅汤，灌几挂香肠，或是干些别的什么名堂。我们简直可以用它做一桌酒席了。

但是我们用不着那么做。我们只要用它做一个馅饼就行了，其余的那些都丢掉了。我们烙饼的时候，并没用那个洗脸盆，怕的是把盆上的焊口烧化了。可是赛拉姨父有一个古色古香的长把儿的铜暖盒，那是他祖先传下来的，他拿它当作宝贝，据说是当初威廉一世乘着"五月花"①，或一条别的什么古战船，从老远的英国带过来的。他把这个铜暖盒和许多贵重的古瓶旧罐，都高高地收藏在阁楼里：这并不是因为它们有价值，因为它们根本没有什么了不起，只不过因为它们是古董罢了，你要知道。我们就把它偷偷地拿出来，带到树林里去。可是头几个饼都烙坏了，因为我们什么诀窍也不知道，可是最末一个烙得可真叫好。我们把铜暖盒拿过来，在里面摊好生面团，再放在火上烤。然后我们把布绳子装进去，再把一层生面放在布绳上，又把暖盒盖子盖上，把烧红了的炭火放在上面，用手拿着长木把，站在离火五英尺远的地方，觉得又凉快、又舒服。一刻钟以后，一个大馅饼就做成了，看上去倒是挺令人满意的。可是吃这个饼的人一定要随身带着两大桶牙签，因为，不是我胡说，饼里的布绳子一准儿把他噎

---

① 威廉一世是 11 世纪的英国国王。"五月花"是一条船的名字。英国清教徒 1620 年曾乘这只船到美洲。此处作者是故意信口胡扯。

个半死,还要让他肚子痛得要命,并且痛得个没完没了。

我们把这个祭妖怪的大饼放在吉木的饭锅里的时候,奈提并没有看。我们还在锅底上放了三个铁盘子,然后用吃的东西压在上面;所以吉木把样样东西都拿到了。后来他趁屋里没人的时候,就把手伸到饼里,把绳梯掏了出来,藏在他床上的草褥子里面;又在一个铁盘子上,用钉子画了几个记号,就把它由窗洞里扔出来了。

第三十八章
"囚犯的一颗心，在这儿愁碎了"

造那几支钢笔实在是苦到极点的事情，而做那把锯也是一样地不妙；可是吉木认为让他题字，就是囚犯总得在墙上涂上的那种题字，一定会活活把他的命要了。可是我们非叫他题字不可，汤姆说不那样做不行：没听说一个国事犯不把他的题字和纹章①留下，就越狱逃跑的。

"你看看那位金·贵公主②，"他说；"你看看纪福·达烈③；你再看看老诺森白兰④！啊，哈克，就算它是麻烦得很——你又能够怎么办？——难道你还能把它省去吗？吉木一定得有一段题字，还得有一个纹章。人家都有嘛。"

吉木说：

"嗜，汤姆少爷，我哪儿有什么蚊帐呀；我只有你给我的这件衬衣，你知道我还得在那上头记日记呢。"

"嗜，你根本不懂我的话，吉木。纹章是另外一回事。"

"可是，"我说，"吉木说的并不错呀。他真是没有纹章，他才说他没有纹章呀。"

"这一点难道我还不知道，"汤姆说，"但是他从这儿逃出去之前，一定得想法子弄上一个——他得冠冕堂皇地走出去，决不能叫他把名声弄坏了。"

于是，我和吉木每人找了一块砖头磨钢笔，吉木磨的是那节铜蜡钎，我磨的是那把锡镴羹匙，汤姆在那儿想纹章的样式。过了一会儿，他说他想出来的好花样太多了，几乎不知道该用哪个了，可是他认为有一个样式顶好，可以采用。他说：

313

"咱们在盾形纹地的右侧下方,画一条金黄斜带;在紫色中带之上,刻一个斜形十字;再加上一条小狗,龙盘虎踞,当做图记;狗脚底下横放铁链一根,凸凹参差,说明奴役之意,波线前额左右,加以苍绿雉堞;天蓝纹地之上,另画竖带三副;脐部与底边之间,作一山形扁带,上立雄狮,前足高举;再画一个逃跑的黑人,亚赛乌金墨玉,手持左方横杠,肩扛行李一卷,算是顶饰,外加银朱两根,当做支柱,此乃指你我二人而言。末后题上格言一句:'欲速则不达。'这是由一本书上学来的——意思是:越是慌张,越跑不快。"⑤

"简直是活要命,"我说,"还有剩下的那些玩艺儿都是什么意思呀?"

"咱们可没有工夫为那些事儿瞎操心,"他说,"咱们还得拚命地干下去呢。"

"可是,不管怎样,"我说,"随便讲一点儿行不行?'中带'是个什么东西?"

"中带——中带就是——你用不着知道中带是什么。到时候我自然会告诉他怎么做。"

"去你的吧,汤姆,"我说,"我想你总得给人家讲一讲。什么叫'左方横杠'呀?"

"哼,连我也不知道啊。可是他非得有一个不可。那些贵人

---

① "纹章"是一种画着各种图画或图案的盾牌,用来标志一个武士的功绩,或是贵族的门阀。
② 英王亨利七世的重孙女(1537—1554),15岁便精通希腊、拉丁以及英、德、法、意各种文字,16岁与纪福·达烈公爵结婚;曾做过九天皇后,即以叛逆罪下狱,夫妇二人同时被杀于塔山之上。
③ 金·贵公主的丈夫。
④ 纪福·达烈的父亲,曾被囚于伦敦塔牢内数年之久,在塔牢石壁上刻有纹章,至今尚存。
⑤ 这一段话里,有许多纹章学上的专用名词,颇不常见。有几个名词被汤姆用错了:"左方横杠"本来是说明纹章部位的名词,汤姆把它当做了一种棍子;"银朱"本来是纹章学上一种颜色,他把它当做了一种柱子。

都有嘛。"

他的脾气总是这么怪。假如他不想给你解释，他对你干脆就不理。你尽管跟他麻烦上一个礼拜，结果也不会有什么用处。

他把做纹章那档子事计划好了，现在他想要把剩下的一部分活儿赶完；这就是说，他得想出一首叫人伤心的题词，刻在墙上——他说吉木一定得刻一首，因为别人都那么干。他编了好几首，写在一张纸上，就给我们念了一遍。是这么几句话：

一　囚犯的一颗心，
　　在这儿愁碎了。

二　当囚犯，真悲惨，
　　世人对他翻白眼；
　　半生愁里度光阴，
　　孽债偿完劫数满。

三　三十七年噩梦长，
　　幽囚囹圄太凄凉；
　　柔肠寸断无人管，
　　壮志全消死不妨。

四　在狱里熬了三十七年的时光，
　　伤心的是妻离子散国破家亡，
　　要知道死去这位贵客来头大：
　　路易十四的情妇是他的亲娘。

汤姆念这些词儿的时候，声音直发颤，差不多快要哭出来了。他念完以后，觉得这几段话都太好了，简直没法决定让吉木在墙上刻哪一段了。后来他认为顶好让吉木把它们统统都刻下来。吉木说叫他用钉子在木头墙上刻这么一大套废话,至少得费他一年的工夫,再说他根本不会写字。可是汤姆说他可以替他先画个底子,那么他只要照着笔道一刻就行了。过了不久,汤姆又说:

"你想想看,刻在木头上怎么行呀;没听说地牢里还有木头墙;咱们得把那些词句刻在石头上才行。咱们去搬块大石头来吧。"

吉木说石头比木头更要难办;他说在石头上刻那么多字,费的工夫更要长,那他恐怕一辈子也出不去了。可是汤姆说他可以让我帮他干。然后他看了看我和吉木的钢笔磨得怎么样了。那真是一件又难、又慢、又麻烦、又讨厌的事,而且我手上磨破了的地方,哪儿还有机会能养好,再说我们虽然磨了这么久,一点儿结果好像都没有。汤姆就说:

"我知道该怎么办了。咱们一定得搬一块大石头,把那个纹章跟那些伤心的词句都刻上,那么岂不是一举两得?那边锯木厂里有一块大个儿的圆磨石,咱们去把它偷偷地运进来,再把那些玩艺儿都刻上,而且还能用它磨笔磨锯呢。"

这个主意真是好得不得了,不过那块石头也真是大得了不得;可是我们认为还是得鼓起勇气来干。这时候还没到半夜,我们朝着锯木厂跑过去,让吉木留在小屋里干他的活。我们偷出来那块圆磨石,就推着它往回滚,可是这实在不是容易事。有时候,我们尽管用尽了气力扶着它,还是不能不让它倒下来,而且它每倒一回,就差一点儿把我们砸在底下。汤姆说,不等我们把它推到家,恐怕我们两个当中就得有一个被它砸死。我们才把它推到半路,就累得筋疲力尽,身上的汗差不多要把我们淹死了。我们知道这不是办法,我们得去把吉木找来。于是吉木就抬起那张床铺,由床腿上褪下铁链子,把它在脖子上绕了几绕,就跟着我们由洞里爬出来,又回到磨石跟前。吉木跟我把那块磨石一推,就毫不费力地赶着它跑起来;汤姆就在旁边指挥着。他当起指挥来，真是比哪个孩子都强。什么事他都知道该怎么做。

我们的那个洞，实在是不算小，不过要想把这块大石头滚进去还是办不到。可是吉木抄起铁镐，挖了几下，就把它弄得够大了。我们把石头滚进来以后，汤姆用钉子把那些东西的轮廓画在上面，叫吉木拿钉子当做凿子使，又从斜顶棚子里那堆破家具里找了一根铁闩，给他当做锤子用，汤姆叫他一直干下去，等到那半截蜡烛点完了的时候，再把磨石推到草褥子底下，睡在上面。然后我们帮着他把铁链子重新套在床腿上，这时候我们自己也正要回去睡，可是汤姆又想起来了一件事，他说：

"吉木，你这儿有蜘蛛没有？"

"没有，先生，幸亏没有，汤姆少爷。"

"那么，好吧，我们去给你弄几个来吧。"

"谢谢您啦，老弟，我要那种东西干什么？我可怕见它们。那还不如弄一条响尾蛇来跟我做伴儿呢。"

汤姆想了一下，就说：

"这个主意倒真不错。我想从前大概有人那么做过。一定有人那么做过。本来那是合情合理的嘛。不错，这可真是个好主意。你打算把它养在哪儿呀？"

"养什么呀，汤姆少爷？"

"怎么，当然是响尾蛇呀。"

"哎哟，我的活祖宗！要是有一条响尾蛇钻到这屋里来，我要是不对准这木头墙一头撞出去才怪呢。"

"嗐，吉木，过不了多大工夫，你就不怕它了。你可以把它喂熟了呀。"

"把它喂熟了！"

"不错——容易得很。不管什么动物，你只要待它好，常常拍拍它，它就会感激你，它决不会伤害一个拍它的人，它连那么想都不会想。随便哪本书上都是这么说的。你先试试看——别的都甭管；先试上两三天，怎么样？嗐，过不了多大工夫，你就把它养熟了，它也就爱上你了；它会跟你一块儿睡觉，时时刻刻离不开你，它还会让你把它围在你的脖子上，把它的脑袋伸到你的嘴里去。"

"汤姆少爷，我求求你——您别这么说话好不好！我可受不了！它会让我把它的脑袋伸到我的嘴里去呀——送我一个人情，对不对？我敢说，它就是等上一辈子，我也不去请它往我嘴里钻呀。更要紧的是：我可不要它跟我一块儿睡觉。"

"吉木，你可别这么糊涂。一个囚犯总得有一种不会说话的小玩物。假如没人曾经玩过响尾蛇的话，那么你就开上一个头，试验着玩它一下，岂不是比干什么都光荣吗？你想想你用别的什么方法，能够得到这么大的光荣？恐怕要了命你也想不出来吧。"

"得了，汤姆少爷，我可不想要那份儿光荣。大蛇一口就把我吉木的下巴咬掉了，还说什么光荣不光荣！饶了我吧，先生，我可不想那么办。"

"真该死，你随便试试都不行？我光想叫你试试看——试了之后，要是行不通的话，你可以不必干下去呀。"

"假如刚刚一试，就叫大蛇咬了，那么我这份儿罪不是就受上了吗？汤姆少爷，凡是近情近理的事，我差不多都甘心情愿去干，可是你跟哈克假如一定要弄一条响尾蛇到这儿来叫我养的话，那么我就非走不可了；我说得出就做得到。"

"好吧，假如你总是这么死心眼儿，那就算了吧。我们可以给你弄几条菜花蛇来，你再拿几个铜扣子，拴在它们的尾巴上，只当它们是响尾蛇，我想那总该行了吧。"

"那种蛇我倒受得了，汤姆少爷。可是，我对你说吧，还是不如没有的好。我可从来不知道：当个囚犯，有这么多的麻烦。"

"不错，要想做得对，总得受点儿罪。你这屋里有老鼠没有？"

"没有，先生，我连一个都没见过。"

"好吧，我们给你弄几个来吧。"

"嗐，汤姆少爷，我又要老鼠干什么呀？比它们再讨厌的东西可真没处去找：整夜围着你刷啦刷啦地跑，无缘无故地咬你的脚，弄得你想要睡觉也睡不着。那可不行，先生，假如非要一种不可的话，弄几条菜花蛇来我倒不在乎，可千万别给我那些臭老鼠，我要它们根本就没有用处。"

"可是，吉木，我告诉你，你非有不可呀——人家都有啊。你就别再穷啰嗦了吧。囚犯就没有不要老鼠的，那是谁都没听说过的事儿。人家总是训练它们，逗逗它们，教给它们耍把戏，它们也就跟你挺亲热，像苍蝇似的了。可是，你还得对它们奏乐才行。你有什么乐器没有？"

"我什么都没有，只有一把粗木梳跟一张纸，还有一个小口琴①。可是我想老鼠不见得会买我那小口琴的账。"

"它们一定买账。它们才不管你奏的是什么音乐呢。你给老鼠弹口琴，它太应该知足了。所有的动物都喜欢听音乐，在监狱里，它们更会听得入迷。特别是悲伤的调子；其实弹口琴反正也弹不出别的调子来。这种音乐会把它们都逗出来，看看你到底是出了什么事儿。哦，原来你没啥，过得还挺好。你在晚上临睡之前，或是早晨起床以后，总要坐在床上，弹弹你的口琴。奏一个《金链寸寸断》吧——这个调子能够把老鼠勾来，比别的什么都灵。等你弹上两分钟的光景，你会看见所有的老鼠、长虫、蜘蛛等等，都替你发愁，都爬来看你。它们会像一窝蜂似的把你团团围住，在你身上痛痛快快地玩上一阵。"

"不错，它们当然会玩个痛快，汤姆少爷，可是我吉木玩得怎么样呀？那大概只有天知道。可是，如果一定要我那么做的话，我就那么做吧。我看我得把那些动物都伺候得挺满意，决不能让这屋里闹乱子。"

汤姆等了一下，想了一想，看看是不是还缺什么东西。一会

---

① 一种很简单的铁质小乐器。弹琴的人用牙齿咬住琴身，用手指拨弄铁舌。

儿他就说：

"哦——我忘记了一件事。你在这儿养棵花儿行不行？"

"这我可不知道，也许行吧，汤姆少爷。可是这个地方暗得很，无论什么花，我要它也没用，而且在这儿种花，一定是麻烦得要命。"

"哼，反正你得试一试。别的囚犯做过这种事。"

"弄一棵像大猫尾巴似的毛蕊花，种在这儿也许能活得了，汤姆少爷，可是麻烦半天，还是得不偿失。"

"你别那么想呀。我们去给你弄一棵小的来，你把它种在那边那个角落里，好好地养活它。你别管它叫做毛蕊花，你得管它叫做'陪囚兰'①——这才是它在监狱里的正当名字呢。而且你还得用你的眼泪去浇它。"

"怎么，我这儿有的是泉水，汤姆少爷。"

"你根本不愿意用泉水；你非要用你的眼泪浇它不可。人家向来都是这么做的。"

"嗐，汤姆少爷，我敢说别人刚用眼泪把他的毛蕊花浇活了，我这儿用泉水浇的那棵，早已开过两回花、结过两回籽儿了。"

"那根本不在话下。你非得用眼泪浇不可。"

"那么它一定要死在我手里，汤姆少爷，因为我根本就不常哭。"

这一下可把汤姆给窘住了。可是他琢磨了一会儿，就劝吉木一定要尽量多受些委屈，弄个葱头来抹抹眼睛。他答应第二天早晨到黑人住的木阁子里去替他弄一个，偷偷地扔在吉木的咖啡壶里。吉木说，"那还不如在那壶咖啡里加上一把烟叶子哪。"然后吉木就足足地抱怨了一阵，说他要费九牛二虎之力去培养那棵毛

---

① 原文是 Picciola。在 19 世纪法国作家若·格·博尼法瑟的小说《Picciola》（1836）里，谈到一棵小花如何维持了一位尊贵囚犯的生命。

蕊花，又要对着一大群老鼠弹口琴，又得对着长虫蜘蛛等等拍拍哄哄献殷勤；除此以外，他还得磨钢笔，记日记，刻题句，还有种种别的事，让他觉得当个囚犯比干什么都不容易；麻烦又多，责任又大，还得受上一肚子委屈。这么一来，汤姆差一点儿就跟他大发脾气，说他简直是不识抬举，普天之下哪个囚犯能有这么多出大名的好机会，可是他偏偏不知道爱惜，眼看着都要糟蹋在他的手里。于是吉木觉得非常难过，说他下次再也不敢这么泄气了。然后我和汤姆就跑回房里睡觉去了。

第三十九章
汤姆写匿名信

　　早晨起来，我们到村里买了一个铁丝编的老鼠笼，带回家来，又把顶大的一个老鼠洞重新挖开，过了一个钟头的样子，就捉住了十五只又肥又壮的大老鼠。我们把笼子抬到萨莱姨妈的屋里，在她的床铺底下找了个妥当的地方藏起来。可是我们出去找蜘蛛的时候，那个叫做汤玛司·佛兰克林·卞加珉·杰佛森·亚力山大·菲力浦的小家伙看见床底下那个笼子，就过去把门打开，想看看那些老鼠会不会跑出来。这么一来，它们就都溜了。随后萨莱姨妈就进来了。等到我们又回到屋里的时候，她正站在床上乱跳乱喊，因为那些老鼠正在到处乱窜，拚命地给她解闷儿呢。她一见我们，就抄起那根桃木棍，揍了我们每人好几下。后来我们费了足足两个钟头的工夫，才又捉了十五六个——那好管闲事的孩子真讨厌。而且这回捉的并不挺像样儿，因为第一网把顶肥顶壮的都打尽了。我可从来没见过比第一网打的那些再像样儿的老鼠。

　　我们又捉了一大堆个儿顶大的黑蜘蛛、屎壳螂、毛毛虫、癞蛤蟆，还有许多别的东西；我们本来还想弄上一个马蜂窝，可是办不到，因为那一家大小正在那儿团圆呢。我们当时并不肯善罢甘休，我们跟它们干了好久好久，因为我们想看看到底是它们把我们轰跑呢，还是我们把它们轰跑，结果是我们让它们给轰跑了。我们就找了一点儿药膏，抹在那些地方，过了一会儿，觉得似乎是好些了，可是就是不能坐，一坐就觉得不好过。于是我们又跑去找长虫：一共捉了二十多条菜花蛇和家蛇，就把它们都装在一个口袋里，拿到我们的屋里去。这时候，晚饭已经做好了，我们已经辛辛苦苦地干了整整一天了；觉得饿吗？嘻，饿倒是不饿！等我们回来一看，真糟糕，连一条蛇都没有了——因为口袋系得不够紧，所以它们全都钻出去跑掉了。可是这并没有多大关系，反正它们没离开这所房子，我们猜想一定还能捉回几条来。在这所房子里，真能看见不少蛇，它们在这儿足足地闹了一阵。你能够看见由房椽子上，或是别的地方，隔一会儿就掉下几条来；而且它们总是落在你的盘子里面，要不然就掉在你的脖颈子上，反正多半都掉在你那怕见人的地方。其实它们长得非常漂亮，都带着一条一条的花纹，这样的蛇即使爬来一百万条，也不至于伤人。可是在萨莱姨妈的眼里，看不出有什么分别，不管是哪种长虫，她都厌恶得要命，不管你对她怎么说，她总是觉得受不了。每逢有一条蛇猛然间掉在她身上，那么她不管正在干些什么，总要撇开手里的活，抽身就往外跑。我可从来没见过这样一个老太婆。你还能够听见她扯着嗓子哇啦哇啦地喊。你就是劝她用火钳把蛇夹出去，她都不干。她睡觉的时候要是一翻身，看见在床上盘着一条蛇，她就马上滚下来，拚命地喊叫，仿佛房子着火了似的。她老是把那位老先生由梦中吵醒，因此他说上帝要是根本没造出蛇来，有多么好。等到所有的蛇都走光了一个星期以后，萨莱姨妈还是放心不下；她仍然是吃惊害怕；每逢她坐在那儿出神的时候，你只要用根鸡毛，在她的脖子后面一探，她马上就会吓得魂不附体。这真是古怪极了。可是汤姆说女人家都是这样。他说不知道为什么，她们天生就爱这么大惊小怪。

每逢有一条蛇掉在她旁边，我们就得挨上一通揍。她还说假如我们再弄些蛇来关在家里，她就不光是揍我们几通了事，她还要用更厉害的手段对付我们。其实我并不怕挨揍，那根本算不了什么；可是我真怕再去捉蛇，那实在是麻烦得了不得。可是我们还是去捉了许多，就跟那些别的东西放在一起，拿到吉木的屋里，所以每逢它们一窝蜂似的爬出来，围着吉木，听他奏乐的时

323

候，这间房里实在是再热闹也没有了。吉木根本不喜欢蜘蛛，蜘蛛也不喜欢吉木；它们总是在那儿偷偷地找机会跟他捣乱，把他收拾得真叫够受。吉木说床上有那些耗子、长虫，还有那块大石头，他简直连睡觉的地方都快没有了，即使偶然腾出一块地方，你也没法睡觉，因为这地方实在是太热闹了，而且老是那么热闹，他说，因为它们向来不同时睡觉，总是轮流值班；每逢长虫睡着了，老鼠就立刻上场，等到老鼠回去安歇了，长虫又出来巡逻，所以他身底下老有一批后备军在那儿休息，挤得他没地方睡觉，而在他身上总有一批给他演马戏，他要是站起来换换地方，那些蜘蛛就趁他走过的时候，对付他一下。他说他这回果真能够逃出去的话，他一定不再当囚犯了，哪怕是发给他薪水请他干，他也不干了。

　　三个礼拜的工夫过去了，样样事都进行得很顺利。那件衬衣早就夹在饼里送进去了，所以吉木每逢被老鼠咬上一回，就跳起来趁着那红墨水还新鲜的时候，记上一笔日记，那些钢笔已经做好了，题句等等都已经刻在大磨石上了。那条床腿已经锯成两截，我们把锯末也都吃下去了，当时肚子痛得可真够受。我们还以为我们都要死了，可是结果并没死。那实在是我从没见过的顶难消化的一种锯末；汤姆也是这么说。可是，照我刚才所说的，我们现在可把件件事都做完了；这时候我们都累得筋疲力尽，尤其是吉木，累得更是不可开交。那位老先生给奥尔良下游那个农园写了两封信，叫他们派人来把他们这个逃跑的黑人带回去，可是一直也没接到回信，因为那里根本就没有那么个农园。于是他说他打算在圣路易和新奥尔良的报纸上，登招领吉木的启事。他刚一提到圣路易的报纸，我马上出了一身冷汗，我知道我们再也不能耽搁了。于是汤姆说，现在是写匿名信的时候了。

　　"匿名信是什么呀？"我说。

　　"是一种警告，告诉人家眼看就要出事了。这种事情的干法不一样：有时候这么干，有时候那么干。可是总有人探来探去，向城堡的长官报信。路易十六打算由秃勒里皇宫①逃出去的时候,是一个服侍他的丫鬟报的信。这个法子非常好,可是匿名信也很不错,所以咱们两种方法都采用好了。照例是让囚犯的母亲换上他的衣裳,留在狱里,由他把她的衣裳穿上逃跑。咱们也照样干一下吧。"

"可是,我倒要问问你,汤姆,咱们为什么一定要警告他们,叫人家知道快要出事了呀?让他们自个儿去发现不好吗?——那根本是他们的事。"

"不错,我知道;可是你不能靠他们。他们一开头就那么干——他们什么全不管,样样由着咱们办。他们总是那么昏头昏脑地信靠别人,什么事情也注意不到。所以说,咱们要是不去提醒他们,那根本就不会有谁来干涉咱们,那么一来,咱们苦干了这么一场,麻烦了这么多日子,结果这回越狱一定是毫无意思:根本算不了一回事——跟那些麻烦一点儿也不相称。"

"哼,要让我看,汤姆,那叫做'正中下怀'。"

"胡说,"他说,脸上显出非常厌恶我的神气。于是我说:

"可是我并不想埋怨你。反正你说怎么好就怎么好。你说那个丫鬟应该怎么办吧。"

"由你去当那个丫鬟。你在半夜里溜进屋去,把那个黄脸丫头的袍子偷出来。"

"哎呀,汤姆,那么一来,第二天早晨一定得出一场乱子,因为她多半只有那么一件衣裳。"

"我知道。可是你前后只不过穿上一刻钟,你拿着那封匿名信,从前门底下的门缝里塞进去就行了。"

"那么,好吧,我就那么办吧。可是,我穿着我自己这套衣裳去送信,不是更方便一点儿吗?"

"那么一来,你就不像个丫头了,你说是不是?"

"是,可是,反正没人看得见我像个丫头不像呀。"

---

① 秃勒里是杜伊勒里的讹音。1792 年法王路易十六被囚于巴黎杜伊勒里皇宫,一度企图逃走未成,翌年 1 月死于断头台上。

"问题根本不在这儿。咱们做事一定要本本分分，别管有人看得见咱们看不见。你难道连一点儿规矩都不懂吗？"

"好了，我没有话可说了。我就当那个丫头吧，可是谁当吉木的母亲呀？"

"我来当他的母亲。我到萨莱姨妈那儿去偷一件长袍子穿上。"

"那么等我跟吉木走了以后，你就得呆在那间小屋里了。"

"也呆不了多久。我会在吉木的衣裳里塞满了稻草，把它搁在他的床上，算是他那女扮男装的母亲。然后吉木再把那个黑老太婆的衣裳，由我身上剥下来，穿在他的身上，然后咱们大家再一块儿出奔。一个很有身份的囚犯逃跑了，就叫作出奔。比方说吧，一个皇帝逃跑了，就得用这种称呼。皇帝的儿子逃跑也是一样，至于他是个私生子还是个公生子，那都不在话下。"

于是汤姆就写了那封匿名信，我就在那天晚上把那个黄脸丫头的袍子偷来，穿在身上，再照着汤姆告诉我的话，把信从前门底下的门缝里塞进去。信上写的是：

千万当心！
大祸临头，
严防为妙。

无名氏具

第二天晚上，我们把汤姆蘸着血画的一张图画，贴在大门上。他画的是一个可怕的骷髅头，和两根交叉的大腿骨；第三天晚上，又在后门贴了一张，上面画的是一口棺材。这一下可把这一家人吓得不知如何是好。他们简直是怕到极点，仿佛这个地方挤满了鬼怪似的：觉得有些鬼藏在门后头，有些鬼蹲在床底下，有的哆哆嗦嗦地飘在半空中，专等有人一过来，马上就要他的命。假如一扇门砰地一声关上了，萨莱姨妈立刻跳一下、喊一声："哎哟，我的妈！"假如有个什么东西掉在地下了，她也跳一下，喊一声："哎哟，我的妈！"假如你冷不防碰了她一下，她照样也要表演一回。她不管是走到哪儿去，总是很不放心，因为她认为随时随地都有什么东西跟着她——她常常突然来一个向后转，嘴里喊一声："哎哟，我的妈！"等她才转了三分之二，又一扭身转回去，又照样喊一声。她怕到床上去睡觉，又不敢坐着熬到天明。所以汤姆说，这个主意实在是灵得很，他说他从来没遇见过什么事情，能够叫他这样的满意。他说这就表示事情做得很得法。

于是他说现在压台戏就要来到了！所以第二天早晨，天刚蒙蒙亮的时候，我们又写好了一封信，可是不知道怎样把它送出去，因为头一天吃晚饭的时候，我们听见他们说，他们打算派两个黑人，整夜地把守着前后门。汤姆就顺着避雷针爬下去，在周围附近侦查了一遍，看见把守后门的那个黑人正在呼呼地睡觉，他就把那封信插在他的脖子后面，然后又回到屋里来了。那封信上说：

> 你们可别泄漏我的秘密，我很想跟你们交个朋友。有一群杀人不眨眼的强盗，打印第安区来到此地，准备在今天夜里，把你们那逃跑的黑人偷走。他们想尽了方法吓唬你们，使你们不敢出来跟他们为难。我是那一伙人当中的一个，可是我信仰上帝，我想改邪归正，再过安分守己的生活，因此我愿揭露这种万恶的阴谋。他们预定在半夜时分，由北方沿围墙偷偷地过来，带着私配的钥匙一把，直奔黑人的那间木屋，将他劫走。他们叫我站在一旁巡风，如果看见有什么危险，就得吹一声铁号筒，当作警告。但是我不愿这样做，我打算等他们进屋以后，学一阵羊叫，而不吹号：这时候，趁他们解下那根铁链的时候，你们可以轻轻跑上前去，把他们锁在屋里，再从从容容地杀掉他们。你们万不可轻举妄动，务必照我的话行事，否则会引起他们的疑心，惹出一场滔天大祸。我并不希望得到什么报酬，只愿知道我自己做的是正当事情就够了。
>
> 无名氏具

第四十章
救人的连环妙计

我们吃完早饭以后,心里觉得非常高兴,就把我那只独木船捞起,带着一顿午饭,到对岸去钓鱼,痛痛快快地玩了一阵。我们看了看那只木筏,它还是好好地停在那里。等到我们回来吃晚饭的时候,家里的人正在发愁着急,急得晕头转向,连东南西北都分不清了。我们刚刚吃完晚饭,他们就叫我们马上去睡,也不告诉我们出了什么乱子,对那第二封信也一字不提;其实他们也用不着提,因为我们比谁知道得都清楚。等到我们才上了一半楼梯,萨莱姨妈刚刚转过脸去,我们就溜到地窖子里,打开橱柜,装了许多东西,足够一顿晌饭吃的;我们带着这些吃的东西,回到屋里,这才上床睡觉,可是到了十一点半左右,我们又爬起来了;这时候,汤姆把他由萨莱姨妈屋里偷来的那件衣裳穿上,正要带着那顿晌饭,动身走开,可是他说:

"黄油在哪儿呢?"

"我弄了一大块,"我说,"搁在一个玉米饽饽上了。"

"那么你分明是留在那儿了——这儿没有呀。"

"咱们不带黄油没有关系,"我说。

"咱们带黄油也没有关系,"他说,"你趁早到地窖子里去把它拿来。然后再顺着避雷针滑下去,赶快来。我去把稻草填在吉木的衣裳里,当作他那假母亲,等你来到了,我就要学上一声羊叫,然后再一块儿逃跑。"

他一转身就走开了,我就下到地窖子里去。那块黄油足有拳头大小,还留在原来我搁着的地方,我就把那块玉米饽饽和黄油一齐抓到手里,吹灭了蜡烛,偷偷地往楼上走,一直走到地窖子上面那一层,总算还顺当,可是忽然间萨莱姨妈拿着点着的蜡烛过来了。我赶快把手里的东西往帽子里一塞,把帽子往头上一扣,再一转眼,她就看见我了。她说:

"你到地窖子里去了吗?"

"去啦,姨妈。"

"你在下面那儿干什么来着?"

"没干什么。"

"没干什么?"

"没干什么,姨妈。"

"那么,是什么鬼把你迷住了,让你这么深更半夜到那底下去的?"

"我不知道,姨妈。"

"你不知道?不许你这样回答我,汤姆。我一定要知道你在那底下干什么来着?"

"我什么也没干,萨莱姨妈。老天爷睁眼,我真是什么也没干。"

我还以为她现在会放我走哪;要是平常日子,她会放的。可是我想这回一定是因为她觉得奇怪的事情太多了,弄得她不管遇见什么小事,只要稍微出了点儿毛病,就急得她要死要活。所以她就斩钉截铁地说:

"赶快给我跑到客厅里去,在那儿等着我,我一会儿就来。你准是在那儿干了些跟你不相干的事,我要是不把它弄个清楚,说什么我也饶不了你。"

她走开了,接着我就把门拉开,走到客厅里来。嘿,这儿怎么有这么一大群人呀!一共有十五个庄稼汉,每人手里都有一杆枪。我真是害怕得要死,就偷偷摸摸地走过去,坐在一把椅子上。那些人都坐在屋里,有的偶尔说上一两句,可是声音非常低。他们都带着又担心、又紧张的样子,可是故意装出不在乎的神气。我一看就知道他们心里有事，因为他们总是把帽子摘下来又戴上去，一会儿抓抓头皮，一会儿换换座位，并且总在他们的纽扣上摸来摸去。我自己的心里也是七上八下的，可是我还是没有把我的帽子摘下来。

我真巴不得萨莱姨妈马上回来，跟我办完交涉，就是揍我一顿也没有关系；只要她能放我走，我就可以跑去告诉汤姆，说我们已经把这件事情闹得过火了，我们已经一头撞在一个天大的马蜂窝上了，让他知道我们应该立刻歇手，别再胡闹，而且要带着吉木赶快逃跑，别等着把这一群坏小子惹翻了，跑来对付我们。

后来她可回来了。她问我许多问题，可是我一时答不上来，我当时觉得头昏眼花，因为这些人现在都急得直跳，有几个主张马上就出去埋伏下，等着抓那一伙强盗，并且说只差几分钟就到半夜了；别的人拚命地劝他们暂时别忙，等到听见羊叫的暗号再说；而且姨妈又在这儿狠命地审问我，吓得我浑身直哆嗦，眼看着就要晕倒在地下了；那个地方又越来越热，弄得那块黄油渐渐地化了，就顺着我的脖子和耳朵后面流下来；又过了一会儿，有一个人说："我是主张马上就去，先到那间小屋里等着，他们过来一个就抓一个，"我一听见这句话，差一点儿向前栽倒；于是一道黄油就顺着我的脑门子流下来；萨莱姨妈一眼就看见了，她的脸马上吓得像白纸似的，她说：

"天啊，天啊，这个孩子是怎么啦？——他准是得了脑膜炎，你们看，那些黄浆子都流出来了！"

于是大家都跑过来看，她一伸手抓下我的帽子，那块玉米饽饽和剩下的黄油就掉出来了。她立刻把我揪过去，搂在怀里，说：

"哎哟，你真把我吓了一大跳！原来你并没有得病呀，我真高兴，谢天谢地。你知道，咱们正在走背运，我怕的是祸不单行，我一看见那些东西，马上以为你没有命了，因为我认识那种颜色，它跟你的脑浆子一模一样，假如你果真——嗐，嗐，真是的，你为什么不早告诉我你到那下面是去拿这些东西呀？我还会在乎吗？赶快到屋里去睡觉，等到天亮再来见我！"

我一转眼就走上楼，又一转眼就顺着避雷针溜下来，摸着黑直奔那间斜顶棚子。我急得简直是连话都说不出来了；可是我赶紧告诉汤姆，大事不好，应当马上就跑，一分钟也不能耽搁了——那边屋子里有一大群人，拿着枪就要过来了！

他的眼睛亮了一下，说：

"不会吧！——真的吗？真叫棒啊！嘿，哈克，要是能从头再来一回的话，我敢保能够逗来二百人。咱们能不能再拖下去，等到——"

"赶快呀！赶快呀！"我说，"吉木在哪儿呀？"

"就在你的胳膊肘旁边。你一伸手就摸得着他。他已经打扮好了，样样都预备齐了。咱们现在就溜出去，学一声羊叫当暗号。"

这时候，我们听见那些人的脚步声来到门前，又听见他们摸那把挂在门上的锁。有一个人说：

"我不是告诉你了吗，咱们来得太早了；他们还没来——门还锁着哪。喂，我把你们几个人锁在这间屋里，先在黑影里埋伏着，等他们一来到，把他们都打死。其余的人都在周围散开，好好地听着，看看是不是听得见他们过来。"

于是他们就一拥而进，可是他们在黑影里看不见我们，我们忙着往床底下钻的时候，他们几乎踩在我们身上。可是我们还是钻到了床底下，由那个洞里爬出来，爬得很快，但是动作很轻——吉木第一，我第二，汤姆在末后，这是遵照汤姆的命令。我们现在来到斜顶棚子里，听见外面很近的地方也有脚步声。我们摸到门背后，汤姆让我们停下，他自己贴着门缝往外面看，可是外面很黑，看不见什么。他就悄声地说，他想先听一下，如果脚步声走远了，他就用胳膊肘撞我们一下，那么吉木就应该先溜出去，他自己在后面殿军。于是他把耳朵贴在门缝上，听了又听，听了又听，可是那些脚步声总在外面转来转去。后来他忽然撞了我们一下，我们就弯着腰溜出门来，也不敢喘气，也不敢弄出一点儿声音。我们朝着栅栏偷偷地窜过去，一个跟着一个。我们来到栅栏跟前，幸亏没有出事，于是我和吉木就翻过去了。可是汤姆的裤子让栅栏顶上一根横棍上的木片紧紧地挂住了，这时候他听见脚步声已经走过来，他只得用力一挣，把那木片挣断，响了一声；等他追上我们往前跑的时候，有人大声喊着说：

"那是谁呀？快说话，不然我就开枪啦！"

可是我们并没有说话；我们撒开腿就向前跑。只听后面有人冲过来，紧接着就是"啪，啪，啪"一阵枪响，子弹就"呜，呜，呜"地从我们的上下左右飞过去了！我们听见他们喊着说：

"他们在这儿哪！他们往河边跑过去啦！往前追呀，伙计们！把狗都放出来呀！"

他们就猛追过来。我们听得见他们，因为他们都穿着靴子，并且大声喊叫，可是我们并没穿靴子，也不大声喊叫。我们走的是往木厂去的那条路；等他们追得离我们很近的时候，我们就往旁边的小树丛里一闪，让他们一个个都跑过去，然后又跟在他们后面跑。他们本来把所有的狗都关起来了，恐怕它们把强盗吓跑了，可是现在有人把狗都放出来了，它们就一阵风似的冲过来，汪汪汪地乱叫一阵，仿佛有好几万条似的；可是那到底都是自己家里的狗；我们就停住脚步，等它们过来；它们一看原来不是外人，不值得让它们大惊小怪，就对我们打了个招呼，又朝着前面那一片喊声和跑步声拚命地窜过去了；然后我们又鼓起劲儿来，一溜烟似的跟在它们后面，等我们快要跑到锯木厂的时候，就穿过矮树林，来到拴着独木船的地方，我们一纵身跳上船去，拚命地划向河心，可是仍旧尽量地不弄出响声来。然后我们就对着那个小岛舒舒服服、从从容容地划过去，打算去找那只木筏；可是我们还听得见岸上那一片人喊狗叫、跑来跑去的声音，一直等到我们走远了，那些声音才越来越小，慢慢就听不见了。我们刚刚迈上木筏，我就说：

"得啦,老吉木啊,你现在又成了个自由人了,我敢说你从此以后再也不会当奴隶了。"

"而且这件事做得真是太好了,哈克。主意想得漂亮,干也干得漂亮,管他是谁也想不出这么一个妙主意,乱得简直像迷魂阵一样。"

我们都高兴得不知如何是好,可是顶高兴的还是汤姆,因为他腿肚子上挨了一枪。

我和吉木一听见这件事,就不像刚才那么快活了。他的伤口痛得要命,血流得很多。我们就让他躺在窝棚里,扯碎了公爵的一件衬衣,打算替他把腿裹上,可是他说:

"把布条递给我,我自己会裹。现在还得干下去,不准在这儿耽搁着,这一回的出奔要得真叫漂亮啊;摇起桨来,放开筏子!伙计们,咱们干得真是妙透啦!实在是妙。巴不得是咱们带着路易十六出奔,那么在他的传记里就不会写上那句'圣路易之子,飞升到天堂'①了:一定不会,老兄,咱们准能把他哄过国界——咱们一定做得到,而且还能做得神出鬼没,毫不费力。摇起桨来吧——摇起桨来吧!"

可是我跟吉木商量了一下——想了一想。我们想了一会儿以后,我说:

"你说吧,吉木。"

他就说了:

"哼,我看是这么回事,哈克:咱们倒过来看一看,假如放出来的那个人是他,咱们哥儿们有一个挨了枪的话,他会不会说:'往前走吧,救人就救到底吧,用不着去请大夫来救这个家伙啊'?汤姆·索亚少爷是那种人吗?他会说那种话吗?你放心吧,他不会的!那么,好了,我吉木能说那种话吗?甭打算,先生——大夫一

---

① 这是路易十六在断头台上临死的时候,哀基沃兹大主教站在旁边替他祷告的一句话。

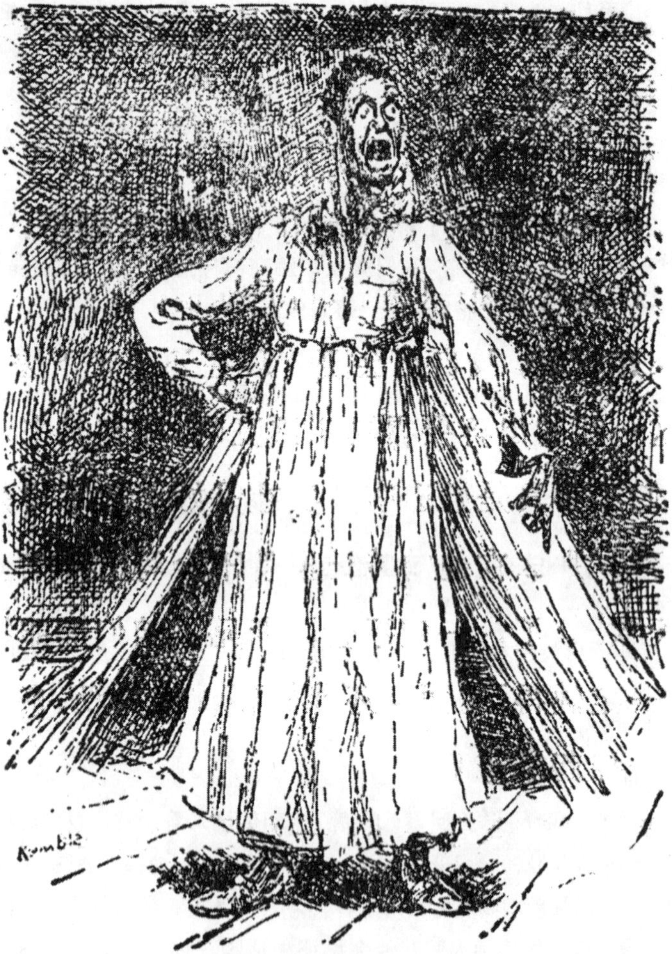

时不来，我决不离开这儿一步；哪怕等上四十年我都不在乎！"

我早知道他有一副和白人一模一样的心肠；我料定他会说出这样的话——现在事情就好办了，我就对汤姆说，我要去请医生。他为这件事大闹起来，可是我跟吉木非那么干不可，决不肯让步；于是他就要由窝棚里爬出来，亲手去解那拴木筏的绳子；可是我们不准他动一动。于是他就对我们大发脾气——可是他那叫白费气力。

他看见我已经把独木船收拾好了，他就说：

"好吧，你要是非去不可，那么我就告诉你到了村里该怎么做。先要关上门，用一块黑布把那个医生的眼睛紧紧地捆上，然后叫他对天起誓，死也不声张，再把满满一口袋黄金，放在他的手里，趁着黑夜，领着他穿过背街后巷，到处乱绕一阵，再坐着小船把他带到这儿来，可是在路上走的时候，千万要在那些小岛中间，多多兜上几个圈子，还要搜他的腰，把他身上的粉笔拿走，等他回到村里再交还，不然他就会在这只木筏上画上记号，将来就能够再找着它。他们都是这么干的。"

我说我一定照办，就动身走了；吉木打算一看见大夫走过来，就先躲到树林里去，等他回去再出来。

第四十一章
"一定是鬼怪"

我把那位医生叫起来了,看见他是一位上了年纪的人;他是一位又体面、又和气的老先生。我告诉他,昨天下午我跟我弟弟划船到那边那个西班牙岛上去打猎,我们找着了一节木筏,就在那上面过夜。到了半夜,他一定是在梦里踢了他的枪一脚,那杆枪就走了火,他的小腿上受了伤,我们想请他到那边去一趟,给他治一治,可是别提这件事情,也别让人家知道,因为我们想在今天晚上回家,让家里的人都吃一惊。

"你们家里的人都是谁呀?"

"是那边姓菲力浦的。"

"哦,"他说。呆了一会儿,他又问我:"你刚才说他是怎么受的枪伤?"

"他做了个梦,"我说,"就挨了一枪。"

"这个梦可真叫奇怪啊,"他说。

他点上灯笼,拿起药箱,就跟我一起走过来。可是他一见那只独木船,对它就有点儿看不起——他说这只小船只能容下一个人,坐上两人恐怕要出危险。我就说:

"嗐,您不必担心害怕,先生,它载我们三个都一点儿不费劲。"

"哪三个呀?"

"嗐,我跟细弟,还有——还有我们的枪;我就是这个意思。"

"哦,哦,"他说。

可是他把脚放在船边上,踩着它晃了几下,就摇着头说,他觉得还是得找个大点儿的船才好。可是那些船都拴上铁链锁上了。于是他就跳上我那只独木船,叫我等着他回来再说,或者到附近再去找一只,或者我可以先回家去,让他们准备一下,好吃这一惊,假如我肯那么干的话。可是我说不想那么干。我告诉他怎样去找那只筏子,他就划着小船走了。

过了不大的工夫,我偶然想出来一个主意。我心里想,假如他不能把那条腿马上就治好呢?假如他要费上三五天的工夫呢?那么我们应当怎么办?——难道就在那儿直挺挺地躺着,等着他泄漏我们的秘密吗?那我可不干,先生,我有我的办法。我得在这儿等着,等到他回来的时候,假如他说他还得再去一趟的话,我就跟他一块儿去,即使浮水过去也没关系;然后我们再捆起他来,把他扣住,顺着大河漂下去,一直等到他把汤姆的伤治好了,他该得多少报酬就给他多少,或是把我们所有的家当都送给他,然后再放他回到岸上去。

于是我就爬到一个木垛中间去,先睡上它一觉;可是等我再一睁眼的时候,太阳已经快要升到我的头顶上了!我一翻身就跑出去,一口气跑到医生家里,可是他家里的人说,他大概是半夜里就出诊去了,到现在还没有回来。哎呀,我心里想,看样子汤姆的伤一定很重,我可得马上到那个小岛上去。于是我拔腿就跑,才一转弯儿,差点儿就一头撞在赛拉姨父的肚子上。他说:

"是你呀,汤姆!你跑到哪儿去呆了这么老半天,你这野孩子?"

"我哪儿也没去呀,"我说,"只不过是跑去找了找那个逃跑的黑人——我跟细弟两个。"

"真是的,你们到底上哪儿去找来着?"他说。"你的姨妈都快要急死了。"

"她何必着急呢?"我说,"我们也没出什么岔子。我们跟在那些人和那些狗的后面跑了一阵,可是他们跑得太快,把我们拉下了;可是我们好像听见他们跑到河里追去了,我们就找了一只船,跟在后面赶了半天,还过河去看看,可是连个人影子也没看见;我们就往上游划去,后来拴好了船就睡了,一直睡到一个钟头以前才醒;我们又划到这边来,想打听打听消息。细弟到邮局去听听信儿,我就跟他分手,跑到这儿来,想弄点东西我们两个人吃,然后再一块儿回家去。"

于是我们就一同到邮局去找"细弟";可是我并没有猜错,他果然没到这儿来;这位老先生由邮局取了一封信,然后我们又等了一会儿,可是细弟还是不来;于是这位老先生说咱们走吧,等细弟到处胡跑够了以后,他爱走着回家就让他走,爱坐船就随他坐船——可是我们一定得雇马车。我没法叫他让我呆在这里等细弟,他说再等也不见得有用处,而且我应当马上赶回去,好让萨莱姨妈知道我们并没有出什么岔子。

我们到家以后,萨莱姨妈一看见我,就高兴得又哭又笑,先搂着我亲热了一下,接着又揍了我一顿,可是她那种揍,挨在身上,一点儿也不痛;她说等细弟回来,也得照样给他一通教训。

这个地方现在挤满了一大群人:那些庄稼汉都带着他们的老婆在这儿吃晌饭;这一片七嘴八舌的嘈杂声音,实在是少见得很。那位霍启机老太太吵得比谁都凶;她一直在不住嘴地哇啦着。她说:

"哎呀,菲力浦大嫂,我到那边那间小屋里仔细搜寻了一遍,我准知道那个黑人是疯啦。我就对丹莫奈大嫂说——我说了没有,丹莫奈大嫂?——我说,他简直是疯啦,我说——我就是这么说的,一个字儿也不差。你们大家都听着:他准是疯啦,我说;拿眼到处一扫,你就知道啦,我说。光看看那块大磨石就行啦,我说;一个人要是不疯不癫,谁会闲着没事,在那块大磨石上刻那么一大套疯话呀,我说?说什么这儿某某人的心碎啦,这儿有个什么人作囚犯苦干了三十七年啦;还说一个什么路易的情妇是谁的亲娘啦,乱七八糟,一大套废话。他实在是完全疯了,我说;一开头我就是这么说,到中间我还是这么说,说到底我仍旧是不变卦——那个黑人准是疯啦——疯得简直像个泥菩苦泥萨①,我说。"

"可不是吗,霍启机大嫂,你再看看那个破布条子做的梯子吧,"丹莫奈老太太说,"你说他要那种东西到底打算——"

"你说的这句话,跟我说的一点儿也不差,我跟阿特白大嫂还没说完哪,不信你就问问她。她说,你们看看那个破布条子做的梯子吧,她说;我就说啦,是呀,你们都看看吧,我说——他可要它干什么?我说。她就说啦,霍启机大嫂啊,她说——"

"可是他们把那块大磨石到底是怎么弄进去的呢?又是谁挖的那个洞呢?又是谁——"

"正好又是我说的话!潘洛德大哥呀,我刚才对——把那碟糖浆递给我好吗?——我刚才对登拉波大嫂说,他们把那块大磨石到底是怎么弄到那儿去的,我说。而且没人帮着,你别忘啦——而且没人帮着!怪就怪在这儿。不见得吧,我说;决不会没人帮着他,我说;而且帮忙的人一定还不少,我说,帮助那个黑人的起码也有十来个,我恨不得把这儿的黑人的黑皮都剥下来,我非要知道那些事都是谁干的不可,我说;我还说——"

"你说起码也有十来个!——那么些事情四十个人也办不了呀。看看那把小刀做的锯,还有些七零八碎的玩艺儿,做起来有多么费事呀;再看看那条床腿居然给锯断了,六个人干这一件事也得一个礼拜呀;再看看床上那个稻草做的假黑人;再看看——"

"你说的话可真不错,海陶二大哥!正好就像我对菲力浦大哥他本人所说的话。他说,霍启机大嫂,您对这件事情怎么个想法?我说,对什么事情怎么个想法呀,菲力浦大哥?他说您看见那条床腿那样给锯下来,您心里是怎么个想法呀?他说。你问我是怎么想吗?我说。我敢说决不是床腿自个儿锯掉的,我说——

---

① 这是尼布甲尼撒的讹音。古亚述帝国著名的暴君尼布甲尼撒(公元前604—前561)曾大兴土木,重建巴比伦。《旧约》里记载着他围攻耶路撒冷等等事迹。他成为许多稗史里的中心人物。

反正是有人把它锯掉的,我说。这就是我的看法,你爱信不信,我才管不着哪,我说。尽管是这样,那总算是我的看法,我说。谁要是能再想出更近情理的说法,那就让他想去好啦,别的话没有,我说。我还对登拉波大嫂说——"

"嗜,真是的,那间屋里一定是天天晚上都挤满了黑人,而且要一连干上一个月,才能做得了那么些事,菲力浦大嫂。再看看那件衬衣吧——上面密密层层地蘸着血写满了非洲字,看上去简直是像天书!我看一定是有一大帮人,几乎成天成夜一个劲儿地往上写。哼,谁要是能给我念它一遍,我愿意赏他两块钱。那些写字的黑人要是让我抓住了,我一定用鞭子抽他们,抽得他们——"

"还用问有没有人帮着他,麻普鲁大哥!嗜,你前些日子要是住在这所房子里,我敢说你准得那么想。你知道,他们摸着什么就偷什么——而且,你别忘啦,我们还在这儿睁着大眼、时时刻刻地看着哪。他们把那件衬衣由绳子上一把就偷去啦!再说那块床单——他们拿去做绳梯的那块床单——恐怕谁也说不清他们一共偷过多少回数啦。还有羹匙、面粉、蜡烛、蜡台,再加上那个古董暖盒,还有千八百种别的东西,都是些什么我现在也记不清啦;对啦,还有我那件新做的花布袍子;而且赛拉跟我,还有我那细弟、汤姆,都一直在那儿不分昼夜地守着,像我刚才所说的,可是我们连他们的一根毫毛也没抓着,也没看见一个人影,也没听见什么动静。可是事到如今,你们瞧瞧,他们一下子溜到我们的眼皮底下来,还把我们耍了一通,不但耍了我们,连那些印第安区的强盗也都耍在里头啦。可是他们居然把那个黑人平平安安地弄走啦,而且走的时候,还有一十六位大汉、二十二条猛狗,在他们的屁股后头追了半天!我告诉你说吧,我压根儿也没听说过这种事。哎呀,这件事办得可是真漂亮、真巧妙,就是鬼怪也办不到。我想那一定是鬼怪办的事——因为,我们家的狗,你们都知道,比它们再厉害的还到哪儿去找?可是那些狗连他们的味儿都没闻着！连一回都没闻着！你们谁能给我讲讲这个道理！——不管你们哪个！"

"哎呀呀，真叫厉害，简直赛过——"

"我的天，我这辈子还没有——"

"真要命，本来我还不——"

"一定是挖窟窿的毛贼，再加上——"

"我的老天爷，我可不敢住在这么个——"

"你不敢住！——别提啦，李奇卫大嫂，我已经吓得睡也不敢睡，起又不敢起，躺下就害怕，坐着又发毛。说不定他们还会偷——哎呀，我的天，你猜昨天刚到半夜的时候，我吓成了什么样子。我心里实在是害怕，我要不担心他们把家里的人也偷走几个才怪呢！我怕得那么厉害，连脑筋都快要错乱了。我现在大白天说这种话，实在是透着有点儿傻，可是我当时一想到我那两个可怜的孩子，正在楼上那间冷冷清清的屋子里睡觉，就吓得我马上提心吊胆地走上楼，把他们全都锁在屋里啦！我就是那么办的。我想不论是谁也得那么办。因为，你知道，赶上你吓成那样的时候，而且越怕越发抖，越抖越心惊，一时一刻也不停，那么你自然就会吓得糊里糊涂，不论什么荒唐的事你都做得出来，再过一会儿，你就会想，假使我是一个十几岁的孩子，睡在楼上老远的那间屋里，可是连门都没锁，那么你——"她停住了，两只眼睛显得直勾勾的，然后又慢吞吞地回过头来，等到她刚刚看见我的时候——我马上站起来，到外面去走了一走。

我心里想，假如我先上外面找个地方，把这件事稍微想一想，我就能够编出一套话来，说明为什么昨天夜里我们不在家。于是我就这么做了。可是我不敢走得太远，否则她会派人找我回去。等到下午很晚的时候，那些人都走光了，我就回到屋里，告诉她那一片人声和枪响，怎样吵醒了我和"细弟"，我们的房门已经上了锁，可是我们偏要出去看热闹，我们这才顺着那根避雷针，偷偷摸摸地滑下去，我们两个都受了一点儿伤。我们下次再也不敢那么做了。接着我又把上午告诉赛拉姨父的那套话，对她重新说了一遍。她说她可以饶了我们，她说也许事情还算是不错；还说大人不能跟小孩子一般见识，因为在她的眼里，小孩子总是些荒唐鬼，所以只要是没有闹出什么乱子，她觉得与其是为那些已经做过的事情瞎操心，倒不如抽出点儿工夫来谢谢上帝，因为我们不但还都活着，而且没灾没病，仍旧是她的好孩子。于是她就亲亲我的脸，拍拍我的头，接着又像是在那儿想心事。可是才过了一会儿，她忽然跳起来说：

"哎呀，哎呀，天都快黑啦，怎么细弟还不回家呀！这孩子撞上什么事了吧！"

我看见有机可乘，立刻跳起来说：

"我马上跑到镇上去，找他回来，"我说。

"不行，不行，不准你去，"她说。"你干脆老老实实呆会儿吧。一回丢一个已经够受的了。他要是不回家来吃晚饭，你姨父自然会找他去。"

他果然没回家来吃晚饭，所以姨父吃完晚饭就去了。

姨父是十点钟左右回来的，他像是有点儿不放心，汤姆的下落他并没有打听着。萨莱姨妈可实在是不放心，不过赛拉姨父说她何必那么着急——他说，孩子总归是孩子，明天早晨他自然会平平安安地回家来。于是她就只得安心了。可是她说她反正得熬一会儿夜，等他一等，而且要点着蜡烛，好让他看见。

等到我上楼睡觉的时候，她也陪着我到楼上来，她还带着蜡烛，还替我盖好了被子，又像亲妈似的照顾了我一阵，让我觉得真是亏心，我简直连她的脸都不好意思看了。她在床沿上坐下，跟我谈了好半天，她说细弟是个多么出色的好孩子；她仿佛永远也夸不够他似的。她隔一会儿就问我一回，问我是不是觉得他会迷路了，或是受伤了，或者也许是淹死了，说不定这时候他正躺在一个什么地方受罪呢，或者是早已断气了，她却不能在他的身旁照拂他，于是她的眼泪就悄悄地滴下来了。我就告诉他细弟并没有撞上什么事，明天早晨一定会回家。她一听这话，就用力握握我的手，不然就亲亲我的脸，叫我把那句话再说一遍，再说一遍，一直不断地说下去，因为她心里实在是太难过了，那句话叫她听着心里舒服。等到她临走的时候，她弯下腰来，目不转睛地、非常温柔地盯着我的眼睛，说：

"汤姆，今天晚上我也不打算锁门了，反正有窗户、有避雷针呢；可是你会好好的吧，不是吗？你不至于再走了吧？千万要替我想想啊。"

天知道我是多么急着要去看汤姆，我一直是满心想去。可是听完了她对我说的那一番话以后，我不想去了，无论如何我也不想去了。

可是我心里总是惦记着她，又惦记着汤姆，所以这一夜睡得很不踏实。在半夜里，我有两回顺着避雷针滑下去，偷偷地绕到前面来，看见她靠着窗户坐在蜡烛旁边，她那泪汪汪的两眼，正在望着那条大道。我恨不得想法去安慰安慰她，可是又没有办法，我只能下定决心不再那样地胡作非为，不再弄得她伤心落泪罢了。天快亮的时候，我第三回醒过来，滑下去一看，她仍旧在那儿坐着呢，那支蜡烛快要点完了，她一只手撑着白发苍苍的头，已经睡着了。

第四十二章
为什么不绞死吉木

那位老先生在吃早饭以前,又到镇上去了一趟,可是仍然打听不着汤姆的下落。他们老两口子坐在饭桌旁边,想来想去,一言不发,显出很悲恸的样子。咖啡凉了也不管,一口东西也不吃。过了一会儿,老先生说:

"那封信我交给你了吗?"

"什么信呀?"

"昨天我由邮局取出来的那封。"

"没有,你没交给我什么信。"

"嗐,我一定是又忘了。"

他在口袋里乱摸了一阵,然后又离开饭桌,走到他原来放那封信的地方,就把信拿了回来,交给她看。她说:

"怎么,这是由圣彼得堡寄来的——这是姐姐来的信。"

我想这时候再出去走走,对我会有些好处,可是我动弹不了。没想到她刚要把信拆开,忽然又把它扔下,站起来就跑——因为她一眼看见外面有人来了。我也看见了。原来是汤姆·索亚躺在草褥子上,被人抬回来了;还有那位老医生,还有吉木,身穿她的那件花袍子,两手绑在背后;还有另外许多人。我顺手找着一件东西,把那封信藏了起来,就跟在她后面往外冲。她对着汤姆扑过去,一边哭,一边喊:

"哎哟,他死啦,他死啦,我准知道他死啦!"

汤姆的头稍微活动了一下,嘴里也不知嘟囔了一两句什么,这表示他已经烧糊涂了;这时候,萨莱姨妈忽然举起手来,喊着说：

"他还活着哪，谢天谢地！这就好了！"她很快地亲了他一下，就拚命地往屋里跑，去给他收拾床铺，又一路吩咐左右那些黑人跟全家老小，跑几步就说几句，说得像放连珠炮似的那么快。

我跟着那些人走过去，想看看他们打算怎么处置吉木。老医生和赛拉姨父都跟着汤姆到屋里去了。那些人都气忿极了，有几个人非要把吉木绞死不可，好给附近这一带的黑人当个榜样，叫他们别再打算逃跑，像吉木一样，闯下了滔天大祸，还吓得这一家人几天几宿胆颤心惊。可是另外几个人说，别那么做吧，那样根本不行，他并不是咱们的黑人，咱们要是绞死了他，他的主人一定会出头露面，叫咱们赔出钱来。这几句话把他们那股劲儿压下去了一点儿，因为那些看见黑人做了错事，就硬要把他绞死的人，总是那些在他身上出了气之后，硬不肯赔出钱来的人。

虽然如此，他们还是不住嘴地骂吉木，而且间或还斜对着他的脑袋，打一两巴掌，可是吉木始终是一言不发，也不露出认识我的样子。他们把他押送到原来那间小屋子里，穿上他自己的衣服，又用铁链把他拴住，这回并没拴在床腿上，而是拴在墙脚那根大木头上钉着的一颗大骑马钉上，还给他戴上手铐脚镣，他们还说从此以后，除了面包白水，什么都不给他吃，一直要等到他的主人来到，或是把他卖掉为止，因为他的主人要是过了一定的时期不来就不等了。他们又把那个洞填起来，说每天夜里要派两个庄稼汉拿着枪在小屋子附近站岗，白天还要在屋门口拴上一条猛狗看门。他们现在把这件事已经料理完了，在要走之前又捎带着骂了他几句，算是临别赠言。这时候那位医生过来了，他看了一看，说：

"你们但凡能不对他凶，就别对他凶吧，因为这个黑人并不算坏。我起初找着了那个孩子的时候，我知道要是没有人来帮忙，一定取不出来那颗子弹，而且他的情形很严重，我又不敢离开他去找帮手。他的伤势一会儿比一会儿严重，又过了好半天的工夫，他就烧得糊里糊涂了，他再也不让我到他跟前来，他说我要是用粉笔在他的筏子上画记号，他就要把我杀掉，还说了许许多多这一类的胡话。我一看这种情形，就知道对他是毫无办法；于是我就自言自语地说，我非得想法子找个帮手不可；我那句话刚说出口，这个黑人也不知道打什么地方就爬出来了，他说他愿意帮我的忙，他果然帮上了，并且帮得非常好。当然喽，我猜想他一定是个逃跑的黑奴，我实在觉得为难！我不得不在那儿钉着，一直钉了那么一天，又加上了一整夜。我告诉你们吧，我当时真是左右为难！我有两个病人正在发烧发冷，我当然愿意赶到镇上去看看他们，可是我不敢离开，我恐怕这个黑人趁机会跑掉，那么人家一定就会埋怨我了；可是又没有一条小船来得很近，让我可以喊一喊。因此我不得不在那儿呆着，一直呆到今天清早。可是我从来没见过像这个黑人那么会照顾病人的，他那种尽心尽力就别提了，他为了照顾别人，也不怕自己叫人家抓住，况且他已经是累得筋疲力尽了，我看得很清楚，他近来做的苦工一定不少。因此我很喜欢这个黑人。我告诉你们诸位说吧，像这样的黑人实在是能值一千块钱——并且值得我们对他好。我要他做什么，他就做什么，那个孩子在那儿养着，跟在家里一样好——也许更好，因为那儿太清静了。可是我得守着他们两个，一步也不敢离开，一直等到今天一清早；后来有几个人坐着小船过来了，也是活该走运，这个黑人正坐在草褥子旁边，用磕膝盖支着脑袋，呼呼地睡着了，我就悄悄地对那些人招了招手，他们就偷偷地走过来，扑在他的身上，趁他还莫名其妙，冷不防抓住了他，就把他捆起来了。我们一点儿也没费事。那孩子当时也昏昏沉沉地睡着了，我们就把桨用东西裹上，不让它响，又把筏子拴在小船上，悄悄地把它拖过河来。这个黑人自始至终，也没吵闹，也不做声。诸位，这个黑人可不算坏；我对他就是这么个看法。"

有人说：

"不错，您这话听起来很有道理，大夫。"

于是别的人也都不那么凶了。我心里实在是感激这位老医生，他对吉木做的这桩好事，可真不小，我还觉得高兴的是：我对这个老头儿总算没有看错，因为我头一回看见他，就觉得他有颗好心，是个好人。然后他们大家都承认吉木的行为非常好，对他不但应该另眼看待，而且要给他一笔奖赏。于是大家马上都诚心诚意地表示，一定不再骂他了。

于是他们就出来了，又把他锁在屋里。我希望他们会说吉木身上的铁链子可以卸掉一两条，因为它们实在是太重了，或者答应他在面包白水之外，还可以吃肉和青菜，可是他们并没想到这一点，我又觉得我暂时顶好是别多嘴，不过我打算等我自己先过了眼前这一关，然后再设法把医生说的那套话告诉萨莱姨妈。我的意思是，我得先找个借口，向她解释一下：昨天我告诉她汤姆和我在那个倒楣的夜里划着小船去找那逃跑的黑人的时候，为什么我忘记了对她提到细弟受了枪伤。

不过我有的是工夫。萨莱姨妈整天整宿地呆在病人的屋子里。每逢我看见赛拉姨父迷迷忽忽地走过来，我马上就躲到一边去。

第二天早晨，我听说汤姆已经好得多了，又听说萨莱姨妈也回到她自己的屋里打盹儿去了。我就偷偷地走进病房，我想万一他醒过来了，我们可以商量着编一套经得起盘问的瞎话，好骗骗家里的人。可是他正在睡觉，而且睡得非常安稳；他的脸色发白，不像才来的时候那么通红的了。于是我就坐在床沿上，打算等着他醒了再说。过了半点钟左右，萨莱姨妈忽然轻轻地走进来，这一下我可让她堵住了！可是她对我摆摆手，叫我别做声，然后就在我身旁坐下，悄声地对我说话，她说现在我们大家可以高兴了，因为他的病情转变得好极了，他已经这样地睡了好半天，而且病是越来越减轻，人是越睡越安稳，等他醒过来的时候，十之八九是不至于再说胡话了。

我们就坐在那儿守着他。过了一会儿，他动了一动，很自然

地睁开眼睛看了看,说:

"啊,我怎么回到家里来了!这是怎么回事?木筏怎么样了?"

"很好,很好,"我说。

"还有吉木呢?"

"也很好,"我说,可是不能说得很爽快。不过他并没注意到,只是说:

"那好极了!那棒透了!这一回咱们可平安无事了!你对姨妈说了吗?"

我刚要说一声是,可是她插了一句嘴,说:

"说什么呀,细弟?"

"怎么,说整个这件事情是怎么做的呀。"

"什么整个事情呀?"

"怎么,整个这一件事情呀。一共只有一件呀;我是指我们怎么把那个逃跑的黑人放走了——我跟汤姆两个。"

"我的天!放走了那个逃——这个孩子说的是些什么呀!你看,你看,他又在那儿胡话啦!"

"没有的事,我并没有说胡话;我说的话我都清楚。真是我们把他放走了——我跟汤姆两个。我们事前计划好了,结果就真那么干了,而且干得非常妙。"他的话匣子已经打开了,她也一点儿不想拦住他,只是坐在那里望着他,眼睛越睁越大,她让他滔滔不绝地说下去,所以我又何必跟他去打岔?"哎呀,姨妈,我们可真卖了不少的力气——一连干了好几个礼拜——每天夜里,你们都睡着了的时候,总得干上好几个钟头。我们还得偷那几支蜡烛、那块被单、那件衬衫,还有你那件袍子,还有锡镴羹匙、铁盘子、小刀子、铜暖盒、大磨石,还有几大盆面粉,还有许许多多的东西,而且你没法知道我们费了多大的力气,去做那几把小锯,磨那几支钢笔,刻那些题句和别的事。而且那种乐趣,你连一半也想不到。我们还得画那几幅棺材和骷髅,写那两封强盗寄来的匿名信，顺着避雷针爬上爬下，挖地道直通到小屋里面，还得做那挂绳梯，夹在大馅饼里烤好了送进去，而且把那些干活用的羹匙等等，放在你的围裙口袋里，让你给带进去"——

"哎哟哈，我的妈！"

——"还在小屋里装满了老鼠、长虫等等，为的是给吉木做伴。到后来你把汤姆留在这儿那么老半天，他帽子里那块黄油化了，差一点儿把整个这件事情弄糟了，因为那些人没等我们由小屋里爬出去就来到了，因此我们不得不拚命地往前冲，他们听见我们的响声，就对着我们开枪，于是我就挨了这一下，可是我们马上闪到一旁，把他们都让过去，那些狗赶到我们跟前，对我们并不感觉兴趣，光知道对着那顶热闹的地方跑，我们就找着我们的小船，朝着我们的木筏划过去，我们都平安无事，吉木有了自由，决不再当奴隶。这些事从头到尾都是我们自己干的，姨妈，这不是棒极了吗！"

"嗜，我这一辈子真是头一回听见这样的事！闯下了这场祸的原来就是你们呀，你们这些坏小子！你看看你们把大家急得颠三倒四的，把我们都快要吓死了。我恨不得马上就狠狠地管教你一顿。一想到我这几天一夜一夜地在这儿——等你病好了以后，我让你试试，你这小淘气鬼，我要是不把你们揍得乖乖的才怪呢！"

可是汤姆觉得非常得意、非常高兴，他没法管住他自己，他的话扯起来没完——气得她一边跟他打岔，一边乱嚷乱骂，两个人谁也不肯甘休善罢，活像一场野猫打架。后来她说：

"好吧，你现在已经快活够了。可是，我告诉你，你记住了：下回我要是再看见你去管他的闲事——"

"管谁的闲事呀？"汤姆说，他把脸往下一沉，露出吃惊的样子。

"管谁？当然是那个逃跑的黑人喽。你说谁呀？"

汤姆就板着面孔望着我，说：

"汤姆，你刚才不是说他很好吗？难道他还没有跑掉吗？"

"他？"萨莱姨妈说，"你是说那个逃跑的黑人吗？他当然跑不了。他们已经把他活活地抓回来了，他又回到那间小屋里来了。他吃的是干面包，喝的是白开水，铁链子压得他直咧嘴；有人来找就让他跟着走，不然就卖掉他这老黑鬼！"

汤姆一下子由床上坐起来，眼睛里直冒火，鼻孔一开一闭，仿佛鱼鳃似的；他对我大声喊着说：

"他们没有权力把他关起来！快去啊！——一会儿也别耽搁，赶快把他放开！他已经不是奴隶了；他跟全世界上有腿走路的人一样自由！"

"这个孩子说的是些什么话？"

"我说的句句都是实话，萨莱姨妈，要是没人去，我就自己去。他这一辈子的事，我从头到尾都知道，汤姆他也知道。那个瓦岑小姐两个月以前死了，她当初想把他卖到下游去，可是她觉得那么做实在是对不起人，这是她亲口说的，所以她在遗嘱里就放他做一个自由人。"

"那么，你既然知道他已经自由了，为什么你还要带着他逃跑呀？"

"嗯，这倒真是个问题，我想；不过你那句话正好像个女人说的！我告诉你吧，我是想过一过冒险的瘾；而且我宁可两肋插刀，肝脑涂地——哎哟——天哪——波蕾姨妈！"

真想不到！她果然在那儿站着呢，她刚刚迈进房门，带着一副知足长乐的笑脸，活像一位无忧无虑的仙姑。

萨莱姨妈马上对这位客人扑过去，使劲搂住她，把她的脑袋都快要搂掉了，接着又对她哭了一阵子。我马上在床底下找了个凉快地方一躲，因为我觉得当时的空气，对于我们实在是热辣辣的。我就偷偷地往外看，隔了一会儿，我看见汤姆的波蕾姨妈，从她妹妹——萨莱姨妈——的怀里挣扎出来，站在那里，通过她那副眼镜的上方，对着汤姆望去——好像是要把他瞪到地底下去似的，你知道。然后她说：

"对了,我看你顶好是把脸转过去——我要是你,我一定那么办,汤姆。"

"哎哟,我的天!"萨莱姨妈说,"他的样子难道变得那么厉害吗?嗐,那不是汤姆,那是细弟;汤姆在——啊,汤姆上哪儿去啦?他刚才还在这儿来着。"

"你是说哈克·芬上哪儿去了吧——你一定指的是他!我想我养活了汤姆那个小捣乱这么多年,决不会睁着大眼不认识他。那可真是不像话了。从床底下爬出来吧,哈克·芬。"

我就爬出来了。可是觉得怪不好意思的。

萨莱姨妈那一副头昏眼花、莫名其妙的神气,可真够瞧的。赛拉姨父走进来的时候,听说了这些事情,更是昏头昏脑。可以说这件事弄得他有点儿像喝醉了酒似的,后来那多半天的工夫,他仿佛什么事都不懂了,那天晚上他在一个祈祷会上讲道,真是大出风头,因为哪怕是全世界顶老的人,都听不懂他说的是些什么。然后汤姆的波蕾姨妈就告诉她我是谁,是个什么样的人;我也就不得不说一说,我当时为什么弄得那么窘,所以菲力浦太太把我当做汤姆·索亚的时候——她马上插嘴说:"不要紧,还是称呼我萨莱姨妈吧,我现在已经听惯了,你也用不着再改了。"——所以萨莱姨妈把我当做汤姆·索亚的时候,我就不得不将错就错,冒充汤姆——根本没有别的办法,而且我准知道汤姆不会在乎,因为这种阴错阳差的事情,他素来非常喜欢,他可以利用这件事情,耍一套冒险的把戏,痛痛快快地过一回瘾。后来果然如此,他假装细弟,尽量给我方便。

然后他的波蕾姨妈又说老瓦岑小姐在遗嘱里确实说过要让吉木得到自由,汤姆说的都是真话。原来汤姆千辛万苦地帮着放走一个已经恢复自由权的黑人呀,一点儿也不错!起先我无论如何也猜不透,为什么像他那样的孩子,居然肯帮助人家去放走一个黑奴;直到现在听完了这些话,我才明白。

波蕾姨妈说萨莱姨妈给她去信,说汤姆和细弟都平平安安地

来到了,她心里就想:

"糟糕了!我事前应该想到,让他自己出门,也没有个人看着,实在是不妙。所以我才由一千一百英里以外、一路顺河赶到这儿来,看看他这回耍的是什么把戏,因为我好像始终也接不到你的回信。"

"怎么,我压根儿就没接到你的信,"萨莱姨妈说。

"这可怪了!我给你前后写过两封信,问你为什么说细弟也来了。"

"嗐,我根本就没接到你的信呀,姐姐。"

波蕾姨妈慢慢地转过身去,对汤姆板着脸说:

"你这小子,汤姆!"

"啊——怎么啦?"他说,有点儿赌气似的。

"不准你跟我怎么怎么的,你这淘气的东西——把那些信都拿出来。"

"什么信呀?"

"那些信。一定在你那儿,你要是逼得我抓住了你,我非——"

"都在箱子里呢。这总行了吧。我打邮局里取出来,就原封未动地搁在那儿了。我看也没有看,动也没有动。可是我准知道那些信会惹出乱子来,而且我想,假如你不急的话,我可以——"

"你可真该揍打了,一点儿也不冤枉你。我另外还给你写了一封信,告诉你我就上这儿来;我想他大概——"

"那倒没有,那封信昨天接到了。可是我还没看呢,不过也没有什么关系了,反正已经接到了。"

我想跟她打上两块钱的赌,我敢说她并没有接到,可是我想也许还是不打为妙。所以我就什么话也没说。

最后一章
就 此 停 笔

我好容易碰着一个机会，跟汤姆私下里谈话，就问他当初出奔的时候，他到底打的是什么主意？——这就是说，假如出奔进行得非常顺利，结果让一个事先已经有了自由权的黑人得到了自由，他又打算干些什么？他说假如我们果真把吉木平平安安地救出去了，他起初脑子里计划的，是要我们坐着木筏漂下去，一直冒着险走到大河口为止，然后告诉吉木说他已经得到自由了，再坐着轮船把他耀武扬威地带回家去，并且要给他一笔钱，算是赔偿他的损失，因为耽误了他许多工夫，而且要先写封信回去，叫那一带所有的黑人排队欢迎，拿着火把，奏着军乐，热热闹闹地拥着他回到镇上去。那么他就成了英雄，我们也成了名人。可是我觉得像现在这种情形，也就够让人满意的了。

我们一转眼就把吉木身上的铁链子都卸掉了，等到波蕾姨妈、赛拉姨父、萨莱姨妈听说他怎样帮着医生好好地服侍汤姆，他们就大惊小怪地夸奖了他一通，又给他换上一套新衣服，他想吃什么就有什么，让他玩个痛快，不叫他干一点儿活计。后来我们把他拖到病人的屋里，高高兴兴地聊了一阵；汤姆因为他为我们那么耐心地当囚犯，还送给他四十块钱，这一下吉木可真是高兴得要命，他突然大声喊着说：

"你看，哈克，我跟你说什么来着？——我在那个甲克森岛上跟你说什么来着？我告诉你我胸口上有毛，是个什么兆头，我说我从前阔过一回，将来还得发财；你看现在应验了吧；好运气算是来到啦！你看这不是吗？别再跟我说啦——兆头总归是兆头，这句话你千万记住,我准知道我还会发财,就跟板子上钉钉子一样,决没有错!"

然后汤姆就没完没了地聊起来,他说我们三个人哪天晚上从这儿溜出去,备好行装,跑到印金地区,在那些土人当中做一次冒险的游历,痛痛快快地玩它两三个星期。我说,好吧,这很合乎我的意思,可是我没钱置备行装,而且我想要向家乡要钱也不见得行,因为爸爸也许已经回到家里,由莎彻法官手里把钱要去,早已喝了个一干二净的了。

"不对,他并没有,"汤姆说,"你的钱还都在那儿呢——一共是六千多块;你爸爸从那以后,压根儿就没回去。至少我动身的那天,还没看见他的影子呢。"

吉木带着相当郑重的口气说:

"他再也不会回去啦,哈克。"

我说:

"为什么呀,吉木?"

"别管它为什么,哈克——反正他再也不会回去啦。"

可是我不住嘴地问他,所以他到后来才说:

"你记不记得由河上漂下来的那间屋子,里头躺着一个人,脸上盖着一块布,我钻进去,把布揭开看了看,可是不让你看?你要是要钱的话,你就能把钱拿到手,因为那个人就是你爸爸。"

汤姆现在差不多已经好了,他把那颗子弹拴上一根链子,套在脖子上,当做一只表,他常常把它拿在手里,看看是什么时候了,所以我也没有什么可写的了,可是我仍旧觉得非常高兴,因为我要是知道写一本书有这么麻烦的话,我就不会动笔,以后也不会再写了。可是我想我得在他们两个动身之前,先到印金地区去走走,因为萨莱姨妈想要收我做干儿子,教我怎样做人学好,那种事我可实在是受不了。我早已尝过滋味了。

就此停笔

你的忠实的

哈克·芬